FOLIO POLICIER

Pierre Magnan

Les charbonniers de la mort

Fayard

Retrouvez Pierre Magnan sur son site Internet :
www.lemda.com.fr

ESSAI D'AUTOBIOGRAPHIE

Auteur français né à Manosque le 19 septembre 1922. Études succinctes au collège de sa ville natale jusqu'à douze ans. De treize à vingt ans, typographe dans une imprimerie locale, chantiers de jeunesse (équivalent d'alors du service militaire) puis réfractaire au Service du Travail Obligatoire, réfugié dans un maquis de l'Isère.

Publie son premier roman, *L'aube insolite*, en 1946 avec un certain succès d'estime, critique favorable notamment de Robert Kemp, Robert Kanters, mais le public n'adhère pas. Trois autres romans suivront avec un égal insuccès. L'auteur, pour vivre, entre alors dans une société de transports frigorifiques où il demeure vingt-sept ans, continuant toutefois à écrire des romans que personne ne publie.

En 1976, il est licencié pour raisons économiques et profite de ses loisirs forcés pour écrire un roman policier, *Le sang des Atrides,* qui obtient le prix du Quai des Orfèvres en 1978. C'est, à cinquante-six ans, le départ d'une nouvelle carrière où il obtient le prix RTL-Grand public pour *La maison assassinée,* le prix de la nouvelle Rotary-Club pour *Les secrets de Laviolette* et quelques autres.

Pierre Magnan vit avec son épouse en Haute-Provence dans un pigeonnier sur trois niveaux très étroits mais donnant sur une vue imprenable. L'exiguïté de sa maison l'oblige à une sélection stricte de ses livres, de ses meubles, de ses amis. Il aime les vins de Bordeaux (rouges), les promenades solitaires ou en groupe, les animaux, les conversations avec ses amis des Basses-Alpes, la contemplation de son cadre de vie.

Il est apolitique, asocial, atrabilaire, agnostique et, si l'on ose écrire, aphilosophique.

P.M.

A Germaine Magnan,
ma mère.

Le 1er mai 1910, un homme maigre, aux traits austères, monta dans le train des Alpes, en gare de Grenoble. Il portait des vêtements de travail qui sentaient les grands bois et tenait entre ses mains un bocal plein de sciure.

Pour ouvrir la portière, il déposa son fardeau avec précaution sur le quai et se débarrassa du sac de jute qui lui pesait aux épaules. Cela fit un bruit de ferraille.

Dans le compartiment, un curé à sa vue prit un air ennuyé et une demoiselle se serra davantage dans son coin. On lui avait appris à craindre les étrangers maigres et sombres et qui respirent la forêt. Mais l'intrus ignora sa présence. Il ne salua pas le prêtre. Il s'installa le plus loin possible de ses deux compagnons.

Une dame affairée, en falbalas bon marché, voulut profiter de cette portière ouverte, mais la vue du voyageur mal vêtu ne lui convint pas non plus. Elle rebroussa chemin. Ils restèrent seuls : le curé, la demoiselle et l'homme. Et le convoi s'ébranla.

En un bouquet profus, à mesure qu'on s'élevait vers le Trièves, le printemps fleurissait autour du train vert. Dans les compartiments contigus, les exclamations des enfants célébraient la joie du départ. Même l'ecclésiastique et la jeune fille regardaient par la portière défiler les arbres chatoyants sous le vent. Seul, l'homme au bocal gardait les yeux fixés sur la cloison d'en face. Parfois, derrière l'abri de sa main plaquée sur la bouche, il proférait un mot – toujours le même...

A Claix, à Vif, au Monestier-de-Clermont, des voyageurs impatients escaladèrent le marchepied, mais, à la vue de l'homme ils refluèrent vers d'autres voitures. Son regard fixe alarmait tout le monde.

Il s'anima cependant. Quand l'étrave du Mont-Aiguille absorba le soleil, l'homme se leva à demi, se pencha vers la vitre. Le convoi ralentissait. Il défilait devant une allée d'érables sous lesquels apparaissait l'écriteau bleu d'une gare.

Le train s'arrêta. Sur le quai, un employé lâchait par saccades le nom du pays :

« Saint-Michel-les-Portes ! Saint-Michel-les-Portes ! »

Et dans le sillage de cette voix ennuyée, une autre psalmodiait doucement une sorte d'antienne, toujours sur le même ton :

« Generoso ! Generoso ! »

En l'entendant, l'inconnu abaissa la glace et passa le buste à l'extérieur. Au bout du quai s'avançait un bancal vêtu d'alpaga noir qui répétait avec patience ce nom bizarre comme s'il demandait l'aumône.

« Orlando ! cria le voyageur. Je suis là ! Vénés ! Je suis ici ! »

Il saisit son bocal et sauta à terre. L'homme s'arrêta devant lui. Ils étaient aussi sombres l'un que l'autre. Dans leur moustache mal plantée, un sourire mort-né s'éternisait sans éclairer leurs traits. Le voyageur posa une question. Le bancal hocha affirmativement la tête. Il tira de sa poche une boîte de pastilles Valda et l'inconnu ouvrit son bocal.

Bien qu'ils eussent chacun soulevé leurs fesses du siège afin de mieux voir, ni le curé ni la demoiselle ne purent identifier la nature de ce qui se manipulait entre la boîte de Valda et le bocal, mais ce qu'ils imaginèrent suffit à les rendre pensifs.

Lorsque le train s'ébranla de nouveau, la distance s'était creusée entre l'homme et ses compagnons. L'abbé avait rapproché son livre de son visage. La jeune fille pressait sur ses narines un mouchoir de lin blanc qui commençait à noircir.

« Generoso ! se disait l'abbé. Ce nom ne figure même pas au martyrologe ! Quelle mère ignorante l'en a donc affublé ? »

L'homme tenait maintenant bien droit sur les cuisses le bocal de verre, comme s'il promenait le Saint-Sacrement. Parfois, ce tic le reprenait de porter la main à sa bouche qu'elle couvrait. Alors, il prononçait ce seul mot que la demoiselle, à force d'aiguiser son ouïe, finit par saisir distinctement.

Le soir comblait les vallées. Par les fenêtres, des lambeaux de printemps triste venaient mourir contre les parois des wagons verts. Dans les gares traversées, les voyageurs furtifs se hâtaient vers leurs fermes.

L'homme ne bougeait plus. Dans le bocal, parfois, la sciure remuait. La jeune fille lorgnait le récipient d'un regard oblique. Embusqué derrière le bréviaire, le curé restait sur le qui-vive. Parfois, il levait la tête vers la sonnette d'alarme. Une fois même, il posa sur son voisin un regard insistant. Ce fut en vain. L'homme ignora ses compagnons jusqu'au bout.

Quand le train des Alpes entra en gare de Veynes, le voyageur ramassa son sac de ferraille et le jucha à califourchon sur sa nuque.

Il descendit en laissant la portière ouverte. D'un même mouvement, le curé et la demoiselle se précipitèrent pour la refermer, mais la jeune fille fut la plus leste. Ils se rencognèrent chacun à leur place avec un soupir d'aise.

« Monsieur le curé, dit la demoiselle, pardonnez-moi mais : qu'est-ce que ça veut dire "*accidente*" ? L'homme là, il répétait tout le temps ça, en se couvrant la bouche...

– Oh ! s'exclama l'abbé, mon enfant, c'est un vilain mot qu'il ne faut jamais prononcer ! »

Tout en suivant des yeux l'homme au bocal qui longeait un train fumant sur le quai voisin, le religieux médita quelques secondes avant de refermer son missel d'un coup sec. Il ajouta :

« Je crois que ça veut dire "malheur". »

Quand Generoso descendit à Sisteron du nouveau train qu'il avait pris, il était plus de onze heures du soir. Il trouva un lampiste, auquel il demanda la route de Cruis.

« Ça vous fait marcher cinq heures, dit cet homme en bleu de chauffe. A sept heures, demain matin, vous avez la voiture de Saint-Etienne. Vous feriez mieux de...

– Je marcherai », dit le voyageur.

Le lampiste le suivit des yeux, qui s'éloignait. « Curieux bagage », se dit-il. Il n'avait eu d'attention que pour le bocal dont l'homme était chargé. Il renifla l'air. A travers l'odeur de pétrole qui l'imbibait, il réussit à humer un parfum de forêt.

L'homme marcha cinq heures sur la route. Il éveillait au passage les chiens de toutes les fermes. Quelques-uns vinrent faire claquer leurs mâchoires contre ses braies de velours. Il ne fit pas un geste pour les chasser. Il ne manifesta aucune peur. Son pas demeura égal et pressé ; son regard aussi fixe que la veille, assis dans le train.

Lorsqu'il entra dans Cruis, le clocher sonnait quatre heures. Une seule lueur filtrait d'une lucarne. C'était celle d'un fournil. La porte était ouverte sur une cour dallée. Generoso, de loin, appela le boulanger pour ne pas l'effrayer. De loin, il lui demanda sa route.

« La sapée de Combe-Madame ? Où je dois prendre ?

– A côté de la fontaine... Vous montez tout droit ! »

Le fournil embaumait le pain chaud.

« Vous n'en auriez pas un de prêt ? dit Generoso.

– Si fait ! dit le boulanger. J'ai les têtes... »

Il lui en apporta deux paires.

« Mettez-en un dans chaque poche, dit Generoso. Au fond, il y a de la monnaie. »

Il tenait son bocal à deux mains.

« Tu peux pas te tromper, répéta le boulanger. A droite... A côté du lavoir. »

La fontaine s'entendait de loin. Elle brillait dans la nuit claire. Generoso attaqua la montée dans cette odeur de pain chaud qui le rassurait un peu. Les besaces de jute lui pesaient aux épaules. La ferraille y sonnait comme la cloche d'un bélier.

A l'orée des bois, il rattrapa un convoi de quatre fardiers qui montaient aux coupes charger des fûts.

« Attilio Mosca ? leur cria-t-il. Vous connaissez ?

– *Es d'amoun d'Aoù !* » lui répondit le plus vieux en désignant les lointains de Combe-Madame.

Mais celui qui tenait le fouet de commande lui expliqua mieux :

« Les quatre meules ! Au surplomb du Plan Soubran ! Tu peux pas te tromper ! C'est les plus affaissées ! »

Generoso haussa les épaules en grommelant :

« Comme toujours ! »

Ils lui crièrent encore :

« Tu en as pour quatre heures ! »

Avant de s'enfoncer dans le sous-bois, il observa Lure. Un morne crépuscule précédait le lever du jour. Sur tous les dômes de la montagne s'élevaient les fumées bleues des charbonnières. Elles ondulaient, hésitantes, cherchant le vent où s'appuyer. Mais l'air était immobile et les fumées retombaient flasques sur elles-mêmes.

Generoso soupira. Il y était encore dans cette montagne !... Il ne l'aimait pas. Elle était sans oiseaux, sans herbe, sans eaux. Les habitants disaient qu'elle était la plus vieille du monde. Belle jambe !

C'était un amas de pierres plates à perte de vue. L'humus et les eaux coulaient entre ces cailloux comme à travers une passoire pour se rejoindre, inutiles, à cinq cents mètres de profondeur, au fond des avens. Aux tranches aiguisées de ces dalles instables, on usait en trois mois une paire de chaussures. Seuls y croissaient à l'aise les chênes pubescents. Mais était-ce seulement des arbres ? Boursouflés, torturés de chancres et de nœuds, courbés vers le sol par le vent dominant, ils moutonnaient vers les sommets nus, comme des suppliants à genoux.

Generoso parcourait un chemin inconsistant, où les pierres se dérobaient sous ses pas à mesure qu'il avançait. Depuis plus de vingt ans qu'il fréquentait cette montagne, il ne s'était jamais accoutumé à ses harassantes distances. A Lure, on ne voit pas l'horizon, on n'a toujours devant soi que deux ou trois cents mètres de chemin, apparemment sans issue et dont la suite ne se révèle qu'au plus proche tournant et pour la même distance. On y fait des kilomètres dans l'incertitude totale.

Generoso avançait tête basse, seulement attentif à l'équilibre de son bocal. Il atteignit ainsi insensiblement la limite où Lure devient une autre montagne et la forêt une autre forêt. Il n'y avait plus de chênes. Les hêtres clairs se dressaient au long des pentes en rangs serrés. Quelques frênes et quelques bouleaux en coupaient l'harmonie. Il y avait aussi, au fond des frondaisons, un érable unique aux bourgeons couleur de fer avant de devenir verts.

La draille qui menait aux dômes se feutrait de feuilles mortes. Un tunnel se creusait sous les arbres.

Generoso leva les yeux. Une odeur de feu humide stagnait sous les feuillages. Au-dessus de la combe, les courbes très pentues s'élevaient jusqu'aux charbonnières de son frère. Generoso escalada le glissoir raboté par où les coupeurs évacuaient les fûts. Il émergea devant le fouillis innommable qu'il connaissait bien et dont il avait honte.

« Il a pas changé, se dit-il. Des tas partout... des meules écroulées ; les sacs traînant dans tous les coins... La civade du mulet qui se mélange au crottin... Les enfants qui jouent avec les haches, au lieu d'être en train de fendre des bûchettes... La femme enceinte... naturellement... Andouille ! se dit-il. Tu voudrais qu'il ait changé en un an ? »

Accroupi sur une meule toute verte de mousse tendre, une sorte d'énorme barbare à poils noirs semblait faire de la musique. En réalité, il s'époumonait dans une grosse sarbacane de pin qui lui tenait lieu de soufflet. Il attisait la meule qui refusait de prendre. La fumée faisait couler des larmes dans sa barbe aux boucles rebroussées.

« At-tilio ! cria Generoso. At-tilio ! »

Les deux *t* bien séparés claquaient dans l'air comme des coups de fouet.

« Roso ! »

Le colosse se redressa sur la charbonnière, au garde-à-vous. Dans sa figure noircie, ses dents blanches brillèrent pour un sourire de joie. Il dévala la meule et voulut enfermer Generoso entre ses bras. Il le dominait en hauteur et en largeur, mais son frère étendit la main pour le tenir à distance.

« *Testa de rementa !* soupira-t-il, ne m'embrasse pas ! Tu es le plus emmerdant de tous mes frères !

– Qu'est-ce que je t'ai encore fait ? gémit Attilio. Je t'attendais que le mois prochain. Je t'ai fait écrire par ton filleul...

– Justement ! C'est ta lettre qui m'oblige à venir ! »

Il déposa le bocal sur la table à tréteaux et se laissa choir sur un billot de hêtre, sous l'auvent de la cabane.

« Qu'cst-ce que je te disais tant ?

– Que tu allais faire de la poudre.

– Et alors ?

– Alors je t'avais dit de m'attendre ! Tu te rappelles pas, à Larche ? Je t'ai dit là-haut : "Si tu fais de la poudre, méfie-toi ! Il faut y ajouter quelque chose !"

– Oui, mais tu m'as pas dit quoi...

– Je le savais pas encore. Y a qu'Orlando qui le savait. C'est pour ça que je t'avais dit d'attendre. »

Attilio haussa les épaules avec désinvolture et fit la moue.

« Qu'est-ce qu'y avait tant à ajouter ?

– Ça ! » dit Generoso.

Son index tendu désignait le bocal.

« J'espérais que c'était bon à manger », dit Carmonita.

Elle tenait toute l'entrée de la cabane. Elle avait été très belle au moment où Attilio l'avait harponnée de justesse à la porte du couvent où elle voulait entrer ;

mais depuis qu'elle avait accouché de quatre enfants, dont deux morts, seule sa figure avait survécu au naufrage. Generoso la regarda avec pitié.

« Non, Monita... ce n'est pas bon à manger... Tilio, amène le mortier et ta poudre, qu'on fasse le mélange.

– Ma poudre ? Mais... Je l'ai plus. Tu as pas croisé ton filleul ? Il est parti la livrer...

– La livrer ? Tu veux pas dire que tu l'as... vendue ?

– Qu'est-ce que tu veux ? Les petits ont les souliers troués... Il me fallait d'argent... Alors, en livrant, j'en ai un peu parlé aux riches. – Oh ! A mots couverts ! – Et, ma foi, y en a quatre ou cinq...

– Quatre ou cinq ! Qui ?

– Qui ? J'ai donné la liste à Rosito...

– Mais moi j'ai le double ! » dit Carmonita.

Elle plongea la main entre ses seins pour en tirer le bout de papier qui s'y trouvait coincé. Elle avait tracé laborieusement les noms au crayon et à côté de chacun d'eux, elle avait écrit : « un louis ».

Generoso s'empara du papier.

« Pourvu, dit-il, que j'arrive à temps... Pourvu qu'ils ne l'utilisent pas tout de suite...

– Il est parti à cinq heures... Ah, ils m'avaient tous bien recommandé de les livrer aujourd'hui...

– Pourquoi aujourd'hui ?

– C'est Saint-Pancrace. Les riches, y font leur prière aux saints de glace. A cause de la vigne... Parce que, ces saints, c'est capricieux. Le matin la messe, le soir la ribote... On sait pas ce qui leur plaît le mieux à ces saints... Enfin, voilà, c'est aujourd'hui cette fête...

– Aujourd'hui, souffla Generoso. Juste aujourd'hui bruta Madona ! Et il est parti à cinq heures ! Et il en est au moins dix !

– Onze ! précisa Carmonita. Ecoute ! Ça sonne à Saint-Etienne...

– Ta mule ! » commanda Generoso.

Il alla détacher la bête.

« Hé ! Tu vas pas la prendre ? Il me faut livrer ce soir au couvent des Minimes... »

Generoso avait déjà bâté la mule.

« Tu livreras plus tard, dit-il. Il faut que je rattrape Rosito... Parce que... Si j'arrive pas à temps...

– Oïe ! s'exclama Attilio, qu'est-ce qui peut bien leur arriver ?

– Ils vont mourir... Et tellement salement que, tout riches qu'ils soient, tout le monde va les plaindre ! »

Il fit volter la mule vers les bois du Défends. Il disparut sous Combe-Brémond, du côté de Saint-Etienne.

L'enfant sur son âne suivait en chantant la route qui va de Mane à Saint-Michel. Entre sa poitrine lisse et sa chemise, crissaient les cornets de papier gris confectionnés avec soin par Carmonita. Dans la poche de sa culotte, il sentait le contact encourageant du louis qu'il avait déjà récolté. Il se disait : « Quand je serai grand, je me ferai marchand de cornets. »

Sa mère lui avait bien recommandé : « Surtout, ne mange pas ce qu'il y a dedans ! » Il n'y avait pas de danger. Une subtile odeur de souris desséchée lui montait au nez, quand il penchait la tête vers sa poitrine. « Qu'est-ce qu'ils peuvent bouffer les riches comme saloperie ! » se disait-il.

Il était aussi joyeux que la lumière du printemps. Il avait envie de chevaux. Les grandes *badassières* de Porchère l'invitaient à caracoler. Parfois, faute de coursier, il éperonnait l'âne avec ses souliers ferrés. Le sommier exécutait deux ou trois sauts de mouton, mais l'enfant serrait bien les jambes et ne faisait qu'en rire.

Il riait de tout son cœur, à grands éclats, tout seul sur la route. Jamais porteur de mort n'avait été si ingénu.

Son père lui avait dit : « Tu trouveras sur ta gauche un chêne carbonisé. Tu rentreras dans l'allée. C'est un portail sans grille. Tu donneras deux cornets au monsieur. Tu entends ? Deux cornets ! Et au monsieur ! A personne d'autre ! »

Le chêne avait été foudroyé. La moitié de sa frondaison morte traînait à terre, comme une aile brisée. Elle servait de porche à une allée de marronniers où les feuilles, encore plissées, pendaient comme des chauves-souris vertes. Sous les dernières branches jouaient dans le soleil des flèches de fumée blanche, et quand leur voile se déchirait, on apercevait une cour en demi-lune où s'activait beaucoup de monde.

Rosito émergea de l'allée sur son âne et contempla le spectacle. Quatre ou cinq femmes s'escrimaient devant une table à tréteaux sur des monceaux de viandes et des bassines pleines de marinades d'anguilles. Elles les transvasaient dans des chaudrons de fonte pour les emporter vers la cuisine qui fumait. Un chien traînait par la cour une tête d'agneau où la fressure tenait encore.

Rosito n'avait jamais vu une aussi belle maison. C'était une ferme qui n'osait pas être un château. On l'avait néanmoins flanquée de quatre colombiers qui s'efforçaient, depuis trois siècles, d'évoquer des tours de défense. Entre les deux corps de bâtiment, une balustrade à pilastres surplombait un bois de cèdres noirs. Ce bois était biffé d'un bout à l'autre par la voie ferrée qui reliait Apt à Saint-Maime.

« Vous en avez de la chance, disaient les envieux ou

les moqueurs, de voir passer le train depuis vos fenêtres ! »

En réalité, un grand-père d'Ardantes s'était supprimé pour n'avoir pu s'opposer au massacre de la cédraie.

Appuyé sur le cou de son âne, Rosito, qui admirait cette richesse, leva les yeux vers les étages. La plupart des volets étaient clos sur la façade au nord, mais, à la fenêtre étroite d'un colombier, une fille était accoudée. Son visage calme et son buste à corsage bleu s'encadraient si bien dans la pierre blonde qu'on eût dit un tableau suspendu au ciel. Rosito en resta d'abord bouche bée puis, d'enthousiasme, il lui lança un baiser. La vision prit l'air offensé et détourna la tête.

« Eh bien ? Qu'est-ce que tu nous encombres les jambes, avec ton âne ? »

Rosito redescendit des hauteurs. Devant lui se dressait une femme aux mains sanglantes de vin rouge, aussi grosse que sa mère, mais l'air plus méchant.

« Je veux voir le monsieur ! dit Rosito.

– Pourquoi faire veux-tu voir M. d'Ardantes ?

– Pour lui donner ça ! »

Il exhiba les deux cornets de papier.

« Donne ! Je lui donnerai ! »

Rosito remit vivement les cornets dans sa chemise et s'exclama :

« Non ! Mon père a dit : "Au monsieur ! Et il te donnera un louis.".

– Oh alors ! S'il s'agit d'un louis ! Tiens, il est là-bas ! »

A l'escalier de la balustrade apparaissait un homme qui marchait avec nonchalance et s'avançait dans la cour. Le conseiller d'Ardantes était une espèce de colosse mou qui semblait porter sa stature avec peine. Pourtant, dès qu'il aperçut Rosito sur son âne, il s'anima.

Cet homme de cinquante ans comptait sur la Saint-Pancrace pour subjuguer ses pairs. Les années précédentes, la fête manquait un peu de fond. Il avait donc décidé de l'agrémenter par quelques dames de Manosque qui avaient eu des malheurs. Il les avait amenées ce matin très tôt par la route de la Mort d'Imbert et elles paressaient incognito dans les chambres bleue et jaune, en attendant leur heure.

Quand on médite d'entrer au Sénat, il ne faut pas craindre de compromettre quatre ou cinq grands électeurs. D'Ardantes s'était résigné à ces répugnantes pratiques. Il avait écarté les couples. Ce soir, ce serait la revanche des célibataires rassis et des veufs prématurés. Lui-même avait perdu sa femme en couches. Le docteur lui avait demandé qui il devait sauver. En faisant le signe de la croix et avec l'assentiment de la parturiente, il avait répondu : « le fils ». Dieu l'avait puni. Il lui était resté un enfant qui ne parlait qu'en faisant des bulles de salive et qu'on cachait, depuis, chez les Camaldules de la Viste. Heureusement, il y avait eu, deux ans auparavant, cette fille saine qui semblait descendre d'un tableau flamand, là-haut, à la fenêtre du colombier.

D'Ardantes prévoyait l'ombrageuse méfiance de ses commensaux lorsqu'il leur présenterait ces cavalières pulpeuses. Même s'il les leur garantissait désintéressées. Apparemment, ces femmes pourraient les *reconnaître* le lendemain, et dès lors – qui sait ? – mettre en péril leur magot. Cette crainte était de taille à les refroidir. Pour la dissiper, il convenait donc de porter leur désir plus haut que leur méfiance. Et le moyen d'y parvenir, c'était cet enfant pas très propre, monté sur un âne, là, au milieu de la cour, qui le détenait.

Rosito n'avait que douze ans. Une profonde connaissance des bois et des chemins lui tenait lieu de certificat d'études ; mais il distinguait du premier coup d'œil les hommes qu'il fallait craindre. Dès que le conseiller d'Ardantes se dressa devant lui, il cessa de lorgner la fille et se tint sur le qui-vive.

« C'est vous le monsieur ? demanda-t-il.

– Oui. Je suis M. d'Ardantes.

– Mon père m'a dit de vous donner ça ! »

Il sauta de l'âne et tendit le cornet à bout de bras, comme s'il offrait des fleurs sauvages, mais sa main droite largement ouverte attendait le déduit.

D'Ardantes, de très haut, y laissa tomber la pièce. Rosito referma la main et leva les yeux vers la fenêtre. Le tableau dans son cadre ne représentait plus qu'une opulente chevelure séparée en deux nattes qui dégageaient le cou.

Rosito rougit. Il lui semblait que c'était par mépris que la fille détournait son visage. Mais il avait douze ans, l'idée aussitôt lui passa de la tête. Il songeait qu'il fallait se retirer au plus vite. L'âne, d'ailleurs, semblait du même avis. Sans attendre aucun ordre, il avait déjà reculé de plusieurs mètres et, dès qu'ils eurent tourné bride, malgré sa nonchalance ordinaire, il emporta l'enfant jusqu'à la route.

Le louis que Rosito faisait sauter dans sa main rutilait au soleil. « De deux ! se disait le garçon. Encore deux comme ça et y aura des souliers pour tout le monde ! Je vais demander au père ce qu'il y a dans ces cornets... J'en ferai des centaines ! »

« Des centaines ! » s'exclama-t-il à haute voix.

Il riait aux éclats. L'âne se mit à braire à l'unisson. Il aimait trimballer des gens heureux.

Generoso n'entra dans Forcalquier qu'au soleil couchant. La mule, n'ayant pas l'habitude d'être montée, avait marqué l'arrêt tous les cinq cents mètres, une patte en l'air. Il avait fallu lui parler à l'oreille – et en patois – pour la rassurer.

La maison qui se dressait devant le cavalier et où il devait pénétrer l'intimidait déjà par les ferrures de ses balcons. Il attacha la mule à l'anneau du montoir et mesura, à la hauteur de la façade – très longtemps –, le péril qu'il courait.

Il avait raison de craindre. Le président Serenne, qui exploitait le soufre de Biabaux et la lignite de Sigonce, reçut fraîchement cet envoyé du destin :

« Monsieur, lui répondit-il avec hauteur, je ne sais ce que vous voulez dire avec votre poudre... Je n'utilise aucune poudre et je vous prie de vous retirer.

– Tant mieux ! soupira Generoso, si vous n'en avez pas... Mais si par malheur on vous en apporte, n'en prenez pas... C'est du poison ! »

Quand on vous écrase en robe de chambre amarante à jabot de malines, du haut d'un escalier de marbre, en vous toisant à travers un monocle ; quand on parle le français avec l'accent de Coni, on n'a qu'une envie, c'est de s'esquiver au plus vite. On pense à la prison. On se retire en saluant bien bas, à reculons.

Le président Serenne avait déjà tourné les talons avant même que son valet eût reconduit l'importun. Il tâtait dans sa poche le précieux petit cornet de papier gris.

« Allons donc ! se disait-il. Qu'est-ce qu'il en sait, cet ignorant ? Le père Brédannes m'a dit cent fois qu'à condition de ne pas exagérer, cet adjuvant n'avait que des vertus. Il n'en vendrait pas lui-même, bien sûr, mais... »

Le président Serenne regagnait son appartement en esquissant un beau geste d'insouciance. Il se promettait monts et merveilles de sa soirée avec la sous-préfète, si curieuse en matière d'érotisme et qui n'aimait rien tant que le provoquer à des joutes qui n'étaient plus de l'âge d'un président...

Quant au sous-préfet, loin d'être un obstacle, celui-ci lui avait permis d'inviter aussi une veuve récente et nécessiteuse qui répondait parfaitement à l'idée qu'un sous-préfet doit se faire de la volupté. Vers minuit, grâce à ce cornet magique, tout le monde serait fin prêt pour une bonne nuit.

« J'ai des goûts bizarres », se disait le président Serenne, avec satisfaction. Il était tout étonné de son audace. Il était étonné que Forcalquier ne respirât plus l'ennui. « Avec un peu d'imagination, se disait-il, on peut s'épargner un voyage à Paris. »

Pendant ce temps, tirant sa mule par la bride, Generoso marchait par les rues noires, cherchant l'étude du notaire. Il se souvenait en avoir remarqué le panonceau, un jour de foire, sur quelque place à fontaine.

Quand il la trouva, ce fut pour constater que cette maison était plus imposante encore que celle du maître des mines. La lumière y brillait du haut en bas des trois étages, sans raison, semblait-il. Des grilles aux barreaux carrés y défendaient les fenêtres du rez-de-chaussée par leurs croisillons forgés. La porte verte était bardée de gros clous. Le panonceau brillait du même éclat que le heurtoir phallique que Generoso souleva et laissa retomber.

Au bout d'une minute, depuis les profondeurs de la maison, un pas tranquille s'avança. La clé tourna aisément deux fois dans une grosse serrure. Generoso se trouva devant une femme de trente ans qui tricotait avec les gestes souples d'une chatte en train de se laver. Elle portait très haut sa poitrine et son ventre était plat. Son visage était invisible dans l'ombre.

« Ah, dit-elle, Me Boutedieu ne reçoit plus à cette heure.

– Mais j'ai quelque chose de terrible à lui dire...

– De terrible ? »

Elle s'effaça pour le laisser entrer.

« C'est pas possible, dit-elle, il est en conférence avec quatre héritiers. Vous ne pouvez pas lui parler... C'est si grave que ça ? »

Generoso fit signe que oui, énergiquement. Elle chuchota :

« Venez ! »

Elle l'entraîna en posant un doigt sur ses lèvres. Ils passèrent devant la porte capitonnée de l'étude, puis devant l'amorce d'un grand escalier. Quelqu'un le descendait en chantonnant. Generoso se figea sur place et l'apparition s'immobilisa aussi.

C'était une fille jeune, couleur de porcelaine blanche à peine rosée sur la pommette. Elle s'appuyait à la rampe, regardait fixement l'homme sombre, aux cheveux bouclés, qui se tenait au garde-à-vous, au milieu du carreau. Ses yeux n'exprimaient rien. Elle était d'une effrayante beauté ; d'une beauté qui fit frissonner Generoso et qu'il n'aurait pas voulu toucher.

Soudain, comme mue par un déclic, l'apparition se mit à tourner sur elle-même en descendant les dernières marches. Ses bras gracieusement levés en corbeille au-dessus de sa tête et sa taille ondulant sous la robe blanche, elle virevolta trois fois autour de Generoso et son regard sans expression, à chaque tour, le fixait au plein des yeux. Une sourde mélopée grondait au fond de sa gorge comme un bourdon d'abeille.

« Lance ! » commanda la femme.

Elle fit de la main un geste impatient pour chasser l'apparition, laquelle, tournant toujours, se fondit dans la pénombre d'un corridor obscur.

« Ne faites pas attention, dit la dame. C'est la Lance. Elle a la danse de Saint-Guy...

– Lance ? répéta Generoso.

– Oui. C'est sa mère qu'on appelait ainsi, parce qu'elle n'avait ni devant ni derrière... On se demande comme elle a pu trouver un homme pour faire cette fille ! Quand elle la portait, c'était l'attraction de tout Forcalquier : ce gros ventre qui boursouflait tout ce plat ! Ce qu'on a pu en faire comme peaux de rire ! Elle a été nourrie au lait de chèvre. Les seins de sa mère n'ayant jamais existé ! Me Boutedieu la garde par charité... »

Elle s'effaça devant Generoso et le poussa dans une cuisine qui sentait le vol-au-vent financière. Sur la table nue au milieu de la pièce, sous la suspension, Generoso aperçut tout de suite le cornet de papier gris. Il le désigna du doigt.

« Ça ! s'exclama-t-il. C'est pour ça que je suis là !

– Ça ! ne criez pas si fort... C'est un gamin qui l'a apporté tout à l'heure. Même qu'il m'a demandé un louis pour ça. Je le lui ai donné d'ailleurs. Me Boutedieu m'avait laissé ses instructions.

– Tenez ! » dit Generoso.

Il ouvrait un mouchoir sale noué aux quatre coins. Quelques pièces tintaient au fond de cette bourse. Il en tira une et la posa sur la table. La dame leva les sourcils.

« Comment ? Mais non ! Me Boutedieu a acheté ce cornet, ce n'est pas pour que je vous le revende.

– Tenez ! dit Generoso. Celui-ci sera pour vous. »

Il avait aligné une seconde pièce à côté de la première.

« Vous me rendez ça et nous ne parlons plus de rien... »

Elle s'était assise de saisissement. Ce n'était pas souvent, dans sa vie, qu'on lui avait proposé un louis *contre* rien. Generoso comprit tout de suite son erreur, mais il était trop tard. Elle savait maintenant qu'il y avait anguille sous roche.

« Asseyez-vous, dit-elle doucement, et racontez-moi tout.

– Que je vous raconte tout, *à vous* ? »

Il la désignait d'un doigt incrédule.

« Oui. A moi. Et ne criez pas si fort. Parlez bas. Oui. A moi. Je suis sa dame de confiance. Je serais même... plus que ça... si je voulais. Alors, vous voyez... Alors ? qu'est-ce qu'il y a dans ce paquet ?

– De quoi tuer plusieurs notaires.... » dit Generoso sombrement.

Il lui planta son regard entre les arcs de ses sourcils et lui avoua ce qu'il savait. Elle écarquillait les yeux à mesure que les détails l'atteignaient, mais, en même temps, ses doigts rampaient vers le cornet de papier gris et, lorsqu'elle parvint à s'en saisir, elle le ramena contre elle d'un geste rapace.

Pourtant, quand il colla ses deux poings l'un contre l'autre et qu'il les ouvrit brusquement, comme pour imiter l'explosion d'une grenade, il vit que ses traits se plissaient soudain en une quantité de petites rides d'épouvante. Elle ne lâcha pas pour autant le cornet lorsqu'il tendit la main pour le reprendre.

« Mais soyez tranquille, dit-elle. Je ne peux pas aller contre sa volonté. Je ne peux pas vous le rendre. Qu'est-ce qu'il dirait ? Il m'a bien recommandé de donner un louis. Mais je vais m'occuper de tout. Soyez tout à fait tranquille. »

Elle le raccompagna, la lampe haute, dans le long corridor. Et quand elle le frôla pour lui passer devant et lui ouvrir la porte, elle sentit son odeur de forêt. Ils se dévisagèrent sous la lampe et prirent conscience de leur jeunesse. Ils hésitèrent une seconde, mais les images qu'ils venaient d'évoquer leur faisaient le ventre froid comme du marbre. Il dit bonsoir et s'esquiva dans la nuit.

Elle referma le battant en réprimant un léger soupir, mais l'expression fugitive de regret s'effaça très vite sur ses traits.

Elle revint vers la cuisine, s'installa devant la table, attendit. Tout en caressant machinalement le cornet de papier gris, elle supputait, elle calculait...

Ce fut un froissement de l'air, comme d'habitude, qui l'avertit car cette fille touchait à peine terre : la Lance était devant elle et lui tendait les bras.

La *bifur* de Saint-Maime-Dauphin luisait sous les platanes au clair de lune.

Dans l'habitacle d'une vieille *Atlantic*, Modeste Laviolette, l'apprenti chauffeur, réglait le foyer en attendant le départ. Depuis quelques instants, une bulle de vapeur chuintait du régulateur par un joint usé. Modeste s'interrompit pour inscrire cette anomalie sur la fiche de visite.

Modeste avait dix-sept ans. Il rêvait de devenir mécanicien. En attendant, il chauffait et il graissait la machine.

Son patron, le grand Chiousse, était debout au bord du quai, le buste tendu en avant. Il guettait l'arrivée du 4113 qui lui donnerait la voie. Cet ancien roulant avait conduit des trains de prestige, avant que la compagnie découvre qu'il lui manquait un dixième de vue. Depuis, on l'avait relégué ici, dans cette minable *bifur* d'un tronçon à voie unique, entre Volx et Forcalquier, où il était affecté aux basses besognes.

Ce soir, il allait devoir pousser six plates-formes de ballast jusqu'au PK 14 où le sous-sol glissait toujours. Belle marche pour un roulant de sa classe !

Il regarda avec rancœur les journaliers stoïques juchés sur les tombereaux, les mains serrées sur les manches de pioche, en une immobilité résignée. Ceux-là avaient peut-être des yeux de lynx. A quoi ça pouvait bien leur servir ?

La cloche de voie, qui sonnait lentement comme un glas, retentit à son oreille. Le 4113 venait de franchir le *crocodile* du Largue. Il surgissait dans la courbe. Sa lanterne glauque apparaissait, superflue sous le clair de lune.

Le mécanicien, apercevant son collègue, vint lui arrêter les tiroirs juste sous le nez et lui fit prendre un bon bain de vapeur en purgeant les freins. C'était une de ces plaisanteries de cheminot dont les roulants ne se lassaient jamais. Chiousse, par tradition aussi, lui décocha quelques belles insultes, mais déjà l'homme noir relevait ses lunettes et lui tendait le bâton rouge à bout de bras.

Sans ce témoin passé de la main à la main, du train montant au train descendant, nul ne pouvait s'engager sur un tronçon à voie unique.

Le grand Chiousse s'en empara et fonça vers la machine dont il escalada lestement le tablier. Le chef de sécurité occulta par deux fois le volet de sa lanterne. L'*Atlantic* cracha deux moustaches de vapeur bien parallèles au sol et, malgré les six mauvais tombereaux qui brimbalaient devant elle, ses roues passèrent de l'immobilité au mouvement en une ondulation souple de vague marine.

« Tu vois, petit, soupira Chiousse, c'est comme ça que je décollais la *Malle des Indes* en gare de Montmélian. Pas un voyageur ne se réveillait ! »

Bien qu'il l'eût entendue à plusieurs reprises, Modeste accueillait toujours cette déclaration avec un étonnement admiratif. Il était à bonne école. Il existait, sur la ligne, des patrons moins vaniteux que Chiousse, mais aucun ne conduisait ses foyers avec la même souplesse et Modeste surveillait attentivement tous les gestes qu'il accomplissait, tant il était certain que le secret était dans ses mains.

« Un jour, se disait-il, je décollerai moi aussi un train de voyageurs et ils ne se réveilleront pas non plus. »

En attendant, il cassait au marteau le charbon du Bois-d'Asson et, à temps perdu, il contemplait le clair de lune.

Les arbres fuyaient derrière le tender. Parfois, dans le désert noir des campagnes, quelque bastide de notables apparaissait, brillamment illuminée. « C'est la Saint-Pancrace, se disait Modeste. Ils s'en payent une tranche ! »

Tous les deux kilomètres environ, par luxe de sécurité, Chiousse tirait deux coups de sifflet très brefs pour soutenir l'attention des gardes-barrières qui veillaient aux maisonnettes, car cette marche d'un train dans la nuit, sur ce tronçon du réseau, était exceptionnelle. Les usagers des chemins auraient pu s'y méprendre.

Ce soin de tirer sur la soupape du détendeur, Chiousse ne se résignait pas encore à le laisser à son apprenti, bien qu'il le tînt en haute estime.

Il l'examinait, l'œil en coulisse. C'était un tenace, ce Modeste. Il savait ce qu'il voulait. Il ne se plaignait jamais. Le froid, la pluie, il supportait tout sans broncher. Par n'importe quel temps il parcourait à bicyclette les sept kilomètres séparant Forcalquier de la *bifur*, et il n'avait jamais une minute de retard.

« Pour la Noël, se promit Chiousse, je lui permettrai de tirer le sifflet. »

Il regardait avec une certaine commisération l'adolescent qui cassait le charbon avec entrain.

« Tu crois que tu aurais pas mieux fait de rentrer

dans la gendarmerie ? Comme ton père ? Au lieu de faire ce métier de malheur ?

– Ah ! C'est plus utile ! répondit Modeste avec un beau sourire.

– Alors ! Et arrêter les assassins ? Tu crois que ça n'est pas utile ?

– Pas toujours... », dit Modeste, qui ajoutait trois pelletées de charbon au foyer.

Il devait un jour se souvenir amèrement d'avoir prononcé ces deux mots.

Generoso, monté sur sa mule rétive, allait sous le clair de lune. Il commençait à se dire qu'il est bien difficile d'empêcher les gens de se suicider. Il avait eu le temps de ruminer son affaire depuis qu'il avait quitté Combe-Madame. Il aurait pu, bien sûr, alerter la gendarmerie, mais alors, à coup sûr, Attilio allait en prison. Et alors ? Et les deux enfants ? Et Carmonita enceinte ? Non... Il valait mieux tenter de régler ça par soi-même.

Seulement... Le président l'avait éconduit, le notaire ne l'avait pas reçu ; il n'avait pas osé aller chez le troisième inscrit... Ça lui avait paru par trop invraisemblable. Il lui restait deux clients sur sa liste : le minotier Pellegrin et le conseiller d'Ardantes. Et il se faisait tard, très tard...

Generoso, qui avait l'habitude des grands espaces, consulta le ciel pour y lire l'heure. La Vierge flottait au sud-est, un peu au-dessus des collines. Ça voulait dire dix heures du soir. La mule y mettait toute la mauvaise volonté possible. Pour trois pas en avant, elle en faisait un en arrière, effrayée, semblait-il, par l'ombre portée de ses deux grandes oreilles sous la lune.

Generoso la guida vers un chemin de traverse. Il

respira l'odeur du blé mûr. Rien n'est plus paralysant pour un pauvre que le parfum d'une minoterie. Chez n'importe quel riche, on peut se consoler en supputant la précarité des fortunes, mais dès qu'on s'approche d'un grand moulin à farine, on sait qu'il s'agit ici d'éternité. Surtout quand on peut lire sur toute sa façade, en lettres noires : « Grand moulin à vapeur », comme c'était le cas ici.

Ce moulin sentait la fête. Il était illuminé du haut en bas, comme les deux grosses maisons où Generoso était déjà entré. Autour de lui tombait le bruit des eaux et un vaste bassin calme y brillait sous la lune. Derrière les vitres passaient des ombres pressées. On entendait le tintement discret d'une vaisselle de luxe qu'on disposait.

Generoso demeura immobile sur sa mule plus d'une minute avant d'oser mettre pied à terre et d'aller frapper à la porte.

Un valet apparut, qui devait être aussi pauvre que Generoso mais qui était armé des richesses de son maître. Dès qu'il vit à qui il avait affaire, il prit un air de componction pour dire :

« Madame a ses œuvres !

– Je ne viens pas mendier ! » gronda Generoso.

L'autre mit sa main en cornet devant l'oreille.

« Je ne viens pas mendier ! cria Generoso. Je veux voir votre maître ! »

L'autre fit de son gros index un signe de refus.

« Voir le maître ? Non non ! C'est la Saint-Pancrace ! Le maître attend ses invités. Il ne reçoit personne. »

Comme beaucoup de sourds, il parlait très fort, ne s'entendant pas.

« Eh bien ? s'exclama de l'intérieur une voix impatiente. C'est fini ces palabres ? Achille vous dit que je ne reçois pas ! »

Quelqu'un descendait un escalier d'un pas nerveux. Sur le visage du valet passa l'expression d'une crainte sournoise. Generoso tenta de forcer le passage. L'autre le prit au collet et le repoussa d'un coup de genou. C'est ce qu'il ne devait pas faire. Generoso ne supportait pas qu'on portât la main sur lui.

Le valet se retrouva sur le gravier devant les pieds de la mule. Generoso entra dans la maison et referma la porte sur le sourd qui se dressait pour lui bondir dessus.

Il se trouva face à un homme jeune en habit de soirée, qui considérait Generoso avec étonnement en effilant ses moustaches.

« Eh bien, dit-il, que signifie ? »

Il était pâle.

« Pardonnez-moi, monsieur, dit Generoso, mais je n'ai pas le temps de discuter. Vous allez appeler et me faire jeter dehors. Voilà : tout à l'heure, un gamin vous a apporté quelque chose. Vous lui avez donné un louis pour ça. Ne prenez pas ça ! Vous entendez ? N'en prenez pas ! Si vous en prenez, vous mourrez ! C'est tout ! »

Il rouvrit la porte et fit face au valet qui barrait le passage les poings fermés.

« Conseillez-lui de me laisser passer, dit Generoso, si vous ne voulez pas être obligé de le remplacer dans son service.

– Achille ! Laisse-le passer ! » ordonna le maître.

Le sourd s'écarta de mauvaise grâce en proférant : « Sale *babias* ! » d'une voix haineuse.

Generoso monta sur sa mule. L'homme avait fait rentrer le sourd. Debout sur le pas de la porte fermée, il considérait l'ombre de son visiteur sous la lune.

« Attendez ! dit-il sur un ton de commandement. A moi, vous ne me faites pas peur !

– Je ne venais pas vous faire peur. Je venais vous avertir, c'est tout...

– Eh bien, moi je vais vous dire autre chose ! »

Il s'approchait calmement de la mule, les mains aux poches de son veston. Il s'approcha jusqu'à pouvoir regarder Generoso au fond des yeux.

« J'en prendrai *quand même* de votre poudre, dit-il. Vous entendez : quand même. Et pourtant je vous crois ! »

Il détourna lentement son regard qui balaya la façade entière de sa belle maison. Generoso machinalement en fit autant.

A la fenêtre du centre, un mystère était soulevé. Quelqu'un était debout, là, la lampe haute tenue par une main ornée de dentelle. Elle éclairait le visage d'une femme.

Le rideau retomba vivement et la lumière disparut de la croisée. Generoso resta pourtant le regard fixé sur cette vision distinguée en un éclair.

Ce visage de femme, il l'avait déjà oublié. Pourtant l'expression dont il était empreint le lui ferait reconnaître n'importe où : c'était celle d'un incurable ennui.

Le patron Chiousse libéra la soupape du détendeur qui fit entendre un long sifflement. Un sémaphore venait de brandir son bras levé et un indicateur de distance commandait l'arrêt à huit cents mètres.

Chiousse, bien avant ce signal, avait ralenti sa vitesse. Il avançait maintenant à dix à l'heure. Le convoi faisait si peu de bruit qu'on entendait dans les arbres le murmure du vent. Il venait de pénétrer dans l'imposante tranchée, longue d'un kilomètre, par laquelle au nom de l'utilité publique, on avait mutilé la cédraie d'Ardantes.

« Tu vois, petit, dit le patron Chiousse à son élève Modeste, ici on pénètre chez les vrais riches. Encore un peu, ils empêchaient la compagnie de passer ! Tu te rends compte ! Y a un grand-père d'Ardantes qui en est mort de fureur. Tu sais comment ? Il s'est jeté au galop avec son cheval contre la machine de l'express ! Ils ont été écrabouillés tous les deux, mais l'express a eu deux heures de retard... »

Modeste en siffla de saisissement. Il resta de longues secondes le ringard suspendu, qu'il s'apprêtait à plonger dans le foyer.

« Deux heures ! souligna Chiousse avec conviction. C'est pour ça que je m'en rappelle ! Ça a fait date ! »

Il se tut brusquement. Au bout de l'horizon deux fanaux à verres rouges lui indiquaient l'emplacement où il devrait arrêter la machine.

Le glissement était un peu plus loin, là où les tâcherons devaient recharger le ballast. Depuis le tremblement de terre de Lambesc, ici, à plus de cent kilomètres de distance, le terrain coulait autour de la voie ferrée. C'était imperceptible, bien sûr, sauf pour les ingénieurs du PLM, lesquels, à peu près tous les trois mois, venaient tenir des conférences devant le PK 14. Ils auscultaient ce tronçon de voie avec des délicatesses de sage-femme. Pour l'instant on pouvait se contenter de solutions de fortune, mais bientôt il faudrait employer les grands moyens, c'est-à-dire interrompre le trafic durant de longs mois.

C'est ce que Chiousse expliquait à Modeste en stoppant sa *Titulaire* à la hauteur des fanaux. Il essuya ses manettes comme il faisait à chaque arrêt et jeta machinalement un clin d'œil alentour.

A droite, entre deux murailles de cèdres, à moins de quarante mètres de la voie, se dressait une façade à balustrades, trouée de croisées brillamment éclairées.

Derrière ces vitres closes des silhouettes s'agitaient en une pantomime affairée. Une sorte de brouhaha joyeux filtrait à travers les murailles dont la rumeur s'entendait jusqu'au ballast.

« Ah chouette ! s'exclama Chiousse. Regarde ça, Modeste ! On est arrêté juste sous Ardantes ! »

Il vint s'appuyer au garde-fou. Son grand corps penché en avant paraissait vouloir plonger dans ces salles brillantes, mais en même temps ses yeux furetaient avidement parmi les boulingrins baignés de clair de lune.

« Ils doivent fêter la Saint-Pancrace ! disait-il. Ça sent le vol-au-vent jusqu'ici. »

Il se passa la langue sur les lèvres.

« Des fois, dit-il, on voit des choses extraordinaires ! Une fois au bord d'un jardin, j'ai vu une fille qui venait faire pipi ! Tu te rends compte ! »

Le ballast était juste à la hauteur du premier étage. La vue plongeait par les hautes croisées sur une vision de luxe. On apercevait les convives, les plats fumants, les girandoles de cuivre et leurs batteries de chandelles, les lustres à facettes qui diffusaient la lumière.

« Il y a des femmes ! jubila Chiousse. Elles sont décolletées ! »

La moitié de son corps se balançait hors de l'habitacle.

« Tiens, Modeste ! Passe-moi un peu ma biasse qui est pendue au gabarit ! Moi, de voir manger, ça me donne faim ! Et soif ! Regarde ! Tu vois ces seaux sur les tables ? C'est du champagne ! Ils boivent du champagne, les capons ! Eh dis, Modeste ! Regarde ! Tu regardes pas ? »

Modeste tournait le dos et dégageait la longue burette de graissage.

« Oh ! dit Chiousse. Toi alors ! Ni tu manges ni tu bois ! Et les filles ? Je parie que... »

Modeste en souriant hocha la tête négativement. Il descendit le marchepied.

« Vous croyez, dit-il, que cette machine a tiré un grand train autrefois ?

– Sûr ! dit Chiousse. Elle a tiré l'*Orient-Express* au moins deux ans. Regarde le poinçon sur le timbre. »

Il parlait la bouche pleine et sans quitter des yeux la façade d'Ardantes. Il avait oublié les machines et la compagnie.

« L'*Orient-Express...* », répéta Modeste rêveusement.

Il descendit du côté opposé au château. Là, le vert olivâtre de la machine luisait sous la lune. On entendait le bruit monotone des fourches à ballast manœuvrées au long de la voie par les journaliers qui déchargeaient les plateaux. La chaudière chuintait comme une bouilloire de ménage au coin du feu. Modeste contempla les bielles brillantes. Il se prit même à passer la main sur l'alésage bien huilé, pour le plaisir de toucher cette puissante matière.

Quand il contourna le tender pour venir graisser le côté pair, Chiousse s'exclamait toujours, la bouche pleine, en regardant manger les riches.

Pour ne pas vexer son patron en ayant l'air de mépriser ce qui le passionnait si fort, Modeste leva les yeux sur la maison. Il la vit luxueuse et brillante, mais aussitôt, lui qui n'était pas passionné, il éprouva un étrange malaise devant cette fête. Il déposa sa burette et s'adossa au tablier pour mieux observer.

La façade noire cernée par les grands cèdres et les trouées éclatantes de ses croisées se fondaient en une irréalité de songe.

Modeste les contemplait comme un spectacle qui se

serait déroulé très longtemps avant ce soir ou bien très loin d'ici ; comme si tous ces personnages devaient s'évanouir devant lui, s'il s'avançait vers eux, à mesure qu'il les traverserait.

Il distinguait des bras nus, des robes moirées, des messieurs de noir vêtus qui gesticulaient de la fourchette et s'interpellaient d'un bout à l'autre des tables. Parfois, deux des dames, qui jusque-là riaient à gorge déployée en montrant leurs dents, se levaient vivement, venaient combler de leur silhouette l'ébrasure d'une fenêtre. D'abord tournées l'une vers l'autre, l'expression de leur visage se fermait, s'imprégnait d'un sérieux affairé. Elles se parlaient bas. L'une présentait brusquement son dos à l'autre qui passait ses mains sous la robe et desserrait quelque chose. Parfois, on apercevait alors le sommet d'un busc noir et le patron Chiousse soulignait cette découverte en s'exclamant plus sourdement.

Parfois, pendant cette opération, un homme venait les surprendre. Il s'ensuivait des rires, des dérobades, des tapes sur les mains avec des éventails de soie.

« Ce doit être des particulières ! commentait le patron Chiousse. Les femmes honnêtes portent des corsets blancs ! »

Il buvait un solide coup de rouquin entre chaque remarque.

La houle du vent de Lure soulevait les rames basses des cèdres. La lune descendait. Sa lumière oblique estompait le relief du paysage sous la nuit. Elle désincarnait les êtres et les choses. Il se faisait très tard.

Modeste frissonna sans avoir froid. Subtilement, les silhouettes qui évoluaient sous ses yeux semblaient émerger hors de leur quant-à-soi journalier comme d'une chrysalide. Les gestes des convives se faisaient à la fois plus précis et plus incohérents. A la souplesse onctueuse des ronds de jambe et des délicatesses de table, l'automatisme saccadé de mouvements incontrôlés succédait.

L'impatience rapide de leur mimique dénonçait chez ces êtres policés une avidité mal refrénée.

Un rire strident fusa, assez puissant pour traverser les murs, dominer le murmure des grands arbres et venir mourir aux oreilles de ces deux hommes en bleu de chauffe dont les visages rougeoyaient devant la fournaise du foyer ouvert.

« Modeste ! » s'exclama Chiousse.

Ses mâchoires s'étaient immobilisées sur ce cri. Il ne songeait pas à avaler la bouchée de nourriture qui lui faisait une fluxion sur la joue. Son index tendu désignait cette croisée où un homme venait de glisser la main dans le corsage de sa voisine. Quelqu'un se dressa devant cette vision. Et, comme si ce mouvement eût été un signal, en un instant tout le monde fut debout. Les convives évoluaient à travers les salons avec rapidité. Ils surgissaient et disparaissaient d'une fenêtre à l'autre. Valsaient-ils ? On n'entendait pas de musique. Des poursuites plus ou moins brèves s'engageaient et s'achevaient. Des silhouettes s'interposaient brièvement devant les girandoles et soufflaient les bougies. Une pénombre complice se tramait autour des tables désertées que desservaient des valets impassibles.

Alors, une porte-fenêtre s'ouvrit brutalement, à deux battants, et sur le balcon qu'elle commandait une femme s'avança qui traînait un homme collé contre elle. On ne le voyait pas. On distinguait seulement ses mains refermées sur le buste de cette femme.

Par cette croisée brusquement repoussée, tous les secrets de la maison se déversaient maintenant : voix graves ou aiguës, rires, exclamations, cris de surprise ou de frayeur. Le vent les apportait jusqu'au ballast, les composait en une nonchalante rumeur que se renvoyaient les rames des cèdres lentement balancées.

« Oh fan de garce, Modeste ! s'exclama Chiousse. Mais qu'est-ce qui se passe là-bas dedans ? On dirait des bêtes ! »

Modeste serrait avec force la poignée huileuse de sa burette. Ces fantoches lointains, aux gestes d'automate, ne cessaient de lui paraître désincarnés, découpés sur la lumière comme des marionnettes. Il suivait des yeux, incrédule, de fenêtre en fenêtre, les couples qui luttaient, vociférants ou muets.

Son regard affolé errant d'un bout à l'autre de la façade finit par accrocher le perron de l'entrée. Une ombre se glissait hors de la maison. C'était un personnage ensoutané qui se tint debout au sommet du degré, épiant de tous côtés les allées sous la lune. Il hésitait à s'en aller, contemplait la façade, trottinait de long en large ; enfin il se mit les mains sur les oreilles et s'élança dans l'escalier. Au bas des marches, il s'orienta rapidement et fonça vers les communs dont les lumières brillaient au fond de la cour.

Alors, devant l'homme noir surgit d'une allée obscure une mule qui se cabra à sa vue. Elle hennissait et renâclait. Son cavalier la maîtrisait à grand-peine. Il mit pied à terre.

Les deux hommes qui épiaient la scène depuis la machine l'entendirent crier : « Mio padre ! » Ils le virent se cramponner au bras du prêtre et lui expliquer quelque chose à grands gestes, en essayant de l'entraîner vers la maison qu'il lui désignait. Mais le prêtre résistait de toutes ses forces. Il leva les mains devant lui, esquissa deux ou trois mimiques de dénégation et se dégagea pour s'esquiver sous les arbres.

L'inconnu, demeuré seul, enrêna sa monture à la

rampe ouvragée de l'escalier. Il recula sur la pelouse sauvage pour embrasser l'ensemble de la façade. Il était là devant, bras ballants, ne sachant que faire, mesurant qu'ici aussi il arrivait trop tard.

Alors, la porte du perron s'ouvrit à nouveau toute grande en claquant contre le mur. Sur la lumière du corridor, un couple bizarre apparut dans le chambranle ; une étrange masse compacte plutôt, de deux êtres dont la chair pâle se distinguait des genoux jusqu'à la ceinture et dont, littéralement, l'un portait l'autre devant lui.

L'inconnu recula de plusieurs mètres devant cette vision. Le patron Chiousse n'en croyait pas ses yeux.

« Regarde, Modeste ! Qu'est-ce que c'est ? On dirait un homme et une femme. Mais... Qu'est-ce qu'ils ont ? Mais qui est-ce celui-là ? Mais qu'est-ce qu'ils font ? »

En une marche titubante, l'incompréhensible amalgame de ces deux corps soudés se déplaçait au long des marches, dans le clair-obscur, atteignait la pelouse. Et derrière lui, par la porte béante, se déversait une débandade d'hommes et de femmes dépoitraillées, dont les soies et les bijoux accrochaient soudain l'éclat du clair de lune et qui fuyaient vers les communs où piaffaient les chevaux. Leur ruée s'accompagnait de cris et de jurons. Quelques-uns marchaient les jambes arquées comme s'ils eussent poussé devant eux quelque lourde brouette. Il y eut des claquements de fouet sur des croupes rétives. Sous les capotes des cabriolets, balbutiaient des voix incohérentes. Toute une psalmodie rituelle montait vers les grands cèdres en une rumeur de scandale et de tragédie.

Cependant, le couple à demi nu tournait sur la pelouse comme en une danse de derviche, lugubre et sans musique.

Le cavalier inconnu se tenait à trois mètres de l'apparition, les bras écartés, les suivant dans leurs évolutions comme s'il avait été aimanté.

« Il faudrait..., souffla Modeste.

– Rien ! chuchota le patron Chiousse. Se faire mince ! C'est des histoires de riches... »

Mais l'homme qui tout à l'heure discutait avec le prêtre scrutait maintenant l'horizon à la recherche de quelque secours. Soudain, il aperçut sur la voie la machine chuintante. Chiousse et Modeste le virent se précipiter vers le ballast et l'escalader. Il s'arrêta hors d'haleine devant eux.

« Vite ! Venez vite ! Venez m'aider ! cria-t-il.

– Vous êtes momo ! répliqua Chiousse. Vous aider ? A quoi ? D'abord, on peut pas abandonner la machine.

– Si, vous pouvez ! Si, vous pouvez ! Si vous êtes chrétiens, vous pouvez ! Je suis Generoso Mosca ! Vous voyez je vous dis mon nom ! Ne faites pas comme le prêtre ! Il a fui comme un capon ! »

Ces paroles frappèrent le patron Chiousse, qui n'aimait pas les curés. Et, sans bien savoir de quoi il s'agissait, le besoin lui prit d'en remontrer au clergé. Il sauta sur le ballast.

« Allons-y ! » dit-il.

Modeste avait déjà replacé sa burette sur le plancher de l'habitacle.

Les trois hommes dévalèrent le talus et foncèrent sous l'ombre des arbres où le couple informe venait de disparaître. Ils le rattrapèrent sous le père de la cédraie, qui mesurait cinquante mètres de haut. Ils s'arrêtèrent net à quelques pas de l'apparition.

L'homme était grand, fort, mal équarri. La femme, recroquevillée sur elle-même, était puissamment imbriquée à lui, comme un monstrueux appendice. Ils évoluaient sur les aiguilles du cèdre, au centre de ce large espace que son ombre avait ménagée, en une sorte de rythme lubrique mais désespéré qui les projetait au loin à chaque élan, mais ensemble.

De leur visage, on ne distinguait que la pâleur et que les contours estompés, mais, comme sur des gisants héraldiques, le clair de lune sculptait une expression d'horreur sur leurs traits révulsés.

« Ils n'y arriveront pas ! gémit Generoso. Ils n'y arriveront jamais tout seuls !

– A quoi ? demanda Chiousse.

– A se séparer ! Vous ne voyez pas qu'ils essaient de se séparer ?

– Qu'est-ce qu'il faut faire ? demanda Modeste.

– Les foutre dans le bassin !

– Comment, les foutre dans le bassin ? s'exclama Chiousse. Mais dites ! On est des cheminots, on est pas des bandits !

– Ils vont mourir ! dit Generoso en joignant les mains. Ils vont mourir si on les fout pas dans le bassin. Et tout seul, je peux pas ! »

Le grand Chiousse essayait de maîtriser la situation, mais elle était trop déconcertante pour sa tête de cheminot. En outre, il était hanté par une seule crainte : il avait laissé *en plan* une machine de la compagnie ! Si un ingénieur passait, il serait révoqué. Il fallait revenir au plus vite vers la loco. Et la manière la plus rapide d'y arriver, c'était d'obéir à ce Generoso.

« Prends-les par les pieds ! cria-t-il à Modeste. Essayons de les faire tomber ! Après ce sera plus facile ! »

C'était surtout plus facile à dire qu'à faire et ça leur fit une drôle d'impression à tous les trois de toucher cet amas de chair convulsée de terreur, cet affrontement terrible de deux corps qui se rejetaient de toutes leurs forces sans y parvenir.

On sentait qu'il s'étaient épuisés de cris et que maintenant, ils réservaient leur énergie pour la lutte. Aucun son ne s'échappait plus, à travers leurs dents serrées. Elle, repoussait la tête de l'homme tous ses doigts écartés. Ses ongles étaient enfoncés dans la chair et le sang coulait au long des phalanges.

Un instant, par une faille du feuillage, un éclat de lune tomba sur les traits de la femme. Ils étaient crispés dans un dégoût ineffaçable qui les ridait comme une vieille pomme. Un regard insoutenable filtrait à travers les cils. « Je ne l'oublierai jamais », se dit Modeste.

Un souffle de machine passait sur le couple. Un râle puissant qui n'était pas celui de l'agonie ; qui n'était pas celui de l'amour. C'était le ahanement d'un bûcheron chargé d'un tronc trop lourd pour lui et qui commence à fléchir. C'était l'expression d'une intolérable souffrance.

« Au lavoir ! soufflait Generoso. Au lavoir ! Il est là au pied du mur ! »

Il désignait sous le cèdre quatre canons de cuivre embouchés sur un fronton et qui se déversaient en silence au ras du bassin. Ce lavoir aux pierres lisses était au niveau du sol. Il suffirait d'y faire basculer le couple.

Mais dès qu'ils eurent porté la main sur eux, l'instinct de conservation se réveilla chez ces deux pauvres êtres. Ils se regimbèrent, tentèrent d'échapper. Ils étaient hérissés de défenses comme un buisson d'épineux. Chiousse prit sur la joue un coup de griffe qui lui fit l'effet d'une brûlure et Generoso cria de douleur sous un coup de pied qui l'atteignit près du basventre.

Mais cette lutte du couple contre lui-même et contre ses trois agresseurs était inégale. Les hommes avaient des forces fraîches, ils étaient pressés d'en finir et, de plus, les hasards de la bousculade les avaient rapprochés du plan d'eau.

En un effort conjugué, ils réussirent à soulever de terre cette masse qu'ils étreignaient, qu'ils étouffaient entre leurs corps en sueur ; cette masse qui leur répugnait et qui les attirait à la fois. Ils oscillèrent un instant avec elle, d'un côté de l'autre. Generoso parvint à prendre appui sur la margelle lisse. Alors, il s'accrocha de tout son poids à l'homme colosse qui résistait. Les deux autres poussèrent. Generoso bascula en arrière, mais il entraînait avec lui la masse du couple.

Le plongeon fit un bruit formidable. Les deux cheminots se trouvèrent trempés tout entiers. L'eau était glaciale. Déjà Generoso se relevait. Il avait une figure de noyé, les cheveux collés au crâne. Déjà, il sortait vivement du bassin. Il s'enfuyait là-bas, vers la mule qu'il détachait du perron en criant : « Foutez le camp ! Ne restez pas là ! Foutez le camp ! »

– Mais ! » dit Modeste.

Il regardait stupidement le couple se débattre, se demandant s'il n'allait pas se noyer. Il le contemplait subjugué se dresser hors de l'eau, y retomber, faire bouillonner d'un reflux de tempête ce bassin qui débordait sur les aiguilles de cèdre. Et soudain, il entendit comme le bruit d'un tonneau qui se débonde. Il distingua, debout et enfin séparées, les deux silhouettes nues jusqu'à la ceinture.

Tout ceci s'était déroulé en l'espace d'une minute. Déjà le patron Chiousse empoignait Modeste par le bras et l'entraînait rudement. Déjà on entendait sous l'allée la cavalcade de la mule lancée au galop.

« Foutons le camp ! criait le patron Chiousse. En vitesse ! Surtout qu'ils ne nous reconnaissent pas, vains dieux ! »

Il poussait Modeste devant lui, à coups de bourrades, presque de pied au cul, pour le faire se presser. Il le projetait en haut du ballast. Il le hissait sur la plateforme à la force du poignet.

« C'est des histoires de seigneur ! vociférait-il. On a eu tort de s'en mêler ! Celui-là, avec sa mule, ils ne pourront pas le reconnaître ! Tandis que nous... Avec nos bleus, nos foulards et nos lunettes... On est propres, tiens !

– Vous croyez, dit Modeste qui claquait des dents, vous croyez qu'ils étaient en état de reconnaître quelqu'un ?

– Oh ! s'exclama Chiousse, t'en fais pas ! Les seigneurs, ça perd jamais le Nord ! Même à l'article de la mort ! C'est pour ça qu'ils sont riches ! »

Là-bas, au bout de la perspective des six tombereaux, un fanal se balançait inlassablement. La lune venait de disparaître. La nuit soudain était obscure, sauf ce fanal et les reflets du foyer.

« Malheur ! dit Chiousse, on a cinq minutes de retard ! »

Il s'agrippa au sifflet, en tira trois ululements de panique.

Le fanal cessa de se balancer et, au bout de trente secondes, il exécuta un seul mouvement de bas en haut. Cela signifiait que tous les tâcherons étaient remontés sur les tombereaux.

Dans son désarroi, Chiousse arracha le convoi brutalement. Il se retourna pour contrôler sa marche arrière. Il tâtait sa joue griffée.

« Qui sait si elle était pas enragée ? dit-il. Et moi... comment je vais expliquer ça à ma femme ?

– Qu'est-ce que c'était, vous croyez ? demanda Modeste.

– Des histoires de seigneurs..., grommela Chiousse.

On a eu tort de s'en mêler... D'ici à ce que ça nous retombe sur la poire... Cinq minutes, tu te rends compte ? Cinq minutes de retard ! »

Il ramena le convoi à la bifur de Saint-Maime. Il rendit précipitamment le bâton au chef de sécurité. Il était pressé de s'enfuir, de rentrer chez lui, de tout oublier. Les événements le dépassaient. Il tenait à n'y pas réfléchir, à s'en débarrasser. Il se concentrait sur ces cinq minutes de retard pour ne pas se souvenir de ce à quoi il les avait occupées.

« Tais-toi ! cria-t-il à Modeste en le quittant. Surtout ne dis rien à ton père ! Tu entends ? Rien !

– Oh mais..., commença Modeste.

– Rien, je te dis ! C'est des histoires de seigneurs ! On aurait sur les doigts ! »

Dans les grands platanes de la bifur, les fumées du Bois d'Asson se déroulaient nonchalamment. La nuit commençait à sentir le matin.

Ce fut cette nuit-là, sur le coup de deux heures, qu'on entendit par tout Forcalquier la cavalcade rapide d'attelages qu'on remisait. On entendit aussi des exclamations et des cris de douleur, avant que, sur les secrets des notables, les lourdes portes cochères ne se referment.

Il y eut un peu plus tard le va-et-vient furtif de valets sur des chaussons qui arpentaient le pavé en balançant une lanterne. Enfin, avant la fin de la nuit, on commença à percevoir le grincement affreux d'un essieu mal graissé. C'était le docteur Pardigon qui faisait du porte-à-porte.

Tiré par une frémissante haridelle, son cabriolet aux planches éclatées comme celles d'un meuble ancien stationna longuement devant certains portails où chacun pouvait mettre un nom. Il y eut des volets doucement écartés sur des insomniaques curieux, lesquels voulaient savoir qui avait besoin du médecin à cette heure. Et lorsqu'on voyait qu'il s'agissait de quelque notable, on était déçu. On se disait : « Oh ! ce sera encore quelque indigestion ! Hier, ils ont fêté la Saint-Pancrace. »

On ne connut le véritable drame qu'au matin, au lever des brumes qui traînaient toujours sur les plaines de Mane. Sous leurs peupliers et leurs marronniers, émergèrent alors de la nuit ces *bastides* que les pères de ces messieurs s'étaient fait construire autrefois, afin que le commun des mortels comprît bien qu'ils n'en faisaient pas partie. Ces bastides n'étaient que bassins et rocailles, allées d'ifs, de buis, de troènes. Elles étaient tristement sérieuses, mais une certaine vieillesse les parait déjà d'une patine de bon aloi.

Elles n'avaient pas, jusqu'à ce jour, connu de drames, mais lorsque le matin se leva un frisson passa sur les bassins et les fontaines et soudain l'air et le silence se froissèrent ensemble. Le vent d'un grand malheur inclina les grands arbres.

A Messicourt, propriété du notaire, entre le Largue et la voie ferrée, tout était à sept heures silencieux et désert. Les poules caquetaient mezzo voce. Le coq n'avait pas chanté. Deux volets claquaient régulièrement quand le vent forcissait et, derrière eux, une lampe à pétrole allumée pâlissait avec le jour.

Le battant de la porte d'entrée était béant sur l'escalier à tapis cloué. Sur le terre-plein, entre les marronniers, un boghei, les bras levés, était dételé. On entendait derrière la porte de l'écurie souffler un cheval sur les feuilles mortes.

Un homme ahuri, en sarrau de bouvier, parut sur le seuil, en haut des marches. Il hésita une seconde en observant le boghei. Il écouta souffler le cheval. Il branla du chef et se dirigea vers les soues où il disparut quelques minutes. Lorsqu'il revint, il tenait par le bridon un gros âne qu'il enfourcha avec des jurons de douleur. L'âne était plus vieux que l'homme, les yeux chassieux, l'échine bosselée de verrues. Il avançait tête basse, afin d'ignorer ce qu'il restait de route à parcourir. Dans la côte de Mane à Forcalquier il s'arrêta trois fois. Lui et l'homme faillirent s'endormir. Le train qui sifflait au sortir du tunnel les réveilla.

Ils entrèrent dans Forcalquier vers les neuf heures. Le facteur qui les rencontra leur fit fête.

« Oh, père Aillaud ! C'est pas souvent qu'on vous voit en ville ! Ça va la daube ?

– Non, ça va pas. La gendarmerie, c'est toujours au même endroit ?

– Eh..., malheureusement ! »

Aillaud attacha l'âne au bridoir resté libre. Deux chevaux de gendarmes, comme lustrés au cirage, les sabots passés à la pâte à sabre, s'écartèrent ostensiblement de ce compagnon sans prestige en reniflant de mépris. L'âne, tête basse, fit semblant de dormir.

Le vieux laissa retomber trois fois le heurtoir et, n'entendant pas de réponse, il s'engagea dans le corridor. Dominée par le fumet du charbon de Sigonce, une odeur de fumier et de cuir l'accueillit. On entendait des bruits de ringard et de couvercle de poêle.

Traînant les pieds, le père Aillaud gravissait cet escalier en colimaçon mais large comme une nef de chapelle.

Au premier, le palier donnait sur une pièce à la porte toujours ouverte où un écriteau indiquait « Bureau ».

Le brigadier Laviolette et le gendarme Chabrand semblaient occuper tout l'espace libre. L'un tenait ouverte la porte d'un poêle où l'autre enfournait deux blocs de lignite persillée de pierre. L'air est encore frais, en mai, à Forcalquier. Dans ces rues patriciennes, le soleil est interdit de séjour. En toute saison, à part les odeurs ordinaires de fumier et de cuir moisi, la gendarmerie sentait le caveau mortuaire.

Il y avait un escabeau dans un coin. Le vieux s'y affala sans mot dire et attendit.

Les gendarmes refermaient la porte du poêle, puis se redressaient en époussetant leurs mains. L'un était immense et jeune. L'autre portait une quarantaine rubiconde. Son ceinturon desserré de deux crans soulignait une panse coquette. Ils virent le vieux en même temps.

« Eh bien ! dit Chabrand. On entre ici comme dans un moulin, à ce que je vois ?

– J'ai frappé, dit le vieux, vous faisiez trop de bruit.

– Laissez, dit Laviolette. C'est le fermier du notaire. Alors, père Aillaud, on vous a volé des poules ?

– Oh ! s'exclama le vieux. Oh ! »

Il souleva sa main et la laissa retomber sur sa cuisse.

« Me Boutedieu est mort, annonça-t-il.

– Mort ? s'exclama Laviolette. Je lui ai parlé hier !

– Vous lui avez parlé hier, mais ce matin il est mort ! Et puis... Y a pas que lui qui est mort : sa particulière aussi, elle est morte.

– Sa particulière ?

– Juste ! La Bridaine Forneyron. Celle que, soi-disant, elle lui sert de gouvernante.

– Oh la la ! s'exclama Chabrand, mais que voulez-vous que nous y fassions, nous autres ? »

Le vieux releva la tête et le regarda d'un œil torve.

« Dites un peu, Laviolette, proféra-t-il. Expliquez un peu à votre gendarme que si je suis venu vous trouver, c'est que ça vous regarde. Ou alors, moi, je laisse bouillir ! »

Il se levait, il tournait le dos, il s'en allait. A cet instant, dans l'escalier, une cavalcade de pas retentit, que soulignaient des exclamations affolées. Un couple fit irruption qui déborda le père Aillaud et le rejeta dans son coin.

« M. le président ! criaient-ils. M. le président s'est pendu ! »

C'était un jeune couple. Elle était en tablier de dentelle et lui en gilet rayé jaune et noir. On savait tout de suite à qui on avait affaire. Elle avait de beaux yeux noirs très brillants à l'abri de ses lorgnons. Lui louchait à en perdre l'équilibre, mais tous deux avaient l'air faux avec un ensemble parfait.

« Attendez un peu ! commanda Laviolette. Vous m'annoncez trois morts à la fois... Or, à Forcalquier, depuis onze ans que je suis là, quand il y en a un par semaine, tout le monde crie à l'épidémie !

– C'est pas naturel ! renchérit le gendarme Chabrand.

– J'ai jamais dit que ce l'était, grommela le père Aillaud.

– Nous non plus, dit la servante en tordant son tablier. Quelqu'un qu'on trouve la corde au cou, vous savez... »

Un imposant équipage défilait sur le chemin qui longe la Laye au lieu dit le faux pas de Vénus. Quatre chevaux superbement montés de gendarmes colorés, habit bleu république, fourragères dorées et cocardes tricolores, encadraient le cabriolet verdâtre du docteur Pardigon.

Derrière, à plus de cent mètres, venaient la bourrique fatiguée du père Aillaud et, plus loin encore, en une affreuse mastication de squelette claquant des mâchoires, le tonneau à pétrole de feu le président Serenne, piloté par le domestique bigleux.

Ils se séparèrent au bout du pont. Laviolette dépêcha deux hommes en avant pour accompagner le tonneau, avec mission de l'attendre et de consigner les témoins.

Gardant avec lui le gendarme Chabrand, il prit la

route de Messicourt, derrière le fermier du notaire.

Les deux *folies*, Messicourt et La Mivoye, n'étaient séparées que de quelques dizaines d'hectares de bonne terre. Toutes deux étaient flanquées d'un jardin d'hiver ; toutes deux étaient agrémentées de gloriettes. Seulement, des tuiles vernissées en forme d'ardoise couvraient la toiture de celle du président Serenne. Ses losanges multicolores s'apercevaient de très loin.

A Messicourt, depuis que le père Aillaud en était parti, rien n'avait apparemment changé. Le boghei était toujours bras levés, le cheval soufflait sous la porte, les poules retenaient leurs gloussements. Un jet d'eau étique chuintait sur la rocaille.

Laviolette tomba en arrêt, les bottes en équerre, devant un tas de crottin.

« Il y avait deux attelages, ici, hier au soir, dit-il.

– Ma foi ! Moi je suis de l'autre côté de la maison !

– Et votre femme ?

– Elle doit être à faire bouillir aux cochons.

– Quand Me Boutedieu vient ici, qui fait la cuisine ?

– Ils apportent tout tout fait. Ils font chauffer sur les braises.

– C'est votre femme qui allume les feux ?

– Oui.

– Qui sert à table ?

– C'est la particulière... Qui sert à tout ! dit-il en ricanant. Enfin... Maintenant, elle servira plus à rien. Des fois... »

Il s'arrêta net.

« Des fois quoi ?

– Oh... des fois ils amènent la Lance. C'est leur souillon de Forcalquier. Elle a la danse de Saint-Guy. Soi-disant elle sert aussi. Des fois...

– Dites, suggéra le docteur Pardigon, si on montait voir d'abord de quoi il retourne ?

– C'est ça ! Montons voir... »

Ils s'engagèrent au bout du vestibule parqueté sur l'escalier à tapis qui feutrait le bruit de leurs bottes. Au premier, le couloir était large. Les portes à deux vantaux étaient peintes en vieux bleu avec des rinceaux dorés.

L'une d'elles béait sur une vaste chambre à deux fenêtres sous un plafond à caissons. Entre les croisées veillaient les médaillons des ancêtres. C'étaient les portraits de deux êtres qui n'avaient pas dû rire ensemble chaque nuit. Ils avaient, pour l'éternité, les lèvres scellées sur des secrets d'alcôve.

Devant l'une des ébrasures, sur une table en trèfle à quatre feuilles, une lampe à mèche achevait de consommer son pétrole. Le soleil chaleureux de ce matin de printemps traversait sa flamme diaphane. Un encrier était posé à côté d'elle, sur une feuille de papier timbré.

Vue du seuil, cette chambre en imposait comme une église. Laviolette hésitait à y porter ses bottes. Il était devant ce sanctuaire comme devant une lettre qui ne lui serait pas adressée.

En revanche, les chambres de toute espèce constituaient la pâture quotidienne du docteur Pardigon. Il s'y était déjà aventuré résolument, quand il appela les deux gendarmes auprès de lui.

Ils entrèrent sur la pointe des bottes, mais c'était inutile. Le lit large, opulent, haut sur pattes, sortait d'une demi-alcôve endentelée de stuc. La literie avait volé en tous sens et jonchait le tapis. Le drap de dessus, richement monogrammé, était en écharpe sur le parquet.

Parmi ce beau désordre une montagne de chair

cireuse gisait sur le matelas, qui, de prime abord, paraissait inexplicable. C'était une femme jeune qui chevauchait les chairs débordantes d'un homme d'âge en un élan arrêté dans sa fougue superbe. Le corps de la femme était capiteux même dans la mort. En un déploiement d'éventail, sa chevelure ensevelissait les deux visages dans son linceul noir.

Le spectacle avait fichu les deux gendarmes au garde-à-vous et l'oraison funèbre tombait des lèvres du vieux père Aillaud qui s'était signé en entrant.

« Ça va pas être commode pour les habiller », dit-il.

Pardigon virevoltait autour du lit, se baissait, s'agenouillait, ajustait son lorgnon. Il poussait des grognements indistincts. Il ne parvenait pas à trouver une position commode pour faire ses constatations. Il finit par s'allonger sur le flanc, sur la partie laissée libre par les cadavres. Au centre de l'amalgame qu'ils composaient, il plongea le bras. Il s'attarda plus d'une minute à palper des replis froids de lui seul connus. Il grognait de plus belle. Il s'agenouilla, approcha son nez des visages des morts qu'il se mit à flairer avec circonspection. Enfin, il se redressa en poussant un vaste soupir.

« Le coït sidéral..., souffla-t-il.

– Qu'est-ce que vous dites ? murmura Laviolette.

– Je dis, reprit Pardigon, qu'ils sont morts du coït sidéral. C'est le deuxième que je vois de ma vie. Le premier c'était... »

Soudain, il se passa la main devant la barbe.

« Oh, nom de Dieu, Laviolette ! Mais... tous ces symptômes et cette nuit... »

Il ôta son lorgnon, saisit à pleines mains la chevelure de la morte où il enfonça les narines. Puis il remit son lorgnon et, à nez touchant, fixa longuement les yeux morts grands ouverts.

« Parbleu ! souffla-t-il. J'aurais dû m'en douter...

– Parlez clair... », gronda Laviolette.

Pardigon haussa les épaules.

« Parlez clair ! répéta-t-il sur le même ton. Priapisme lancinant... démesuré... Couleur et dimension d'aubergine... Comme si vous faisiez une ligature à un membre et que vous l'oubliiez... la taille du gland atteint celle d'un chapeau de cèpe... D'abord – notez bien le *d'abord* –, c'est la joie pour tous les deux. Et puis ça ce gâte rapidement. Ce qui cause le priapisme chez l'un, provoque la constriction chez l'autre. Phénomène de mécanique nerveuse comme lorsqu'on se décroche la mâchoire... A partir de ce moment-là, c'est trop tard... »

Il claqua la paume droite contre son poing gauche fermé et fit le geste de visser l'un sur l'autre.

« A partir de ce moment-là, ils sont soudés l'un à l'autre comme des frères siamois. L'un est coincé dans l'autre comme une tapette à rats... Je ne sais pas si je me fais bien comprendre ?

– Oïe ! », s'exclama sourdement le gendarme Chabrand.

Devant un tel luxe de détails, des gouttes de sueur lui perlaient le long de la nuque jusqu'au col de l'uniforme.

« Et... en somme... De quoi sont-ils morts ? demanda Laviolette.

– D'amour ! proféra Pardigon. Ils ont dû essayer désespérément de se dégager. Mais au plus ils remuaient... Ils sont morts dans l'orgasme... »

Il essuya rêveusement son lorgnon.

« Ça a dû être horrible..., ajouta-t-il avec une sombre satisfaction.

– Eh bien !... dit Laviolette en s'épongeant le front. Mais ils ont dû hurler comme des loups ?

– Nous on a rien entendu ! s'exclama précipitamment le père Aillaud. Nous on est à la ferme, au nord, de l'autre côté...

– Vous savez..., dit Pardigon, il est certain que leurs cris devaient s'entendre jusqu'à la voie ferrée.

– Rien ! répétait Aillaud. Rien ! Nous on travaille ! La nuit on dort ! »

Laviolette dégageait son cou du col de l'uniforme et, pour faire diversion au spectacle, il marchait vers la fenêtre. Il saisissait sur la table le papier timbré, sous la lampe à pétrole qui brûlait toujours. Il était couvert d'une écriture calligraphiée et d'une signature qui tenait la moitié de la page.

« Il lui léguait tout..., dit-il.

– A qui ? » demanda Pardigon.

Laviolette fit signe vers le lit. Il vint considérer de près le père Aillaud adossé au mur.

« Il semble que vous vous soyez trompé, lui dit-il. C'est seulement cette nuit, après ce testament, qu'elle est devenue particulière. Elle devait lui tenir la dragée haute. »

Il se rapprocha de Pardigon, qui fournissait à Chabrand encore quelques détails horribles.

« Est-ce qu'on ne pourrait pas... », dit-il.

Il fit de ses deux mains le geste d'ouvrir une huître.

« Oh ! si fait ! dit le docteur. Maintenant on doit y arriver... Mais vous êtes encore jeunes, votre gendarme et vous, et je voudrais bien vous éviter... parce que... Quand je vais les séparer...

– Il faudra bien, pourtant, grogna Aillaud. Faudra bien les habiller... Faudra bien les mettre en caisse. On va quand même pas les enterrer... »

Il fit un geste dégoûté vers le lit.

« ... comme ça ? ajouta-t-il.

– Oh ! Vous êtes bien pressés ! s'exclama Pardigon. Sûr qu'on va pas les enterrer comme ça ! D'abord je vais faire venir le tombereau du père Miane et on va les transporter à l'hôpital pour l'autopsie. »

Laviolette sursauta.

« Comment, l'autopsie ?

– Ah oui ! J'ai oublié de vous dire : il va falloir prévenir le parquet. Parce que : le coït sidéral, le priapisme, la constriction, tout ça... ce n'est pas naturel. Ça arrive ! Mais enfin, ici ce n'est pas le cas. Les cheveux de la femme sentent la souris morte. Ils sont rêches comme si on les avait roussis. Je les ai palpés tous les deux, ils ont les reins gros comme des boules de croquet. Et cætera..., ajouta-t-il. Mais dites-moi, vous m'avez parlé d'un autre mort ? »

Il dévalait déjà l'escalier, les gendarmes derrière lui. Il émergeait à l'air libre, content d'être un peu dehors, d'entendre le bruit maigre du jet d'eau et le caquètement des poules.

« Oui, confirma Laviolette. Un pendu, d'après ce qu'on nous a dit. Ce serait le président Serenne. Cest juste un peu plus loin sur la route. La Mivoye...

– Oh, je connais... j'ai dîné plusieurs fois chez le président Serenne. Alors, il serait mort ?

– A ce qu'il paraît. »

Laviolette était déjà en selle.

« Chabrand, dit-il, vous restez en faction. Gardez les Aillaud sous la vue et ne laissez entrer personne. J'enverrai une estafette au procureur dès que possible. Et veillez bien sur ce tas de crottin ! Il y avait d'autres hôtes hier soir, ici ! Et du moment que cette mort n'est pas naturelle... »

Il s'élança vers la route à la suite du docteur.

A La Mivoye, trois cygnes jouaient aux caravelles sur une pièce d'eau aussi longue que la façade aux douze fenêtres. Des palmiers à dattes et des orangers en caisses encore empaillés se miraient sur ses bords. L'entrée à perron était flanquée de deux licornes de bronze héraldiques dont les cornes s'achevaient en porte-lanternes.

Les gendarmes dépêchés par Laviolette étaient encore en selle, acculés, semblait-il, contre la véranda d'un jardin d'hiver. Trois journaliers, les bras croisés, disposés devant eux dans l'attitude du repos militaire, paraissaient les garder à vue.

Entre les licornes, sur la première marche, s'alignaient les deux domestiques qui avaient donné l'alerte, en compagnie d'une cuisinière en tablier blanc et d'un Antillais costumé en chauffeur. Les deux femmes trituraient leur mouchoir en retenant leurs larmes. Les deux gaillards baissaient la tête.

Sur le terre-plein, un énergumène furibond écrasait le gravier et tordait sa moustache en guidon de vélo. Flottant dans une peau de bique, lunettes au front, il décrivait des cercles autour d'une voiture à pétrole aux phares briqués à mort et dont la calandre s'ornait d'une victoire de Samothrace en argent.

« Je suis Jean-François Serenne ! glapit-il devant les deux hommes qui mettaient pied à terre. Qu'est-ce que ça signifie ? Pourquoi m'envoie-t-on les gendarmes ? »

Il tapait du pied comme un gamin contrarié. Il désigna ses domestiques d'une main accusatrice.

« Je vous garantis que si ces deux imbéciles m'avaient téléphoné à la mine avant de vous prévenir... S'ils n'avaient pas prononcé le mot de pendu ! Mon père serait à l'heure actuelle tout habillé dans son lit, les mains jointes sur un chapelet ! Enfin ! Est-ce que vous savez que nous sommes cotés en bourse ? Quel effet ça va faire, demain, à la corbeille ? Hein ? »

Il venait regarder Laviolette sous le nez.

« Et ma sœur ! s'écria-t-il soudain en se pinçant la lèvre inférieure entre le pouce et l'index. Qu'est-ce qu'elle va dire ma sœur ? C'est inouï ! C'est inconcevable ! »

Une appréhension secrète lui cassait la voix.

« Monsieur, dit Laviolette, ce n'est pas moi qui me suis pendu, c'est votre père. »

Le docteur Pardigon ôtait posément ses gants beurre frais.

« Jean-François, proféra-t-il sans élever le ton, tu es coté en bourse, tu as une *tomobile*, tu terrorises tes domestiques, fort bien ! Mais moi, si je ne t'avais pas appuyé sur la fontanelle quand tu es né, tu aurais la tête en pain de sucre et tu ferais rire tout le monde ! Alors tais-toi, lève-toi de devant et laisse-nous travailler ! »

Il l'écarta, monta les degrés du perron avec Laviolette et pénétra dans la maison.

Ici, ça sentait l'argent libéralement gaspillé. Il y avait de tout dès la grande entrée et à profusion et pour tous les goûts.

Suspendu entre les deux étages, un tableau représentait une capiteuse blonde s'essuyant au bord d'un bassin sous les yeux de trois vieillards. L'escalier était en palissandre. Laviolette le gravissait en ayant parfaitement conscience que les clous de ses bottes taraudaient le bois tendre. Le docteur Pardigon grimpait allégrement devant lui. Il semblait très émoustillé par l'événement.

Il était déjà dans la chambre quand le brigadier atteignit le palier, suivi de Jean-François Serenne qui ne pipait plus mot.

« Venez, venez, mon cher Laviolette ! s'exclamait-il ; et puis amenez aussi ce jeune homme coté en bourse ! Je parie qu'il n'a jamais été à pareil spectacle. »

La pièce était plus vaste et plus claire que chez le notaire. Des meubles lumineux y chatoyaient au soleil. Une gerbe de roses jaillissait d'un vase en Moustiers et, sur la crédence entre les fenêtres, une bouteille dans un seau d'argent avoisinait deux flûtes vides. Le lit était intact, la couverture faite, mais devant l'une des croisées, perpendiculaire à l'ébrasure, une ottomane verte était disposée.

Sur ce divan gisait le président Serenne, qui avait éconduit Generoso avec tant de hauteur. Des pieds jusqu'à la ceinture, son corps reposait sur le sofa, mais son torse et sa tête étaient tenus soulevés par une cordelière de sa robe de chambre entortillée autour de son cou et dont une extrémité était nouée à l'espagnolette. Il tirait la langue. Il était mort.

Sa chemise de nuit à la mode, aux couleurs du drapeau français, était soulevée sous les aisselles, révélant un spectacle qui fit plisser les yeux aux trois hommes qui le découvraient.

« Il a le sexe en capilotade... », résuma sobrement Pardigon.

Il soupira.

« Encore un qui est mort d'amour ! Et celle qui s'est arrachée à lui, elle a dû oublier qu'il était pendu. En se démenant avec l'énergie du désespoir pour se dégager, elle a trop serré la corde... Elle lui a ôté son dernier souffle. Heureusement... Sans ça, nous aurions un cadavre de plus sur les bras...

– Mais il est mort pendu ! s'exclama Jean-François. Quelqu'un l'a assassiné !

– Tu as déjà vu un pendu reposant des pieds à la tête

sur un sofa ? Non, non... On l'a suspendu, c'est vrai... et sans doute y a-t-il aidé...

– Aidé ?

– Mais oui ! Il s'est passé amoureusement la corde au cou avant de demander qu'on le serre... afin d'obtenir le beau résultat que Villon peignait en décrivant les pendus de Montfaucon... C'est comme ça que le dernier prince de Condé est mort au siècle dernier : pour s'être fait un peu trop pendre... Seulement, lui, il n'était pas dans cet état quand on l'a découvert... Mon cher petit, je suis navré, mais il va falloir faire l'autopsie...

– L'autopsie ! Mon Dieu ! gémit Jean-François. Et ma sœur ! »

Laviolette attira Pardigon à l'écart pour lui souffler :

« Vous avez parlé d'une femme... De quelque manière qu'on l'explique, elle a tout de même pendu le président Serenne.

– Sans doute ! Mais à quel prix !

– Je suis obligé de vous demander si vous avez été appelé cette nuit au chevet d'une femme malade ?

– Non ! répondit nettement Pardigon. Mais l'aurais-je été que naturellement je ne le vous dirais pas !

– Vous vous rendriez complice d'un meurtre ?

– Un meurtre ? Alors que la victime elle-même y a consenti ? Voyons, Laviolette ! Peut-on empêcher les gens d'utiliser leur mort comme ils l'entendent ? Et un vieillard, par-dessus le marché ! »

Il revint vers le cadavre toujours indécent dans son horrible aspect. Il sortit sa tabatière, y puisa une bonne prise et l'offrit à son compagnon qui refusa.

« En tout cas, dit-il, ça va faire un brave esclandre ! »

Ce ne fut pas le dernier. Le lendemain même, un de ces piliers de café, qui gagnent quelques sous comme ils peuvent, se glissa avec aplomb par la porte entrouverte de la gendarmerie pour indiquer simplement que, depuis deux jours, le sous-préfet vivait à genoux. Il le savait parce que sa conjointe nettoyait les bureaux et qu'il est difficile de cacher ce genre de choses à une femme de ménage.

Laviolette dépêcha à la sous-préfecture un planton portant un billet cacheté : « Le brigadier Laviolette sollicite l'honneur d'une audience urgente. » Le même planton rapporta la réponse : « Je vous entendrai ce soir à dix heures. Passez par les petites rues. »

Le sous-préfet reçut Laviolette à quatre pattes sur un tapis persan qui lui venait de ses ancêtres. Il leva vers le brigadier une pauvre tête de chien malade.

« Excusez-moi, dit-il, c'est la seule position supportable... Et pourtant, je vous jure... J'en ai à peine pris... »

Laviolette vint s'accroupir à côté de lui.

« De quoi ? » demanda-t-il.

Le sous-préfet souleva la main du sol et fit plusieurs gestes qui signifiaient : « A quoi bon ? »

« Monsieur, dit Laviolette, le président Serenne est mort ; Me Boutedieu est mort. Le docteur Pardigon a refusé le permis d'inhumer... Vous, je vous trouve dans cet état... Vous ne pouvez pas vous taire !

– Brigadier... Je pisse littéralement des lames de rasoir en travers. Alors ne venez pas en plus me tourmenter avec vos questions.

– C'est que je voudrais bien savoir qui vous les fait pisser... »

Le sous-préfet fit de la main un geste mou.

« Peu importe ! Le passé c'est le passé ! Nous avons tous pris nos responsabilités.

– Qui les a prises ?

– Ceux que vous avez nommés.

– Ils sont morts. Ah... J'oubliais : une femme est morte aussi. Nous l'avons trouvée avec Me Boutedieu. Là, une voiture avait stationné. Le notaire et cette femme n'étaient donc pas seuls. Quant au président Serenne, sa... compagne s'est enfuie. Je vais être contraint d'interroger toutes les femmes de Forcalquier, parce que lui, il a été pendu... »

Le fonctionnaire soufflait comme un phoque durant cet exposé. A un moment, il se mit à se rouler sur son tapis en boulant sur lui-même, à la façon d'un magot chinois.

« Ah ! gémit-il, brigadier... Je vous souhaite d'avoir un jour un calcul qui veut élargir le canal de l'uretère ! Regardez bien ce qu'il me fait faire !

– Monsieur le sous-préfet, je compatis... Et je veux connaître ceux qui sont responsables de votre état...

– Allez au diable ! grogna l'homme qui représentait l'autorité de tutelle, le nez au ras du tapis. Vous ignorez les extases qu'ils m'ont procurées auparavant ! Et vous voudriez que je vous les livre ? Tenez ! Remplissez-moi plutôt ce verre avec cette bouteille d'eau ! Pardigon m'a recommandé de beaucoup boire ! Merci ! Quant aux femmes dont vous parlez... La mienne n'est pas visible ! Et, bien entendu, si vous voulez la voir quand même, je vous ferai muter ! Bien entendu, elle n'est pour rien dans tout ça...

– Mais..., dit Laviolette, médusé, je ne songeais pas à...

– Allez-vous-en ! Allez-vous-en ! »

Laviolette se retira à reculons, pendant que le fonctionnaire, d'un geste de sa main molle, le balayait hors de sa vue.

Le brigadier revint tout songeur rue Saint-Merry.

La bicyclette de son fils était devant la porte. Il monta les marches deux à deux, tant il avait hâte de le voir. Avec ces horaires bizarres de la compagnie, il se rencontraient rarement. Ce soir-là, ça avait l'air de coïncider.

Il poussa la porte avec l'impression de revenir enfin dans un monde ordinaire : la table ronde, la toile cirée, la cuisinière noire, la suspension, avec sa boîte à grenaille ; la Césarie, debout devant le feu, qui épaississait une soupe d'épeautres ; et Modeste, assis à table, penché sur des graphiques ferroviaires. Il se leva en voyant son père. Ils s'embrassèrent.

Césarie Laviolette se retourna.

« Tu as un message au bureau, dit-elle. Il faut que tu rejoignes Chabrand au moulin à vapeur. Il est parti avec le docteur Pardigon.

– Il y a longtemps ?

– Peut-être... »

Elle consulta l'horloge debout à droite de la porte.

« Peut-être un quart d'heure.

– J'y vais. »

Il sourit à son fils et à sa femme et descendit à l'écurie seller Chamfrau, son cheval. Il le lança au galop sur la route d'Avignon. Il dépassa Mane qui dormait sous la lueur de trois réverbères. Au loin sous la lune qui n'était plus pleine, une lanterne brimbalait. C'était celle de Pardigon. Mais avant de le rejoindre, il croisa sur deux ânes le curé de Mane et son acolyte, chargés du Saint-Sacrement. Il les salua et pressa sa monture. Il rattrapa le docteur et Chabrand devant Sauvan.

« Eh bien ! lui lança Pardigon. Il semble que nous ne chômions pas cette semaine !

– Que se passe-t-il ?

– Comment ? On ne vous l'a pas dit ? Le petit Pellegrin s'est rompu le cou !

– Le minotier ?

– Si fait, le minotier ! Etant donné nos diverses tribulations des nuits passées, j'ai préféré vous réclamer main-forte.

– Vous avez bien fait, mais qui vous a prévenu ?

– La veuve... Elle a fermé à clé le local où ça s'est produit et elle est venue sans rien dire à personne, flanquée de son fidèle valet... Ah ! A propos de la veuve, que je vous mette au courant : on l'appelle la vierge éternelle. Depuis cinq ans, Pellegrin essayait de forcer le pertuis sans y parvenir. Il a eu le malheur d'en faire la confidence à quelque ami sûr, de sorte que tout Forcalquier... »

Ils obliquaient dans un chemin de terre bordé de verniers du Japon, qui commençaient à exhaler leur odeur de pollen.

Le moulin se dressait au milieu de ses eaux dormantes et de son bief inutile depuis qu'il était à vapeur. La maison était lumineuse, la porte béante. Une femme attendait sur le seuil, la lampe haute.

Elle s'effaça devant eux sans un mot. C'était une femme flexible à la taille de guêpe, qui inspirait le respect par la décence de son chagrin. Pardigon observa attentivement ses traits. Il se dit qu'elle devait se laver rudement au savon de Marseille chaque matin pour tenter de s'enlaidir et de se vieillir. Sa peau était blafarde et molle, mais sa beauté était comme les traces d'un crime : elle ne parvenait pas à s'effacer de son visage.

Maussade et défiante, elle offrait ce maintien rigide qui refuse toute compassion. Ils comprirent tous les trois qu'il convenait de se taire.

Elle saisit ses jupes dans la main pour les précéder dans l'escalier. Sur le palier du premier étage, au fond du grand corridor, elle leur ouvrit une petite porte invisible dans la tapisserie où elle était simplement découpée.

Cette sortie donnait sur une passerelle de solides madriers qui défilait à mi-hauteur entre des cubes de dix mètres sur dix, faits de sacs de farine. On était roulés dans cette odeur onctueuse, dans cette atmosphère qui feutrait tous les bruits. Une impalpable poussière blanche se déposait partout. Une chaudière ronronnait dans les lointains de l'entrepôt.

La veuve qui les précédait leur fit vivement face, dès le battant poussé :

« Attention, messieurs, je vous prie ! Il a laissé des traces depuis cette porte. »

Elle s'approcha du mur pour tourner un commutateur.

« Nous avons un peu d'électricité, dit-elle. C'est la machine qui la produit. Vous y verrez mieux. »

Quelques ampoules aux filaments rougeâtres s'allumèrent parmi les poutres énormes de la double charpente. A leur clarté, ils distinguèrent sur le sol, dans la poussière de farine, les traces d'un homme qui s'était traîné à genoux. On discernait bien les empreintes des mains à plat, semblables aux pattes d'un animal. Elles conduisaient tout droit, ces traces, jusqu'à l'orifice du *plansichter*.

C'était un trou béant, de trois mètres sur deux, qui s'ouvrait sur un vide hérissé de courroies de transmission, de trembleurs et de supports de poulies. Le couvercle de cette trappe était plaqué contre la muraille. Laviolette s'en approcha. La veuve tenait la lampe très haut afin qu'on distinguât bien tous les détails.

Tout un système de poulies et de contrepoids commandait le dispositif. Laviolette agit sans effort sur le levier du mécanisme. Le couvercle s'abaissa lentement et s'encastra sans bruit dans son logement. Laviolette le fit remonter avec la même facilité. Un enfant pouvait manœuvrer cette machinerie.

« Cette trappe est-elle fermée d'ordinaire ? demanda-t-il.

– Toujours ! dit la veuve. On ne l'ouvre que pour le chargement des fardiers.

– Comment expliquez-vous alors que cette nuit elle ait pu être ouverte ? »

Elle leva les yeux hardiment sur le brigadier et soutint son regard.

« Je ne l'explique pas.

– Comment expliquez-vous que votre mari se soit traîné à quatre pattes jusque-là ?

– Nous faisons chambre à part. Je dormais.

– Vous avez donné une soirée, je crois, l'autre nuit ?

– Mon mari a donné une soirée. Je n'assiste pas à ces sortes d'agapes. »

Laviolette hocha la tête et entreprit de descendre lourdement l'échelle de meunier par laquelle on accédait au rez-de-chaussée où Pardigon l'avait précédé. La veuve le suivit, tenant toujours la lampe haute.

« Vous ne me demandez pas pourquoi ? dit-elle tandis qu'il lui tendait la main.

– Ce sont des affaires de couple, dit Laviolette. Je me borne à poser les questions nécessaires.

– Vous, vous connaissez mon histoire !

– Oui. Si histoire il y a... Mais votre mari s'est traîné à quatre pattes jusqu'à cette trappe. Ce sont des traces qu'on n'imite pas. Tout porte à croire qu'il s'est volontairement précipité dans le vide. Comment était-il, hier ?

– Il n'a pas quitté sa chambre. J'ai voulu m'enquérir, il m'a chassée...

– Et comment était-il, lorsqu'il vous a chassée ? »

En prononçant ces mots, il s'agenouillait dans les déchets de farine, à côté du docteur Pardigon penché sur le cadavre.

Celui-ci gisait sous les robes du *plansichter.* Son visage maculé de farine avait l'aspect d'un Pierrot triste.

« Chute libre de sept mètres, le col rompu. Bon ! Mais il n'empêche qu'il s'est traîné à quatre pattes, avant d'en arriver là...

– Comme le sous-préfet, observa Laviolette. A propos, vous ne m'aviez pas dit que le sous-préfet aussi...

– Mon cher, vis-à-vis de la loi, je ne suis comptable que des morts. En ce qui concerne les vivants...

– Mon mari aussi était à quatre pattes dans sa chambre, hier, interrompit la veuve. C'est bien la question que vous me posiez, n'est-ce pas ?

– Oui, dit Laviolette. Et maintenant j'ai les deux réponses.

– Reins gros commes des boules de jeu de croquet..., constatait Pardigon. Madame, excusez-moi ! »

Il se leva, lui prit la lampe des mains et la repoussa doucement dans l'ombre.

« Je ne voudrais pas vous choquer », dit-il.

Il revint et équilibra la lampe parmi les déchets. Après quoi, il se mit à fourrager dans la braguette du cadavre qu'il avait déboutonnée avec décision. Il leva la lampe.

« Ah ! c'est bien ce que je pensais, dit-il. Celui-ci aussi, il faudra faire l'autopsie. »

Le glas assourdissant sonnait à la cathédrale pour la troisième fois en une semaine, ce qui ne s'était pas entendu depuis l'épidémie de typhoïde. Le canasson de Pardigon en avait la tête ballante, par les rues étroites où ce vacarme éclatait.

Le médecin l'enrêna au montoir devant la gendarmerie et gravit l'escalier. Laviolette et Chabrand peinaient sur un rapport qu'ils rédigeaient de conserve en tirant la langue.

Pardigon, sans mot dire, sortit de sa sacoche deux feuilles de papier timbré couvertes d'une écriture serrée et qu'il étala devant les deux hommes. Il ouvrit la main et, au beau milieu de la page, il déversa une douzaine de cubes de différentes grosseurs, érodés aux angles et d'une couleur ivoirine. Après quoi, il se laissa choir sur l'escabeau des contrevenants qu'il rapprocha de la table. Il exécutait, avec son macfarlane, des effets de manche comme un avocat. Les deux gendarmes le regardaient, attendant la suite.

« *Telephora vesicans splendens !* annonça-t-il. Parfaitement : *splendens !* A cause de l'émeraude incomparable des élytres. C'est ça, la cause de la mort. »

Machinalement, le gendarme Chabrand soupesait les petits cubes dans ses mains.

« C'est bizarre..., remarqua-t-il. Ces dés n'ont pas de points...

– Ah !... parce que vous prenez ça pour des dés à jouer ? Détrompez-vous : ce sont des calculs. Des calculs vésicaux ! » précisa-t-il.

Chabrand les lâcha vivement.

« Rassurez-vous ! ricana Pardigon. Ce n'est pas contagieux ! Mais ça explique pourquoi le minotier s'est traîné à quatre pattes vers la trappe... Mais, ça n'est pas tout ! Le reste, je vous le décris là-dedans... »

Il tapota les pages manuscrites.

« Vous y lirez des joyeusetés telles que : manie aiguë, frénésie génitale, impétueux désirs érotiques, instinct sexuel désorbité, rage, agitation, priapisme, strangurie, fureur érotique, cri de bête fauve. Désir de coït inextinguible. Erection si violente que le pénis est distendu comme s'il allait éclater. Mais, attention ! ça c'est le début ! Ça se poursuit par de l'urétrite aiguë – les dés que vous voyez devant vous ! – ténesme, brûlure en urinant comme causée par un fer rouge ou une lame de rasoir et, en cas de copulation, coït sidéral...

– Et la conclusion ?

– Les parties génitales se gangrènent et le malade meurt... A fortes doses ! Et dans des souffrances atroces, si j'en juge par l'état de l'arachnoïde cérébrale, la pie-mère. Elle était couleur d'orange et contenait une grande quantité de sérum sanguinolent.

– Et quelle en est la cause ?

– Je vous l'ai dit ! *Telephora vesicans splendens.*

– Mais encore ?

– Un insecte ! Un simple insecte de dix millimètres de long qu'on fait sécher et qu'on pile en poudre comme mon tabac à priser.

– Et le poison s'appelle comment ?

– Oh, celui-là, vous le connaissez bien par la légende : *cantharis !*

– Et vous prétendez que vos autopsiés ont avalé *volontairement* ce poison ?

– Que ne ferait-on pas, quand on est déficient, pour... entrer en érection. On se dit : j'en prendrai si peu... Mais *si peu*, qu'est-ce que c'est pour des ignorants ?

– Et où ont-ils découvert ce poison, d'après vous ? »

Pardigon se leva et, tout en remettant ses gants, il conclut :

« Ah ça ! Mon cher Laviolette, c'est un problème que je vous laisse le soin de résoudre ! J'en ai assez fait pour aujourd'hui ! Je vous donne bien le bonsoir ! »

Il n'était pas plutôt parti que le désœuvré en espadrilles qui s'était déjà signalé en dénonçant le sous-préfet fit à nouveau son entrée. Sa femme était allée faire des courses à Manosque. Au retour de la patache, elle avait voyagé de conserve avec le maître d'hôtel d'Ardantes, qu'elle connaissait de vue. Cet homme était encombré d'une chaise d'infirme flambant neuve.

« Même que ma femme, dit le désœuvré, en porte encore des bleus sur les jambes, parce qu'il n'a pas voulu se séparer de sa chaise et la mettre aux bagages comme tout le monde ! »

Il tendait déjà la main pour recevoir ses dix sous, produit de la libéralité des gendarmes, et non des fonds de l'administration. Il fut tout étonné de voir Chabrand lui tourner le dos en grognant :

« Qu'est-ce que vous voulez que ça me foute ? »

Alors, le désœuvré, qui voyait déjà son absinthe lui passer sous le nez, eut une inspiration soudaine. Il se gratta la gorge.

« Le maître d'hôtel était bavard. Ma femme dit qu'à Ardantes quelqu'un se traîne à quatre pattes.

– Qui ? demanda Chabrand en tendant les dix sous.

– Le maître », dit l'autre.

En vérité, sa femme lui avait dit : « Tout ça c'est hypocrite et compagnie ! De tout sûr, cette chaise, elle est pour monsieur d'Ardantes... Parce que : s'il y avait anguille sous roche chez le sous-préfet, elle y est aussi chez le conseiller ! Et de tout sûr, tout ça, ça fait une belle chaîne de putassiers ! »

« Le peuple, en généralisant la laideur du monde, se trompe rarement », songea Laviolette. C'est pourquoi en cet après-midi d'avril, flanqué de l'aimable Chabrand, il cavalcadait encore sur cette route d'Apt qui paraissait conduire au malheur. Ils croisèrent le facteur à bicyclette qui sortait de l'allée, sous l'arbre foudroyé.

Entre gens en uniforme, on se doit le salut et à Forcalquier on se connaissait tous.

« Il y a quelqu'un là-bas ? demanda Chabrand.

– Ah ça ! Pour y avoir quelqu'un ! »

Le facteur leur expliqua que, d'ordinaire, on lui offrait le verre de vin à l'office, mais que, cette fois, Moustiers ! Il n'y avait pas un seul domestique, sauf le maître d'hôtel, mais on l'avait relégué dans l'ombre. Devant, attendant tout le monde de pied ferme, il y avait la sœur.

« Quelle sœur ? dit Laviolette.

– Ah, vous ne la connaissez pas ? Elle ne débarque que dans les grandes circonstances. Et alors ! Pardon ! C'est une Charbin de Gaussan !

– Mâtin ! s'exclama Laviolette.

– Oui. Et en plus elle s'appelle Bertrande ! »

Les gendarmes, pensifs, débouchèrent de l'allée sur

la demi-lune empierrée de la cour, entre la maison et les communs. Tout était étrangement désert. Les volets étaient clos. Seule, à la fenêtre géminée d'un colombier, une femme faisait sagement de la dentelle, tête attentive penchée sur l'ouvrage et ne la détournant même pas au bruit des sabots sur les galets de la cour.

Les deux gendarmes s'attardèrent quelques secondes, le regard charmé, à contempler cette apparition, mais un impatient clappement de langue les rappela à l'ordre.

Dans l'entrée côté nord, en haut de quatre marches moussues, une autre femme les attendait de pied ferme. Elle arborait une tête hautaine sur un large goitre barré d'une chaîne à croix d'or. Elle était grande. Sa robe et son corps descendaient ensemble des épaules aux pieds, sans une courbe charmante où poser le regard. Elle portait une coiffe solaire au point d'Arles et, bien qu'elle fût jeune encore, elle avait l'œil rapace d'un chef de famille. Elle bouchait toute l'entrée devant les gendarmes.

« Je vous attendais ! dit-elle. Je me doutais bien que dès l'instant où cet imbécile de Champard s'était installé avec son fauteuil au beau mitan de quatre ou cinq péronnelles, vous ne tarderiez pas à rappliquer... Je te demande un peu ! Comme s'il n'aurait pas pu l'expédier par le train ! Imbécile ! grinça-t-elle entre ses dents.

– Vous êtes Mme Charbin de Gaussan ? demanda Laviolette en mettant pied à terre.

– Et qui diable voudriez-vous que je sois ? »

Elle leur tourna le dos en leur faisant signe de la suivre. Au bout du long corridor, côté sud, par la porte-fenêtre, grande ouverte, ils virent devant eux la cédraie d'Ardantes au fond des pelouses. Un train la traversait. Des têtes joyeuses se penchaient aux portières des wagons verts.

La femme au goitre les entraînait vers une vaste cuisine froide aux ustensiles rangés comme s'ils ne devaient jamais plus servir et où bouillait en confidence, sur un maigre feu, une marmite de soupe.

« Vous ne trouverez aucun autre interlocuteur que moi-même ! annonça Mme Charbin. Il n'y a plus que moi de debout ! La cuisinière, la femme de chambre, le palefrenier et le cuistre sont au lit ! C'est moi qui les sers ! » ajouta-t-elle, sarcastique.

Elle souleva le couvercle du chaudron pour y jeter des poireaux refendus.

« Après tout c'est bien fait pour eux ! s'exclama-t-elle. Ça leur apprendra à finir les restes des maîtres !

– Quels restes, par exemple ? demanda Laviolette. Fonds de bouteilles ? Fonds de verres ?

– Est-ce que je sais ? C'est Champard – lequel ne se nourrit que de salade et ne boit que du lait – , c'est Champard qui est venu me prévenir à Gaussan. Quand je suis arrivée, tout allait à vau-l'eau. J'ai remis de l'ordre, c'est tout ! »

Elle fit un geste tranchant avec sa main brandie devant elle.

« En tout cas, je peux vous dire une chose : les chambres du haut empestaient le parfum malpropre ! Aucune honnête femme n'eût pu en user ! Donc, il y avait ici des particulières... Et du plus mauvais genre !

– Je voudrais voir M. d'Ardantes, pria Laviolette.

– Mais comment donc ! » gloussa Bertrande avec dérision.

Elle les entraîna à sa suite vers les profondeurs sonores de la maison. Elle ouvrit devant eux toute grande la porte à deux vantaux d'une sorte de salle d'armes qui sentait le fer-blanc.

« Tenez ! s'exclama-t-elle. Le voici, le conseiller d'Ardantes. »

Tapi dans une ébrasure de porte-fenêtre se tenait un homme de haute taille au corps mal équarri. Le buste bien droit dans ce fauteuil roulant rapporté de Manosque, les membres inférieurs enroulés dans une couverture, il jetait de tous côtés des regards d'homme traqué. Les deux gendarmes rectifièrent la position.

« Ne vous fatiguez pas ! ricana Bertrande. Ce n'est pas lui qui vous dira repos ! Il ne parle plus ! Il ne marche plus !

– Un docteur l'a vu ?

– Bien entendu ! Dès mon arrivée, j'ai fait prévenir le docteur Valvéranne à Manosque.

– Pourquoi pas le docteur Pardigon ? C'était bien plus près, non ?

– Pardigon est franc-maçon. Il s'est indignement conduit durant l'Affaire...

– Ah bon ! dit Laviolette.

– Conseiller d'Ardantes ! siffla-t-elle. Tant d'ambitions perdues à cause de cet imbécile ! »

Elle en avait les larmes aux yeux.

« Vous déposez plainte naturellement ?

– Comment, naturellement ? Et contre qui, s'il vous plaît ?

– Mais... contre ceux qui l'ont mis dans cet état...

– Mais personne ne l'a mis dans cet état ! Il s'y est mis tout seul ! Une apoplexie, vous savez, quand on fait ce qu'il faut pour ça, ça vient tout seul ! »

Elle désigna le paralytique d'une main accusatrice.

« C'est encore une de ses combinaisons qui lui a pété entre les doigts ! Quand il commence à penser par lui-même, c'est toujours un désastre !

– Madame, trois hommes sont morts. On a fait

l'autopsie. Ils avaient tous absorbé un poison violent, la même nuit. Et tout porte à croire...

– Soyez porté à croire tout ce que vous voudrez, brigadier ! Vous n'êtes pas près de pouvoir faire autopsier celui-ci ! Et moi, je vous affirme qu'un excès de table, plus un excès de particulières, ça peut produire cet effet-là ! Et d'ailleurs, souligna-t-elle, le docteur Valvéranne ne vous dira pas autre chose !

– Oh ! Je sais que le docteur Valvéranne connaît les usages... Néanmoins... Vous avez parlé de particulières... Pouvez-vous nous montrer les chambres ?

– A votre aise ! Suivez-moi ! »

L'homme dans son fauteuil n'avait manifesté aucun signe de vie. Ses yeux étaient pourtant parfaitement conscients, mais chaque fois que Laviolette essayait de le saisir, le regard de l'infirme fuyait éperdument.

Dans le grand escalier, Bertrande précéda les gendarmes. La hauteur sonore des trois étages retentissait de ses protestations véhémentes.

« N'oubliez pas que je vous reçois par pure bonté d'âme ! Et si mon imbécile de frère n'était pas, en plus, un dépravé, jamais la loi n'aurait mis les pieds ici ! Je vous l'atteste ! Vous voulez voir ? Je vous demande un peu ! Qu'y a-t-il à voir ? »

Elle martelait d'un pas ferme le corridor du premier étage. L'air y sentait l'urine, les fumets de gibier froid et le vieux cigare. Les salons étaient noirs sous leurs persiennes closes.

Bertrande s'engageait déjà sur le second escalier. Laviolette observait sa démarche. Elle était taillée comme son frère : à coups de serpe. Une énergie farouche émanait de sa personne. Provoqué par le froissement des jupes, on entendait tinter, au réticule de sa ceinture, des clés d'armoires et de portes dérobées.

« On sent bien, se disait Laviolette, qu'un secret de plus ou de moins n'est pas pour lui déplaire. Elle doit en vivre... »

Elle escaladait agilement les marches deux à deux et n'arrêtait pas de parler :

« Vous savez, chez les Ardantes, il y a toujours eu une solide tradition de stupidité parmi les hommes ! »

Elle atteignait le palier. Elle se tourna vers Laviolette qui soufflait un peu en montant.

« Les femmes y ont pallié ! » ajouta-t-elle.

Elle ouvrait deux portes en grand.

– Tenez ! Les voici, vos chambres ! Je vous demande un peu – à part l'odeur de pute – ce que vous allez renifler là-dedans ! »

C'étaient deux pièces douillettes, l'une capitonnée de bleu, l'autre de jonquille, qui avaient dû servir à des générations de sybarites brutaux et sans nuances. Pas souvent cependant : quelques capitons mités attestaient qu'on n'utilisait pas régulièrement ces antres de perdition.

Effectivement, sous l'âcreté du crésyl récemment répandu, flottait encore sur les rideaux et les reps des fauteuils le parfum sans fraîcheur du patchouli et du vétiver.

Sauf un éventail en plumes de paradis oublié, coincé entre deux poufs et qui sentait le cigare, la chambre bleue ne recelait pas de poussière suspecte.

Laviolette alla traîner ses bottes de long en large sur le parquet de la chambre jonquille. Il tomba en arrêt devant la cheminée de faux marbre dont le tablier était abaissé. Il se souvint d'avoir vu ouvert celui de la chambre bleue. Une lame du parquet devant l'âtre tranchait par sa propreté récente sur la patine de l'ensemble.

Laviolette se pencha et se mit à genoux pour mieux observer. Bertrande le surveillait, méprisante, le goitre hautain. Laviolette finit par apercevoir sous la cire quelques contours ronds qui avaient dû être des taches. Fort de cette découverte, il entreprit de soulever le rideau du foyer et y parvint non sans s'être coincé le petit doigt. Sa hauteur et sa corpulence masquaient entièrement le contrecœur. Derrière lui, Bertrande, attentive, ne ricanait plus.

« Voyez-vous, lui dit-il en soupirant, pour penser à tout, il faut être professionnel... Vous avez bien songé à faire nettoyer le parquet de ses taches de sang, mais vous n'avez pas imaginé que le foyer avait pu être utilisé. Et surtout, ajouta-t-il en se redressant lentement, vous ne pouviez imaginer ce qu'il contenait... »

Il se retourna brusquement, brandissant des linges endentelés souillés de taches couleur rouille, et comme il mesurait un mètre quatre-vingt-cinq, ces sortes de drapeaux sales flottaient très haut dans la pièce.

A l'abri de sa main posée sur la bouche, Bertrande aspira une exclamation d'horreur. Laviolette se retint pour ne pas rire. Une Charbin de Gaussan soudain confrontée avec des culottes de particulières, ça valait le déplacement. Il songeait aussi à sa femme, la Césarie : si elle pouvait le voir se complaire à froisser, dans ses grosses mains de brave homme, ces soyeuses pièces à conviction...

« Eh bien, quoi ? répliqua Bertrande, qui s'était tout de suite ressaisie, je vous avais bien prévenu qu'il y avait eu des particulières et probablement malpropres !

– Sans doute ! Mais ce qui m'étonne, ce ne sont pas ces chiffons par eux-mêmes... c'est le fait qu'ils aient été fendus à coups de lames de rasoir... »

Il s'était rapproché d'elle et lui passait la lingerie suffisamment sous le nez pour qu'elle pût respirer, atténuée mais présente encore, l'odeur des corps qui s'étaient logés parmi ces dentelles.

« Instinct sexuel désorbité ! s'exclama-t-il. Le tout est de savoir si, lorsque ces oripeaux ont été lacérés, les corps étaient encore ou non à l'intérieur ?

– Comment le saurais-je ? Je vous dis que je suis arrivée le lendemain ! Otez-moi ça de devant les yeux, c'est indécent, à la fin ! »

Chabrand revenait bredouille, sur la pointe des bottes, de la chambre bleue où il avait sondé les murs. Laviolette lui tendit les trophées avec ordre de les envelopper dans un journal et de glisser le tout dans sa sabretache.

« Il semble, dit-il, que vos particulières ne s'en soient pas tirées avec les honneurs de la guerre. Et si réellement elles étaient dans leurs culottes... J'aimerais connaître leur nom le plus vite possible, afin de m'assurer qu'elles sont toujours en vie...

– Si mon frère ne reparle jamais, il y a de fortes chances pour que...

– Il écrira.

– N'y comptez pas. D'après le docteur Valvéranne les lésions subies par le cerveau sont irréversibles. »

Suivi de Chabrand, porteur des culottes, Laviolette se dirigeait vers le palier en réfléchissant, lorsqu'il se retourna brusquement vers Bertrande qui récupérait lentement après le coup de la cheminée.

« Mais..., j'y songe, dit-il, tout à l'heure, en arrivant... Nous avons vu quelqu'un qui faisait de la dentelle et qui n'avait pas l'air malade !

– Sancie ! s'exclama Bertrande. Auriez-vous le front d'aller imposer vos bottes – et, qui sait ?, les culottes peut-être ! – à cette enfant ?

– Cette enfant ? Quel âge a-t-elle donc ?
– Dix-huit ans !
– Dix-huit ans ? »

Laviolette fronça les sourcils et se passa la main sur la moustache.

« Dix-huit ans ! Et je vous assure : ce ne sont que des printemps !

– Néanmoins..., dit Laviolette en écartant Bertrande, elle sait peut-être qui étaient les particulières. Peut-être les a-t-elle vues...

– Certainement pas ! Les soirs de fête, elle ne quitte pas son appartement ! Je vais vous dire mieux : j'ai demandé à mon frère de l'enfermer et je suis sûre qu'il l'a fait, pour lui éviter de mauvaises rencontres...

– Néanmoins..., répéta Laviolette.

Il s'avança vers la porte basse, sommée d'une accolade qui commandait l'accès du colombier d'angle.

« Attendez ! dit Bertrande. Tenez ! »

Elle sortit rageusement du réticule où tintaient les clés tout à l'heure un bout de papier roulé en boule et le jeta à Laviolette, plutôt qu'elle ne le lui tendit.

« Mon frère leur avait commandé des robes ! proféra-t-elle. Je te demande un peu ! Là-dessus, vous trouverez les noms des particulières et l'adresse où il fallait les leur livrer... »

De son poing fermé, Laviolette défroissa soigneusement le billet sur le marbre d'une crédence.

« Merci de votre civisme, dit-il. D'autant que si nous les retrouvons vivantes, ceci nous dispensera de faire retourner vos pelouses... Malheureusement, ce n'est pas tout. Dès qu'ils seront remis, il me faudra interroger les domestiques. »

Elle esquissa un haut-le-corps.

« Eh oui ! insista Laviolette. Je vous rappelle que trois hommes et une femme sont morts, et que votre frère est paralysé. Tout ceci : dans des circonstances suspectes.

– Mais je ne sache pas que nous portions plainte !

– Ce ne sera pas nécessaire : le parquet statuera... »

Ils se mesurèrent du regard. Mais, à ce jeu, Laviolette ne craignait personne. Devant le miroir où il se rasait à grands coups de sabre tous les matins, il ne cessait de fignoler le masque qu'il était contraint de porter sur la figure pour dissimuler sa vraie nature. Grâce à d'avantageuses *côtelettes* qui lui étrécissaient le front et à quelques rides grossières qu'il cultivait en fumant de lourdes pipes de gendarme, il se faisait la mine basse d'un argousin à pourboires. Mais cette mine savamment affinée laissait clairement entendre qu'à l'occasion, celui qui s'y fierait pourrait bien écoper d'un flagrant délit pour tentative de corruption. En outre, grâce à ses yeux globuleux, il imitait à la perfection l'œil lourd des chevaux sournois. Mais cette expression-là flottait aussi dans le regard de Bertrande, et, de plus, elle avait l'avantage de ce goitre indécent, en forme de sein, qui faisait ciller tout le monde et qu'elle rehaussait d'une croix d'or.

Suivi de Chabrand qui portait les trophées de dentelle, Laviolette se détourna et fit sonner ses éperons en descendant le grand escalier.

Il était content de lui. Il savait l'avoir assez inquiétée pour qu'elle s'efforce de lui faire taper sur les doigts par l'autorité de tutelle.

Quelques jours plus tard, il put rassembler devant lui les domestiques des autres folies. Il essayait, en défilant devant eux, de leur écraser le bout des pieds avec ses bottes, mais cette manœuvre d'intimidation fit long feu. Personne ne branla. Quelques-uns étaient encore fort pâles. Les femmes baissaient les yeux. Tous avaient des bouches en cul-de-poule comme des orifices de réticules bourrés de pièces d'or. Il en fusait parfois quelque réponse contrite qui obscurcissait les choses au lieu de les éclaircir. De plus, ils avaient l'air narquois. On sentait que non seulement on les avait arrosés, mais encore qu'on leur avait bien fait comprendre les limites du pouvoir d'un gendarme, face à la puissance des Notables.

« Nous n'avons rien vu, non ! Les maîtres ont festoyé comme d'habitude. Non, nous ne savons pas ! Oh ! S'il fallait nous souvenir de toutes les têtes ! Non, à minuit, vaisselle faite, on nous a envoyés coucher. Non, nous n'avons rien entendu. Non, nous n'avons vu aucun étranger. Non, personne n'a rien offert. Non ; les verres ? Du vin, du champagne. Non, on a tout lavé ! Verres, assiettes, cendriers, tout ! Les bouteilles ? Les bouteilles aussi ! Elles sont à sécher sur les ifs de la cave. C'est une maison organisée chez nos maîtres ! Quoi ? Oh ! Y songez-vous ? Des culottes ! Mais quelle horreur ! Non, nous n'avons vu lacérer aucune culotte ! »

Seul, l'Achille du moulin, celui qui s'était fait rosser par Generoso, se signala parmi cette cohorte d'ancillaires serviles qui dissimulaient leurs secrets sous une feinte peur. Ce valet paraissait n'avoir pas été fini à sa naissance. Il arborait une tête taillée à l'emporte-pièce, faite d'angles et d'aspérités, d'une brutale laideur. Sa voix se mit en mouvement comme un bruit d'avalanche.

« La maîtresse n'aimait pas le maître... La trappe était toujours fermée. La maîtresse n'aimait pas le maître... »

Il ne dit rien d'autre, mais ça, il le répeta pendant tout le temps où Laviolette se promena de long en large, en frôlant de ses bottes les fragiles escarpins des servantes.

Il le répétait encore en dévalant l'escalier, dans la bousculade générale, tandis que le brigadier, debout et terrible en haut des marches, les menaçait tous de leur botter les fesses, le moment venu. Il savait déjà la vanité de ces menaces et que ce moment ne viendrait jamais.

Néanmoins, il s'obstina. Ses gendarmes lancés parmi les poubelles lui rapportèrent des lambeaux de papier gris qui sentaient vaguement la souris et qui avaient été roulés en cornet. Il alla soulever le heurtoir de portes derrière lesquelles reposaient des Enfants de Marie, des portes que le désœuvré amateur d'absinthe lui avait désignées comme ayant été ouvertes durant la nuit dramatique, devant le cabriolet du docteur Pardigon.

Il reçut un rapport de la gendarmerie de Manosque. Les particulières en question étaient toutes en vie, mais plus ou moins mal en point. « Elles prétendent, disait le rapport, qu'elles n'étaient point dans les culottes, lorsque celles-ci ont été lacérées. En effet, les parties secrètes des susdites, qu'elles nous ont donné à vérifier, ne présentaient aucune trace suspecte, hors les ordinaires. Lorsqu'elles ont su que M. le conseiller d'Ardantes avait perdu l'usage du geste et de la parole, elles ont paru bien soulagées. Toutefois elles ne portent pas plainte et ne se rappellent de rien. Seulement à la fin elles nous ont avoué – et eu égard à notre charme personnel – qu'elles avaient, depuis ce soir-là, totalement perdu le goût de la chose, ce qui les gênait beaucoup dans l'exercice de leurs fonctions. »

Enfin, en faisant la chasse aux nomades, Laviolette finit par épingler un rempailleur de chaises, lequel, en sortant du moulin à vapeur, avait croisé un enfant sur un âne. Cet enfant portait dans sa main comme un bouquet, un cornet de papier gris, et il laissait derrière lui une traînée d'odeur de souris.

« Le reconnaîtrais-tu ?

– Non. C'était déjà la brune... »

Le sous-préfet dut avoir vent de l'existence de ce rempailleur car le soir même il convoqua Laviolette.

Il était maintenant debout. Simplement, de temps à autre, il portait son poing au creux des reins en une appréhension morbide. Il se promena longtemps de long en large sur ce tapis qui avait été son lit de souffrance. Il avait poussé l'esprit de conciliation jusqu'à offrir un siège à Laviolette, lequel, bien au fait des usages, l'avait constamment refusé.

« Evidemment ! finit-il par s'exclamer, après avoir bien mâché ses mots. Evidemment ! Je conçois que vous fassiez l'impossible pour découvrir ceux qui nous ont empoisonnés ! Je conçois que vous lanciez des estafettes sur tant de fausses pistes... Je conçois que vous ne vous découragiez pas... Malgré la mauvaise volonté évidente des témoins... »

Et comme Laviolette ouvrait la bouche, il l'arrêta du geste et se posa la main sur le plexus solaire.

« La mienne comprise ! Je vous l'accorde ! Et au demeurant, votre zèle est louable. Mais ! »

Il prononça ce *mais* avec force, bien détaché et l'index levé magistralement, qu'il remua et tint ainsi rigide durant encore deux aller et retour qu'il fit d'une muraille à l'autre. Il répéta ce mot à trois reprises, à longs intervalles.

« Mais ! acheva-t-il enfin, craignez – non pas pour vous, je vous sais au-dessus de ces coercitions – craignez pour nous ! Pour les valeurs que vous reconnaissez ! Songez que tout Forcalquier est enferré dans cette histoire... Jusqu'au cou ! ajouta-t-il en esquissant le geste de se le couper.

– Je vous entends, dit Laviolette. Vous me conseillez de laisser tomber. »

Le sous-préfet se mit à se tortiller comme s'il avait avalé de l'élixir parégorique.

« Non... Bien sûr que non ! Mais, comment dire... Egrener les choses... Les semer chemin faisant... Jeter du lest... Faire en sorte de satisfaire à la foi l'opinion, la justice et les bonnes mœurs... Et, si vous voulez, sans précisément laisser tomber, allonger les intervalles entre les actions ponctuelles... Et pour le reste, faire confiance au temps, ce grand guérisseur !

– Monsieur, répondit Laviolette, je n'ai pas les moyens de ne pas suivre vos conseils ! »

Et il se retira en faisant le plus de bruit possible avec les battants de la porte et avec ses éperons.

Ce soir-là, quand Modeste rentra de la bifur après sa vacation, sa mère l'attendait en haut du degré, un doigt sur les lèvres.

« Ne dis rien à ton père, Modeste ! lui chuchota-t-elle. Il faut pas lui parler. Il a le *Tron de Dieu !* »

Modeste se fit mince pour pénétrer dans l'appartement. Son père ne l'avait jamais battu, mais ses colères l'intimidaient. Ce soir, mangeant sa soupe sans précautions à travers ses moustaches, le brigadier Laviolette était aussi sombre qu'un Africain.

Il y avait déjà six jours que Modeste voulait lui avouer ce qui lui était arrivé, devant le bassin d'Ardantes, la nuit de la pleine lune, mais il n'osait pas à cause des détails qu'il aurait à décrire, et puis aussi parce que Chiousse, homme d'âge et d'expérience, lui avait recommandé le silence.

« Et puis, se disait-il, il me demandera de décrire les visages. Or, le clair-obscur et la souffrance les défiguraient et peut-être aussi mon émotion. Je serais incapable de les identifier. Lui dire quoi ? »

Pourtant il se sentait très mal à l'aise devant cet homme en colère, qu'il avait l'impression de trahir.

Son père répondit à son bonsoir par un sourire triste ; dès le fromage avalé, il se leva et annonça qu'il allait faire un tour.

Il sortit dans l'escalier, écouta les étages. Les cinq gendarmes du peloton vivaient chacun à sa manière : rires, criailleries d'enfants se poursuivant, gronderies d'épouses. Ils s'en foutaient eux, des quatre morts, des culottes lacérées, du sous-préfet à quatre pattes. Laviolette haussa les épaules. Il était incapable de dire d'où lui venait sa colère. Après tout, si les loups voulaient se détruire entre eux, qu'est-ce que ça pouvait bien lui faire ? Ils ne troublaient pas l'ordre public... Mais... Il y avait un vieillard étranglé, cette femme morte imbriquée sur le notaire ; ce minotier malencontreusement englouti par une trappe que, pourtant, il devait bien connaître. Et il y avait ces autopsies : *Telephora vesicans splendens*.

Les rues de la ville étaient sonores et vides. Ça avait dû se savoir que le brigadier Laviolette avait le *Tron de Dieu*, aussi tout Forcalquier se le tenait-il pour dit. Il croisa seulement un ivrogne, raide comme la justice de crainte de zigzaguer, et qui le salua militairement. En revanche, il ne surprit aucun de ces hommes qui pissaient contre les murailles, avant de s'en aller coucher, aucune de ces femmes qui le faisaient carrément dans les caniveaux, tout debout, les jupes à peine pincées. Les couples qui se battaient à la maison, s'affrontaient à la sournoise.

Forcalquier digérait le scandale, l'assimilait, bientôt il n'y paraîtrait plus. Cette ville possédait un pouvoir d'absorption et d'oubli. Elle était fuyante et légère comme de l'eau tenue en main. Des sérénades muettes s'y jouaient devant des persiennes closes. Un pas rapide, mais qui ralentissait, signifiait : « je t'aime ». Une crémone qui grinçait, chantait : « je t'attends », mieux qu'un menuet de Mozart. Elle grinçait plusieurs fois pour dire : « à samedi » ou : « à dimanche ». Le coin d'un tablier de lavandière hardiment corné à la ceinture par une épingle à linge valait un télégramme-réponse payé pour quelque nonchalant qui musait le nez au vent et feignait de s'intéresser à quelque partie de boules. « Espère dix minutes et suis-moi », chuchotait ce tablier laborieux.

Tout Forcalquier connaissait ces codes et n'en sourcillait pas. Du reste, la plupart du temps et sauf nécessité urgente, les alcôves conjugales demeuraient irréprochables. Les amours se perpétraient en plein air, sous les hautes grottes des genêts pleureurs, sur des litières d'herbe sèche que, là-dessous, la pluie n'atteignait jamais. La chose n'était pas d'un confort absolu, mais la passion, la nouveauté, l'impression de vivre un dimanche sans ennui et la peur d'être surpris, en formaient tout le délice.

Laviolette soupira et s'aperçut, au clair ramage des eaux, qu'il était planté immobile devant la fontaine Saint-Michel et qu'il contemplait sans les voir les figures érotiques qui y étaient figées dans la pierre.

La pyramide de cette fontaine avait été ciselée huit siècles auparavant pour couronner la flèche de la cathédrale qui ne fut jamais achevée. Elle devait culminer à quatre-vingts mètres de hauteur, hors de portée des regards innocents. Aussi l'artiste s'en était-il donné à cœur joie avec les péchés les plus capitaux. Les tentations, les chutes et les retombements figuraient en variantes infinies sur chaque face de ce chapiteau historié.

Quand le temps des bâtisseurs fut révolu, on utilisa cette flèche sans emploi pour couronner la fontaine.

Depuis, elle enseigne sommairement l'art d'aimer à tous ceux qui veulent bien la consulter. Sommairement ? Les motifs qui enflammaient l'imagination des naturels n'étaient pas les plus réalistes. Il en était certains de parfaitement hermétiques qu'ils préféraient à tous les autres.

« Eh bien ? Vous n'en savez donc pas encore assez ? »

Perdu dans ses pensées, Laviolette sursauta.

Quelqu'un lui posait la main sur l'épaule. Il se retourna. C'était le docteur Pardigon. Sortant d'une porte basse où l'on entendait la sinistre toux grasse d'un catarrheux, il avait aperçu la silhouette massive de Laviolette et n'avait pu résister au plaisir de le prendre en flagrant délit de rêverie érotique.

« Pas du tout, répondit Laviolette à sa question, je ne les voyais pas comme vous l'imaginez. »

Le docteur l'examinait sous le nez aux reflets d'un réverbère qui sentait l'huile des enfers.

« Vous avez le *Tron de Dieu !* s'exclama-t-il en lui prenant le bras. Et vous essayez de vous le faire passer en pesant le pour et le contre ! Venez ! Accompagnez-moi jusqu'à ma voiture. En chemin, vous me raconterez ce qui vous arrive. Ça vous fera l'effet d'une confession. »

Laviolette lui fit part de son entrevue avec le sous-préfet.

« Détrompez-vous, commenta Pardigon, si vous imaginez que c'est pour étouffer le scandale qu'on vous conseille de laisser les morts enterrer les morts.

– Vous voyez un autre motif ?

– Si vous découvrez la source de leurs approvisionnements, vous la leur tarirez ! Voilà ce qui les préoccupe !

– Vous pensez qu'ils espèrent... recommencer ?

– Comment donc ! Mais c'est l'évidence même ! On ne rêve jamais tant d'amour démesuré que dans une ville de deux mille âmes. Ils en entendent parler depuis le marquis de Sade de ce *Telephora vesicans splendens !* Ils s'y sont mis comme des croquants autour d'un pot de caviar !

– Quatre morts !... murmura Laviolette.

– Je vous l'accorde. Mais la prochaine fois, ils seront plus circonspects ! »

Ils arrivaient au bout de la rue Grande, où l'attelage du médecin était à l'arrêt devant la fontaine Jeanne-d'Arc. Pardigon prit Laviolette aux épaules et le tourna vers lui.

« Croyez-moi, brigadier ! Vous n'entendrez jamais plus parler de rien ! »

Il escalada lestement son siège, sortit le fouet de la douille et, penché vers Laviolette, il répéta :

« Vous entendez ? De rien ! »

Dans la rue au pavé bombé, sa haute guimbarde se dandinait d'un mur à l'autre comme si elle décrivait, elle aussi, un signe de dénégation. Immobile, le brigadier la suivait des yeux. Le trot du cheval et le gémissement de l'essieu se confondaient avec le maigre bruit du canon de la fontaine qui s'écoulait dans le bassin. Mais au-delà de ces bruits, dont l'un s'estompait déjà au tournant de la rue, un autre se superposait qui ne capta pas tout de suite l'attention de Laviolette.

Il était diffus. Il flottait au-dessus des toitures. Il paraissait venir du ciel.

Le brigadier s'éloigna de la fontaine pour mieux écouter. Derrière une fenêtre ouverte, le ronflement d'un dormeur le gênait aussi. Il s'avança dans la rue Saint-Merry qui décrivait une demi-lune autour de la ville. Il gravit quelques grandes marches caladées. A partir de là le nouveau bruit couvrait tous les autres.

« Qui peut bien faire le maçon à cette heure ? » se dit Laviolette.

Il distinguait les coups sourds d'une masse s'abattant contre un mur. Mais un son métallique, parfois, se superposait à ce vacarme. Et c'était bien du ciel qu'il descendait.

Le brigadier, intrigué, s'enfonça dans l'ombre, curieux de découvrir la source de cette activité insolite.

A partir d'une certaine hauteur, la rue Saint-Merry n'était plus éclairée et ses abords étaient truffés de ruines. Elle entourait de voûtes écroulées le socle de la citadelle.

Laviolette pressa le pas. A mesure qu'il progressait sur la calade, le son s'amplifiait. Il s'agissait bien de coups de masse, ponctués d'étranges prolongements, comme si on tapait sur quelque enclume de forge.

Laviolette reprit son souffle à la hauteur de la dernière couronne de masures. Au-dessus d'elle, dominant le torrent des ronciers, s'érigeait cette chapelle à pans coupés, élevée sur les débris de la citadelle, à la gloire de la Vierge, par un ecclésiastique qui visait le ciel ou la postérité.

La source du vacarme descendait de là-haut.

Laviolette se démenait sous les sapins, dans la roide montée, autant que le lui permettait son passé de gros fumeur. Il emprunta même, pour couper au plus court, la glissade creusée dans le safre par les enfants, mais où ils avaient entassé des pierres pour les faire rouler. Le brigadier s'empêtra dans ce clapier, provoquant une avalanche de cailloux qui n'en finissaient pas de cascader.

Le bruit cessa net. Laviolette retint sous souffle et il lui sembla qu'un pas léger glissait dans l'herbe là-haut. L'hexagone de balustres blanches le narguait encore, le surplombant de dix mètres. Laviolette franchit cette dernière étape en ramant des bras et en soufflant. Il déboucha devant le parvis de la chapelle. Il entendit le choc d'un corps qui atterrissait sur le sol souple du cimetière vieux, de l'autre côté de l'oppidum. Il fonça dans cette direction.

Le clair de lune, par contraste, rendait plus sombres les frondaisons. Quelques croix couchées brillaient blafardes sur l'herbe verte. Le cimetière était vide, mais quelqu'un sautait, plus bas, de terrasse en terrasse, en un affolement de lièvre, froissant les ronciers géants, boulant à travers les voûtes crevées, cassant les branches des sureaux. Qui ? L'herbe était encore couchée sous les pas, formant des berceaux, non des traces révélatrices.

Pensif, Laviolette fit le tour des sept pans de la chapelle. Les angelots à trompette sonnaient en silence vers toutes les aires de la Rose des Vents, sur leurs instruments de pierre.

Le carillon en pierre de Mane se dressait à l'écart sur la pelouse, toujours neuf, malgré son demi-siècle d'existence, laid et vaguement funèbre, fruit d'une opposition permanente entre un architecte qui aimait le bel canto et un maçon qui aimait les angles bien nets. Inachevé, il ne tinterait probablement jamais.

C'était une sorte de mur orbe, derrière lequel on abritait les cloches. Le curé qui l'avait promu avait instauré l'usage – parmi les familles qui comptaient, et lorsqu'on y vouait une fille à la Vierge Marie – de consolider cette vocation par le don d'une cloche pour le carillon.

On récompensait la bienfaitrice en plaçant à l'aplomb de cette cloche une plaque d'albâtre gravée à son nom. Toutefois, la libéralité adroitement suggérée était si exorbitante que bien des familles s'y étaient essoufflées. Aussi, l'abbé était-il mort avant l'achèvement de l'œuvre.

Cette tendre laideur évoquait étrangement une tombe de jeune fille, et le gendarme qui la contemplait semblait s'y recueillir et prier.

Pourtant, si Laviolette restait planté là, c'est parce qu'il était complètement abasourdi par sa découverte : quelqu'un venait de marteler les sept plaques portant le nom des vierges. Quelqu'un avait brisé l'albâtre, concassé les caractères dorés, les notes égrenées au-dessus des prénoms et l'oiseau mystique perché sur chaque note. Le marteau utilisé pour ce massacre gisait dans l'herbe, parmi les débris.

Laviolette avait complètement oublié sa colère passée, tant était grand son étonnement. Ces filles, il ne connaissait même pas leur nom. Il n'en avait sans doute jamais rencontré une seule. Depuis cinquante ans, sans doute, que le monument existait, certaines ne devaient plus être les Enfants de Marie qu'on avait consacrées... Qu'on soit venu, par folie passagère, mutiler la plaque d'une infidèle, d'une traîtresse ou d'une indifférente, cela, à la rigueur, pouvait s'expliquer. Mais *toutes !* Pourquoi toutes ?

Laviolette resta longtemps en contemplation devant ces décombres. Un sourd malaise l'effleurait, dont il ne comprenait pas l'origine.

A sa hauteur, le bourdon assourdissant de la cathédrale sonna l'heure.

Le brigadier se secoua et se dirigea lentement vers la balustre, du côté nord. La lune avait déjà perdu un morceau, mais ce qu'il en restait inondait de clarté les collines nues. Le parfum des lilas montait des jardins clos. Mollement étalée, Lure, comme déversée du ciel, chatoyait à l'infini par tous ses feuillages.

Un train siffla longuement. Là-bas, dans la plaine

de Mane, un, puis deux, puis trois lumignons clignotèrent.

Laviolette, parfaitement immobile, enregistrait par tous ses sens ces détails imperceptibles.

Il ignorait que ce soir il frôlait tous les éléments d'un mystère qui pourtant n'existait pas encore.

Le moine de Lure supputait les desseins de Dieu en écoutant le vacarme formidable des abeilles qui butinaient parmi les frondaisons naissantes du noyer en fleur.

Ce noyer abritait la moitié du sanctuaire sous ses ombrages. Il étendait ses branches jusqu'à la fontaine. Les fidèles suant et soufflant, qui venaient de marcher cinq heures sur les pierriers chauffés à blanc par le soleil, attendaient d'être assez secs, avant de se risquer sous son alléchante pénombre.

Il avait plusieurs victimes à son actif. Des gens qui ne savaient pas, qui s'étaient endormis au pied du tronc et qui s'étaient éveillés avec le froid de la mort.

Mais, en ce printemps, il était encore clair comme une dentelle et c'était le sucre des chatons que butinaient les abeilles.

« Il a englouti toutes mes ruches ! se dit le moine à haute voix. Toutes des feignantes ! Et comment le leur défendre ? Si l'été est sec, mon miel sera encore tout noir ! »

Ce moine arborait un tour de taille de femme enceinte, emblème, probablement, de sa chasteté ecclésiastique, mais ses méplats ravagés et l'acuité de son regard attestaient qu'il était piqué par le diable et plus souvent qu'à son tour.

Il avait, en son jeune âge, humblement sollicité de son Ordre la desserte de cet ermitage comme une insigne pénitence, mais, contre sa propre attente, il s'était trouvé doué pour la solitude et la solitude l'avait aimé.

Depuis longtemps déjà le délice d'être dans Lure le dispensait de tout débat. Il ne pensait à la mort que comme à un prolongement immobile de sa félicité. Etre couché dans cette montagne pour l'éternité lui paraissait le comble du bonheur. Il demandait chaque jour pardon à Dieu pour cette absence d'angoisse, mais il en jouissait sans vergogne.

En soupirant, il s'arracha à sa contemplation pour aller dire sa messe. C'est alors qu'il entendit un cliquetis de marche funèbre sur le chemin malaisé qui montait abruptement vers lui, depuis la combe des Charbonniers. Au loin, sous les oratoires, poignait le corbillard du Brédannes qui cahotait d'une ornière à l'autre.

C'était une voiture superbe, bleue et filetée d'or. Des plumets qui retombaient en jets d'eau ondoyaient soyeusement à chaque angle du baldaquin. D'une colonne à l'autre qui supportaient le dais, courait une corde d'étendage où des épingles à linge retenaient les énormes médailles gagnées dans les comices par l'herboriste.

Ce monument, laissé pour compte lors de la vente d'un voiturier ruiné par le chemin de fer, Brédannes l'avait fait aménager en éventaire. Sur les foires, il en rabattait les côtés et s'installait au centre, vertical comme un mort ressuscité. Ce pied de nez à la camarde réconfortait ses auditoires qu'il achevait d'empaumer par sa jactance.

A mesure que s'approchait l'attelage, le moine, subjugué, admirait cet accord parfait du chemin sans grâce, du corbillard de luxe et du maigre Brédannes arrimé aux rênes en une austérité de destin en marche. Le cheval lui-même, un Auvergnat multicolore, coiffé d'une têtière rouge à plumets et qui paraissait habitué à la souffrance, participait d'une certaine majesté.

Derrière cet attelage, mais si loin au-delà des oratoires qu'on ne distinguait ni la race du cheval ni les traits ou le costume du cavalier, un autre visiteur montait vers l'ermitage.

Le moine, tout à la contemplation du char funèbre, n'y prêta qu'une attention distraite. Brédannes venait de mettre l'attelage au trot et l'on entendait claquer les roues sur les pierres en un bruit sec de mâchoires entrechoquées.

L'herboriste s'arrêta à bonne distance du noyer et leva les yeux vers les branches noueuses où scintillaient les abeilles. Il se dressa. C'était une opération magique, instantanée, qui produisait toujours un effet considérable sur la clientèle.

C'était un homme long et maigre et qui n'avait pas d'âge. Il arborait un costume et un chapeau noirs. Il marchait la tête en avant, porté par d'immenses pieds ; à ce point dépourvu de ventre, d'estomac et de pectoraux qu'il en était concave comme un croissant de lune nouvelle. On eût dit qu'il avait reçu autrefois un coup de poing au plexus solaire et ne s'en était jamais relevé.

Il descendit du siège avec une lenteur calculée, épousseta ses genoux et s'avança vers le moine.

A mesure qu'il se rapprochait du noyer, son visage se détachait sous l'ombre de son grand chapeau. On voyait d'abord ses sourcils épais d'un bon travers de doigt, son nez coupant comme une lame, ses yeux enfoncés, alertes, mobiles, aux aguets, fureteurs, et tout ceci résumé en une seule expression permanente. Ses méplats durcis par les intempéries semblaient faits pour couper le vent des montagnes. Le surplus flasque des fanons débordait du col dur.

Il était passé sur ce visage d'épervier quelque soixante-dix ou quatre-vingts ans déjà. C'est du moins ce qu'il avouait à moitié : « Je pourrais dire moins, précisait-il modestement, et quelques-unes pourraient en attester. »

Il n'avait jamais la bouche libre. En tout temps, au coin de sa lèvre demeurée sensuelle, il mâchonnait une fleur vénéneuse de saison, qui roulait d'une commissure à l'autre. Aujourd'hui, c'était la jeune ombelle d'une grande ciguë verte comme du persil nouveau.

« Oh, Calixte ! s'exclama-t-il. Tu la connais, toi, la terre de pipe !

– Oh Brédannes ! répondit le moine. Qu'est-ce que tu viens faire ici ? C'est tout pelé. Y a encore rien...

– Je monte pas pour les plantes. Viens un peu ici, que je t'explique... »

Il l'entraîna, la main posée sur son épaule, vers la porte basse qui conduisait au chauffoir par une longue voûte suintante.

C'était une pièce sans fenêtre, éclairée par deux jours de souffrance sous le plafond. Il y régnait une lumière de crypte.

« Tu veux un peu de café ? » dit l'ermite.

Au coin du fourneau en terre mijotait toujours une grosse cafetière de fer battu, destinée à tous ceux qui s'arrêtaient, avant de traverser la montagne.

« C'est toujours le même ? demanda Brédannes.

– Ah ! » dit le moine en écartant les bras.

Il apportait un bol aux armes de Lourdes où était peinte en gloire une Vierge d'or.

« Et toi ? dit Brédannes.

– J'ai pas encore dit la messe..., s'excusa frère Calixte.

– Eh bé vaï ! Si le Seigneur te reproche un bol de cette misère, c'est qu'il a du temps à perdre ! »

Il trempa son index dans le toupin du miel et le porta à son bol, où il le fit tourner comme une cuiller.

« Alors, dit-il, tu as rien entendu dire ?

– Ici ? et à cette saison ? A part les charbonniers qui vont et viennent, j'en ai vu passer deux : celui de l'*Eau des Carmes*, qui venait me tenir les pieds chauds, et un savant qui descendait un sac de pierres...

– Alors tu sais rien ?

– Eh non !...

– Tu sais pas que le Justin Boutedieu, la Bridaine Forneyron, le président Serenne, le minotier Pellegrin sont morts ? Tu sais pas que le Bonnefoy d'Ardantes est paralysé ? Tu sais rien, quoi ?

– Rien que des gens qui faisaient du bien à l'Eglise ! souffla le moine atterré.

– Morts comme des imbéciles ! s'exclama Brédannes en se tapant sur les cuisses. Je te demande un peu ! Ça fait un esclandre du diable. La gendarmerie a voulu s'en mêler. Heureusement, le sous-préfet y a mis le holà... Parce que, lui aussi, le sous-préfet, il a voulu jouer les marquis de Sade...

– Les quoi ?

– Ah oui, c'est vrai ! Excuse-moi ! Toi, tu es rentré dans les ordres à treize ans... Toi, tu planes ! »

Il se leva avec agitation et se mit à déambuler de long en large.

« Ça fait un moment que ça leur démangeait. Un

moment, qu'à mots couverts, quand j'allais leur vendre les tisanes pour l'hiver, ils me disaient : "Vous n'auriez pas, père Brédannes, par hasard..." Le hasard ! Soi-disant ! Mais moi... »

Il fit le geste de se serrer une ceinture sur le ventre.

« Rien à faire ! Je ne suis pas un empoisonneur ! S'ils voulaient continuer à faire l'amour après cinquante ans, ils n'avaient qu'à faire comme moi : rester maigre, boire de l'eau et ne penser qu'à ça ! Ils se figurent toujours que l'amour, c'est comme un sac de louis d'or ! Qu'on peut le cacher dans un coin, aller faire n'importe quoi d'autre et le déterrer après, quand on veut s'en resservir ! Eh non ! »

Il brandissait une boîte d'allumettes tirée machinalement de son gousset.

« Alors... Quand ils s'aperçoivent qu'ils n'arriveront jamais tout seuls à remonter du Hadès, qu'est-ce qu'ils font ? Ils se rappellent les vieilles recettes. Ils se disent : "Si on essayait ça ?" Mais *ça*, comme le père Brédannes veut pas vous en vendre et que ça se trouve pas sous le pied d'un cheval, on s'adresse à des amateurs ! Et on en meurt ! ajouta-t-il.

– Alors..., remarqua Calixte, tu aurais mieux fait de leur en vendre...

– C'est ce que je me suis dit..., acquiesça Brédannes sombrement. Je me suis dit : les morts, bon ! ils sont morts ! Mais les autres ? Ceux qui en ont pris moins et qui en ont été malades, mais pas au point d'oublier ce que ça leur a procuré... Et s'ils veulent recommencer – et ils voudront ! – et qu'ils s'adressent encore à des amateurs ? C'est un cas de conscience !

– Je comprends, dit Calixte, que c'est un cas de conscience ! Et un beau, même ! Mais de quoi sont-ils morts au juste ?

– De ça ! » dit Brédannes.

Il vint ouvrir d'une pichenette sa boîte d'allumettes sous le nez de l'ermite. Inerte au fond de la boîte, une sorte d'escarboucle scintillait dans l'ombre.

« *Telephora vesicans splendens !* annonça Brédannes. C'est un vésicatoire. Tu le cueilles frais, tu le piles fin comme du tabac à priser... Ah, il faut le conserver au sec, hé ! Le mieux, pour ça, c'est le papier gris... Ils disent que ça se trouve sur les frênes au printemps ; mais moi, je sais un meilleur endroit, ajouta-t-il en clignant de l'œil. C'est pour ça que je suis là ! »

Il referma la boîte d'un coup sec.

« Enfin, demanda-t-il, ça te viendrait à l'idée, à toi, d'avaler un vésicatoire ?

– Non ! dit Calixte. Sûr que non !

– Eh bien, eux, ça leur est venu ! Oh ça ! Ils ont dû bander comme des ânes ! Mais après !

– Ah ! C'est pour ça !

– Bien sûr que c'est pour ça ! Qu'est-ce que tu croyais ? Que c'était pour faire des rêves ? Tu croyais...

Il laissa le mot en suspens, leva la tête vers la porte et saisit brusquement l'énorme biceps du moine dans sa main...

« On nous espinche ! souffla-t-il.

– Oïe ! » dit Calixte.

Mais Brédannes s'était déjà levé. En deux bonds de ses grandes équerres il fut à la porte du chauffoir qu'il tira vivement à lui. La longue voûte qui le précédait était noire comme un four. Il la scruta en retenant son souffle. Il lui sembla bien qu'à son apparition, au bout du corridor, la porte d'entrée laissait passer le jour et que maintenant, elle était hermétiquement close. Mais c'était une impression fugitive. Il haussa les épaules et revint vers frère Calixte.

« Tu dois avoir des effraies dans tes placards à salpêtre, dit-il, rien n'imite mieux la présence de l'homme...

– Mais alors..., objecta Calixte, si tu leur en vends, de cette saloperie, ils risquent d'en mourir ? »

Brédannes secoua la tête.

« Pas si tu as la science ! Parce que, quand tu as la science... »

Il glissa la boîte d'allumettes dans son gousset et en tira une autre, cette fois d'une poche profonde.

« Regarde bien ça ! » dit-il en l'ouvrant.

L'ermite pencha sa grosse tête en forme de poire vers les mains de Brédannes qui désignait la boîte. Une momie d'insecte y reposait qui ne scintillait pas. Ses élytres étaient seulement ocellées comme celles d'une coccinelle et sa tête était cachée sous le bouclier du corselet.

« Ça, c'est le bostryche ! annonça Brédannes. Si tu piles une *certaine* quantité de celui-là et que tu le mélanges à l'autre, tu as de quoi contenter sans danger tes rêves les plus dépravés ! On dirait pas, hé ?

– Tu en connais des choses de ce monde ! » dit Calixte.

Brédannes observait avec attention l'insecte dans son cercueil.

« Et pourtant, dit-il, celui-là, il est pire que l'autre... C'est un prédateur de première catégorie... Le téléphore, il bouffe dans les arbres morts, tandis que le bostryche, il les fait mourir pour bouffer... Et ça se voit pas ! Tu t'es bâti – en peut-être dix générations – une belle forêt pour te protéger des éboulements et des avalanches, et un beau jour, il arrive, lui... Un beau printemps bien sec... Et alors, quand il a sévi trois ans, la première avalanche qui dévale, elle te crève la forêt comme un papier à cigarettes.

Voilà ! C'est ça le bostryche... Qu'est-ce que ça peut avoir à faire, je te le demande, avec la bandaison des hommes ?

– Les desseins de la Providence..., commença frère Calixte.

– Heureusement tu as ça, toi, pour tout expliquer.

– Et... par le fait... Qu'est-ce que tu viens faire ici ? Si tôt ?

– Justement, dit Brédannes, c'est ce que je t'explique... Là-haut, au nord, avant de descendre sur Valbelle, il y a le dernier bois de mélèzes de Lure qui est en train de mourir. Les troncs doivent être *claffis* de téléphores tout neufs ! Je vais en faire la cueillette. C'est le bon moment. Après, je monterai dans le Champsaur. Là-haut, sous Chaillol-le-Vieux, il y a des coins à bostryches... Après, je ferai le mélange... tant pour cent, tant pour cent... Ça fait que l'hiver prochain, quand j'irai vendre la tisane aux grosses maisons, je pourrai leur proposer mon orviétan... Et au moins, j'aurai la conscience tranquille... »

Il referma sa boîte à bostryches et se mit debout dans la pénombre du chauffoir. Frère Calixte le considérait attentivement, comme si Brédannes n'avait pas tout dit. L'herboriste sentit ce regard, le croisa et détourna le sien en s'en allant.

« Tu comprends, dit-il, en précédant l'ermite sous la voûte sombre, jusqu'à maintenant mes principes m'interdisaient de commercer de ce genre de choses... Mais puisque la demande existe... »

Ils émergeaient au grand jour, dans le bourdon sauvage des abeilles. L'Auvergnat avait tiré le corbillard jusqu'aux peloux de la combe où il avait repéré un grand déversement d'orties vert tendre. Il se gavait de ces jeunes pousses.

L'herboriste se dirigeait vers son attelage, les mains

aux poches, à grandes enjambées saccadées. Le moine suivait comme il pouvait.

« Dis-moi un peu Brédannes... »

L'autre se retourna.

« Dis-moi un peu, répéta frère Calixte, les yeux baissés, cette poudre, quand tu l'auras faite... Si des fois il t'en restait un peu... »

Brédannes s'immobilisa brusquement.

« Comment ? Mais je croyais...

– Je le crois aussi ! affirma Calixte. Seulement... On sait jamais... Si des fois je succombais... Tant vaudrait-il... Des fois, tu sais, il en vient ! Et elles te confessent de ces choses ! »

Il joignit les mains et les agita longuement.

Lestement Brédannes sauta sur le siège et desserra la mécanique. Il effleura d'un sifflement de fouet la têtière de l'Auvergnat et fit tourner l'attelage.

« J'y songerai ! » cria-t-il à Calixte.

Tandis qu'il lançait son corbillard à l'assaut des monts de Lure, un rire de diable, figé et silencieux, s'éternisait sur son visage coupant.

Frère Calixte le suivit des yeux jusqu'à l'entrée de la Sapée et se détourna enfin avec un léger soupir. Il songeait à sa messe et qu'il avait le ventre creux.

Il se dirigeait en hâte vers le sanctuaire, lorsqu'il s'arrêta soudain, interdit. Un Ariégeois aux pattes velues était entravé tête basse au montoir de la fontaine. Il grattait le sol du sabot et reniflait parfois avec inquiétude vers le noyer aux abeilles. C'était une bête de montagne, trapue et résistante.

Cependant, frère Calixte la considérait avec curiosité, car la selle détonnait sur cette bête. Le moine avait rencontré presque toutes les selles de l'arrondissement. Il croyait pouvoir reconnaître du premier coup d'œil le *biais* du bourrelier qui les avait façonnées. Celle-ci ne lui rappelait rien. Ses quartiers étaient cloutés d'arabesques gracieuses. Le surfait retenait une sorte de chabraque qu'on ne voyait pas souvent sur les foires et marchés. Mais ce n'était pas tout. Frère Calixte détaillait attentivement cette selle et il lui trouvait un aspect insolite, mais qu'il n'était pas fichu de définir.

Pensif, l'ermite tourna le dos à l'Ariégeois et s'achemina vers l'église.

Ecrasée sur la pente de la montagne, boitant d'une muraille plus haute que l'autre, cette église évoquait les sangliers qui hantaient ses abords. Elle était nue. Sa façade trapue, où la rosace était décentrée par rapport à la porte basse de l'accès, constituait en elle-même une sorte d'énigme. Depuis trente ans qu'il la desservait, frère Calixte n'y entrait jamais sans se raidir. Il ressentait – sans jamais en avoir eu aucun écho – que ces murs inégaux avaient jadis été témoins de quelque événement épouvantable et qu'ils en gardaient l'empreinte pour l'éternité.

L'ombre froide se referma sur lui, dès qu'il eut franchi le porche. L'église, sombre en tout temps, n'évoquait que l'hiver. Les murs suintaient comme les parois d'une grotte et, comme s'ils s'étaient greffés sur la roche où on les avait élevés, les concrétions calcaires avaient soudé les pierres ensemble, offrant une surface unie. La maladie du plâtre verdissait quelques statues sulpiciennes aux yeux blancs et aux traits grossiers qui illustraient laidement la Passion.

L'air de la nef sentait le salpêtre et la framboise. Il était sensible comme une corde de harpe. Un seul soupir porté sur cet air commençait d'y jouer une partie d'orgue.

Frère Calixte retint son souffle. Il n'était pas seul dans l'église. Une autre respiration accompagnait la sienne. Quelque fidèle ? Peu probable à cette heure et en cette saison. Les six stalles vermoulues qui achevaient de pourrir sur les dalles détrempées étaient couvertes de céruse. Elles étaient vides. Et, néanmoins, on respirait dans la pénombre. Le regard de frère Calixte errait sur toute cette pauvreté navrante, en quoi demeurait le Christ. Il tomba en arrêt devant le confessionnal, dans l'angle le plus obscur, contre la roue meunière qui servait de fonts baptismaux. C'était une boîte bleue, construite comme une chaise à porteurs.

« Mon père ! Mon père ! »

Frère Calixte se figea. Cette voix qui prononçait ces mots qui emplissaient la nef, comme descendue du ciel, mais d'un ciel d'orage, cette voix déformée, amplifiée, dénaturée par la curieuse acoustique de ce sanctuaire qui servait de conque marine à toute une montagne, cette voix avait des accents de *Miserere*. Elle était brisée, sanglotante, véhémente. Elle exprimait une pressante détresse.

Sans réfléchir, frère Calixte s'engouffra dans sa logette pour l'entendre.

Alors, un chuchotement indéchiffrable chuinta dans l'église vide, sans un repos, comme une source qui coule. Parfois, l'organe de basse-contre du moine coupait ce torrent d'une exclamation sourde. Mais il reprenait aussitôt, précipité, obstiné, pressé d'aller jusqu'au bout. Il semblait à ses accents que cette voix demandait plutôt justice que pardon.

Elle se tut d'un coup. Les dernières syllabes retombaient dans la nef, mouraient. Le silence se refermait.

Frère Calixte était appuyé au canon de sa logette, devant la grille rouillée du parloir. Il posa une question en latin. Il n'y eut pas de réponse. Il la posa une seconde fois en français, sans plus de succès. D'une statue de Vierge, un bout de plâtre se détacha et tomba avec bruit. Un rat dérangé s'enfuit par un trou de l'autel.

Frère Calixte comprit qu'il était seul. Il émergea précipitamment de la logette, traversa l'église en courant, sortit dans le soleil.

Les abeilles grondaient toujours dans l'arbre. A côté de la fontaine, le montoir était vide, l'Ariégeois avait disparu. Du côté de Crau Chétive, les pierres roulaient encore, sous le trot pressé d'un cheval.

Frère Calixte aspira une grande goulée d'air par la bouche et vint s'appuyer du front contre le tronc du noyer. Ses jambes le portaient à peine, dans les sandales de bois. Son équilibre bardé de lard se transformait en vertige sous une brutale bousculade. Son esprit fulgurait sous les images insoutenables que lui suggérait la confession qu'il venait d'entendre. Mais était-ce bien une confession ? Aurait-il dû l'écouter ? Mais qui l'avait faite ?

Ici, c'étaient presque toujours les mêmes fidèles, qui, dans la ferveur d'une promenade agreste, trouvaient commode de venir lui jeter leur boue à la figure pour s'en débarrasser, comme ils jetaient dans les fourrés les reliefs des ribotes. D'année en année, c'était presque un feuilleton qu'ils écrivaient dans l'âme de frère Calixte, tant leurs péchés offraient une unité dans l'action. Ils se ressemblaient tous. Ils étaient d'une navrante bénignité. Toutefois, frère Calixte feignait de les croire irrémissibles, afin que ses pénitents ne fussent pas tentés d'en commettre de plus gros.

Cette fois, pourtant, et par une voix qui lui était inconnue, un secret qui tenait de la destruction des villes bibliques venait de lui être assené. Et, sous le choc, il n'avait pas trop du tronc énorme du noyer pour le soutenir debout. Il haletait comme s'il était lui-même aux prises avec quelque énorme tentation.

Dans cet état de désarroi, il se souvint brusquement qu'il n'avait pas dit sa messe. Il revint, ployé en avant vers le sanctuaire, y pénétra. Au passage, il jeta un regard méfiant vers le confessionnal. Il hésita, même, devant la Sainte Table. Il eut besoin de faire appel à tous ses souvenirs canoniques pour se persuader qu'il n'était pas souillé lui-même par ce qu'il venait d'entendre.

Ce matin, du moins, il allait avoir une prière exorbitante à transmettre au Seigneur.

Pendant ce temps, le corbillard de Brédannes émergeait des bois de hêtres, sur la nudité des sommets, dans la lumière du matin. L'herbe couchée par le vent tremblait sous la clarté du ciel. Un troupeau sans berger secouait ses sonnailles. Après sa nuit passée à la cime, il commençait à descendre vers les fontaines.

Brédannes vit un homme jeune couché sur le flanc, une fleur de gentiane aux lèvres, et qui contemplait l'horizon. Un charbonnier, à n'en pas douter. Et un charbonnier désœuvré. Et un charbonnier qui paraissait triste.

Brédannes tira sur les brides de l'Auvergnat pour interpeller l'inconnu, de loin :

« Oh, l'homme ! Tu veux pas gagner cinquante sous ? »

L'idée lui était venue qu'à remplir de téléphores les deux seaux à miel qu'il avait apportés, il en avait pour longtemps.

L'inconnu se leva et se signa.

« N'aie pas peur, dit Brédannes, c'est pas un vrai !

– Ma mère m'a appris à me signer devant tous les corbillards, dit l'homme.

– Ça fait rien ! Monte quand même, il te mordra pas ! »

L'homme ramassa sa musette et grimpa sur le siège. Brédannes remit l'Auvergnat au pas.

« Comment tu t'appelles ? dit-il. Moi, je suis Brédannes, l'herboriste.

– Moi je suis Generoso Mosca.

– Un beau nom ! dit Brédannes.

– Pourquoi faire vous voulez me donner cinquante sous ?

– Pour m'aider à la cueillette.

– Qu'est-ce que vous allez cueillir ? Y a pas encore de plantes mûres ?

– Oh, y a bien d'autres choses que les plantes !...

– Quoi ? »

Brédannes lâcha les rênes d'une main, sortit la boîte de son gousset et l'ouvrit d'une chiquenaude.

« Ça ! dit-il.

– Arrêtez-moi ! souffla Generoso.

– Quoi ? Tu veux pas gagner cinquante sous ?

– Non ! Arrêtez-moi ! »

Il tira lui-même sur la bride, sauta à terre et s'éloigna sans un mot. Brédannes, médusé, ne songeait pas à remettre l'attelage au pas. Il regardait l'homme descendre les peloux à grandes enjambées.

« On dirait qu'il fuit ! » se dit-il.

Il le suivit des yeux jusqu'à l'orée des bois de hêtres. Au moment où il y disparut, à quelques centaines de mètres de là, vers le Ponchon du Vignaud, Brédannes vit poindre un cavalier que, d'aussi loin, il ne pouvait identifier. Pensif, il hocha la tête. C'était bien la première fois qu'il voyait un Piémontais refuser du travail... Mais il ne s'arrêta pas à cette idée, il relança l'Auvergnat et retrouva sa gaieté naturelle.

Lure embaumait l'odeur des feux de bois et des sapins. La fumée des charbonnières se couchait sur les ponchons et déferlait le long des Baïsses. Le vent était léger. C'était un de ces jours d'après mistral où le regard distingue au loin d'incroyables détails. A mesure que Brédannes montait vers le sommet, les glaciers du Pelvoux apparaissaient par les échancrures, là-bas, à plus de deux cents kilomètres.

L'herboriste se mit à chanter tout seul, avec l'Auvergnat pour tout auditoire. A chanter à pleine gorge comme un homme sans souci. Il était fier, à soixante-quinze ans passés, de cet enthousiasme intact. Il chantait : *Salut ! O mon dernier matin !* avec la conviction profonde de n'y être pas encore. Il atteignit ainsi le Pas de Frère Jean qui est le col de Lure. Avant d'attaquer la pente, il serra la mécanique du frein. L'Auvergnat fumait des naseaux et l'attelage se traînait, roues bloquées, sur les rampes maintenant raides. Ici, l'hiver, par endroits, sévissait encore sous la forêt.

Dans un virage, Brédannes fit quitter la route à l'attelage et l'engagea sur la piste des Cavalets. Il chemina longtemps dans ces fondrières, par l'ombre et le froid. Cette face de Lure est son visage austère. De ce côté, elle menace ruine, des falaises abruptes y surplombent des forêts sombres. On ne dirait plus la même montagne.

Brédannes avait cessé de chanter.

Puis, soudain, au bout d'une longue combe, le soleil et la tiédeur de l'air se retrouvèrent. Les cimes s'abaissaient vers l'ouest.

Brédannes tira sur les rênes. L'Auvergnat s'arrêta. Brédannes épia le silence. Pas de bruit, sauf, très loin et très haut, un éboulis qui roulait sous les sabots d'un autre cheval.

Devant le corbillard, en un large éventail en faucille, moutonnait d'un ponchon à l'autre, aux pentes douces, une forêt morte. C'était, sous la Baïsse de Malcort, le dernier bois de mélèzes de Lure qui venait de mourir en trois printemps sous les attaques des chenilles et de la sécheresse.

Ces mélèzes avaient été plantés par un garde forestier nostalgique qui venait du Queyras. Il n'avait tenu compte d'aucun avis. Et, en fait, tout avait bien marché pendant cinquante ans. Ces mélèzes avaient prospéré et le forestier avait pu venir y respirer l'air du Queyras jusqu'à son dernier souffle. Mais – à croire qu'ils n'étaient tenus en vie que par sa ferveur –, sitôt qu'on l'eut couché en terre, ils dépérirent à vue d'œil.

Ils étaient ensevelis sous une chape arachnéenne couleur de moisi qui pendait dépenaillée autour de leurs moignons. La plupart d'entre eux, décapités, portaient leurs houppiers cassés sur leurs basses branches mortes. Parfois, sur un tronc mort, dardaient, d'une ramure, des aiguilles printanières d'un vert tendre. Mais c'était un dernier adieu.

Les fûts noirs tranchaient sur la lointaine lisière des hêtres clairs et des sapins sombres. Ils étaient formés en carré, arbre contre arbre, comme les morts debout d'une grande armée.

Dans ce cimetière d'arbres, toutes les plantes némorales avaient péri, sauf les myosotis. C'était, comblant tous les vides, un océan de myosotis bleus qui moutonnaient sur les ponchons et les combes jusqu'à perte de vue. Quand un mélèze trop pourri était tombé, ce manteau bleu tendre l'avait aussitôt englouti. Le chemin forestier lui-même n'était plus marqué. Les thyrses en forme de crosse d'évêque renversée, l'avaient submergé. On n'en distinguait même plus les ornières.

Brédannes émit un clappement de langue pour remettre l'Auvergnat au travail. Sous la têtière rouge cardinal, l'animal huma ces vagues bleues en allongeant la tête. Il renâcla en secouant son plumet de luxe. Il fallut se gendarmer pour le pousser dans cette prairie.

Il parut alors à Brédannes qu'il avançait sur un tapis de nuages. Le corbillard ne brimbalait plus, même le grincement de ses axes sans graisse s'atténuait.

L'herboriste arrêta l'attelage au plus profond de la forêt morte, là où les mélèzes étaient les plus serrés et les plus élevés. Il fit taire d'un mouvement de guide l'animal qui renâclait toujours. Il écouta. Quand le silence se fut établi, une sorte de rumeur lui fit suite qui provenait des troncs morts. C'était celui d'un très lointain troupeau en train de paître.

« Ça en est claffi ! » se dit Brédannes à haute voix.

Il allait sauter lestement du siège lorsqu'il s'aperçut que le corbillard était enlisé jusqu'aux moyeux parmi les myosotis et que, nulle part, sur des dizaines d'hectares, on n'apercevait la terre ferme. Cette vision ne lui dit rien qui vaille. Il ouvrit la branloire et en extirpa une paire de leggins qu'il laça sur ses pantalons. Il tira aussi ses deux seaux à miel et les garnit de coton imbibé d'éther. Cette odeur d'hôpital fit rire l'Auvergnat de toutes ses dents.

Brédannes mit pied à terre. Il enfonçait jusqu'aux cuisses parmi les fleurs bleues. Les touffes étaient énormes, plantureuses. Elles formaient des dômes tendres, qu'on avait envie de caresser. Celles que l'herboriste foulait au pied se couchaient sur le sol en un bruit épais de blé moissonné.

Brédannes ouvrit son Opinel et s'approcha d'un tronc mort. Il était hideusement taraudé de galeries en tous sens d'où s'écoulait une sciure rouge que le vent dispersait. Aux orifices de ces galeries, ivres de nourriture, lourds de pollen méphitique, les insectes vert émeraude étincelaient sous le soleil. Brédannes les recueillait avec la lame de son couteau et les faisait tomber sur le coton imbibé d'éther.

« Il y a de quoi faire bander un régiment de vieillards ! » jubilait-il à voix basse.

Il travailla longtemps, offusqué par l'abondance des prédateurs et avide d'en amasser le plus possible. Il agrandissait les orifices avec la pointe de l'Opinel. A l'aide d'une longue aiguille à tricoter les bas, il sondait ces tunnels. Parfois, il ramenait plusieurs téléphores embrochés sur l'aiguille et qui remuaient encore.

Soudain, il entendit hennir l'Auvergnat, qui s'était résigné à brouter les myosotis. Brédannes se retourna.

« O, Cadet ! Qué as ? »

Ce cheval ne hennissait jamais pour rien. Dans le courant de la vie, il se contentait de renâcler et de fumer des naseaux. A cette question en dialecte il répondit par un nouveau hennissement plus appuyé et plus grave.

Brédannes se redressa et son regard fit lentement le tour de la forêt morte. Là-bas, au loin, sous le filigrane des amélanchiers qui bordaient la lisière, un cavalier passait, lentement.

Brédannes apointa son regard. Mais le bleu des myosotis était si intense et il s'étendait sur une si grande profondeur qu'il produisait une sorte de halo propre à estomper le contour des choses et des êtres.

« Quelque promeneur, se dit Brédannes ; ou bien quelque amant en détresse. Comme si la montagne y pouvait quoi que ce soit ! »

Il haussa les épaules et reprit sa récolte. Il travailla diligemment, des heures durant, chauffé dans ses habits noirs par le soleil de mai. Les abeilles vrombissaient furieusement sur les fleurs. Parfois, l'une ou l'autre se trompait et venait enfoncer son corselet dans une galerie du bois. Elle s'en tirait d'un vol oblique, comme si elle fuyait.

Les seaux commençaient à peser à la ceinture de Brédannes. Il rejeta le chapeau en arrière et s'épongea le front.

Le cheval hennit de nouveau, longuement.

« C'est pas possible ! se dit Brédannes, y a quelqu'un qui m'espinche ! »

Son regard, de nouveau, fit le tour de la forêt morte. Le cavalier évoluait plus loin, furtivement, presque indiscernable. Il parut à l'herboriste qu'il tournait autour du bois mort.

« Il faut que j'en aie le cœur net ! » se dit-il.

Il se mit à faucher les myosotis à grandes foulées de ses grandes jambes, droit dans la direction du cavalier. Mais celui-ci reculait à mesure que Brédannes avançait, et il n'avançait pas vite, gêné par de longs cadavres de mélèzes tapis sous le monceau des fleurs. Quand il atteignit la lisière de la forêt détruite qu'un grand pré de myosotis séparait des sapins bien vivants, il s'arrêta. L'inconnu avait disparu au plus profond du couvert.

« Curieux !... grommela Brédannes. Il se dérobe... Il ne tient donc pas à être vu... »

Pensif, il revint vers son attelage. Là, il évalua sa récolte et la jugea suffisante. Alors, il détacha l'Auvergnat et, le menant par la bride, le fit tourner sur le plat d'une ancienne charbonnière qu'il avait repérée sous le tapis de fleurs. Il escalada le siège, referma soigneusement les seaux à miel qu'il cala dans la branloire et mit l'Auvergnat au pas.

Sitôt hors du tapis épais des myosotis qui amortissait les chocs, les grincements de carriole recommencèrent dans les mortaises du corbillard, dont les essieux se plaignaient longuement. Autant que possible, par de judicieux effets de bride et clappements de langue qui désorientaient le cheval, Brédannes accentuait le vacarme. Il voulait donner l'impression – si quelqu'un l'écoutait – d'un homme qui se hâte vers son logis sa journée finie.

Il gravit ainsi un tronçon de la piste ardue qui regagnait le sommet de Lure. De lacet en lacet, il s'éloignait de la combe où gisaient les mélèzes morts. Toutefois, à chaque virage, il la surplombait toujours. Quand il jugea que le bruit de son charroi s'était suffisamment estompé, il immobilisa l'attelage au beau milieu d'une ligne droite et mit lestement pied à terre. Foulant l'herbe du bas-côté il rebroussa chemin vers le dernier lacet qu'il venait de franchir.

Quand la forêt morte lui apparut en contrebas, il s'accroupit dans l'herbe haute et se mussa vers le bord du ravin.

A deux cents mètres au-dessous de lui, le bois noir sur fond d'océan bleu craquait dans le vent du soir. Là où Brédannes se tenait tout à l'heure, un cheval était enlisé jusqu'au ventre dans les myosotis. Il était seul. Mais bientôt, parmi les entoilements de lichens qui épaississaient les arbres morts, l'herboriste distingua une agile silhouette qui bondissait de tronc en tronc.

Mais, à contre-jour, le soleil dans les yeux, Brédannes distinguait mal le personnage. A part – probablement – un béret basque, une culotte de cheval et des bottes – mais peut-être les imaginait-il – , l'herboriste n'eût pu décrire le cavalier.

En revanche, il comprenait très bien à quoi l'inconnu occupait ses mains. Il imitait l'herboriste : il était en train de faire une ample récolte de téléphores.

Modeste récitait sa leçon en descendant l'escalier. Sa décision était arrêtée : il allait tout raconter à son père. Il prendrait un air dégagé : « Tu sais papa, lui dirait-il, la nuit où ça c'est produit... Tu crois que c'est normal..., tu crois que ça a un rapport... ce que j'ai vu ? »

Il poussa résolument la porte du bureau. Son père fumait sa pipe à pompon. Chabrand déambulait de droite à gauche en gesticulant.

« Manières de protestants ! disait-il. Chef ! J'ai vécu dans un pays où les protestants avaient sévi. Ils martelaient le visage des saints au portail des églises... Moi, pour moi, ces déprédations causées au carillon de l'abbé Burle, c'est du travail de protestant !

– Les protestants sont loin..., soupira Laviolette. Et les fous sont pas tous dedans... »

Il aperçut son fils, sur le pas de la porte.

« Tu veux quelque chose, Modeste ? »

Toute l'assurance du garçon tomba. Une objection majeure se présentait à lui : « Et s'il te demande : "Pourquoi n'as-tu pas parlé avant ?" Que lui diras-tu ? Que tu as peur de lui ? » Non ce n'était pas possible. Il répondit :

« Rien. Te souhaiter le bonsoir !

– Bonsoir, fiston ! Et... sois prudent !

– Tu as ta plaque, au moins ? demanda Chabrand avec un gros rire.

– Oui ! Et j'ai aussi ma lanterne ! » répliqua Modeste en souriant.

Il sortit, enfourcha son vélo et fonça dans la descente. Il était heureux – il ignorait pourquoi – de n'avoir pas parlé.

Il coupa par le Chemin des Reines, qui le menait juste devant la bifur. Il éprouva une étrange sensation en mettant pied à terre. Tout était exactement comme vingt-huit jours auparavant. La lune ovale, deux nuits avant sa plénitude, éclairait le sol blanc, rendait fumeuse la clarté des lampes à pétrole. Le patron Chiousse, penché au bord du quai, guettait l'apparition du 4113 qui lui permettrait de se saisir du bâton. Seule, depuis ce temps, la couverture des platanes s'était déployée et l'ombre régnait sur les voies de débords.

Les lestes manœuvres espagnols, maigres comme des Rossinante, se juchaient sur les tombereaux en crachant dans leurs mains. Ils s'interpellaient joyeusement en se montrant la lune, satisfaits qu'elle brillât sans un nuage, ce qui faciliterait leur tâche. Car, sur cette ligne à voie unique, pour ne pas interrompre le trafic, on travaillait au ballast seulement la nuit et les éclairages portatifs dont on disposait étant insuffisants, on groupait les travaux pour les nuits où la lune était grosse.

« Ils nous suffoquent ! grommelait Chiousse, en ramenant triomphalement le bâton sur la plate-forme. Ils nous suffoquent avec leur PK 14 ! Ils n'ont qu'à détourner le trafic pendant deux mois et faire les choses proprement ! »

Il tira deux coups énergiques sur la soupape de

sûreté afin d'avertir les manœuvres qu'il démarrait. Il avait le tour de main le plus expert du réseau pour donner à son sifflet le ton du commandement. On le reconnaissait. Il vous figeait de peur au bord du ballast. Les charretiers aventurés sur les voies, qui l'entendaient au loin, donnaient là leurs plus solides coups de fouet en dégageant leurs attelages des passages à niveau.

Le train s'ébranla dans la nuit. Sa cargaison de pierres blanches et d'hommes noirs miroitait sous la lune.

Le sous-préfet leva la tête. Le sifflement du train l'avait atteint à travers les bons murs de la sous-préfecture et la distance qui le séparait de la bifur. Le temps était à la pluie. Quand, de Forcalquier, on entendait siffler un train dans la plaine de Mane c'est que le temps était à la pluie...

Ce sous-préfet, qui s'appelait Jean-Marie Colombe, s'apprêtait, sous l'abat-jour vert, à rédiger un rapport, dont pour l'instant il ne tenait que le titre : « *Etat du corps électoral à la veille des cantonales, dans l'arrondissement de Forcalquier.* » Il allait falloir pondre quelque chose sous cette rubrique. Il jeta un regard désenchanté sur le tas de notes accumulées par ses observateurs et soupira.

Un choc sourd retentit à l'étage. Colombe accrocha son regard à la rosace du plafond où se découpait, en rond de clarté, l'ouverture de l'abat-jour. Il épia longtemps en respirant sans bruit. Ensuite, il soupira de nouveau, mais plus pour les mêmes raisons.

Depuis cette nuit de mai où ils avaient commis ces excès, Odile, son épouse, lui causait du souci. Elle ne se remettait pas du drame qu'elle avait provoqué. Elle avait toujours les yeux fixes comme si elle le revivait.

Le docteur Pardigon avait rapidement guéri le corps, mais l'âme était restée dolente.

Tout seul, dans son cabinet, Colombe leva les bras au ciel, quitta son fauteuil et se mit à arpenter le parquet en se rongeant les ongles.

« Lui parler d'amour ! grommela-t-il. Lui parler d'amour ! »

C'était une femme qui s'ennuyait à mourir si on ne lui parlait pas d'amour. Or, par malheur, le sous-préfet, lorsqu'il était d'humeur à parler d'amour, ce n'était pas avec elle. Aimait-elle ce président Serenne ? Et la mort de ce dernier expliquait-elle ce regard fixe qu'elle gardait depuis ? Ma foi, c'était bien possible... Colombe n'avait pas vécu cinquante ans sans connaître les surprises du désir.

Lui-même, par exemple, cette veuve d'Oraison... Il lui avait bien demandé d'apporter dans son nécessaire son chapeau d'enterrement et sa voilette. A la voir entièrement nue cette nuit-là, avec ce visage poupin sous ces attributs de deuil et ce tulle noir qui descendait jusqu'à ses fesses rougeaudes, il avait éprouvé – avec l'aide de cette poudre miracle – cette brutalité d'homme des cavernes dont il ne se croyait pas capable et qui s'accompagnait de cette monumentale érection dont il n'avait pas encore épuisé tout l'engouement. « Cré nom d'un chien ! » murmura le sous-préfet en portant la main au creux de ses reins.

Ça valait bien une crise de coliques néphrétiques.

Une porte grinça dans la profondeur de la maison, le ramenant à ses préoccupations du moment. Colombe sortit du cabinet. Une odeur de litière flottait dans le grand hall. Colombe regarda du côté de l'escalier qui permettait d'accéder aux écuries sans sortir de la maison. Une lumière tremblait au bas des marches. Sans bruit, Colombe descendit vers cette clarté. Sur le palier du sous-sol, il trouva une porte ouverte. Une lampe tempête était posée sur l'entablement d'une stalle. Un cheval renâclait doucement. Colombe s'approcha.

Odile était appuyée contre le bras du hongre qu'elle montait pour ses promenades. La bête tournait la tête et soufflait son haleine sur les épaules de la femme secouée de sanglots.

C'était une créature capiteuse, quoique un peu petite, et, devant elle, depuis vingt ans qu'ils étaient unis, Colombe se demandait pourquoi elle ne lui inspirait aucun désir.

Il l'aimait cependant. Elle était la prunelle de ses yeux. Il lui avait toujours facilité toutes ses aventures. Il régnait entre eux une amitié de tous les instants. C'était ensemble qu'ils préféraient se retrouver, lorsque leurs sens étaient en paix.

« Voyons, très chère ! gronda-t-il doucement. Si le palefrenier vous surprenait... Que faites-vous ici ? »

Elle tourna brusquement vers lui son visage tuméfié que sa chevelure dénouée encadrait de noir et rendait tout petit.

« Avez-vous entendu siffler ce train ? demanda-t-elle.

– Bien sûr !... Bien sûr ! »... acquiesça Colombe.

Il la saisit doucement par l'épaule pour l'entraîner vers la maison. Elle résista. Elle haletait :

« La nuit... Cette nuit-là... Cette nuit-là aussi le train a sifflé. Je viens de m'y retrouver... »

Soudain, elle se jeta impulsivement contre la poitrine de son mari. Il referma les bras sur elle.

« Je ne ferai jamais plus l'amour ! gémit-elle. Jamais ! Je suis ravagée de l'intérieur... Jamais ! Comprenez-vous bien ce mot : Jamais ! »

Elle se dégagea de lui et lui enfonça ses ongles dans le poignet.

« Dites-moi, je vous en supplie, à qui je dois cette horreur ? A qui ? » insista-t-elle avec véhémence.

Son regard essayait de rencontrer celui de Colombe qui le lui dérobait obstinément.

« Vous le savez ! criait-elle. Vous le savez, vous ! »

Il haussa les épaules.

« Qu'en feriez-vous ? » demanda-t-il.

Elle se retourna brusquement, se saisit de la lanterne et la projeta de toutes ses forces contre la porte cochère où elle éclata.

« Ça ! » cria-t-elle.

Les quatre chevaux hennirent ensemble. Dans l'obscurité relative d'une veilleuse d'écurie qu'on n'éteignait jamais, le sous-préfet et sa femme demeurèrent longtemps immobiles, l'un devant l'autre. Leurs regards s'affrontaient.

A Messicourt, folie de Me Boutedieu, dans le lit même où on l'avait retrouvé mort avec sa gouvernante, la notairesse ouvrit les yeux et se dressa sur son séant. Etait-ce le sifflet strident d'un train qui venait de l'éveiller ? Ou bien le choc sourd qui venait de retentir à l'étage ?

Elle se leva, alluma la lampe à pétrole et enfila sa robe de chambre.

C'était une femme avide de secrets. Pour des raisons que personne, même à Forcalquier, n'avait pu démêler, le lendemain même de son mariage avec Me Boutedieu elle avait abandonné le domicile conjugal pour retourner vivre chez ses parents, à Monésargues. Mais elle n'avait pas divorcé.

Dès l'annonce de la mort du notaire, elle revint. Depuis, dans les maisons de son époux, elle ne cessait d'inventorier nuit et jour, de fouiller les bahuts et les armoires. Elle glissait, tel un spectre, de salon en cabinet, de cellier en cave. Il n'était pas jusqu'au poulailler dont elle n'eût soulevé les nids.

Elle sortit dans le vestibule, écouta attentivement. Au jardin, le jet d'eau parlait tout seul sous le clair de lune, mais il ne s'agissait pas de cela. Au second, on froissait des papiers avec précaution. C'était l'étage des domestiques où maintenant couchait, seule, la Lance, cette souillon que Boutedieu employait par pitié.

Sa lampe à la main, la notairesse grimpa lestement l'escalier. Glissant avec précaution sur le parquet, elle se rapprocha en silence d'une porte entrebâillée où tremblait un peu de clarté. C'était la chambre de la gouvernante que Mme Boutedieu n'avait pas encore eu le temps d'explorer. Là, derrière, on entendait aussi une sorte de bruit de jet d'eau, mais plus étouffé.

Mme Boutedieu poussa le battant. Une veilleuse à tisane était allumée au coin d'un secrétaire dont un tiroir était entrouvert. Sur le lit, en travers de la courtepointe, la Lance sanglotait éperdument, le nez dans la cotonnade. Elle tenait au bout de ses doigts un informe chiffon de papier.

Immobile sur le seuil et la regardant pleurer, la notairesse sentait poindre en elle un étrange sentiment devant cette fille souple, aux chairs pleines, abandonnée sur ce lit, dans sa roide chemise de nuit.

« Lance ! » souffla-t-elle.

La fille se retourna vivement, se frotta les yeux et se poussa au bord du lit. On eût dit que son visage et ses seins, qui débordaient de la chemise mal coupée, sortaient d'un bain de marbre. L'espace d'un instant, la notairesse en eut le souffle coupé. Elle tendit une main impérieuse vers celle de la Lance qui tenait le papier.

« Lance ! dit-elle d'une voix rauque. Que faites-vous

dans cette chambre ? Et qu'est-ce que vous tenez là ? »

Vivement la Lance froissa le papier dans le creux de sa paume.

« Donnez-moi ça ! » ordonna la notairesse.

La Lance obéit à contrecœur, s'enfouit la tête dans les mains et se reprit à sangloter. Devant elle, avidement, Mme Boutedieu défroissa le billet.

« "Chérie, je t'ai dans la peau..." lut-elle à haute voix. Mais... ce n'est pas l'écriture de mon mari ?

– Non, Madame..., hoqueta la Lance. C'est la mienne... J'ai appris à écrire chez les Minimes...

– Mais alors ! s'exclama Mme Boutedieu.

– Je ne voulais pas que vous le trouviez ! Je savais qu'elle l'avait gardé dans son tiroir. Je ne voulais pas que vous sachiez !

– Eh bien, vous voyez, je sais... Mais alors ? répéta la notairesse.

La Lance se dressa. D'un seul coup elle étreignit les poignets de la notairesse avec une force terrible. Elle dressa vers elle son visage de marbre, ses yeux de porcelaine bleue, sa bouche qui avait la couleur en transparence de la grenade éclatée.

« Madame ! chuchota-t-elle. Madame... Je vous en supplie,... dites-moi, Madame : qui l'a tuée ? Qui me l'a tuée ? »

Mme Boutedieu, les poignets enserrés, la contemplait bouche bée.

Et soudain, une expression angélique se peignit sur le visage de la Lance. Quelques rides fugitives froissèrent tout ce marbre. Elle lâcha les poignets de Mme Boutedieu. Ses mains virevoltèrent au-dessus de sa tête comme dans une ronde d'enfant. Elle s'éloigna du lit en un pas croisé de gitane espagnole.

Elle passa la porte. Sa danse cessa d'être gracieuse.

Elle devint rapide, saccadée. La fille tournait comme un derviche. On entendait claquer ses galoches l'une contre l'autre, sur un rythme diabolique. Elle tournait en s'éloignant dans le corridor. Elle tournait sans tenir compte des marches de l'escalier au-dessus de quoi elle semblait planer.

A la lueur de sa lampe haute, l'échine picotée par une sorte de terreur, Mme Boutedieu ne voyait plus de la Lance qu'un tourbillon vaporeux où s'étaient engloutis son visage et ses formes de marbre. Mais, pour accompagner cette danse terrible, la Lance ne parvenait à tirer d'elle qu'un gémissement lugubre qui n'en finissait pas de retentir, en bas, dans les profondeurs de la maison, et auquel répondait le hennissement d'un cheval.

Consciencieusement, se conformant à l'alphabet réglementaire, Chiousse se suspendait à la chaîne de la soupape, pour en tirer ce sifflet d'alarme qui signalait son approche. Sur cette vallée sillonnée de chemins vicinaux, il existait cinq passages à niveau jusqu'au plateau à remblayer ; cinq gardes-barrières qu'il fallait tenir en éveil, pour cette marche nocturne exceptionnelle d'un convoi sur cette ligne.

Penché hors du gabarit, scrutant la voie nimbée de lune, Modeste regardait s'allumer sur la plaine quelques lumières aux façades des fermes qui fuyaient. « On réveille tout le monde... », se disait-il.

Le serviteur bien stylé ouvrit les yeux. Le clair de lune inondait la chambre par le carré de la tabatière Un train sifflait. Le serviteur étendit le bras machinalement. La place de Julie était vide. Le creux où son corps avait reposé était encore tiède.

Il se leva sans bruit, ouvrit la porte sur le corridor. Une puissante odeur de cire vierge stagnait dans la pénombre. Le serviteur hésita à se lancer sur le parquet dont les lames craquaient. Le chauffeur et la cuisinière devaient mal dormir ; comme lui, après la mort de Monsieur, ils devaient vivre dans la crainte du lendemain.

Le serviteur se risqua néanmoins et descendit à l'étage des maîtres. La porte de la chambre où Monsieur était mort bâillait légèrement. Il la poussa sans bruit. Julie pleurait sur l'ottomane devant la crémone, où le président Serenne s'était pendu.

A coups de taloches, soulignés à voix basse – à cause des autres domestiques – par des jurons mortifiants, il la ramena par les cheveux jusqu'au lit conjugal. Elle s'affala par le travers des draps, mais ses sanglots ne se calmaient pas.

Il serrait les poings. Il lui chuchotait de se taire. Mais quoi ! Il ne pouvait pas la tuer !

A la fin, il se fatigua de cogner et de jurer. Il resta le regard fixe, perdu au plafond, les mâchoires contractées. Il se souvenait de ce vieillard aux dents d'or, laidement décharné, aux muscles pendants le long des os comme les varices aux jambes de la cuisinière. – Il l'avait assez habillé pour savoir à quoi s'en tenir ! Comment avait-elle pu aimer ça ? La nature l'écœurait. Qu'elle permît de tels engouements atroces le désarçonnait. Son âme simple était aux abois.

Soudain, Julie cessa de pleurer, se retourna, se haussa au-dessus de son mari. Ses cheveux chatouillaient la poitrine de l'homme et il sentit ses pis de chèvre lui toucher la peau.

« Qui a apporté la poudre ? Qui l'a tué ? Dis-moi ! »

Elle le secouait avec une force décuplée. Elle répéta : « Dis-le-moi ! »

Il voulut la gifler encore, mais il n'était plus assez sûr que ce geste inutile eût quelque rapport avec le mystère qui les séparait depuis toujours et pour toujours. Sa main retomba et il enfouit sa tête dans l'oreiller.

Le train sifflait plus loin.

Le train sifflait plus loin... Praxèle se redressa sur son séant au sifflet du train, comme si elle captait un ordre. C'était il y a un mois... C'était la même nuit de pleine lune. C'était le même instant peut-être. Elle se leva et courut à la croisée, dont elle souleva le mystère.

Non, ce n'était plus une nuit de fête... Le devant du portail était désert. Aucun fanal n'éclairait le perron. Seule la lune se reflétait aux fenêtres des salons obscurs. Tout se taisait, sauf les grenouilles, dont le chant étoilait le silence ; sauf les eaux échappées par les calfats des biefs vermoulus et qui conversaient entre elles.

Praxèle revint dans la pièce, vers sa psyché ovale, sans allumer la lampe. Elle fit un mouvement d'épaules et sa chemise se lova à ses pieds. Elle aimait à contempler d'elle ce laiteux reflet de fantôme, seulement révélé par le halo du clair de lune. Et pourtant, aujourd'hui, il ne lui suffisait plus.

Son regard errait des contours incertains de son image à la tablette de la coiffeuse. Elle alluma la suspension de porcelaine pour la descendre à hauteur du visage. Les sourcils levés, elle interrogea sa beauté inutile. Il lui apparaissait peu à peu qu'il existait un grand charme à être pâle comme la mort, à condition de souligner cette pâleur. Effacer, par colère, ses traits au savon de Marseille, soudain ne lui convint plus.

L'autre jour, presque machinalement, elle avait acheté chez la mère Tourniaire, qui avait pincé les lèvres, quelques onguents à parfum de jasmin. Ils étaient là, boîtes de bois rondes, toutes pareilles, presque noires, modestes et convenant à l'ombre. Praxèle en choisit une, dévissa le couvercle, effleura de ses doigts la crème rose. Dès le premier trait factice qu'elle imprima sur ses lèvres, elle comprit que jamais plus elle ne se contenterait de son ancien visage, qu'il n'existait déjà plus, qu'elle avait déjà du mal à se rappeler.

« Ça n'est pas possible ! Il faut qu'il le voie ! Il faut que je le lui montre ! »

Elle s'habilla à la hâte, et comme quelqu'un qui doit faire du chemin. Elle sortit de sa chambre. Par la petite porte découpée dans la tapisserie, elle passa du côté du moulin. Depuis l'accident survenu à Pellegrin, les ampoules électriques veillaient nuit et jour sur les soupentes et les plates-formes sans garde-fou.

Praxèle, à pas pressés, traversa la passerelle qui conduisait à la trappe des dispatchers. Elle s'arrêta devant les gros poids de fer qui commandaient l'ouverture. Sa petite main tripota le mécanisme, par jeu, semblait-il. Elle le fit coulisser dans ses rainures à plusieurs reprises.

Les sourcils froncés, elle réfléchissait à ce caprice de la vie qui permet d'oublier un être familier pendant cinq ans et de se souvenir, jusqu'à l'obsession, d'un autre, entrevu la nuit, à la lueur d'une lanterne, l'espace d'un instant.

« Où peut-il être ? » souffla-t-elle à voix basse.

Elle regarda vivement autour d'elle. Non. Nul ne pouvait l'entendre. Elle était seule. Le gardien de la machine dormait sûrement au lointain des hangars, certainement perdu de vin.

Elle prêta l'oreille. Dans tout cet espace enfariné, le ronron de la chaudière battait sourdement comme un cœur. Mais derrière ce bruit continu, en bas, au fond de l'écurie, un hennissement impatient se faisait entendre. Praxèle sourit. Entre elle et sa jument Jonquille, il existait une connivence de femelles qui ne se démentait jamais. Elle alla la rejoindre par les échelles, entre les étages à claire-voie. Elle la sella, serra la sangle d'un coup sec, ouvrit la porte de l'écurie et enjamba la bête à cuisses serrées.

A quoi bon attendre ? Le temps pressait. Si elle ne déversait pas son secret sur celui qui devait l'entendre, bientôt elle le raconterait aux murailles, aux rues de Forcalquier, qui sait même : peut-être à son confesseur ! De quelle véhémence ne serait-elle pas capable après tant de mutisme ?

La nuit était à ces confins où elle échappe au contrôle des hommes, entre les derniers couchés et les premiers levés ; en ces heures où l'on ne rencontre âme qui vive.

Lure imitait sous la lune le gonflement de la mer. « Il est par là-haut dedans ! » se dit Praxèle.

Elle lâcha la bride à sa compagne de voyage.

Un train sifflait de nouveau, très loin, au pied du Lubéron.

Un train sifflait, grinçait de tous ses freins, s'arrêtait. Des voix au loin et des chocs métalliques retentissaient encore sur cette maudite voie.

Bertrande ouvrit les yeux dans le noir. Machinalement, comme elle faisait toujours au réveil, ses mains cherchèrent fébrilement sur son goitre la chaîne et la croix d'or. Dieu merci, elles y étaient ! Aucun voleur n'était venu cette nuit.

Elle s'appuya sur le coude, le souffle court. Elle n'avait pas l'habitude des paniques nocturnes vécues dans l'immobilité, le silence et l'angoisse. D'ordinaire, à Gaussan, elle dormait huit heures d'affilée, sans remords et sans rêves, prête à l'inflexibilité journalière après ce long repos.

Or, cette nuit, elle ne se sentait pas du tout inflexible. La sensation mortelle d'une déchirure béante dans son armure d'énergie, où se serait engouffré le cœur de la nuit, la laissait roide d'appréhension, tous les muscles contractés.

A l'office, très loin au fond de la maison, une horloge sonna trois heures.

« Parbleu ! » s'exclama Bertrande.

Jamais rien ne l'avait éveillée à trois heures du matin. Il fallait aviser.

Elle se leva, décrocha derrière la porte une capote de bure et sortit dans le corridor.

Sa première idée fut que son frère venait de passer. Mue par un vague espoir, elle pénétra dans sa chambre, la lampe haute, toujours agitée, sitôt qu'elle pensait à lui, de la même rancœur, de la même colère.

Mais non, il n'avait pas passé, le gros porc ! Il était tel que les deux valets l'avaient déposé dans son lit comme chaque soir, les mains jointes sur son gros ventre, le faciès déformé par la peur, même dans son sommeil.

« Le conseiller d'Ardantes ! » souffla Bertrande avec dérision.

Lui qui dans la journée ne parlait plus, était agité la nuit de tics qui lui contractaient la peau, des borborygmes indistincts passaient entre ses lèvres où, parfois, une bulle de bave se gonflait et crevait.

Bertrande, subjuguée par ce spectacle, se posa du bout des fesses au bord d'une chaise de chevet et demeura là plusieurs minutes devant le lit.

Son frère, on l'eût dit habité par une vie intérieure distincte de sa conscience. Ces borborygmes indéchiffrables, à force d'y prêter attention, Bertrande les percevait comme les répliques véhémentes d'un dialogue sans fin entre deux ennemis acharnés à se justifier dans les abîmes de ce corps mort.

« Imbécile ! » souffla-t-elle entre ses dents.

Elle sortit de la pièce. Un courant d'air voletait dans le corridor. A son souffle les portraits des grands-pères d'Ardantes clapotaient contre le mur.

Bertrande tourna la tête. Le halo de la lampe à sa limite permettait de distinguer la porte à accolade du colombier où Sancie devait reposer. Elle était ouverte.

Bertrande, alarmée, se dirigea rapidement vers elle. La clarté de la lune par la fenêtre géminée éclairait le parquet et le lit. Il était vide. Les draps étaient repoussés. L'oreiller regonflé ne gardait plus la forme de la tête. Bertrande s'avança jusqu'à la ruelle, la lampe haute. C'était la première fois qu'elle pénétrait dans la chambre de sa nièce à lit défait. D'ordinaire, Sancie le refaisait elle-même. Quand la femme de chambre entrait chez elle, le matin, la couverture était tirée, rien ne traînait. Sancie aimait l'ordre.

« Ou tout au moins il y paraît..., se dit Bertrande, car je connais son père et j'ai connu sa mère ! Et quant à tous ces Ardantes dont les portraits battent les murs là-dehors... qu'on ne me dise pas qu'ils ont gagné le paradis sans coup férir ! »

Elle se pencha avidement sur ce lit de jeune fille ouvert, comme si c'était un tiroir à secrets. La place du corps était-elle immaculée ? Oui. Elle l'était. Et pourtant ?... Bertrande gonfla ses poumons avec bruit pour aspirer l'air de la chambre, qu'elle contrôlait par l'odorat. Qu'y avait-il au fond de cette tiédeur ? Parfum indéfinissable, odeur tant délayée, si discrète et si rare, qui existait pourtant, mais qu'on ne pouvait nommer...

Bertrande clappa impatiemment de la langue et quitta rapidement la pièce. Elle parcourut le couloir, descendit l'escalier. Elle appela, de sa voix haute et ferme :

« Sancie ! Sancie ! »

Tous les échos des corridors hélèrent avec elle. Personne ne répondit. Les cabinets de toilette étaient vides. La cuisine était déserte et sentait la poubelle. Les salons... Machinalement, en jetant un coup d'œil, Bertrande constata qu'on avait laissé ouverte la fenêtre d'un balcon. C'est en la refermant qu'elle découvrit Sancie.

Elle était debout, en bas, sur la pelouse, immobile. Le clair de lune traversait sa chemise. Bertrande eut un haut-le-corps. Elle entendait chuinter à l'orée de la cédraie une maudite locomotive sur cette maudite voie ferrée. Elle se rua dans l'escalier et se précipita au-dehors, après avoir croché un châle à la patère du vestibule.

« Sancie ! Que faites-vous là ? Etes-vous folle ? »

On la voyait sur cette pelouse comme si elle était nue. Bertrande l'enveloppa rapidement. Elle jeta un regard alarmé dans la direction du ballast. Une nonchalante buée enveloppait la locomotive verte. Dans l'habitacle, un homme gracile, torse nu, garnissait le foyer.

« Sancie ! Vous êtes inconsciente, ma parole ! Cet homme pouvait vous voir !

– Croyez-vous ? » demanda Sancie.

Elle était d'un calme naturel si absolu que Bertrande prit peur.

« Mais voyons, Sancie ? Que vous arrive-t-il ? Vous toujours si raisonnable !

– J'ai cru...

– Vous avez cru quoi ?

– Entendre rire..., termina Sancie.

– Et alors ? Etait-ce une raison pour vous lever en pleine nuit ? A peine vêtue !

– Rire..., comme l'autre nuit, ... précisa Sancie.

– Quelle nuit ? demanda Bertrande étourdiment.

– La nuit... », commença Sancie.

Elle se tut sans achever sa phrase. Elle ne quittait pas des yeux l'habitacle de la locomotive, qui paraissait toute petite sous les cinquante mètres du cèdre qui la surplombait.

« Venez ! commanda Bertrande sèchement. Si les domestiques vous voyaient ainsi, ils jaseraient. »

Docilement, Sancie se laissa reconduire à la maison. Son regard errait dans le vide, mais parfois, brusquement, elle tournait la tête vers le ballast et se posait la main sur la bouche, comme si elle venait d'oublier quelque chose.

Le surlendemain, un peu après midi, un cheval au galop traversa Forcalquier. C'était l'heure où la ville commençait la sieste. Le soleil dardait à la verticale des rues où, neuf mois durant, il ne pénétrait pas.

Les mouches cuvaient leur ivresse sur les immondices. Les dangereuses rigoles où l'on versait les tinettes mûrissaient doucement leurs miasmes délétères.

Ce cavalier passa inaperçu. Seule, au bassin des Carmes, une lavandière attardée distingua un éclair bleu qui déchirait la blancheur éblouissante de la rue, devant la voûte, sous la frange des bignonias retombants. A genoux dans la paille d'une caisse à savon, elle resta le battoir suspendu. Mais il était trop tard pour sortir vérifier. Le galop venait de s'estomper au coin de la rue Lemoyne.

Le brigadier Laviolette était en train de déplier, sans en avoir cassé une seule, la douzième feuille de châtaignier collée en croix sur le Banon de Montsalier qu'il s'apprêtait à goûter. Ce fromage avait la couleur d'aubergine qui l'annonce fameux.

Le brigadier n'acheva pas son geste. Un grand gendarme enfonça devant lui, plutôt qu'il ne l'ouvrit, la porte de la cuisine. Il se mit au garde-à-vous devant les trois convives : Césarie, Modeste et Laviolette, qui le regardaient médusés.

C'était un homme couvert de poussière. Sous le képi, la sueur creusait de larges sillons verts sur son front saupoudré de pollen. Il avait dû couper à travers bois, par le plus court.

Laviolette reconnut le planton de Saint-Etienne, où ils n'étaient que deux.

« Chef ! dit l'homme. Je peux vous dire un mot ? »

Laviolette se dressa et vint à côté de lui. Il ouvrit la porte du couloir dans l'embrasure de laquelle les deux hommes se tinrent debout.

Le planton parlait à voix basse, très vite. Modeste le surveillait à la dérobée, la fourchette suspendue entre l'assiette et la bouche. Il vit le dos de son père se raidir. Sans prononcer une parole, le brigadier se retourna, fit deux pas dans la pièce et jeta au Banon un coup d'œil de regret.

« Vous m'en garderez un petit morceau ! » pria-t-il.

Il disparut dans le corridor en criant : « Chabrand ! » de sa voix de stentor.

Un peu plus tard, Césarie et Modeste, qui n'avaient qu'à peine respiré, entendirent le charroi des chevaux qu'on sortait des écuries. Ils entendirent la cavalcade des gendarmes par les rues vides.

Seulement alors Césarie poussa un long soupir.

« Même pas le temps de manger ! dit-elle. Ils finiront par le faire crever, ton père... »

Le planton, Chabrand et Laviolette chevauchèrent quatre heures par les Mourres et Fontienne, coupant à travers bois et sentes pour raccoucir.

A Fontienne, la montagne violette s'étala devant

eux. Ils firent halte une seconde. Le planton désigna un point blanc qui ponctuait la forêt, à mi-chemin du sommet de Lure.

« C'est là-haut ! » dit-il.

Ils dévalèrent vers Saint-Etienne, l'un derrière l'autre, lâchant la bride aux chevaux. Ils traversèrent le village assoupi. Là-haut, au-dessus des forêts, sur les rondeurs nues de la montagne, une brassée de nuages commençait à gonfler. Ils noircirent, s'amalgamèrent, formèrent un plafond couleur de vase. Un tonnerre craqua sur les forêts, dont la direction parut indistincte. Puis il y eut, pendant une heure, une série de coups de foudre qui ne firent pas de bruit. Ce fut d'abord un orage sec.

La pluie les saisit aux Aubazines, d'une seule gifle, d'une seule cataracte. Ils avaient encore la sueur au front que déjà l'eau leur dégoulinait depuis le képi, le long du nez, pénétrant au droit fil du drap réglementaire jusque dans les bottes.

Un bigre, devant eux, qui portait une ruche sur le dos, arrimée par des courroies comme la charge d'un colporteur, entrava leur marche un moment. Les chevaux voulaient bien affronter la tempête, mais ils culaient sur place à l'idée de dépasser cette boîte bourrée d'abeilles qui grommelaient contre l'orage en une menaçante rumeur. Chabrand fut obligé de crier au bigre de se ranger sur le bas-côté.

« Le voici, le métier de gendarme ! » ronchonnait-il.

Il songeait aux paysans rencontrés qui l'enviaient ouvertement d'avoir choisi ce métier de fainéant.

Le chemin, sous les sabots des montures, se mit à rouler l'eau avec les pierres en un vacarme de torrent. Il y eut des coups de foudre sifflants qui firent baisser la tête aux chevaux. Le tonnerre roula sur les monts de Lure, confluant de toutes parts, enveloppant les trois hommes dans une même surdité.

« Par là ! » cria le planton.

Il désignait un ruisseau sous les frênes qui traînait déjà un front de feuilles mortes sur ses eaux déchaînées. C'était un ruisseau qui restait sec parfois pendant sept ans. Aujourd'hui, le caprice l'avait saisi soudain de se mettre à couler.

« Quand on est venu me prévenir ce matin à neuf heures, cria le planton entre deux tonnerres, elle était depuis une heure à califourchon sur la branche, paraît-il. Elle y est peut-être encore !

– Vous avez prévenu Pardigon ? » hurla Laviolette.

Mais le tonnerre hacha ses paroles en un claquement sec de drap déchiré.

« Quoi ? » demanda le planton.

Mais, aussitôt, il fit signe qu'il avait compris.

« Oui ! Je l'ai prévenu. Il faisait sa tournée des malades à Saint-Etienne. Heureusement, j'ai vu sa carriole au passage... »

Les sabots dérapaient dans le ruisseau-chemin. Le planton maudissait les bûcherons qui profitaient de toutes les déclivités pour en faire des lançoirs. Mais les chevaux étaient de bons chevaux de gendarmes. Bâtis pour tirer des charrues ou traîner des pataches, se frayer un chemin dans le déluge avec un cavalier sur le dos pour toute charge, était pour eux un jeu d'enfants.

« On approche ! cria le planton. C'est par là-haut ! »

Il désignait au-dessus de lui des frondaisons surplombantes échevelées par le vent d'orage.

Ils débouchèrent en plein déluge, dans une clairière habitée. Au milieu, s'écrasait un tas de pierres blanches qu'on appelait le jas des Lauzes. Une famille de charbonniers vivait, comme au temps des Celtes, entre ces murs d'un mètre d'épaisseur, sous ce toit de pierres plates troué d'un orifice pour le passage de la fumée.

Cet amas de décombres blancs était mal assis, partagé en son milieu, sous la poussée des racines d'un hêtre. L'arbre avait vingt mètres de haut. La tempête le houspillait, le tordait en flamme violette en une aspiration éperdue. Ses lourds rameaux à ras de terre battaient avec des mouvements d'aile. Des coups de foudre l'encadraient, claquaient autour de lui en tonnerres déchirants, comme furieux de ne pouvoir l'atteindre (le hêtre ne conduit pas la foudre).

Il y avait eu du malheur dans cette clairière.

A huit mètres au-dessus du sol, à l'extrémité d'une branche qui ployait sous son poids, une fillette – d'environ douze ans – se cramponnait, maigre, les omoplates saillantes, un nœud dérisoire dans ses cheveux qui lui noyaient le visage. Elle pleurait.

Sous le hêtre, la pluie battait une bâche bleue qui recouvrait un corps dont les pieds dépassaient dans des chaussures à clous. A côté de ce linceul, tête levée que la pluie aveuglait, se tenait le docteur Pardigon qui criait à la fillette des objurgations en piémontais. L'alpaga de son costume collait flasque sur son corps décharné, dessinant son squelette autour des côtes et de ses gros genoux cagneux.

A distance respectueuse du vieil homme, autour duquel, parfois, se tortillait la foudre, quinze charbonniers accourus des ventes environnantes formaient un cercle horrifié. La pluie traçait des sillons purs sur leurs faces mâchurées.

Au-dessus d'eux, rampant à plat ventre pour se dissimuler, un homme progressait sur la branche maîtresse qui surplombait celle où se cramponnait la fillette.

Les charbonniers retenaient leur souffle. Une vieille se tordait les mains. Ses lèvres remuaient à toute vitesse. On voyait se former le nom de la Madone sur sa bouche que fustigeait la pluie.

L'homme sur la branche était maintenant au-dessus de la fillette. Elle ne s'était aperçue de rien. Elle répondait avec véhémence au docteur Pardigon, en un piémontais mâtiné de français.

Non, elle ne voulait pas descendre. Oui, elle voulait crever là-haut. Elle avait vu, à portée de sa chair, cet objet immonde que son père dardait devant lui. Son père ! Qui la faisait sauter sur ses genoux hier encore ! Son père qui lui ébouriffait les cheveux ! Son père qui était mort en tas, au pied de l'arbre, parce qu'elle l'avait poussé.

Le docteur Pardigon lui coupait la parole, l'injuriait pour détourner son attention. Dans l'arbre, au-dessus d'elle, le sauveteur ceignait sa corde sous les aisselles, l'arrimait à la maîtresse branche. Il se laissa couler derrière la fillette, suspendu au crochet de sa corde. Il la ceintura à bras-le-corps, la serra comme dans un étau. La fillette hurlait à couvrir le bruit de la pluie et des tonnerres. Ses pieds cognaient les jambes de l'homme qui se balançait dans le vide.

« *Fès léou* ! criait-il. *Fès léou* ! (Faites vite !) »

Quatre charbonniers, dissimulés eux aussi parmi les frondaisons, progressaient vers lui. Ils l'atteignaient. Ils saisissaient la fillette qui les griffait et les cognait. Ils l'emportaient. Ils la ramenaient à terre. On la voyait arc-boutée de haine contre les hommes. On voyait que le contact de n'importe quelle chair humaine contre la sienne la révulsait.

« Tenez-la bien ! » disait le docteur Pardigon.

Il soulevait sa jupe lourde d'eau. Il passait un peu de coton trempé aussi sur sa maigre cuisse, y enfonçait une aiguille. La petite hurlait avec des soubresauts, sans arrêt. Ils étaient quatre pour la maintenir. Et puis, soudain, le silence. En même temps, comme par miracle, la petite s'endormit et l'orage s'acheva d'un seul coup. Il sembla que la flèche du hêtre avait pourfendu le ciel. Il apparut bleu au-dessus de la forêt qui secouait la pluie.

Le docteur Pardigon se laissa aller au pied de l'arbre, sa seringue à bout de bras, épuisé. Laviolette s'approcha de lui.

« Ça fait cinq heures que je lui parle ! souffla Pardigon. Cinq heures ! Vous imaginez ça ? Elle voulait se jeter... »

Il s'essuyait le visage avec son mouchoir trempé. Sans un mot, Chabrand était allé décrocher la couverture réglementaire à la chabraque de la selle et il la déroulait sur les épaules du docteur.

La vieille, qui était agenouillée tout à l'heure, s'était redressée. Elle serrait les mains de l'homme qui avait récupéré la fillette et c'était à lui maintenant que s'adressaient les litanies des remerciements.

« O grazie Generoso ! O molto grazie ! Generoso ! »

Et soudain elle se mit à parler à toute vitesse, à invectiver l'arbre, le ciel, la masure, le corps sous la bâche bleue, qu'elle désignait de ses maigres mains avec des cris lamentables.

Pardigon se dressa. Sa couverture lui faisait comme un châle de femme.

« Attendez ! dit-il. Il faut que j'aille couvrir mon cheval.

– Je m'en occupe, dit le planton de Saint-Etienne. Il faut aussi que je couvre les nôtres.

– Venez ! » dit Pardigon à Laviolette.

Il l'entraîna à sa suite vers le clapier qui servait de

maison. La porte de lattes croisées et de roseaux était ouverte. La fumée suintait par tous les interstices des pierres.

A l'intérieur, il fallait s'habituer à cette fumée et à la pénombre. Des yeux alarmés guettaient les deux hommes du fond de l'antre. Trois femmes occupaient l'espace. Deux d'entre elles portaient assistance à la troisième, manifestement enceinte. Elle était jetée en tas sur un monceau de sacs de jute. Elle soufflait du nez comme un animal épuisé. Sur son beau visage mâchuré, les larmes avaient tracé des rigoles claires.

« O medico ! O medico ! » gémissait-elle.

Ses mains tendues vers Pardigon se tordaient d'angoisse. Un flot d'interrogations inquiètes se pressaient sur ses lèvres. Les deux matrones qui la soutenaient n'étaient pas moins anxieuses d'entendre la sentence du médecin. Celui-ci se tourna vers Laviolette.

« Elle est enceinte de sept mois, dit-il ; de l'homme qui est là-bas, mort sous la bâche. Mais elle ne sait pas encore qu'il est mort... C'est son mari. Elle veut savoir si les furieux assauts qu'il lui a fait subir ce matin sont de nature à porter préjudice à son fruit...

– Et ? » demanda Laviolette.

Pardigon fit tourner dans un sens et dans l'autre sa main aux doigts ouverts.

Le regard de Laviolette s'habituait aux ténèbres de l'antre. Il vit le feu éteint, des écuelles de fer battu éparpillées. L'*Ouro*, la grosse marmite de fonte noire, était renversée devant le foyer. Autour d'une pièce de lard respectable était épandue toute une soupe de charbonniers, solide, épaisse, fleurant encore bon le céleri, bien qu'elle fût mélangée aux brindilles et à la terre battue.

Laviolette commençait à embrasser toute l'étendue

du désastre. Le planton de Saint-Etienne qui avait donné l'alarme s'approcha de lui.

« Ne piétinez pas la soupe ! commanda Pardigon. Il va falloir m'en remplir un bocal pour que je l'analyse !

– Que s'est-il passé ? demanda Laviolette.

– D'après ce que j'ai cru comprendre – ce que m'expliquait la grand-mère en piémontais –, ce matin vers huit heures ils sont revenus de la vente pour manger leur première assiette de soupe... Vous savez ce que c'est, une soupe de charbonniers ? Il y a de tout là-dedans, selon la saison, et c'est lié avec de la polenta en pluie. On la couperait au couteau. On met ça à cuire au réveil. Après, on part sur les chantiers de débardage récolter la charbonnette, femmes et enfants compris. Pendant ce temps, la soupe bout, finit de cuire, le feu baisse dessous. Quand la famille revient, elle se jette sur cette soupe. Enfin, comme c'est la coutume, c'est le père qu'on sert le premier. Et les femmes restent autour, droites, à attendre qu'il ait fini... C'est pour expliquer que celui-là... Il n'y a que lui qui en ait mangé, de cette soupe. Ça lui a pris avant qu'il ait terminé. Il devait y en avoir une sacrée dose... Je vous la fais courte, parce que la grand-mère, il lui a fallu une heure pour m'expliquer ça. Ce n'était qu'un chapelet de cris... Bref, ce charbonnier, le voici soudain qui se dresse en poussant des grognements, en prononçant des obscénités. Il se tourne vers les femmes et leur tend son sexe, énorme, tumescent, violacé. Ce sont les propres mots de la grand-mère. Il se jette d'abord sur sa femme... – Vous avez vu dans quel état elle est ? Elle va peut-être avorter. Il faut la descendre d'urgence à l'hôpital... – Bref ! Il la viole, malgré ses supplications. La grand-mère et la petite fille essayent de la lui arracher. Après, pendant que sa femme s'évanouit sur les sacs, il se jette à la poursuite de la fillette. – C'est pendant cette poursuite qu'on a dû renverser la soupe... – Il la traque au-dehors, où elle s'enfuit. Elle ne voit son salut que dans le hêtre. Elle y grimpe. Il la suit... Elle recule devant lui sur une branche de plus en plus étroite... Pendant ce temps, la grand-mère et l'épouse hurlent à la mort sous l'arbre. Leurs cris attirent les voisins. Ce sont eux qui m'ont dit la suite... »

Il désigna de l'index la branche où s'était produit le drame.

« Ils ont vu l'homme ramper là-haut – le pénis à l'air –, la fille au bout, recroquevillée, muette d'horreur. Ils lui criaient tous d'en bas : "Curzio, c'est ta fille, c'est ta fille que tu aimes tant !" Il y en a un – c'est celui qui a sauvé la fillette – qui s'est précipité dans l'arbre pour arrêter le forcené. Mais déjà le père était sur sa fille, déjà il portait la main sur elle. La pauvre gosse lui a donné des deux pieds dans le bas-ventre de toute sa petite force, avec ses gros souliers cloutés. Un bas-ventre d'homme, même chez un colosse, c'est terriblement fragile. Le forcené a poussé un cri terrible et il a perdu l'équilibre. Et il est tombé là... Et il est mort sur le coup, les vertèbres cervicales rompues... »

Pardigon poussa un gros soupir et ajouta :

« Voilà ce qui s'est passé ici, ce matin à l'aube. Le reste, vous le savez... »

Il parlait en allant et venant dans l'antre ; allant fouiller dans la souillarde et en ramenant un bocal et une louche ; se baissant, raclant le sol de cet amalgame qui avait été une soupe de charbonniers.

Laviolette, qui observait attentivement ses gestes, l'interpella soudain :

« Dites-moi, Pardigon..., tout le comportement de

cet homme que vous venez de me décrire..., est-ce que ça ressemble pas bougrement à... »

Il hésitait à poursuivre. Le médecin le dévisagea.

« Priapisme, dit-il lentement, désirs violents, instinct sexuel désorbité, frénésie génitale... C'est cela que vous souhaitiez m'entendre dire ? Vous avez déjà ces mots dans un certain rapport.

– Le mois dernier..., dit Laviolette. Mais... c'est inconcevable... Cette aliénation... Ça peut s'expliquer chez les bourgeois un soir de fête. Mais chez des charbonniers ? Un matin ! En plein travail ? »

Pardigon hocha la tête.

« Pourquoi croyez-vous que j'ai prélevé de la soupe dans ce bocal ? Je connaissais ce Curzio. Je l'ai soigné pour un panaris l'an passé. C'était un homme parfaitement normal. Il ne vivait que pour sa famille. Il adorait sa petite fille.

– Alors ?

– Alors ? Ne tirez aucune conclusion jusqu'à ce que j'aie analysé la soupe. Mais je suis sûr de mon fait : je sais ce que je vais y trouver, et dans les viscères de l'homme également. Car on va faire l'autopsie... Rien d'autre, dans la pharmacopée des toxiques, ne provoque ces symptômes : cantharis ! Vous pouvez vous le tenir pour dit.

– Cantharis ! répéta Laviolette. Vous rendez-vous compte de ce que ça implique ?

– Un crime ! dit Pardigon. Cet homme ne s'est pas empoisonné lui-même. On lui a salé sa soupe avec de la poudre de téléphore. Voilà ce que je crois ! »

Il grommela.

« Il semble que j'aie eu tort le mois dernier de vous dire : "Vous n'en entendrez jamais plus parler." »

Ils sortirent de l'antre. Le soleil était chaud. L'averse s'évaporait sur la terre qui fumait. Une tapissière tirée par un énorme bourrin bien nourri, et pleine à ras bords de joyeux drilles qui descendaient de Lure, venait d'être réquisitionnée par les gendarmes. Tout ce beau monde protestait en chœur, mais la vue du cadavre qu'on venait de dévoiler les poussait déjà dans la pente, tout bruissants de panique.

On allongea sous les bancs le cadavre du charbonnier. Il fallait bien, car on ne disposait que d'un seul véhicule, y faire monter aussi la femme enceinte et la fillette pâle comme une morte sous sa couverture blanche. Personne ne voulait se risquer à prévenir la veuve. Tout le monde se regardait craintivement.

« J'y vais, moi... », dit Generoso, résigné.

Il entra dans la masure en boitillant. Son tibia était meurtri par les ruades de la fillette chaussée de brodequins.

On entendit hurler la veuve. Elle sortit, comme portée par Generoso et les matrones. Les charbonniers s'étaient écartés au loin. La fillette était déjà allongée aux pieds de son père mort. On fit rouler la pauvre femme hurlante sur le plancher de la carriole, puis un gendarme saisit les guides et l'attelage se mit à cahoter sur les ornières de la combe. Laviolette et Pardigon le regardaient s'éloigner.

« Qui peut en vouloir à ces pauvres gens ? demanda le docteur.

– Vous le savez peut-être, *vous* ? » répondit Laviolette.

Ils se dévisagèrent fixement.

« Non, répondit Pardigon, depuis que j'ai constaté ces symptômes chez ce malheureux, je fais mon examen de conscience. Eh bien, non, je ne le sais pas, je ne m'en doute pas ! Si je savais quoi que ce soit, en dépit du secret professionnel je vous le dirais, n'en doutez pas.

– La liste de vos malades par ce poison, le mois dernier, me la donneriez-vous ?

– Je vous la donnerai... Voulez-vous que je vous dise Laviolette ? Je suis inquiet. C'est si simple ce geste de soulever un couvercle et de jeter dans une marmite une pincée de quelque chose... Si simple... Que j'ai peur qu'on le refasse. »

On trouva du poison dans la soupe. On en trouva dans les viscères du cadavre. Il s'agissait bien de cantharis.

Au jas des Lauzes, seule demeurait la grand-mère prostrée dans le noir de l'antre, sur une chaise dépaillée, et se rongeant les ongles. Elle n'avait même pas redressé le chaudron, toujours renversé au sol parmi les moisissures de son contenu qui verdissait. Parfois elle poussait une plainte semblable au hennissement d'un cheval et auquel le mulet, désœuvré, répondait à l'écurie. Les voisins, solidaires de la famille, s'occupaient des meules en combustion.

Les gendarmes montèrent à la clairière en pure perte. L'aïeule ne desserrait les dents que pour dire : « qué cativa », et avaler l'assiette de soupe qu'une voisine lui faisait manger à la cuillère, comme à un enfant.

Néanmoins, Chabrand, qui ne s'avouait jamais vaincu, trouva, à cent mètres de la masure, un crottin qui lui parut suspect.

« Ce n'est pas, dit-il, du crottin de mulet de charbonnier. Il est beaucoup trop fin. Quel dommage qu'il ait plu dessus. J'aurais peut-être pu vous dire... »

A l'aide d'un bâton il éparpillait les fines particules de foin haché avec une attention d'augure y lisant le destin.

« Tenez, chef ! s'exclama-t-il, il y a tout de même quelque chose ! »

Il présentait sur ses mains une boule de crottin ouverte en deux comme une orange. Il la haussait sous le nez de Laviolette avec insistance.

« Là, chef ! Regardez bien ! Parmi les résidus de paille ! Vous voyez quelque chose que le quadrupède n'a pas assimilé. Vous savez ce que c'est ?

– Je vois, dit Laviolette, comme deux aiguilles de pin attachées ensemble par le pédoncule...

– Non, chef ! Ce ne sont pas des aiguilles de pin. Ce sont des aiguilles de mélèzes. Je suis du Queyras, moi. Ces aiguilles-là, je les reconnais. Ce sont des aiguilles de mélèzes !

– Et quelles conclusions en tirez-vous ?

– Chef, à ma connaissance, il n'y a plus un seul mélèze dans tout Lure. Le cheval qui a piété ici venait d'ailleurs, de plus haut...

– Il faudra vérifier ça... », dit Laviolette.

Il évaluait du regard la distance qui séparait la masure de l'orée du bois où il se tenait. C'était un espace vide long de cinquante mètres, hérissé d'estocs et de blocs quartziques. Sur ce terrain cahoteux, Laviolette imaginait la marche – était-elle lente ? était-elle rapide ? – du cavalier qui avait mis pied à terre à la lisière des arbres. Il avait pu attacher posément sa monture à ce tronc, vider dans sa main le contenu d'une boîte qu'il portait sur lui et, le poing fermé sur cette poudre, s'avancer vers cette masure, soulever le couvercle du chaudron et jeter la poudre dedans comme on sale la soupe...

Laviolette suivait des yeux ce fantôme d'assassin. Et il ne pouvait se défendre de lui imaginer la défroque d'un pauvre homme.

Le sous-préfet, la mine austère, écoutait le rapport verbal que Laviolette lui faisait sur ce tragique événement.

« Fâcheuse coïncidence, en vérité..., grognait-il. Fâcheuse coïncidence... »

Les doigts joints et pianotant les uns contre les autres, Jean-Marie Colombe, en écoutant le brigadier, contemplait fixement le plafond, y guettant quelque bruit.

« Mais, ajouta-t-il en présentant ses mains à plat devant lui, rien de plus qu'une coïncidence ! Poison commun... Facile à se procurer au demeurant... Encore que... Mais enfin, pourquoi des charbonniers ? »

Il se leva avec agitation et, en se frappant le front :

« Qui ! Qui pouvait avoir intérêt à s'en prendre à de misérables charbonniers ?

– Je vous le demande ? répliqua Laviolette.

– Ces gens-là mettent n'importe quoi dans leur soupe ! Qui nous dit qu'un de ces oiseaux dont ils sont friands, et qu'ils jettent sans les vider dans la marmite, ne contenait pas dans son gésier une certaine quantité de... Comment appelez-vous ça ?

– Téléphores..., dit Laviolette. *Telephora vesicans*

splendens... Hypothèse ingénieuse, mais les charbonniers ne consomment que des granivores...

– Tss tss tss... Certain jour, du côté de Lardiers, nous en avons surpris un qui jetait dans son pot un corbeau à peine plumé...

– Il n'y avait pas autre chose dans cette soupe, à part les légumes habituels, qu'un gros morceau de lard.

– Fort bien ! Ce sera donc un accident ! »

Laviolette secoua la tête et se tira du siège que, cette fois, son hôte l'avait contraint d'accepter, en lui pesant aux épaules. Néanmoins, il garda le silence.

« Vous n'êtes pas d'accord, à ce que je vois ? demanda Colombe avec humeur.

– Monsieur le sous-préfet, répondit Laviolette, entre ce qui vient d'arriver et ce qui s'est passé le mois dernier à Forcalquier, il y a un lien : la nature du poison. Par deux fois, je suis venu vous poser une question à laquelle vous n'avez pas voulu répondre : qui vous a vendu la poudre qui vous a rendu malade ?

– Mais vous êtes obstiné, ma parole ?

– Autant que vous l'êtes.

– Mais je pourrais vous faire muter !

– Vous ne le ferez pas, car vous avez le sens de la justice.

– Brigadier Laviolette... Ne me mettez pas au défi ! Si vous saviez à quel point je me connais mal moi-même... »

Il venait de regarder à nouveau vers le plafond, où un bruit l'avait alarmé. Il se tut durant de longues secondes. Sa voix, lorsqu'il reprit la parole, était altérée par une certaine émotion.

« Croyez-moi, dit-il enfin. C'est une coïncidence, c'est un accident. Tout doit s'expliquer facilement. Et si vous voulez mon avis, nous n'entendrons plus jamais parler de rien... »

Le sous-préfet avait tort de vouloir dicter sa conduite au destin, car, avant le dernier quartier de la lune, un nouvel événement surgit dans la montagne.

Le charbonnier ne se maintient en état de survie qu'au prix de quinze heures d'effort par jour à la belle saison, et il n'a pas le temps de s'appesantir sur les malheurs de l'existence.

Depuis le drame, Generoso et son frère n'avaient pu communiquer à cause du travail. Generoso n'était pas charbonnier. Il était bûcheron. Il s'était loué chez un Laugier qui saignait des coupes du côté d'Ongles. C'est pourquoi il s'était trouvé à portée de la vente des Bucca lorsqu'il avait entendu hurler la grand-mère.

Hier au soir, il était descendu du chantier où il avait eu le temps de réfléchir dans sa cabane d'écorce. Il voulait parler à Attilio, mais, harassé par une journée de livraisons, celui-ci dormait déjà. C'est pourquoi, ce matin, Generoso s'était levé le premier pour l'attendre, et il contemplait longuement les deux paires de brodequins neufs des deux gosses.

« Qu'est-ce que tu regardes ? dit Attilio qui descendait de sa soupente.

– Les chaussures..., souffla Generoso. Tu les as payées avec l'argent de la poudre...

– Et alors ? dit Carmonita, agressive. Il fallait les laisser aller pieds nus, peut-être ? »

Elle tenait à deux mains l'*Ouro* qu'elle allait accrocher à la crémaillère, au-dessus du feu organisé pour la matinée. Attilio, l'œil mi-clos, vérifiait le droit fil d'un outil.

« Tu verras..., soupira Generoso. Cette poudre... Ils nous en feront manger un kilo pour cent grammes... Tu verras ce que je te dis...

– Oïe, peut-être ! rigola Attilio.

– Un kilo pour cent grammes ! répéta Generoso. Y a une chose que je veux vous dire depuis quatre jours, et c'est pour ça que je suis descendu hier au soir. Celui qui a salé la soupe chez les Bucca, il s'est trompé : c'est nous qu'il voulait atteindre...

– Nous ? »

Carmonita, qui se courbait vers le feu, s'immobilisa, les muscles noués sous le poids du chaudron.

« Pourquoi, nous ?

– Rosito..., dit Generoso. Le jour où il a distribué les paquets chez les messieurs, tout le monde a pu le voir. Tout le monde a pu savoir que c'était un petit charbonnier. Ça se voit assez. »

D'un mouvement de tête, il désignait son filleul, dont on ne voyait que les yeux bleus dans le visage mâchuré.

« Et alors ? dit Attilio.

– Tous ces gens qui sont morts ou qui ont failli mourir... Si quelqu'un les aimait assez pour vouloir les venger ?

– Mais, dit Carmonita, on a forcé personne... Si c'était des cochons, c'est notre faute ?

– Va chercher ? soupira Generoso. J'ai peur, c'est tout...

– Alors, s'exclama Attilio, si toi tu as peur !

– Pas pour moi... Pour vous... Pour eux... », acheva-t-il en désignant les deux morveux qui enfilaient leurs chaussures sur leurs pieds sales.

Il alla coller son front plissé contre la vitre de l'unique lucarne. Il faisait un de ces matins d'été comme si l'on retournait vers l'hiver. Il avait dû grêler sur les sommets. Le tonnerre grommelait encore, très loin. Generoso, guettant le jour à travers la lucarne, sentait la présence physique de la montagne lui peser sur les épaules. Elle affleurait sous les murs bas du jas comme pour le soulever de terre.

Cette montagne, cet immense ensemble de clapiers, de trous, de clairières, de courbes, de sapées, de ponchons tous pareils et dont le parcours est harassant. Et toutes ces masures de charbonniers dans toutes ces ventes, qui se ressemblaient toutes. Et ces marmailles piaillantes, noires du goudron noir que brasse l'air autour des meules. Comment ne pas les confondre ? Comment ne pas les frapper à l'aveuglette, si on leur veut du mal ? Generoso frissonna et se tourna vers sa belle-sœur.

« Tu as une chaîne et un cadenas ?

– Y en a un morceau au seau de la citerne ! cria Rosito. Et le cadenas, y a celui de la branloire de la charrette.

– Il sert à rien là-dessus... Va me le chercher !

– Qu'est-ce que tu veux faire avec ça ? dit Carmonita.

– Tu vas voir... »

Rosito revenait, essoufflé d'avoir couru. Il aimait obéir à son oncle. Generoso se pencha sur le chaudron suspendu à la crémaillère. Il enfila la chaîne dans les anses du récipient et dans celle de son couvercle qu'il fit jouer pour lui mesurer tout juste l'espace qui permettrait à la vapeur de s'échapper. Après quoi, il bloqua deux chaînons avec le cadenas. Il tendit la clé à Carmonita.

« Voilà ! dit-il. Tu feras ça tous les jours parce que... *Il* ne se trompera peut-être pas toujours... »

Il s'accrocha la hache à l'épaule et s'équilibra sur le cou la besace de jute où pesaient les coins d'acier dont il ne se séparait jamais.

« Je retourne à la coupe, dit-il. Si vous avez besoin de moi, faites de la fumée noire... »

En s'engageant dans le layon de la combe, il entendit derrière lui la voix perçante de Carmonita.

« Ezzio ! *D'ounte vas* ?

– Aux champignons ! cria le gamin.

– Fais attention aux vipères ! » hurla Carmonita.

Generoso sourit. Ezzio, c'était l'intendant de la famille : dix ans, un appétit d'ogre, et toujours le souci de rapporter à la cabane quelque chose à manger.

Le soleil précipitait au fond des sapées les brumes lourdes. Les oiseaux tapis recommençaient à pépier. Lure sortit de l'aube, rutilante. Generoso respira cet air et il oublia la poudre de la mort.

Un enfant de charbonnier, ça connaît Lure comme sa poche, même à dix ans, même sans l'avoir explorée, par une sorte d'atavisme. De génération en génération, pères et grands-pères ont pratiqué la cueillette dans cette montagne. Ils ont réussi à s'y nourrir, maigrement, mais mieux qu'à Delmonte ou à Samfront en Piémont où, à cause du droit d'aînesse, on a tout juste l'espoir d'être l'esclave du grand frère.

Un enfant de charbonnier, ça peut parcourir des kilomètres dans Lure, surtout lorsque c'est chaussé de neuf, ce qui n'arrive pas souvent.

Ezzio voulait être le premier, cette année, à rapporter des girolles, car personne n'en avait encore vu la queue d'une.

D'abord, il gagna le ponchon du Vignaud pour s'orienter. C'était un endroit récemment déboisé de hêtres énormes et cette grande trouée permettait de découvrir à perte de vue, serrés comme un troupeau vert, le moutonnement des ponchons et des combes, où la fumée des charbonnières signalait seule les clairières.

Ezzio appointa son regard. Dix jours auparavant, à peu près, il avait repéré un gros nuage qui crevait du côté du champ de l'Amant. Il l'avait observé longtemps, hérissé d'éclairs, noyant d'écharpes de pluie oblique les grands arbres que tordait le vent. En juin, ça devait suffire pour une éclosion de girolles.

Ezzio se mit résolument en marche dans cette direction. Il coupait droit, ignorant les pistes, escaladant allégrement les pentes des ponchons qu'il dévalait en courant, freinant sa course en s'agrippant au passage aux baliveaux des amélanchiers. Sur sa bruyante approche, la sauvagine effarouchée se dispersait. Les laies nasillaient menaçantes dans leurs bauges, mais ne remuaient pas. Ezzio connaissait les usages : il passait bien au large de ces grognements. Au fond d'un vallon obscur, il fit se soulever de terre un grand-duc empêtré de sommeil qui y attendait la nuit. L'oiseau philosophe retomba dans sa musse comme une feuille morte, sitôt l'enfant passé. Ezzio perçait ainsi à travers bois un sillage qui se refermait sitôt après son passage.

Vers midi, il traversa la clairière qu'on appelait le verger de l'ermite. Il vit Notre-Dame de Lure, au bout de la trouée. Il longea quelques minutes l'allée de tilleuls qui y descendait. Il aperçut frère Calixte de loin, juché dans un arbre comme un gros oiseau brun, et qui arrimait une ruche à la fourche d'un tilleul.

Frère Calixte dit plus tard qu'il l'avait vu passer au loin, comme une flamme blanche, le panier à bout de bras.

Il fit un crochet pour éviter le jas de la Chapelière où une ribambelle de Minetto – des cousins – risquaient de lui emboîter le pas. Il n'en voulait pas. Il ne voulait partager ni ses secrets ni sa récolte.

C'est dans ce détour qu'il comprit son erreur. Le nuage qu'il avait observé voici dix jours, et qu'il avait situé vers le champ de l'Amant, avait crevé beaucoup plus près, vers le ponchon du Pommier, entre le jas des Carretier et celui de la Chapelière.

Il s'en aperçut en observant la mousse au long du sentier qu'il traversait. Elle lui parut juteuse. Ouvrant son Opinel, il préleva sous la mousse une languette de terre qu'il voulut rouler en boule sur sa paume. Elle s'effrita. Ezzio fit la grimace. Il n'était qu'à la périphérie de la zone arrosée par l'orage voilà dix jours. Il fallait être circonspect et suivre cette humidité à la trace. Il se remit en marche.

Les oiseaux pépiaient en sourdine, se taisaient sur son passage et recommençaient. Le couvert s'éclaicit devant lui. Un jas ruiné, qui n'avait plus de nom, pointait hors d'une nappe d'orties et de chardons Notre-Dame. Une seule poutre fichée en diagonale dépassait les décombres, sans parvenir à pourrir. Ce clapier formait une clairière où l'on pouvait s'orienter. Ezzio l'escalada pour se jucher sur la poutre. Un vent frais le caressa qui soufflait du couchant. Ezzio regarda dans cette direction.

Le creux d'une sapée entre deux ponchons était obstrué par un mamelon où rutilait une verdure épaisse. Un parfum d'humus montait de ce bois.

Ezzio dévala la pente. Il se savait sur la bonne voie. Il entrait des épaules, du goût et de l'odorat dans la zone à champignons. Celui qui sait ne se trompe jamais sur ce bain où soudain il plonge. Ezzio savait par l'expérience de tous ses ancêtres qui l'avaient précédé sur ces pistes.

Il traversa un tapis de bourraches et d'absinthes qui mouillèrent ses jambes nues. C'était la lisière d'une coupe trentenaire où les baliveaux bisanciens des chênes pubescents formaient des bouquets à peine hauts de dix mètres et où la lumière verte était coupée de pénombre. La futaie y poussait drue comme des épis dans un champ de blé. Là-dessous, il n'y avait plus d'oiseaux. Parfois, dans le clair-obscur, luisaient les fruits rouges d'un cornouiller mâle.

Ce bois était tentant comme un secret. Il exaltait chez Ezzio, qui ne le connaissait pas encore, le goût de la découverte. L'air immobile y était chargé du parfum des girolles.

L'enfant bousculait la ramure pour s'enfoncer plus vite dans le sillage de ce parfum lorsque, soudain, il se trouva devant un talus abrupt qui formait comme une marche entre deux plans horizontaux. Il s'immobilisa en une sorte de respect. Là-bas, entre les baliveaux plus espacés, au ras de ce talus, un aven inconnu ouvrait ses lèvres de fougère sur le trou noir au fond duquel sourdait une rumeur d'eau suintante.

Quand une montagne est parvenue à un tel degré d'érosion qu'elle n'est plus qu'une pustule sur la terre, elle se déchire comme un tissu élimé. Ces accrocs s'échancrent vers les profondeurs du globe, creusant le tombeau où elle s'engloutira durant cinq cent mille ans. Lure, c'est ça : une montagne qui retourne au tombeau. Elle est farcie d'avens comme un gruyère l'est de trous. Celui que l'enfant contemplait n'existait peut-être pas voici trente ans, lorsque la coupe avait été pratiquée, car de vieux squelettes de résineux dédaignés par les bûcherons pourrissaient encore en travers de son orifice.

Ezzio avait l'habitude des avens. Ils ne l'effrayaient pas. D'un coup de pied adroit, il projeta un caillou au fond du trou noir. Il ne l'entendit pas tomber.

Accroupi, immobile et retenant son souffle, il fouillait avidement le sous-bois du regard. Quelques mouches silencieuses dansaient au-dessus des feuilles mortes. Là où elles évoluaient, montant et descendant dans l'air, quelques rares éclairs jaunes constellaient la pénombre.

Ezzio fit la grimace. La récolte serait maigre, et il faudrait couvrir beaucoup de terrain. La coupe était semée d'embûches. Entre les baliveaux, profitant de l'humus profond, de grands églantiers sarmenteux jaillissaient eux aussi à la recherche du soleil. Les sarments, qui n'avaient pu s'accrocher aux branches de chênes, étaient recourbés sur eux-mêmes jusqu'au sol où ils se marcottaient, créant de nouveaux rejets. Depuis trente ans, ces buissons s'étaient épaissis de sarments morts. Ils étaient hérissés de dards en forme de soc de charrue, encore capables de déchirer la peau.

L'ensemble se déployait en harpes végétales qui dressaient de véritables barreaux de grilles entre les troncs et il fallait les contourner pour avancer. C'était un fourré où l'on ne pouvait courir droit devant soi.

Ezzio, à quatre pattes, évaluait le silence. De l'aven sourdait ce bruissement d'eau lointaine qu'on ne percevait qu'en retenant son souffle.

C'est pendant qu'il s'y efforçait que l'enfant entendit aussi le hennissement d'un cheval, très loin, au profond des bois. Il progressait à quatre pattes, tirant les girolles sans déranger l'humus et camouflant avec des brindilles le trou qu'il n'avait pu éviter de creuser. Il savait qu'un bon chercheur doit effacer les traces de son passage.

Sur le blanc estoc d'un chêne, en un point facilement repérable (le trou plein d'eau de pluie d'une ancienne loupe), il installa sa *banaste* encombrante et noua un mouchoir rouge autour de son anse. C'était la précaution élémentaire de tous les connaisseurs. Il n'était pas rare, en effet, de découvrir dans Lure, parmi ces fourrés qui se ressemblaient tous, un cageot que son propriétaire n'avait jamais été fichu de retrouver et qui pourrissait là depuis des années.

Ezzio, oublieux de tout, n'abritait plus que l'instinct forcené d'une bête traquant sa nourriture. Il utilisait comme une besace son tablier noir dont il avait passé les coins dans son ceinturon. Mais la cueillette était maigre. Les chanterelles poussaient deux par deux ou trois par trois. Elles soulevaient à peine l'humus. Les touffes croissaient à grandes distances les unes des autres.

Quand Ezzio s'avisa qu'il ne distinguait plus sa *banaste*, il en était éloigné de plus de cinquante mètres. Le mouchoir rouge lui permit aisément d'y retourner, mais il dut louvoyer entre les buissons d'églantiers. Quelque chose l'intrigua fugitivement : il lui sembla que la loupe pleine d'eau claire où il avait abandonné son panier était plus grosse qu'il ne l'avait cru.

Il n'y prêta plus d'attention et reprit sa quête. Il décrivait des cercles, avançait en zigzag, toujours à quatre pattes, toujours anxieux de laisser un coin inexploré. Autour d'un rocher affleurant le sol et couronné de mousse, il dénicha encore quelques champignons. Le chercheur appâté, dès qu'il est sur la piste, ne se connaît plus. Il ne voit plus ni ciel ni terre. Son œil perce les fourrés. Il se jette en avant, et ce n'est parfois que le soleil sur une feuille morte.

Ezzio couvrit beaucoup de terrain en vain. Il voulut repartir à neuf dans une autre direction. Mais pour cela il fallait regagner son point de départ.

Cette fois ce ne fut pas facile. Ses souvenirs récents se mélangeaient dans sa mémoire : était-ce au bord d'une loupe remplie d'eau ou bien dans la fourche d'un bouquet d'arbres qu'il avait posé le panier ? La panique de l'avoir perdu le saisit et il fonça droit à travers les églantiers, dédaigneux des déchirures. Il déboucha au grand jour dans la clairière du gouffre.

Il s'arrêta, interdit. Sa *banaste* était là – pas du tout au pied d'un chêne, ou au bord d'une loupe –, mais bien en vue sur l'herbe courte. Il fit un effort de mémoire mais son esprit était fixé sur la recherche. Tout le reste était accessoire. Il versa sa maigre cueillette dans le récipient et fit la grimace : jamais il ne parviendrait à le remplir. Il avait vu trop grand, et il fallait continuer.

Auparavant, il prit la précaution de mettre le panier bien en évidence, au bas du talus, à cinq ou six pas de l'orifice de l'aven.

Il s'enfonça de nouveau sous le couvert. Le jour baissait. Ezzio, fatigué, confondait de plus en plus les tapis de feuilles mortes avec la couleur des champignons. Il s'enfonçait de plus en plus loin. Sa quête commençait à ressembler à une errance. Quand il fermait les yeux, les chanterelles jaune d'or fulguraient dans sa tête.

Il n'en trouva plus une seule et s'en revint à pas lents vers la clairière. Le soleil, à l'horizontale, dardait à travers les troncs serrés et lui tapait dans les yeux.

Ezzio aperçut sa *banaste* non loin de l'aven, à deux pas peut-être. Il ne se souvenait pas de l'avoir posée aussi près. Mais il était las. Il était ébloui par le soleil. Il était en colère contre le temps. Sa récolte était ridicule. A peine si Carmonita en tirerait une omelette. Il voyait rire de dérision son frère Rosito, avec sa grande bouche où il manquait deux dents. Il donna un coup de pied rageur dans un gros caillou qui disparut dans le gouffre. Ce faisant, il éventra une nappe de mousse, et une touffe de girolles qui éclataient de tout leur or roulèrent sur la verdure.

Ezzio, ravi, se mit à rire. Il tomba à genoux. Il écarta l'humus. C'était enfin une coulée comme il en avait rêvé ! Une coulée qui n'en finissait pas ! Ezzio tapait des mains. Il ramena sa *banaste* vers lui pour y verser directement sa récolte.

La coulée était étroite, drue, elle serpentait vers le trou de l'aven dont l'enfant tirant sa *banaste* se rapprochait.

A travers les troncs serrés, le soleil disparut. Il se fit sombre. Quelques graves oiseaux entreprirent de commenter le silence. Puis ils se turent.

L'enfant était absorbé dans sa cueillette miraculeuse. De ses petites mains, il déchirait la mousse qui craquait. Il ne voulait pas oublier un seul champignon, et rapporter une *banaste* pleine à ras bord pour faire envie à son frère.

La coulée se dirigeait, toujours plus abondante, vers les fougères qui soulignaient les lèvres de l'aven comme un fard insolite. Les girolles s'étaient même risquées parmi les crosses de ces fougères.

L'enfant allongeait la main et le souffle frais qui montait des profondeurs lui effleurait les poils. L'enfant allongeait le cou... Il en restait deux – de girolles –, superbes, qui lui faisaient un clin d'œil de derrière une palme verte semée de pustules d'or.

La tête d'Ezzio surplombait le trou noir.

En bas, la chute sonore des gouttes d'eau régulières qui s'égrenaient aux voûtes des cavernes comblait ces profondeurs comme les notes sombres d'un orgue.

« Ezzio ! Ezzio ! »

Rosito demeura le geste suspendu. Il tenait dans sa main un grand bâton de charbonnette qu'il s'apprêtait à disposer avec les autres, autour de l'axe de la meule.

Ça faisait quatre fois que sa mère sortait au seuil du

jas pour appeler son frère. Le soir était rouge. Dans les arbres, autour de la clairière, les oiseaux se mussaient pour la nuit. Attilio descendait des coupes, menant la charrette chargée de charbonnette.

« Ezzio n'est pas rentré ! lui lança Rosito au passage.

– *Coumo* ! Ezzio n'est pas rentré ? »

Attilio regarda immédiatement le ciel : il restait une demi-heure de jour.

« Va vite voir s'il n'est pas chez les Forri ! »

Rosito s'élança vers la vente de leurs plus proches voisins.

Attilio détela le mulet et pénétra dans le jas. Carmonita était répandue sur un tas de bourrée, sa main comprimant son vaste sein, les yeux exorbitants.

« Tilio ! Ezzio n'est pas rentré !

– Je sais ! Rosito vient de me dire. Je l'ai envoyé voir chez les Forri...

– Il lui est arrivé quelque chose !

– Oïe ! Tu déparles ! Tu sais comme il est quand il part aux champignons.

– Non ! cria Carmonita. Jamais après la nuit ! Il sait comme je suis sensible... Jamais il rentre à la nuit !

– Il va venir ! Rosito va le ramener. Il va prendre un coup de pied au cul ! » dit-il en se redressant.

Il commençait d'être vaguement inquiet. Generoso lui manquait. Mais il était trop tard pour faire de la fumée noire.

« Je vais voir chez les Dalmasso ! décida-t-il brusquement... Des fois, il y va. Là-bas il y a la Rosette... Elle lui plaît. »

Il disparut. Carmonita resta seule, sans bouger, sans manger, à regarder chuinter la lampe à carbure au plafond. Il se creusait un grand vide à la place de son ventre gonflé.

Rosito rentra à onze heures. Il ramenait le minuscule père Forri et derrière lui Attilio rentra avec le père Dalmasso. Tous avaient des mines graves, et s'ils étaient là c'est qu'ils savaient, eux. Un enfant de charbonnier qui a l'usage de ses jambes, ça ne se perd pas dans Lure. Une seule chance : c'était que Ezzio, fatigué, se soit endormi à poings fermés sur la mousse. Ça s'était vu. Aussi, les émissaires s'étaient-ils dispersés d'une vente à l'autre pour faire crier, et maintenant, dans la nuit, fusait le nom de l'enfant à travers la montagne, hurlé par toutes sortes de voix :

« Ezzio ! Ezzio ! »

« Il est mort ! dit Carmonita vers minuit. Je le sens ici... »

Elle se comprimait le ventre. Ils étaient dix autour d'elle, à lui crier le contraire.

Dehors, on entendait toujours, jusqu'au tonnerre de Dieu, toutes les lettres détachées du nom de cet enfant qui s'envolaient vers la pleine lune.

Un muletier était descendu en une demi-heure jusqu'au poste de Saint-Etienne pour donner l'alerte aux gendarmes. Le planton placide et mal réveillé tentait de rassurer cet homme affolé.

« Il s'est égaré ! disait-il. Tu verras, c'est rien ! Il va tomber ici ! Ils tombent tous ici. »

De son gros doigt, il soulignait, sur la carte d'état-major épinglée au mur, le tracé de la Sapée de Cruis et la route qui serpente au long de Lure, entre Cruis et Saint-Etienne.

« Automatiquement ! poursuivait le planton. Tous

ceux qui s'égarent dans Lure tombent ici. On les retrouve sur la route. »

Le muletier serra les lèvres. On ne contrarie pas l'autorité... Des Marseillais, des gens en vacances, des gamins des villes, peut-être, mais pas des petits charbonniers. Eux, ils savent qu'on ne dévale pas les sapées si l'on veut retrouver la soupe du soir.

Toute la nuit les falots se balancèrent sous les frondaisons de Lure. Toute la nuit, Rosito s'époumona à crier le nom de son frère avec tout le monde. Il parcourut sentes et drailles. Il eut l'idée lumineuse de venir jusqu'au monastère, consulter frère Calixte. Le moine était à Ténèbres devant une bougie de l'autel. Il était deux heures du matin.

« Quelqu'un s'est perdu ? dit-il. Depuis minuit j'entends crier...

– Mon frère, dit Rosito. Ezzio Mosca...

– Je l'ai peut-être aperçu », dit Calixte.

Il décrivit cette flamme qui avait traversé son horizon, au loin, au bout de l'allée de tilleuls.

« Mais, tu sais, ça pouvait être n'importe qui... »

Il ne pouvait pas avouer qu'au moment où cette flamme traversait l'horizon, tandis qu'il hissait sa ruche à la fourche de l'arbre, un tout autre spectacle le subjuguait. Une cavalière montait des oratoires et s'arrêtait juste sous le tilleul. Elle sortait son mouchoir, s'en tamponnait le front, et, d'un geste imprévisible, se le plongeait entre les seins en élargissant l'échancrure du corsage.

« Il était midi », souffla frère Calixte.

Rosito eut un grand geste désabusé.

« Oh, alors ! S'il n'était que midi... »

Néanmoins, il s'engagea dans la trouée où le moine croyait avoir aperçu son frère. Creusée à travers les chênes par les bûcherons, elle s'élevait, rectiligne, à perte de vue.

Rosito, harassé par sa nuit, se traîna jusqu'au matin autour de cette draille. A douze ans, les réserves sont faibles, l'endurance limitée. Il criait toujours le nom d'Ezzio, mais sa voix ne portait plus. Il s'abattit sur la mousse en un dernier appel, comme les sommets des Alpes se détachaient sur le ciel de l'Est couleur de pensée. Il prononça Ezzio encore une fois et il s'endormit. Et il dormit en pleurant. Les larmes suintaient à travers ses yeux clos.

On ne recueillit personne sur la route, entre Saint-Etienne et Cruis. Les cris des charbonniers ne réveillèrent pas Ezzio Mosca. Au matin, on prévint la gendarmerie de Forcalquier et les volontaires affluèrent pour participer aux recherches.

Mais, dans la pureté du jour levant, la dimension de la montagne apparut soudain à tous dans toute son horreur. Un enfant de dix ans perdu dans ces bois ! Où aller le chercher ? Par quel bout commencer ?

Ce n'est pas le massif des Ecrins, Lure. Ça ne mesure guère que cinquante kilomètres dans sa plus grande longueur et trente dans sa plus grande largeur. Mais si l'on effaçait les plis de ce massif pour l'étendre bien repassé sur le sol, on obtiendrait la surface d'un département. Ce sont les plis qui font Lure. Et un enfant de dix ans, ça n'occupe guère sur la terre qu'un mètre trente de haut sur quarante centimètres de large... Il fallait trouver ça dans tous ces plis et, en se comptant bien, on n'était guère plus de cent pour cette gigantesque entreprise. On ne déplace pas un régiment pour un enfant de charbonnier. Ces gens-là en font douze en quinze ans.

Néanmoins, on s'y mit courageusement. On se distribua les ponchons sur un rayon de dix kilomètres autour du camp des Mosca.

Ces ponchons, ce sont des mamelons écroulés, oblongs, dont les pentes s'escaladent le nez contre la déclivité, les pieds en équerre, en ramant des bras, englués dans une végétation croisée, resserrée, inextricable. On n'en voit jamais le bout. La pente s'atténue mais continue à monter. Quelques-uns sont courts, d'autres interminables, tordus en des volutes capricieuses. Il en existe une multitude qui s'entassent, croulant les uns au-dessus des autres jusqu'au sortir de la forêt, jusqu'aux ondulations nues où ils forment la cime de la montagne. Des vallons ténébreux les séparent, dont les parois s'étrécissent au point qu'à la fin on peut toucher les deux à la fois en étendant les bras. Ces vallons sont feutrés d'épaisseurs de feuilles mortes où l'on s'enlise jusqu'au genou.

Ces ponchons, pour la plupart, avaient été exploités et les bûcherons y avaient amoncelé de longues tresses de ramée qui faisaient obstacle et qui n'en finissaient pas de pourrir. Nombre de sauveteurs, rebutés, en négligèrent certains secteurs.

Là-dessus, le mistral se leva. La voix ne portait plus. On renonça à crier le nom de Ezzio. Le vent isolait les hommes qui battaient le bois en tous sens. On cherchait sans se voir et sans s'entendre. On se perdait parfois soi-même, de longues heures durant.

Au bout de trois jours, les rangs s'éclaircirent. Mais c'était surtout parce qu'on avait l'intime conviction que si l'enfant ne répondait pas aux appels, c'est *qu'il lui était arrivé quelque chose*. Personne ne prononçait le mot : mort.

Au bout de quatre jours, il n'y avait plus dans Lure que les gendarmes et les charbonniers. Au bout d'une semaine, il n'y eut plus que les charbonniers.

Puis un matin, à l'ouest, le ciel devint sale. Le marin lugubre chassa le mistral. Il s'installa sur Lure un automne imprévu et la pluie tomba. Elle tomba quarante-huit heures durant, abondante, décourageante.

Dans les drailles de Lure, il n'y avait plus qu'un enfant trempé qui s'obstinait à hurler le nom de Ezzio à tous les échos. Son corps flottait dans ses vêtements. Depuis la disparition de son frère, il avait perdu deux kilos.

Une semaine s'était écoulée depuis cette pluie. Sauveur Clu, l'amateur d'absinthe, celui qui gagnait dix sous de temps à autre en renseignant les gendarmes, consulta le calendrier des postes qu'il annotait soigneusement chaque jour. Une semaine... D'ordinaire, il fallait un peu plus de temps, après une pluie pareille, pour que les champignons sortent de terre. Néanmoins, Sauveur connaissait dans Lure des coins plus précoces.

Lure : il l'avait découpée en tranches, quadrillée, cloisonnée. Sur la vieille carte d'état-major accrochée dans la cuisine, cette montagne était crucifiée, de centimètre en centimètre, par des épingles surmontées de signes cabalistiques. Personne ne connaissait mieux Lure que ce désœuvré.

Quand on concède à son épouse le soin de faire bouillir la marmite, on a du temps. Le temps de méditer, d'explorer, de vérifier le champ des hypothèses. Sauveur arrivait toujours le premier sur les morilles, les cèpes, les framboises. C'était lui qui fournissait le pâtissier en fraises des bois pour les tartes. Comme il avait une espingole, il tuait toujours le premier lièvre et il se faisait payer pour conduire les battues vers les premiers sangliers.

Grâce à ces prérogatives acquises au prix d'une disponibilité de tous les instants, il vivait à Forcalquier au centre d'un mépris souverain. Mais il n'en avait cure. Ça ne l'empêchait pas de boire son absinthe.

Ce matin-là, il se dit : « De tout sûr, elles pointent sous l'ancienne coupe des Lombard. Il faut voir la couleur du ponchon. »

Il sortit dans la rue, en évitant de faire grincer la porte. Sa femme était déjà en train de tordre les serpillières, là-bas, sur les carreaux de la mairie. Le moment était propice pour les départs furtifs. C'est qu'il fallait se méfier... Le méprisant, l'enviant et l'épiant, certains ne mettaient aucune vergogne à lui emboîter le pas vers ses terrains de cueillette. Parfois il ne réussissait à décourager les obstinés qu'au prix de détours infinis.

Mais, ce matin-là, la rue était déserte. Aucun voisin ne fumait sa première cigarette sur le seuil en consultant le ciel.

Sauveur prit sa bicyclette à l'écurie. Elle était toujours prête : le cageot arrimé sur le porte-bagages et le sac de jute plié au fond pour dissimuler la récolte ou faire croire qu'on en avait une quand on rentrait bredouille.

Il traversa Forcalquier le vélo à la main pour éviter les grincements de freins. Il prit la route des Moures. Il parvint à Saint-Etienne vers les six heures et cacha son vélo dans un fourré, derrière le cimetière.

Il assura sa casquette et, le cageot en bandoulière, commença posément l'ascension des pentes. Jamais il n'allait vers un point précis de la montagne. Il coupait par le travers, de la base au sommet. Il dédaignait aussi les pistes et les sentiers. Il évitait les drailles à découvert car il était très connu et très reconnaissable : ses grands pieds toujours chaussés d'espadrilles montantes, sa taille de fil de fer flottant dans un bleu de chauffe ravivé aux boulettes, la casquette à la godille sur son crâne en pain cuit, personne ne pouvait s'y tromper. Or, il tenait à garder ses coins secrets car, lorsque la récolte était abondante, il y retournait plusieurs jours de suite.

Avant de s'enfoncer sous les couverts, il s'arrêta pour rouler une cigarette et jauger la montagne de bas en haut, d'un coup d'œil infaillible. « C'est bien ça, se dit-il. Le ponchon du Pommier a la couleur de l'aubergine. Oh ! y en aura peut-être pas tant que ça, mais je les vendrai cher... Fais de route ! Y a qu'à piquer droit sur l'ancienne coupe des Lombard... »

Qu'il connût ces lieux ne signifiait pas qu'il s'y plût ni qu'il les aimât. Il considérait Lure comme une pourvoyeuse. Il n'avait jamais pris la peine de s'y arrêter pour rêver.

Jurant et sacrant, il entra sous bois. Toutes les ronces étaient pour lui. Les basses branches le giflaient au passage. Il prenait en pleine figure les toiles gluantes des araignées. Les épines des églantiers lui arrachaient la casquette. Parfois les fourrés le ligotaient de telle sorte qu'il n'en sortait qu'en reculant. Il les couvrait d'invectives, en proie à une crise de nerfs permanente.

Il parvint à neuf heures sous le ponchon du Pommier. Il s'immobilisa au fond de la combe. D'ordinaire, de là où il était, il obliquait tout de suite à droite, gagnait le jas des Carretier et battait les bois sous la coupe des Lombard.

Jamais encore il n'avait escaladé le petit ponchon sans nom qui obstruait, comme une loupe, le vallon devant lui. Aujourd'hui, il lui trouvait une couleur beaucoup plus prometteuse qu'à son grand voisin.

« Ma foi, se dit-il à haute voix, pourquoi pas ? Je serai toujours à temps de faire l'autre. »

Il se roula une autre cigarette pour s'encourager et, soufflant et ronchonnant, s'élança à l'assaut de la pente où les cailloux roulaient sous ses pas. A mesure qu'il grimpait, le sol devenait meuble, les mousses commençaient à juter et, dès que la pente s'abaissa, une odeur caractéristique vint caresser les narines de Sauveur.

Il ouvrit son Opinel. Son œil pointu de poule méchante ne quitta plus le sol. Devant lui, les harpes des églantiers formaient des nœuds infranchissables à hauteur d'homme. Les bouquets serrés des chênes trentenaires s'élançaient vers le ciel. Sous le couvert régnait une chaleur d'étuve. On devait approcher de midi.

Sauveur s'accroupit, retint son souffle, jeta autour de lui un regard passionné. Il se mit à quatre pattes, avança ses mains sous la mousse. Elles étaient là ! Il gloussa à voix basse pour ne pas éveiller l'attention de quiconque aurait pu l'entendre. C'était une belle nappe de girolles, large, épaisse, qui s'enfonçait sous les églantiers jusqu'à la clairière où, là-devant, rutilait le soleil.

« Si ça se trouve, jubila Sauveur tout bas, je remplis aussi la saque ! Et j'en laisse pour demain ! »

Il avançait sur les genoux, obnubilé par les minuscules trompettes jaunes qui répandaient une odeur suave.

Il atteignit ainsi l'orée du bois de chênes. La nappe s'arrêtait là. Sauveur, déçu, leva les yeux.

Devant lui, s'ouvrait le trou noir d'un gouffre bordé de fougères naines qui tremblotaient sous un léger courant d'air. Un aven ! Un aven que lui, Sauveur, ne connaissait pas ! Et s'il ne le connaissait pas, il y avait des chances pour que nul ne le connût.

Il restait là, interloqué, courbé, les mains sur les

genoux, oubliant de se relever en plein, lorsque, de l'autre côté du trou, qui devait mesurer trois mètres de large, il aperçut dans les fougères un objet qui tout de suite le figea de terreur.

« La banaste ! » souffla-t-il.

Toujours courbé en deux, il fit le tour de l'aven et s'agenouilla devant l'objet. C'était bien elle, c'était bien celle dont on avait tant parlé : grande, les rebords bien évasés, pleine plus qu'à moitié de champignons encore presque frais.

« Misère de misère ! ... », murmura Sauveur.

Cet enfant... qu'on avait tant cherché. Il avait cette sorte de panier... Et on avait aussi parlé d'un mouchoir rouge. Ce mouchoir il était là : enroulé autour de l'anse. Sauveur avala sa salive. Quelque chose se nouait en lui qui lui ouvrait l'entendement. Bien sûr, il n'avait pas participé aux recherches. Le premier jour, il s'était dit : « Ils feront bien sans moi. » Le troisième jour, il s'était rassuré : « C'est plus la peine, maintenant il est mort... »

Il se souvenait de ces deux attitudes devant ce panier enjolivé d'un mouchoir rouge et plus éloquent qu'un cri. Tout à côté gisait un petit Opinel d'enfant à la lame tachée de rouille par la pluie.

Sauveur regardait ça, la lippe pendante, et sa découverte le bouleversait tellement qu'il ne réalisa pas tout de suite qu'au bord du gouffre, ce panier et ce couteau n'étaient pas les seuls témoignages de ce qui s'était passé ici. Quand il s'en avisa, il se plaqua la main sur la bouche.

« Oh, pute de mort ! »

Juste derrière le panier, à l'extrême bord de l'aven, une croix était plantée parmi les fougères. C'était une croix pour rire, faite de deux ramilles de verne et liée au croisement par deux brins d'herbe, comme si c'eût été un autre enfant qui l'eût confectionnée. Cette croix fit reculer Sauveur. Il comprit que si le petit charbonnier était tombé dans le gouffre, il n'y était pas tombé seul. Il jeta de tous côtés des regards de traqué. On ne sait jamais, dans Lure, quand on est seul.

C'est dans ce mouvement de peur qu'il aperçut un peu plus loin quelque chose qui le fit loucher et qui atténua un peu sa panique pour quelques instants. Il vérifia de nouveau qu'il était bien seul et plongea sur ce qu'il venait de dénicher et qu'il enfouit dans sa poche avec un geste de voleur.

Mais ce geste n'était qu'un réflexe. En réalité, il ne savait plus *où pendre la lumière.* La découverte qu'il venait de faire lui coupait les jambes. Il était trop tard, il était trop loin pour crier au secours. Le mieux était de redescendre et de s'arrêter au planton.

Il s'apprêtait à recharger son cageot à l'épaule lorsqu'un bruit bizarre qui sourdait de l'aven interrompit son geste. Il se figea en l'entendant.

C'était une sorte de point d'orgue qui allait s'amplifiant comme un bourdon d'abeilles.

Et soudain il vibra à l'air libre dans l'accompagnement furieux d'un vol de corbeaux dont le bouquet noir jaillissait de terre. Ils éclataient au soleil dans le ciel de la clairière en un vol onctueux comme s'ils avaient baigné dans l'huile. Certains tenaient dans leurs serres d'innommables lambeaux. Et, sitôt qu'ils avaient surgi du sol, une odeur insoutenable était montée avec eux.

Les yeux levés, Sauveur, subjugué, suivait leurs évolutions, lorsque l'un des oiseaux se détacha et piqua vers lui à lui frôler la tête. Sauveur poussa un cri perçant. De la proie que le charognard tenait dans son bec, une goutte se détacha qui vint s'écraser sur le front de l'homme. Sauveur ferma les yeux. Cette lourde humidité lui collait à la peau comme un fer rouge.

Abandonnant son cageot, il fonça dans la descente vers Saint-Etienne presque à l'aveuglette, n'osant baisser la tête, car cette goutte lui suintait sur les paupières. Il avait le front constellé de jus de mort.

Quand il arriva devant le planton, il sanglotait encore des jurons suppliants que nul ne comprit.

Deux frères de Cruis, qui gagnaient leur vie en arrachant le cristal de roche aux parois des montagnes, consentirent à descendre dans l'aven inconnu. Le corps de Ezzio reposait sur une corniche, par vingt mètres de fond. On remonta les restes dans un bourras. On réussit à interdire à la mère de le voir, pas à Rosito, qui échappa aux mains de Generoso et aux gendarmes qui lui barraient le passage. Il découvrit la mort en ce qu'elle avait de plus hideux. Il s'évanouit et ne revint à lui qu'au bout de dix minutes.

La victime n'avait subi d'autres blessures que celles consécutives à sa chute, déclara le docteur Pardigon après l'autopsie.

C'était le second enterrement à Notre-Dame-de-Lure, à cinq jours de distance. Toute la famille charbonnière déserta ses meules pour se réunir autour du petit cercueil de Ezzio. Il en venait du Contras, du col de l'Homme-Mort, jusque des Essarts et de la crête de la Faye. Certains s'étaient mis en marche depuis minuit. Ils venaient poser leurs lèvres sur le bois neuf de la caisse et les lamentos chuchotés montaient sous l'énorme noyer du sanctuaire.

La peur, autant que la compassion, commençait à crisper les visages, car c'était la deuxième fois en une semaine qu'ils enterraient l'un des leurs, mort de mort violente.

Frère Calixte officiait par délégation pastorale. Frère Calixte pleurait la mort de cet enfant qui avait si peu vu le ciel, mais il ne pouvait communier sans trouble avec l'affliction du peuple charbonnier, car sa conscience lui pesait.

Depuis ce jour où une voix inconnue l'avait chargé de son péché, un obstacle infranchissable le séparait de Dieu. Cette confession l'encombrait comme un remords ; comme si le fait de l'avoir reçue, l'avait chargé, lui, de l'événement terrible qu'elle racontait.

Plein de cette obsession, il débitait distraitement le rituel en encensant le catafalque dont il faisait le tour, lorsque soudain il se figea sur place. L'acolyte d'occasion, choisi parmi les enfants charbonniers et rapidement affublé de blanc, s'en vint heurter le large dos du moine avec tout son fourniment liturgique. L'assistance, en contrition, ne s'aperçut de rien. L'enfant de chœur se rattrapa comme il put et frère Calixte revint à l'autel, l'acolyte sur ses talons.

« Je serai damné, se dit-il, si je me mets à trébucher sur des pensées impures, même en célébrant l'office divin. »

Il venait de se revoir, calé sur la fourche du tilleul, au moment où, simultanément, une flamme blanche autour de laquelle dansait un grand panier traversait au loin l'allée, et où, sous l'arbre, à l'aplomb de la fourche, quelqu'un immobilisait son cheval.

Ce quelqu'un, c'était une femme. Elle tirait un fin mouchoir de sa manche, s'en essuyait le front et l'enfonçait dans son corsage pour se le passer autour des seins, tandis que frère Calixte retenait son souffle. Là, gisait le péché : il avait retenu son souffle. Mais pourquoi y ajouter encore, en se remémorant cette image honteuse devant la misère de ce cercueil d'enfant ?

Frère Calixte était perplexe. D'ordinaire, il se libérait agilement de ces tentations mineures et n'aggravait jamais son cas en les évoquant. Si donc, en un moment aussi pathétique, cette vision lui avait sauté littéralement au visage, c'est qu'elle était chargée de plus de venin que les peccadilles courantes du frère. Mais de quel venin s'agissait-il ? Lorsqu'on atteint cinquante ans – et qu'on a trente-cinq ans de vie monacale derrière soi – on n'en est plus à se rouler par terre parce que la vue de la beauté d'une femme vous a troublé. On rend rapidement l'hommage du vice à la vertu et tout est dit. Pourquoi donc frère Calixte ne pouvait-il, cette fois encore, passer outre ?

Elevant le saint sacrement au-dessus de sa tête, il fit face à l'assistance agenouillée. Alors, derrière les groupes serrés, il vit se glisser par la porte deux grands gendarmes qui plongeaient la main au bénitier pour se signer en toute hâte.

Ce fut un déclic pour frère Calixte. Il se retrouva sur la fourche de l'arbre, plongeant une fois de plus son regard dans le corsage largement échancré, mais, cette fois, il admira la puissance terrifiante de la Providence qui lui avait permis – au prix de cette condamnable tentation – d'enregister un détail d'une importance peut-être capitale.

« Quand elle s'est soulevée à demi sur ses étriers, se dit-il, j'ai distingué une partie de la selle... Et cette selle était riche... Cloutée... cloutée de clous verts. Et formant une arabesque comme je n'en ai jamais vu sur aucune selle. Sauf sur celle de l'Ariégois qui attendait au montoir de la fontaine, le jour où... le jour où quelqu'un m'a parlé au confessionnal... Quelqu'un que je n'ai jamais vu ! Mais ce cheval, qui était sous le tilleul, quand je montais la ruche, était-ce bien un Ariégois ? »

Non, ça, il ne pouvait l'affirmer. C'était assez lui demander que, tourmenté par l'échancrure du corsage, il eût pu distinguer le dessin des clous de la selle. Et leur couleur !

L'office était terminé. Quatre charbonniers noirs en foulard rouge, béret à la main, empoignaient le cercueil et l'emportaient vers le corbillard.

Frère Calixte ôta rapidement son surplis et fonça vers la sortie à la suite de la foule. Il appela :

« Gendarmes ! Gendarmes ! »

Il reconnut le planton de Saint-Etienne et un de la brigade de Forcalquier. Les deux hommes se mettaient en selle pour suivre le cortège. Ils n'entendirent pas les appels du moine.

Frère Calixte ne les répéta pas. Il venait de s'aviser que les réflexions que lui inspirait le souvenir de cette femme le jour du meurtre, il ne pouvait en faire état s'il ne parlait pas aussi de l'étrange confession qu'il avait reçue. Or, bien entendu, sur ce point, c'était le secret de la tombe.

« Une coïncidence, grommelait Laviolette. Vous n'en entendrez jamais plus parler... »

Il tenait debout devant lui cette croix fragile faite de deux ramilles de verne liées ensemble par deux brins de cette herbe ligneuse qu'on appelle le dactyle, serrant les deux ramilles l'une contre l'autre par un nœud en bec d'oiseau.

« Il est difficile de croire, avait dit le procureur, que l'enfant a confectionné cette croix, l'a plantée et s'est ensuite jeté dans l'aven. D'autant plus que son panier était aux trois quarts plein de champignons.

– Un accident », avait risqué timidement le sous-préfet.

Le procureur avait haussé ses larges épaules.

« Il faut voir les choses en face ! Le lundi, nous avons un crime par empoisonnement, le mercredi, nous avons un enfant qui s'abîme dans un aven. Et ces deux événements tragiques se produisent dans Lure et frappent deux familles de charbonniers. Force nous est de les lier... Et puis, quoi, il y a cette croix ! »

les yeux toujours fixés sur cet objet énigmatique, Laviolette se souvenait de cette conversation.

Tous ses hommes disponibles couraient Lure à la recherche de renseignements, d'indices. Ils allaient, de clairière en clairière, interroger les charbonniers. Oh ! L'on ne manquait pas de témoignages !

A l'orée des ventes, autour des jas, en temps normal déjà, il passait quantité d'individus suspects. Il en circula bien davantage après la mort du père Bucca et celle d'Ezzio Mosca. Les chiens des fermes au pied de Lure aboyèrent furieusement à toute heure, après d'insaisissables inconnus, qui froissaient les feuillages. Des charbonniers aux aguets, que l'inquiétude tenait éveillés – surtout lorsque des enfants dormaient dans les soupentes –, dirent qu'on parlait à voix basse, la nuit, devant leur porte clouée de roseaux. D'autres surprirent, qui disparaissait soudain, un cheval au galop, lequel soulevait la poussière sans bruit. Les bûcherons à l'abattage suspendaient la cadence de leur cognée, se retournaient brusquement. Un regard leur pesait aux épaules. Quelqu'un les observait, s'approchait d'eux de tronc en tronc.

Un forestier en uniforme vert, qui venait d'*asseoir les ventes* vers la Baïsse de Malcort, assura qu'il avait croisé de loin un homme du côté du jas du Tondu où l'on avait salé de poison la soupe de la famille Bucca ; un homme dont les traits s'estompaient sous l'ombre d'un grand chapeau, qui avançait la démarche lourde, mais dont il avait parfaitement saisi les mouvements.

« En marchant, précisa le forestier, il faisait un geste comme s'il soupesait une poignée de sel dans le creux de sa main... »

Ce forestier redescendit de Lure de vente en vente, en retouchant le dessin de son témoignage à chaque récit. Quand il atteignit Saint-Etienne pour mettre les pieds sous la table, ce geste de l'inconnu – qu'il avait si bien imité – était devenu le symbole de la peur.

Mais les femmes, surtout, furent vigilantes. Elles serraient les enfants dans leurs jupes, la tête contre le bas-ventre, à la moindre alerte. Ils n'allaient plus au bois ni aux champignons. Elles percevaient beaucoup plus de choses que les hommes. On les guettait depuis le haut des arbres. Quand la fumée des meules rabattue au sol par le vent les aveuglait, elles étaient sûres que quelqu'un profitait de l'intervalle pour se défiler derrière. Elles aussi distinguaient de lointains cavaliers. Elles décrivaient une amazone.

« Il y en a une qui se promène. On la voit... On la voit plus... Elle passe au bout des clairières... Au trot, au galop... Elle est vêtue comme ci comme ça... Des fois comme ci, des fois comme ça... Allez savoir ! »

La plupart du temps elles dépeignaient la gravure de mode distraitement aperçue un jour qu'elles dépliaient le morceau de journal qui enveloppait une pièce de savon.

Nul, de toute façon, n'avait rien vu à moins de cent mètres. Tout était toujours trop loin, trop flou, pour dire sûr. Et l'on énumérait aussi la ribambelle des suspects invisibles. Car c'est grand, Lure, et c'est boisé. Dans les drailles et les fouilles, on peut passer sans le voir, à vingt mètres de celui qu'on croise. Et d'ailleurs, cette montagne conditionne si étrangement les êtres qui la hantent que lorsqu'un promeneur solitaire entend rouler les pierres sous les pas d'un autre, il passe au large pour l'éviter.

Les gendarmes rentraient fourbus, fumants de poussière et de sueur, les sabretaches bourrées de notes à recopier. Mais de tout ceci rien ne pointait qui pût constituer une piste sérieuse.

Un matin, de très bonne heure, Laviolette était occupé à relire cette multitude de rapports, y cherchant en vain un fil conducteur. Parfois, il jetait un regard à la dérobée sur son adjoint, accroupi sur le sol, devant un tas de gravats.

Chabrand se passionnait pour l'acte de vandalisme perpétré le mois précédent au carillon de Notre-Dame-des-Anges. Patiemment, il avait rapporté de là-haut des sacs de débris qu'il entreposait aux écuries, et tous les matins il se levait à cinq heures, en dépit de son épouse, pour reconstituer chaque plaque brisée.

« C'est d'autant plus difficile, disait-il précisément à Laviolette ce matin-là, que la dorure qui emplissait les lettres en creux s'est pratiquement effacée...

– Vous auriez meilleur temps..., commença Laviolette.

Il se tut brusquement. Pour enquêter dans Lure, Chabrand ne ménageait pas plus sa peine que les autres, et cet innocent passe-temps, il s'y livrait hors des heures de service et quelquefois aux heures d'insomnie.

Le gendarme se relevait en soutenant ses reins ankylosés par sa position accroupie.

« J'en ai quand même déjà deux, dit-il avec satisfaction. Il ne m'en manque plus que cinq... »

A côté de Chabrand, Laviolette contemplait ce travail. Sur les tommettes rouges, contre le mur, deux plaques d'albâtre, larges de trente centimètres et hautes de vingt, étaient pratiquement reconstituées.

Laviolette se pencha pour déchiffrer les lettres en creux où demeuraient encore quelques traces de dorure. Il lut : « Eleonore Bouffier » sur l'une et « Blanche Philibert » sur l'autre.

« Ça ne vous avance pas à grand-chose, dit-il.

– Voire ! » répondit Chabrand.

A ce moment, quelqu'un renifla derrière eux. Ils se retournèrent. Comme d'habitude, l'informateur privilégié s'était glissé sans bruit dans la pièce. Il roulait sa casquette entre ses mains et lorgnait du regard les plaques et le tas de débris où fouillait Chabrand.

« Eh bien ? » dit Laviolette d'un ton rogue.

Il utilisait quelquefois les renseignements fournis par cet olibrius, mais il ne l'eût pas touché autrement qu'avec une paire de pincettes, tant il l'écœurait.

« Par le fait, excusez-moi ! dit Sauveur en jetant précipitamment à terre le mégot qui lui collait aux lèvres. Je viens de bonne heure... Pendant que ma femme est à la mairie.

– Quoi d'autre ? demanda Laviolette sur le même ton.

– Par le fait... on sait jamais... Si soi-disant je découvrais quelque chose d'important...

– A propos de quoi ?

– Mais... à propos de ces abominations !

– Tu sais quelque chose ?

– Non, non ! Pardieu pas ! Mais des fois... en cherchant bien... En me promenant... On ne sait jamais ! Si je découvrais quelque chose d'important et que je vous le rapporte. Des fois... Vous me donneriez pas... un peu plus ? Non... Je vous dis ça parce que... d'habitude, il s'agit de tinettes versées dans la rue ou de chapardages de poules... Tandis que là... un crime... ça vaut peut-être un peu plus, non ?

– Apporte, on verra... », dit Laviolette.

Il le poussa dehors du ventre et des genoux, sans le toucher, et referma la porte sur lui.

Il revint vers sa table et saisit pensivement entre ses doigts cette fragile croix de verne qui était fichée entre les fougères, au bord de l'aven.

« Chabrand, dit-il, cet individu a été le premier sur le théâtre du drame. De tout sûr il y a fait quelque trouvaille qui est ou qu'il croit être importante... Il nous faut le surveiller.

– Quelque chose d'important ? Mais il fallait le retenir, chef, si vous pensez ça !

– Ah ! Vous ne connaissez pas ce Sauveur-là ! S'il croit que son secret vaut des sous, il se fera rouer sur place plutôt que de parler pour rien...

– On pourrait... perquisitionner à son domicile. »

Laviolette se mit debout et poussa un profond soupir.

« Ouais... On pourrait, dit-il. Mais il faudrait d'abord savoir ce que nous cherchons... »

Comme tous les êtres susceptibles de ressentir une émotion profonde, Modeste n'avait pas cru tout de suite que cette nuit de pleine lune, où il avait été témoin de cet étrange événement, envahirait lentement sa conscience au point de l'obséder.

Il ne pouvait en parler à personne. Le patron Chiousse l'arrêtait tout de suite. Il avait le pouvoir de se rendre amnésique sur les souvenirs gênants. « C'est des histoires de seigneur... » avait-il décrété une bonne fois pour toutes.

Modeste se l'était tenu pour dit. Il ne lui en soufflait plus mot. Seulement, à la pleine lune de juin, lorsqu'ils étaient retournés conduire les journaliers sur le ballast du PK 14, il était descendu de la loco. Il avait dévalé le talus.

Ardantes était noire et silencieuse, sauf peut-être un falot quelque part dans les étages. Modeste s'immobilisa devant la fontaine qui coulait sans bruit sous le cèdre énorme. Tout de suite, son regard capta le fantôme du couple qu'il avait aidé à précipiter dans le lavoir. Il revit les traits de la femme, contractés, ses yeux fermés, son front plissé, ses lèvres rétrécies comme celles d'une vieillarde, ses cheveux à la lueur morte sous la lune...

Cette image imprécise et pourtant inoubliable fulgurait parfois dans sa conscience comme un signal d'alarme.

A plusieurs reprises, déjà, il avait cru reconnaître l'inconnue en une fille qui surgissait au coin de la rue. Mais les traits de celle-ci – surprise par le garçon qui la dévisageait avec insistance – se modifiaient instantanément, soit d'un sourire soit d'un froncement de sourcils, et la ressemblance s'évanouissait.

Mais lui qui jusque-là ne remarquait jamais aucune femme, maintenant il les observait toutes. Il errait de rue en rue, de campagne en campagne, à la recherche de son obsession.

Un jour qu'il était de *campos* – il aimait aussi le chemin de fer parce qu'on y avait *campos* quand les autres travaillaient – il enfourcha son vélo pour aller aux champignons. Il pédala jusqu'aux oratoires de Lure, planqua sa machine dans un fourré et passa en bandoulière la courroie du cageot.

Comme tout Bas-Alpin de bonne souche, la fièvre du champignon primait tout chez lui. Or, ce printemps-là, il pleuvait une fois tous les huit jours et Lure était devenue la mère des champignons.

Des solitaires – en dépit de la peur – se glissaient à travers bois, qui regardaient obstinément à leurs pieds, qui ne savaient où ils allaient, qui ne risquaient un pas après l'autre qu'après s'être bien assuré d'avoir exploré tout l'horizon. Ils fonçaient à travers les ronces, ils se déchiraient aux églantiers. Tout ceci pour la soudaine vision de quelque tache rouge ou jaune ou brune. Et tous gravissaient les pentes dans le plus grand secret, seulement trahis par un sillage d'odeur de cigarettes ou d'amadou qu'on venait de battre.

Mais ça, c'était le dimanche. En semaine, on n'entendait que la cognée des bûcherons et les cris des charbonniers.

Modeste venait juste de s'enfoncer sous la toison serrée d'une coupe de vingt ans qui moutonnait verte sur les ponchons de la montagne. C'était sous ces baliveaux de vieilles écorces qu'on découvrait le plus rare des champignons et le plus somptueux : l'amanite des césars.

Modeste venait juste d'en dénicher une famille de quatre qui éclairaient la mousse de leur chapeau orangé sur pied saupoudré de jaune safran. Elles étaient écloses de la veille. Une goutte de pluie tenait encore en équilibre au sommet de la plus grosse. La dernière était un œuf rouge encore à moitié enfoui dans l'humus.

Modeste n'osait les toucher, n'osait les cueillir. Il avait l'expérience des âmes sensibles : il savait que sitôt couchées au fond du cageot, elles s'éteindraient, elles cesseraient d'être une parcelle de lumière. Et comme il était seul, à genoux, il joignit les mains devant elles : de contentement, de joie.

Il se figea dans son geste. Devant lui, à vingt mètres,

derrière le rideau des feuillages, un cheval gravissait la piste. Il avançait tête basse en choisissant ses pas. Les rênes lui étaient rendues. La main qui les abandonnait, gantée de noir, paraissait fragile. Modeste leva les yeux.

« C'est elle », se dit-il dans un souffle.

Il voulait dire : « Cette femme que je cherche partout, cette femme que j'ai flanquée dans le bassin avec cet homme qui..., c'est elle ! Elle passe là devant ! »

Ce n'était rien qu'un déclic rien de plus qu'une conviction intime qui s'appuyait sur presque rien.

Sentant une présence à proximité, le cheval s'immobilisa, redressa les naseaux et renifla lentement. La cavalière tourna la tête de tous côtés, cherchant à situer cette présence révélée par l'attitude de la bête.

Sous les fourrés où il était tapi, Modeste buvait les traits de ce visage, les passait au crible de sa mémoire. Mais comment reconstituer un bouton fermé d'après une fleur épanouie ? Ce visage quadrillé par le mouvement des feuilles sous la brise ne se laissait pas calquer, dans le souvenir, sur celui que Modeste avait vu durant la nuit terrible : les cheveux étaient noirs, alors que sous le clair de lune ils étaient couleur de cendre froide ; les yeux noirs étaient largement écartés par la base plate du nez, alors que cette nuit-là ils étaient clos et le nez froncé ; les joues étaient creuses sous les pommettes saillantes, alors qu'il les avait vues boursouflées, enflées, tuméfiées, cette nuit-là ; la bouche fermée alors comme un réticule, lèvres mangées, s'épanouissait ici, large et profonde... Mais il restait la dimension du front, les oreilles légèrement décollées du crâne, le menton lourd, presque trop, et le cou surtout, anormalement large et plat.

« Ce doit être elle », se dit Modeste.

Il déshabillait ce corps par l'imagination ; ce corps dont il avait senti l'odeur – exhalait-elle la même, en ce moment, là-bas, à quinze mètres, montée sur ce cheval ? –, dont la peau s'était appuyée sur la sienne, à travers le coutil du bleu de chauffe quand il avait dû faire ce grand effort pour balancer le couple dans le bassin... C'était une chair dure, souple et soyeuse. Il l'avait touchée de ses mains... A l'instant même, elle se rappelait trop à son souvenir par toutes sortes d'émotions secrètes, pour qu'elle n'appartînt pas à cette amazone aux cuisses bombées sous le cuir de la culotte et qui serrait le poitrail du cheval pour le maintenir immobile. C'était elle...

C'était ce visage à menton lourd et cou puissant qu'il avait surplombé durant quelques secondes au clair de lune, mais maintenant lavé de ce froncement de dégoût indicible qui semblait alors le fermer pour toujours. Il en restait seulement sur les traits une sorte de voile, la cicatrice d'une brûlure. Le regard conservait une expression préoccupée comme s'il ne voyait rien du dehors, comme s'il suivait un spectacle intérieur. Pourtant, il était terriblement attentif. Il essayait de percer les feuillages où l'adolescent se mussait. Mais il cherchait une présence à hauteur d'homme alors que Modeste était à genoux.

Cela dura plusieurs minutes. Modeste, le souffle court, résistait au désir de se démasquer, de profiter de cette solitude où ils étaient plongés ensemble pour aller lui parler de cette nuit, afin qu'elle lui en révélât le mystère. Il la contemplait au fond des yeux. Il buvait son visage étroit. Il l'absorbait tout entière pour en nourrir ses rêves futurs. Il croyait qu'il ne l'oublierait jamais.

Ce moment s'éternisa, suspendu sur la solitude de la montagne, scandé par les coups sourds des cognées au loin et par les battements de cœur du garçon, qui maîtrisait sa respiration, les doigts crispés sur les feuilles mortes. Enfin, la main qui tenait les rênes leur imprima une légère secousse et le cheval, tête basse, reprit sa lente ascension sur la draille.

Longtemps, Modeste écouta son pas décroître. Quand il se leva enfin, il jeta un regard absent sur les quatre oronges qui éclairaient le sous-bois de leur couleur. Il ne les cueillit pas. Il se détourna d'elles. Il se mit à errer dans Lure à l'aveuglette. Le mal d'amour le poignait déjà. De temps à autre, à voix haute, il répétait :

« C'est elle ! »

Il rapporta son cageot vide. La même nuit, pour la première fois de sa vie, il ne dormit pas.

Frère Calixte, qui s'était beaucoup retourné toute la nuit sur les quatre planches mal équarries qui lui tenaient lieu de paillasse, au matin se leva résolu.

Il ferma la porte du chauffoir, glissa la clé sous la pierre du seuil et descendit à Saint-Etienne, prendre la patache pour Forcalquier. En trois changements de train, il fut à Digne dans les midi. Il alla soulever le heurtoir de l'évêché. Un jeune secrétaire à lorgnons vint lui ouvrir. Sa soutane sentait le café froid dont elle avait été fraîchement ravivée. Le diocèse de Digne est un évêché de pauvres.

Calixte se nomma et dit d'où il venait. Le secrétaire en renifla de condescendance. Dans la liste des revenus misérables du département, l'ermitage de Lure se traînait en queue. Le denier du culte ne s'engraissait pas sur ces hauteurs.

« Avez-vous une audience ? demanda-t-il avec ménagement.

– Non, répondit Calixte, mais j'attendrai le temps qu'il faudra.

– Mais ! s'exclama le secrétaire, ça risque d'être long ! Monseigneur Godiot est très laborieux ! »

En un machinal signe de reconnaissance, il joignit ses mains pâles à hauteur du menton en considérant ce moine négligé.

Deux feuilles des hêtres de Lure étaient restées prises, en dépit du voyage, sur son froc couleur de rat, comme pour bien préciser que frère Calixte appartenait à cette montagne.

« Néanmoins j'attendrai », répondit le moine.

Le secrétaire hésitait.

« Vous pourriez..., proposa avec réticence cet homme prudent, vous restaurer quelque peu à l'office, mais... si l'audience était seulement pour demain,... pour coucher... malheureusement... »

Frère Calixte joignit lui aussi les mains à la hauteur de son double menton.

« J'ai deux quignons de pain pour viatique, dans ma besace. Quant à dormir... j'ai vu un banquet de pierre devant la porte de Monseigneur. Il aura gardé la chaleur du jour. Je repartirai sitôt que Monseigneur m'aura fait la grâce de... »

Le secrétaire émit un clappement de langue désapprobateur.

« Soit ! décida-t-il. Nous allons voir ce que nous pouvons faire. Mais, je vous en prie ! Demeurez à l'intérieur ! Ne vous montrez pas ! Asseyez-vous donc au pied de cet escalier s'il vous faut absolument méditer au frais ! »

Il disparut. Humblement, frère Calixte s'installa sur la marche qu'on lui désignait. Il tira de sa besace la tête de pain que le boulanger de Saint-Etienne lui avait glissée au passage. Il la rompit et la contempla avec reconnaissance. Autour des trous de la mie, la farine était truffée de petites parcelles de son. Il la flaira. Elle sentait le champ de blé moissonné de frais.

Sous l'ombre des sophoras, Mgr Godiot se laissait bercer par le bruit de la Bléone en arpentant ses terrasses. Il lisait *Nana* de Zola, afin d'en interdire la lecture à ses ouailles en toute connaissance de cause.

Le secrétaire fut sur ses talons avant qu'il eût pu refermer le livre. Ce secrétaire – qu'il n'avait pas choisi – pouvait à volonté et instantanément rougir et prendre l'air gauche. Il n'y manqua pas cette fois.

« Eh bien ? demanda Monseigneur avec brusquerie.

– Votre Excellence, il y a là-dehors un prémontré qui demande à parler à Monseigneur.

– A-t-il une audience ?

– Non, Monseigneur.

– Eh bien, alors... »

Son Excellence fit de la main un petit geste qui renvoyait. Le secrétaire ne broncha pas.

« Monseigneur, poursuivit-il doucement, ce frère Calixte dit qu'il attendra Votre Excellence aussi longtemps qu'il faudra. Il possède un quignon de pain pour viatique et se propose de le mâcher sur le banquet, devant votre porte... Duquel banquet, d'ailleurs, il se contentera pour dormir.

– Y songe-t-il ? s'écria l'évêque. Devant ma porte !

– Assurément. J'ajoute qu'il empeste le lait caillé.

– J'ai la baronne Raiberti à trois heures ! gémit Monseigneur.

– Dans ce cas..., je vais munir ce prémontré d'une formule d'audience et le renvoyer à son ermitage... »

Il tourna les talons. A cet instant l'ange gardien de Mgr Godiot l'effleura de son aile.

« Un instant ! s'exclama l'évêque. Un prémontré, m'avez-vous dit ? D'où vient-il, ce prémontré ?

– De Notre-Dame de Lure.

– Notre-Dame de Lure ! Mais, dites-moi, mon jeune ami, n'est-ce pas autour de Notre-Dame de Lure, précisément, que se sont produits ces deux crimes affreux,... récemment ?

– J'ignore, Votre Excellence... Je ne lis pas les journaux...

– Non ? Eh bien moi, je les lis ! Vous allez m'amener ce prémontré sur-le-champ !

– Mais, la baronne Raiberti...

– Vous ferez patienter la baronne Raiberti du mieux que vous pourrez ! Allez ! »

Il regarda pensivement s'éloigner ce jeune homme costaud dont la soutane craquait aux entournures, tant il avait les épaules larges. Ce secrétaire plein d'avenir avait de détestables habitudes devant les femmes : il leur faisait l'amour avec les yeux, ce qui nuisait à son ambition.

Monseigneur enfouit *Nana* dans ses profondes et regagna son bureau pour y attendre le prémontré.

Quand il vit entrer ce moine malpropre et peu soigné, il fit la moue. L'habitude d'entendre marchander le Seigneur dans les châteaux où on le conviait, le disposait mal à l'égard d'une foi sereine dans un corps mal lavé. Il s'arma néanmoins d'un sourire de mansuétude et tendit son anneau.

« Eh bien, frère Calixte, dites-moi ce qui vous tourmente... »

Ainsi, sanglé d'une large ceinture sur son ventre proéminent, calotte en tête, il ressemblait du haut de ses un mètre quatre-vingt-cinq à une énorme cloche de Pâques. Mais cette énormité ne prêtait pas à rire.

« Monseigneur, murmura frère Calixte, j'ai l'âme lourde et vous êtes mon père... »

Il se courba pour baiser l'anneau pastoral. Quand il se releva, les deux ventres ecclésiastiques se frôlèrent, l'espace d'un soupir.

« Mais encore ? questionna Monseigneur.

– Je suis venu pour que vous m'entendiez en confession. »

L'évêque eut un haut-le-corps. Son regard glacial se fixa sur celui de Calixte. Les gros yeux globuleux du moine ne cillèrent pas.

« Il y a là..., dit Monseigneur, une sorte d'innovation et je ne sais si... Voyons ! Vous avez bien un supérieur ?

– Mon supérieur est au... Enfin il est trop loin et les choses pressent. Monseigneur... Je ne suis qu'un clerc sans usages et sans lumières sur le monde. Les Apôtres vous ont désigné pour mon pasteur. Je vous supplie de m'entendre...

– Je vous entends bien, mais pour quelle impérieuse raison ?

– La réponse à cette question est incluse dans ce que j'ai à vous confier sous le sceau du secret. »

Ils continuaient tous deux à s'affronter du regard.

« Eh bien soit ! soupira l'évêque. Je vais vous entendre. Tenez ! Mettons-nous dans cette embrasure de fenêtre. Vous vous envelopperez dans ce rideau rouge et vous me parlerez à travers le tissu... Mais, auparavant... donnez donc deux tours de clé à la serrure de cette porte. J'ai des collaborateurs dévoués mais silencieux... »

Monseigneur resta longtemps, après la contrition, à regarder couler la Bléone derrière les carreaux. Il revint très lentement vers son bureau et se laissa choir, les jambes coupées, dans son fauteuil. Il se souvint brusquement du frère Calixte, qui n'avait pas remué.

« Sortez-vous donc de derrière ce rideau, dit-il. Et venez ici ! »

Frère Calixte obéit. Il n'osait lever les yeux. De son côté Monseigneur louchait obstinément vers la bibliothèque.

« Asseyez-vous... », pria l'évêque avec douceur.

Frère Calixte avança ses mains ouvertes en signe de refus déférent.

« Je vous dis de vous asseoir ! » tonna Monseigneur.

Frère Calixte s'abattit dans le fauteuil, vis-à-vis du prélat. Ils se regardèrent enfin.

« Ainsi donc... c'est à vous qu'on fait ces sortes de confessions... dit l'évêque d'un ton pensif. En quarante ans de vie ecclésiastique, je n'en ai jamais tant entendu.

– Ce n'est pas à moi, c'est à la montagne... »

Calixte se reprit hâtivement.

« Pardonnez-moi ! Je veux dire que le pécheur se sent beaucoup plus près du Sauveur dans ma solitude. Et comme je suis là...

– Je conçois que c'est troublant, mais... Pourquoi donc ces deux abominations seraient-elles liées ?

– La première ne justifie-t-elle pas la seconde ?

– Oh si ! soupira l'évêque. Bien sûr que si ! Et seule une foi surhumaine... Mais ! s'exclama-t-il plein d'espoir, au fait ! Vous n'avez pas vu qui a repris le cheval au montoir de la fontaine, le premier matin ? »

Calixte eut un geste contrit.

« J'ai couru... Mais effectivement, quand je suis arrivé au départ de la piste, le cheval avait disparu...

– Fort bien ! Vous n'êtes donc pas même certain

que ce soit le même cheval qui soit au montoir et sous le tilleul...

– La selle...

– Sans doute ! Mais il n'existe pas qu'un seul exemplaire de cette selle... Et vous n'êtes pas fichu d'affirmer si les deux bêtes étaient de même race !

– Non, reconnut frère Calixte. Mais tout ceci est affaire de gendarmes. Moi...

– Moi ? dit l'évêque, le sourcil haut.

– Que dois-je faire ? gémit Calixte.

– Rentrez à votre ermitage. Observez le silence. C'est moi qui ferai... »

Il leva le doigt.

« ... le cas échéant ! ajouta-t-il. Vous, vous allez rentrer et prier. Priez pour demander que les deux choses ne soient pas liées. Priez pour implorer que vous ayez tort... »

Il lui présenta son anneau. Il le regarda partir. Sur la bure rêche du froc de frère Calixte, les deux feuilles de hêtre étaient toujours collées, mais il parut à Son Excellence beaucoup moins sale qu'à son arrivée.

Monseigneur resta debout, immobile sur les damiers noirs et blancs de son cabinet. Il se pinçait la lèvre entre le pouce et l'index.

La porte s'ouvrit brusquement sur un tourbillon de grâce. C'était la baronne Raiberti, le chapeau provocant.

« Ah, vous voilà, vous ? » dit l'évêque d'un ton absent.

Il était à mille lieues des choses de ce monde. Tout son être était tendu vers la prière.

Generoso abattait son troisième arbre de la journée.

Les deux autres étaient couchés devant lui, le tronc soulevé de terre sur leurs branches écrasées.

Il travaillait sans repos, torse nu, harcelé par les mouches. La sueur lui coulait dans les yeux. Il avait soif. Il était sans eau. Il l'avait fait exprès. Il avait besoin de souffrance physique pour ne plus penser à Ezzio.

Ezzio... qui dessinait sur la cloison en pisé, au charbon de bois, son oncle la cognée levée. Ezzio était mort parce que son oncle n'était pas arrivé à temps, ce jour de mai, pour empêcher son père de déclencher une catastrophe, un crime. Et ce crime maintenant éclaboussait comme un feu d'artifice, essaimait dans tout Lure, se répercutait contre toutes les charbonnières.

« Quelqu'un se venge au hasard..., se disait Generoso en arrachant un estoc au fayard. Sinon... pourquoi les Bucca ? Ezzio... on comprendrait... Mais pourquoi aller empoisonner la soupe des Bucca ? Il faut que je trouve l'assassin... Il faut que je trouve le moyen de lui faire savoir que je suis seul responsable. Il faut que je l'attire sur moi. Après... On s'expliquera d'homme à homme, mais d'abord arrêter le massacre. »

Il interrompit son geste et reposa la cognée. Il écouta. Un vent rêveur soufflait dans tous les arbres, sauf dans celui qu'il abattait. Un arbre attaqué au pied devient d'une immobilité de pierre jusqu'à l'extrémité de ses feuilles. Durant tout le temps qu'on le tue, il semble qu'il soit en prière.

Generoso devint aussi immobile que le hêtre. Quelque part en contrebas, au sommet plat d'un ponchon, un cheval hennissait.

Generoso fit le tour de l'arbre et supputa l'entaille qu'il avait pratiquée. Le fût reposait sur le blanc-estoc par un biseau en tuyau d'orgue comme une danseuse sur ses pointes. Encore une dizaine de coups et il s'abattrait sur la place libre, à côté des deux autres.

Generoso mit ses mains en porte-voix et poussa le hurlement des bûcherons pour avertir du danger. Il se cracha dans les doigts et se remit à cogner.

Depuis longtemps, Praxèle chevauchait dans Lure à la recherche de l'inconnu. Elle allait depuis des jours vers tous les coups de hache qui retentissaient par la montagne, vers toutes les chutes d'arbres. Elle marchait pleine d'espoir vers des silhouettes fallacieuses qui se révélaient à l'approche, soit de vieux hommes, soit des hommes gras à pleine ceinture, soit des gringalets sans muscles, soit d'énormes satyres couverts de poils et dont le priape saillissait même sous le pantalon housard.

Mais cet inconnu dont elle n'avait entendu que le prénom le soir où, en un éclair, elle l'avait élu de tout son être, non ! Celui-ci, elle ne le trouvait pas. Sa gorge se desséchait à force de l'attendre. Elle n'en voulait pas d'autre. Il existait. Il était là, dans les replis de cette montagne où il fallait le découvrir seule. Car, lorsqu'on se nomme Praxèle Pellegrin, qu'on est veuve depuis deux mois et que pendant cinq ans on vous a surnommée tout bas la *vierge éternelle*, on ne peut pas se promener dans Lure en demandant à chacun : « Je cherche un homme qui s'appelle Generoso. »

Et d'ailleurs, dans Lure, depuis un mois, on ne pouvait plus rien demander à personne. Tous ceux qu'on apercevait au lointain, en bandes ou solitaires, s'évanouissaient en fumée au bout des tranchées et des drailles où l'on avait cru les distinguer. Les rires au lointain ne résistaient pas à l'approche, mouraient au moindre qui-vive. Les êtres que l'on entendait, sans les voir, se couler au fond des fourres, ne bousculaient plus les pierres. On eût dit que chacun marchait sur la pointe des pieds. La peur transpirait par toute la montagne.

Ce jour-là, pourtant, Praxèle avait cru pouvoir s'enhardir. Au détour d'une draille, un homme, enveloppé d'une limousine et qui traînait les pieds dans de grossières chaussures, se hâtait à moins de vingt mètres d'elle. Elle le héla, mais il ne réagit pas à son appel et passa son chemin sans changer d'allure. Elle comprit qu'il était sourd et pressa les flancs du cheval pour se porter à sa hauteur. Soudain, il sentit cette présence derrière lui et se retourna brusquement, l'air traqué. Il fit un brusque écart et, d'abord, en un geste de panique, se protégea le visage du bras ; puis il se baissa agilement et s'arma d'un caillou énorme. Praxèle vira au large.

Elle médita longtemps sur cette rencontre, sur cette panique qui imprégnait la montagne – car ni sa beauté ni l'élégance racée de sa jument Jonquille ne pouvaient justifier la réaction du passant, sauf si la peur lui déformait la réalité.

Soudain, elle freina sa monture. Une hache retentissait dans la hêtraie au-dessus d'elle. Elle prêta l'oreille. Elle avait tant épié ce bruit répercuté par les échos depuis quelque temps, qu'elle pouvait se représenter l'aspect de l'homme qui tenait la cognée. Elle écouta attentivement. Jonquille releva la tête pour hennir longuement. La cognée s'arrêta de taper et un cri désolé, qui n'en finissait plus, fit réponse à la jument.

« L'homme qui le pousse est seul et triste », se dit Praxèle.

Elle engagea Jonquille sous les hêtres. La jument renâclait un peu. A mesure qu'elle avançait, l'odeur du chantier d'abattage se précisait à ses naseaux. La futaie se relevait de plus en plus : la distance d'un tronc à l'autre dépassait dix mètres. Sous eux, c'était l'automne éternel. L'humus de trente saisons de feuilles mortes feutrait tous les bruits. Praxèle rêva un peu devant ce tapis. La cognée retentit de nouveau. Praxèle distingua un mouvement de bras levé et l'éclat d'un tranchant d'acier qui zébraient l'air ensemble dans les trous de lumière et s'évanouissaient dans les trous d'ombre.

Praxèle sauta à terre, enrêna Jonquille à la fourche d'un baliveau et s'avança à pied vers ces éclats de miroir ocellés d'ombre. Elle avançait, la hêtraie grandissait. Un espace de vingt mètres séparait maintenant les troncs boursouflés, couleur de plomb fondu.

Alors, elle le vit. Ou plutôt, comme en filigrane, à travers les troncs de la hêtraie en pente, elle l'aperçut entre ces colonnes comme au fond d'une cathédrale.

Dès cet instant, elle pressa le pas. Ils allaient enfin être face à face. Il n'y aurait plus de croisée fermée entre eux ni de lampe haut levée comme pour éblouir. Il n'y aurait plus que deux êtres libres. Elle ne se demandait pas ce qu'elle allait lui dire. Peut-être même ne dirait-elle rien.

« J'ai trente ans, songea-t-elle. Je n'ai plus droit aux paroles inutiles. »

Generoso porta un dernier coup, reposa la cognée et leva la tête. Tous les oiseaux s'étaient tus. C'était l'heure – oh pour un court instant ! – où la pitié et le dégoût de soi-même envahissent l'âme du bûcheron. La minute où, le regard inquiet, il guette le premier craquement en s'épongeant le front.

En haut, à vingt mètres du sol, l'équilibre du hêtre se rompait pour toujours, millimètre après millimètre.

Le regard de Generoso s'abaissa pour jeter un coup d'œil machinal sur l'espace vide où l'arbre allait s'abîmer sous le poids de ses trente tonnes.

Alors il vit quelqu'un debout à la limite de cet espace et qui s'avançait tranquillement vers lui. En même temps, il entendait céder les dernières fibres du tronc. Il fonça en avant en hurlant de toutes ses forces. Il n'avait jamais couru aussi vite. Il entendait au-dessus de lui l'arbre qui craquait, qui oscillait, qui commençait à le gagner de vitesse. Il n'avait pas besoin de le voir pour savoir où il en était. D'un bond désespéré il percuta le corps qui marchait tranquillement à sa rencontre. Ils roulèrent sur les feuilles mortes. Ils sentirent distinctement le sol de la montagne vibrer sous la masse de l'arbre. Des pierres projetées en tous sens leur sifflèrent aux oreilles. Une fraîcheur soudaine les encercla et ils se trouvèrent dans l'ombre.

« Madona d'un accidente ! » proféra Generoso.

Alors seulement il s'aperçut que c'était une femme qu'il tenait étroitement entre ses bras, qu'il couvrait de son corps. Ses seins se soulevaient au rythme de sa respiration haletante. Il s'aperçut qu'elle fermait les yeux et qu'elle lui caressait le visage. Il s'aperçut qu'elle avait une grande bouche rouge et qu'elle psalmodiait son nom comme une litanie.

« Generoso ! Generoso ! Je m'appelle Praxèle. Je te cherche. Je t'ai vu... Je t'ai vu de la fenêtre. Tu as balancé Achille... Tu as parlé de poudre. Je t'ai entendu.

– Tu as failli mourir ! souffla-t-il.

– J'ai failli... »

Il voulut la dégager de lui, se retirer de son étreinte. Elle le plaqua contre elle avec force. Elle dit :

« Non ! »

Elle lui tripotait le visage avec des gestes d'aveugle. Elle prononça encore une fois son nom.

« Failli mourir... », répéta Generoso.

Il la contemplait, incrédule. Il ne comprenait pas comment la mort s'était muée en ce cadeau prodigieux qu'il venait de recevoir. Il cherchait encore à lui échapper pour macérer dans ses tristes pensées. Il lui semblait qu'en acceptant ce don, il quittait le deuil, il bafouait la mémoire du petit Ezzio. Mais Praxèle ne l'avait pas tant cherché pour commencer à le perdre tout de suite. Elle ouvrit les yeux. Alors, il la reconnut.

« C'était toi qui levais la lampe... », dit-il.

Il sut que ce regard de femme, qui tenait tout son visage sous son empire, ne le quitterait jamais plus et qu'il était, lui aussi, tragiquement en deuil.

Ils firent l'amour dans le berceau de l'arbre mort, entre les deux flèches du houppier qui les avaient épargnés. Ils se contemplaient sous ces rameaux qui tout à l'heure encore chatoyaient à vingt mètres du sol.

Le sous-bois imprimait sa nature sur leur peau. Elle était marbrée d'empreintes de feuilles mortes.

Tous les soirs, Attilio attirait au creux de son épaule la tête de Carmonita, où tous les soirs elle s'endormait en pleurant. Elle pleurait encore, les paupières closes, que déjà elle respirait régulièrement sur son dernier fruit en train de se former. Les larmes coulaient à intervalles réguliers au creux de l'aisselle d'Attilio. Elles n'en finissaient pas d'y sécher. Après, il n'osait plus remuer, même si le poids de la tête l'empêchait de s'assoupir.

Cette nuit-là, le froid du dehors l'éveilla. Il ouvrit les yeux brusquement et se dégagea de sa femme avec précaution. Il se frotta la barbe et regarda devant lui. La porte de roseaux était béante. Dans l'encadrement, sur la pente au-dessus des arbres, la constellation de la Vierge scintillait dans le ciel noir. Elle indiquait trois heures du matin. Il n'y avait pas de lune.

« Ez-zio ! Ez-zio ! »

Ce cri strident, ce nom deux fois scandé avec force, comme un hèlement de charbonnier de vente à vente, le figea de peur. Il se jeta hors de la paillasse. Carmonita s'éveilla avec une plainte.

« Ez-zio ! Ez-zio ! »

Elle fut debout à côté de lui, son ventre encombrant ballottant sous la chemise. Elle s'agrippa à son bras énorme.

« Ez-zio ! Ez-zio ! »

Ce troisième cri les tira dehors. Le vent mugissait, égal par toute la montagne, mais il soufflait au loin. Les têtes des grands sapins jouaient aux marionnettes devant le ciel sans lune.

La clarté suffisait pourtant pour apercevoir, sur la terre battue, une silhouette malingre en chemise de nuit. C'était Rosito. Debout entre les meules prêtes à la mise à feu, il arrondissait ses mains en cornet et il lançait vers l'orée des bois, deux fois, le nom de son frère mort. Sa voix était impérieuse. Les quatre syllabes retentissaient comme un ordre. Lorsqu'il les avait criées, il s'avançait à pas comptés au-delà des meules et dix mètres plus loin, il recommençait.

Attilio et Carmonita le rattrapèrent comme il allait entrer sous bois, au plus profond des fourrés, là où aucun layon n'est visible. Ils l'attirèrent contre eux, l'enveloppèrent. Ils vociféraient en piémontais des gronderies et des supplications. Mais Rosito ne les voyait pas. Ses yeux grands ouverts étaient voilés de sommeil. Dès qu'il sentit leurs mains sur lui, il s'écroula. Il s'écroula sur la terre de tout son poids, comme s'il n'avait pas eu d'os. Et là, couché sur le dos, il se mit à décrire des cercles concentriques, ruant, jetant ses jambes et ses bras de côté et d'autre. Il poussait des cris inarticulés, mais jamais consciemment il ne prononça le nom de Ezzio.

Le docteur Pardigon, qui vint deux jours plus tard, s'accroupit devant le gamin. Il l'ausculta, le tâta sous toutes les coutures sous ses maigres côtes, sous le creux de son occiput proéminent. Il lui vérifia les dents, les parties. Quand il se redressa, il dit :

« Le somnambulisme c'est une grosse maladie. Votre enfant est un gros malade. Ça lui passera – peut-être... – quand il aura fini sa croissance. En tout cas, quand ça lui prend surtout ne l'éveillez pas ! Vous risqueriez de lui donner un coup au cœur.

– Je fermerai la porte au cadenas », dit Attilio.

Pardigon secoua la tête.

« Non. Il ne faut pas le contrarier. Sinon, ça risque de déborder sur le temps où il est éveillé. Et alors... Non, il faut que ça s'écoule, comme si c'était naturel. »

Alors, parfois, à partir de cette nuit-là, les gens de Lure furent contraints d'entendre le nom de cet enfant mort que répercutait l'écho des forêts.

Rosito le criait lugubrement, comme si lui-même appelait depuis un lieu où les hommes ne vont jamais.

Les enfants se recroquevillaient sous leur couverture de cheval, sur les ramées de hêtre qui servaient de paillasse. Les femmes serraient les bras de leurs époux.

« Il faut partir, chuchotaient-elles.

– Partir ! Partir ! grognaient les hommes. Pour aller où ?

– Tant pis ! disaient les femmes. En Piémont. »

Elles auraient préféré n'importe quoi plutôt que d'endurer ce cri qui se logeait au fond de leur ventre fertile pour y résonner jusqu'au matin comme sur un tambour de chair.

La pleine lune de juillet eut lieu le 10, cette année-là. Mais, dès le 8, elle éclairait assez pour permettre à la compagnie d'envoyer ses tâcherons compléter la recharge sur le ballast du PK 14 où le terrain glissait toujours.

Le train de tombereaux roulait dans la nuit chaude, au ralenti, accompagné de son grêle sifflet. Penché à l'extrême limite de l'équilibre, hors du gabarit, Modeste guettait, au fond de la nuit, le moulin de Praxèle. Car, maintenant, il pouvait mettre un nom sur cette femme rencontrée dans Lure et qui lui avait causé ce choc au cœur ; cette femme dont il s'était tout de suite dit : « C'est elle ! »

Un jour qu'il revenait de chercher des œufs pour sa mère dans une ferme du plan, il longeait le chemin qui traverse sur un pont de bois le canal de dérive du moulin à vapeur. L'inconnue était là, assise au bord d'un déversoir à ras de terre. Elle cueillait du cresson de fontaine.

Il avait freiné de saisissement. La roue avant avait chassé dans la gravette et il s'était retrouvé sur les genoux, à quelques mètres de l'apparition. Elle avait levé la tête vers lui. Il avait distingué son visage pour la première fois dans la franche clarté du jour. A Lure, elle était sur le qui-vive, ocellée d'ombre et de soleil ; la nuit tragique, elle était méconnaissable à force d'exprimer l'horreur. Aujourd'hui seulement son expression était normale. Ses traits anguleux exprimaient même quelque satisfaction secrète, une sorte de jubilation intérieure que seul un amoureux sans espoir y pouvait capter.

Elle lui avait demandé s'il s'était fait mal. Il avait répondu que non. Il ne pouvait pas prononcer une parole de plus. Même pas le mot « madame », de crainte de l'exprimer comme un aveu. « Allons, tant mieux ! » avait-elle ajouté légèrement. Son regard était passé sur lui avec une tranquille indifférence, à peine adoucie d'un sourire poli. Elle s'était levée et elle était partie avec son panier de cresson qui ruisselait. Et lui, il était resté sur ses genoux incrustés de gravillons jusqu'à ce qu'elle disparût au tournant d'une allée de grenadiers.

Il l'appela la dame du moulin. Il se glissa dans son sillage en toute occasion, secrètement. La voir le faisait sourire. Il passait devant sa maison le cœur battant. Elle était là...

Il avait presque oublié cette certaine nuit, où il avait cru la voir danser avec un homme une gambade tragique.

Le train sifflait. Chiousse rêvait aux grands express de son passé. Modeste humait le parfum de buis mouillé qui montait des jardins au bord de la voie.

Il guettait la lumière qui se ferait au moulin de la dame au moment où le train passerait devant en sifflant. Il était étonné et ravi de cela. Il était étonné que par la campagne, aux fenêtres de toutes ces folies de riches qui égayaient la vallée, le train fît lever sur sa trace tant de clartés falotes qui clignotaient longtemps dans la nuit

Jean-Marie Colombe était debout devant le lit vide de sa femme, aux couvertures repoussées. Il venait de passer le dos de la main à la place du corps. Elle était froide, comme était froide, à l'écurie, la stalle de la jument.

Jean-Marie réfléchissait, le front plissé. Il considérait sur le parquet le clair de lune qui découpait l'embrasure de la croisée ouverte.

Ce n'était pas une histoire d'amant. Odile ne lui laissait jamais ignorer lorsqu'elle en avait un. « Vous savez, cher, lui disait-elle, vous me trouverez absente tel jour. » Elle n'en disait jamais plus, mais cela, elle le disait. Or, depuis la mort du président Serenne, elle n'avait jamais plus prononcé ces mots. Elle était absente, préoccupée. Il était inquiet pour elle : pendant vingt ans, Odile n'avait jamais pu vivre sans amant. Or, maintenant, elle traînait son âme de futilité en futilité : bonnes œuvres, soutien de la calotte, « *five o' clock* » avec des femmes ennuyeuses. Plus souvent qu'à son tour, il la surprenait un livre à la main. En un mot, elle se flétrissait. Il n'aimait pas la voir se flétrir. Il avait beau, lors des soupers et des réceptions, lui présenter les hommes les plus couverts de femmes de l'arrondissement, son regard restait terne. Elle était indisponible. Une idée la hantait. Une idée fixe. Parfois, elle l'arrêtait au tournant d'un corridor. Elle s'agrippait à son bras. « Qui ? lui soufflait-elle. Dites-moi qui ? »

Valérie Boutedieu ne dormait plus que sur des pointes d'épingle, depuis qu'elle avait découvert la Lance dans la chambre de Bridaine. Elle luttait chaque nuit contre un désir lancinant qui lui dérobait sa nature, mais sous le dard duquel elle ruait comme une jument. Sur ce fameux lit opulent où maître Boutedieu était mort rivé à sa maîtresse, sa veuve se retrouvait le matin contre le matelas nu, pour avoir dans la nuit fait couler toute la literie au sol. Parfois, elle se levait pour ouvrir violemment le tiroir du secrétaire où elle avait jeté ce misérable morceau de papier confisqué à la Lance, laquelle y avait exprimé sa passion : « *Je t'ai dans la peau.* »

Ainsi, tenue sur le qui-vive, elle n'eut aucune peine, cette nuit-là, à saisir le bruit léger, semblable à un bruissement d'ailes, qu'on entendait dans le jardin. D'un bond, elle fut à la fenêtre, derrière les persiennes croisées. Une forme blanche se découpait sous la lune. La Lance était en train de gonfler le pneu avant de sa bicyclette appuyée contre le palmier de l'allée.

Valérie s'habilla à la hâte et descendit à l'écurie par l'escalier intérieur. Il y avait là, à côté des percherons de collier du père Miane, un hongre de boghei assez rapide et résistant, qu'elle montait à l'occasion. Elle le harnacha et le tira dehors par la bride.

La Lance entre-temps avait enfourché sa machine et zigzaguait déjà sur le gravillon de l'allée. Claire, dans sa robe immaculée, elle se voyait de loin sous le clair de lune. Valérie lui laissa prendre un peu de champ.

La Lance, tantôt à pied, tantôt pédalant et sans jamais se retourner, s'enfonça sur la route serrée dans le corset des chênes drus d'où ne partait aucune sente. C'était le chemin de Fontienne qui conduisait à Lure. La notairesse la suivait à distance, refrénant sa monture émoustillée par l'air des collines. Elle faillit la perdre dans la descente sur Saint-Etienne. Elle la rattrapa dans la montée. Lure était devant elles.

L'une derrière l'autre, elles s'engagèrent dans la tranchée bûcheronne, transformée en chemin charretier par les fardiers au cours des siècles. Elle monte droit à travers les sapinières et jusqu'aux premières hêtraies, sans un tournant où souffler.

La Lance avait mis pied à terre et poussait son vélo sur la pente, avec effort mais sans un arrêt. Elle se découpait en silhouette sur le droit fil du clair de lune. Tenant son cheval par la bride, Valérie se coulait au long de la sapinière en silence.

La draille était interminable. Elle se perdait sous l'ombre tranchée du premier ponchon où elle disparaissait parmi les fayards. Mais avant d'atteindre cette orée, la Lance s'immobilisa soudain. Cent mètres en contrebas, Valérie l'imita et retint son souffle. Une curiosité dévorante la rendait rigide comme un cierge. La Lance tourna lentement la tête de droite à gauche.

« Elle attend », se dit Valérie.

Le hongre voulut approuver d'un hennissement. Valérie se jeta sur lui pour lui serrer les naseaux entre ses bras. Dans ce mouvement, elle perdit la silhouette de vue. Quand elle se retourna, celle-ci n'était plus seule. Quelqu'un avait surgi du couvert des sapins ; quelqu'un que la jeune fille regardait venir sans aucun signe de frayeur. Quelqu'un qui l'enlaçait et l'entraînait vers le couvert, doucement, sans violence. La tête docile de la Lance se penchait vers l'épaule qui la soutenait. La notairesse dévorait des yeux cette ombre élégante qui entraînait la Lance toujours encombrée de son vélo.

« Une femme »... murmura Valérie.

Elle haletait, le regard rivé sur ce point sombre, à cent mètres de là, où la Lance et l'inconnue venaient de disparaître. Elle sentit poindre aux tréfonds de son être une sorte de gêne – fallait-il appeler cela une douleur ? – qu'elle n'avait jamais éprouvée. Oui, c'est cela, une espèce de douleur, un pincement... Une bouffée d'air froid qui descendait de Lure l'enveloppa tout entière et dans le brutal malaise où elle la laissa, Valérie enregistra d'un seul coup le mobile de sa douleur. Elle comprit de quoi son corps était en train de brûler. Elle devint écarlate à découvrir la passion qui l'étreignait, mais, incapable d'y résister, elle entrava rapidement son cheval à un arbre, pour se ruer à la poursuite des deux ombres. Le vélo blanc était posé contre le tronc. Une allée cavalière coupait la draille à angle droit. Au loin des sabots légers y scandaient un trot sans hâte.

« Ezzio ! Ez-zio ! »

Le cri lui éclata en pleine figure, la cloua au sol. Comme expulsé des fourrés noirs vers le clair de lune, un enfant surgissait du sous-bois. Il traversait l'allée cavalière selon une longue diagonale qui passait par l'endroit précis où Valérie était changée en statue de sel. Il fonçait droit sur elle comme si elle n'existait pas. Il allait la toucher de ses bras étendus. Elle fit un écart désespéré. Il se planta à l'endroit exact qu'elle venait de lui céder. Il était si proche qu'elle voyait ses yeux grands ouverts, fixes comme ceux d'une poupée de porcelaine ; si proche qu'elle l'entendait ronfler comme s'il eût été endormi. En un geste saccadé, ses mains en porte-voix se rapprochèrent de sa bouche.

« Ez-zio ! Ez-zio ! »

Ce cri vibrait dans la nuit comme l'éclat d'une trompette. Il retentissait comme un ordre dix fois réitéré.

Dans la draille où il était attaché, le hongre de Valérie leva la tête le plus haut qu'il put et jeta deux hennissements de réponse, graves et lugubres, comme s'il saluait au passage la voix du malheur.

Ce cri fit à Valérie l'effet d'un seau d'eau froide sur sa tête. Elle recula en désordre, sauta en selle et lança le petit cheval noir dans la descente. Elle prit par le plus long pour regagner Messicourt. L'amour et la terreur se disputaient son désarroi. Elle ne rentra chez elle que les fesses tannées par la course, rompue à mourir de tout le corps. Le cheval noir mâchait une bave presque solide.

Valérie se jeta en travers du lit tout habillée, les yeux fixes, guettant le retour de la Lance et sentant le cheval à plein nez. Mais parfois, le cri qu'elle croyait entendre la dressait sur son séant, le front rigide de sueur. Ce temps dura jusqu'au matin. Elle se rongeait les ongles jusqu'à la peau à force d'angoisse.

A La Mivoye, le serviteur bien stylé entendit siffler le train, et son bras, au hasard, dans le sommeil interrompu, fourragea sous les couvertures. La place était vide et froide, d'une froideur déjà ancienne.

Il avait le sommeil lourd. Mais le train ne sifflait que quelques nuits durant le mois et toujours aux mêmes heures. Il n'avait pas eu le temps de s'y accoutumer. Il l'entendait chaque fois. Et chaque fois, il trouvait vide la place de Julie. Le matin, il partait à l'usine de soufre où le fils de Monsieur l'utilisait comme planton et Julie n'était toujours pas de retour.

Il la retrouvait le soir et la battait comme plâtre. Mais il tapait sur un sac de sciure. Elle supportait les coups avec une méprisante constance. Il avait l'impression qu'elle était heureusement passive et que, durant qu'il la tabassait, elle pensait à tout autre chose : à un trésor qu'elle aurait découvert.

Embusqué sous les marronniers, raide comme un terme et serrant les flancs du mulet de bât entre ses fortes cuisses, Achille, le valet du moulin, attendait le passage de sa maîtresse.

Sur son visage en point virgule, creux d'un côté, bouffi de l'autre, et qui glissait de biais du front au menton, telle une poire contrariée dans sa croissance, passait, pour la première fois peut-être, comme un reflet de bonheur.

Depuis des semaines, il traquait Madame dans l'ombre. Depuis des semaines, il se creusait la tête. Il était sûr qu'elle avait ouvert volontairement la trappe devant le maître à quatre pattes et que la souffrance aveuglait. Mais on n'accomplit pas cette sorte de geste sans *mobile*. Or, Madame était de naissance aussi riche que le mort et le moulin appartenait à ses parents. Par conséquent, le mobile, il fallait le chercher ailleurs.

Or, depuis que certaine nuit il avait découvert vide la stalle de Jonquille, ce mobile, Achille était certain de le tenir. Il suffisait de suivre Madame. Elle le mènerait droit au secret qu'il conviendrait ensuite d'apporter tout frais aux gendarmes.

C'est pourquoi, cette nuit-là, il veillait avec patience, certain qu'elle le conduirait vers le *mobile* ; car une honnête femme ne se lève pas mal à propos, la nuit, pour aller courir les routes.

Achille persévérait dans sa longue quête avec une passion d'amoureux trahi, et pourtant, cet homme au visage informe ne souffrait pas de jalousie banale. Il ne désirait pas sa patronne. Il souhaitait seulement qu'elle ne fasse jamais l'amour avec personne ; qu'elle flétrisse ; qu'elle s'abîme ; qu'elle se gâte ; qu'elle cesse d'être un objet de convoitise. La sensualité dont elle rayonnait lui portait ombrage comme une chose malpropre.

Soudain, il tressaillit. Le frémissement du mulet l'avait seul averti. Elle passait. Un peu assoupi, tassé sur sa monture, il avait failli la manquer, tant la bête et l'amazone faisaient corps et se glissaient par les chemins sans un soupir.

Achille, l'oreille aux aguets, leur laissa prendre tout le champ nécessaire. Quand il jugea la distance convenable, il clappa de la langue. Le mulet, de lui-même, adopta un petit trot tranquille. Il suffisait de lui rendre les guides pour garder la piste.

De la femme et de la jument, s'évaporait une sorte de fumet qui n'atteignait pas l'odorat humain, mais, pour le mulet toujours plein d'un espoir fallacieux, cette exquise illusion qui flottait sous ses naseaux l'incitait à poursuivre.

Un train sifflait au loin, d'un sifflement rauque, comme s'il avait déjà vomi toute sa vapeur.

Rose Clu, l'épouse méritante de l'informateur bénévole, s'était louée chez les Ardantes pour la saison des vers à soie. Elle allait aux mûriers cueillir les jeunes feuilles ; elle répandait la nourriture équitablement sur les claies et enlevait les déjections et les cadavres.

Quand on a épousé un feignant – mais si beau, et qui consent encore à vous faire l'amour malgré l'état où il vous voit – il faut s'estimer heureuse et consentir à quelques sacrifices. La vie de cette pauvre femme en était un tissu.

On lui avait bourré une paillasse parmi les étagères des vers à soie et elle vivait là par vingt-sept degrés, dans une atmosphère confinée. Malgré les dimensions de la pièce et la hauteur des plafonds, les fenêtres calfeutrées empêchaient l'air de se renouveler et la pauvre femme respirait la bouche ouverte.

Une sourde inquiétude la tira du sommeil qui l'écrasait. Etait-ce le tonnerre lointain ? L'orage est capable d'asphyxier en quelques minutes tout un peuple de vers à soie et les gardiens des magnaneries vivent dans cette crainte perpétuelle.

Mais ce n'était pas l'orage lointain. Ce qui venait de réveiller Rose Clu, c'était le bruit de myriades de pattes occupées au même travail. Les vers à soie *échelaient*. Ils grimpaient en file indienne le long des balais de bruyère dressés à cet effet, pour aller y forger leurs cocons. Le bruit de ce mouvement imitait un soupir sans fin.

Oppressée par ce souffle, Rose se leva en geignant. Elle sortit dans le corridor des communs pour s'éventer au courant d'air.

La fenêtre au bout du couloir était inondée de lune. Traînant ses informes patins, seules chaussures qu'elle supportait, Rose se dirigea vers cette croisée. Ses pieds étaient aussi larges que longs. Les varices lui coulaient le long des mollets comme la cire sur les candélabres d'église. Son corps n'avait pas de contours. Seule la tête se détachait, encore était-ce un peu plus près d'une épaule que de l'autre, ce qui rendait étrange son ombre. Elle levait la main vers l'espagnolette, lorsqu'elle suspendit son geste, interdite.

La vue donnait sur la maison de maître, côté nord, et sur la voûte béante des écuries. La lumière de la lune dardait à l'aplomb de la façade et coupait l'ombre au ras de cette voûte.

Cependant, on y distinguait le mouvement d'un cheval tenu de court et qui piaffait d'impatience. Lorsqu'il bondit pour s'élancer, Rose reconnut l'animal, car la clarté était si dense qu'on distinguait la couleur de la robe. Une forme le montait, penchée sur l'encolure qu'elle flattait. On eût dit que la bête marchait sur la pointe des pattes sous cette caresse. Elle se dirigeait droit vers l'allée qui menait à la route ; lorsqu'elle eut disparu sous les marronniers, Rose entendit nettement qu'elle prenait le trot.

« Mademoiselle ! » souffla-t-elle médusée.

Mademoiselle !... De son réduit à vers à soie, Rose n'avait pas souvent l'occasion de la rencontrer. Mais le peu qu'elle la voyait, c'était toujours descendant de cheval ou se mettant en selle. Elle ne répondait jamais que par un sourire contraint aux déférences des domestiques et des journaliers, jamais par une parole.

« Mademoiselle ! » répéta Rose, subjuguée.

Toujours accrochée à son espagnolette, elle allait se décider à la tourner lorsque soudain, du coin de la maison qui donnait sur les pelouses, une grande ombre se détacha et s'avança en plein clair de lune. C'était une autre cavalière, mais plus imposante que la première. Rien que dans sa façon de monter et de maintenir le cheval, on devinait une volonté de fer. Une croix d'or brillait sur son cou bombé.

« La salope ! » souffla Rose.

Elle ne la désignait jamais autrement dans son for intérieur. C'était une femme qui mettait ses serviteurs à bout de souffle, à force d'en tirer le maximum. A six heures, elle était debout, à commander et à surveiller l'exécution de ses ordres. Souvent, sans l'avoir entendue venir, Rose l'avait vue debout à ses côtés, son doigt impérieux désignant sur les claies une déjection oubliée, et lui disant : « Et ça ? » d'un ton sec. Elle traînait aussi sur le visage cette ombre de sourire qui lui tenait lieu de réponse contrite à toute marque de respect.

« La salope ! » répéta Rose.

La cavalière piquait des deux et fonçait, elle aussi, en direction de la route. Quand elle eut disparu, Rose ouvrit enfin la fenêtre et se pencha au-dehors. Là-bas, au-delà de l'immense cèdre, une locomotive arrêtée chuintait sur le ballast. Au loin retentissait un bruit métallique de pelles et de pioches.

Rose n'y prêta qu'une vague attention. Son esprit était sur le qui-vive. Elle avait la sensation qu'elle venait de découvrir le pot-aux-roses. Le clocher de Mane sonnait deux heures. Deux heures ! Quelle impérieuse nécessité appelait Mademoiselle au sein de la nuit ? Vers quel rendez-vous courait-elle ? Pourquoi sa salope de tante lui avait-elle emboîté le pas – de loin –, comme si elle voulait l'espionner ? La tête de Rose était bruissante de surprise.

« Ce doit être une histoire d'amour, se dit-elle. Il faudra que j'en parle à Sauveur. »

On crut pouvoir mettre un nom sur l'homme à la limousine si bien décrit d'abord par le forestier et dont les bûcherons et les chercheurs de framboises avaient croisé la silhouette en plusieurs lieux.

On questionna les témoins sur lui sans le nommer : « Avez-vous remarqué s'il avait le visage mâchuré ? – Non, c'était trop loin... – Quand vous l'avez hélé, s'est-il retourné ? – Non. – A-t-il hâté le pas ? A-t-il tenté de disparaître ? – Non. Il a poursuivi son chemin à la même allure. – Pourtant, vous l'avez appelé très fort ? – Oui, très fort. Je n'étais pas sûr de mon chemin et je voulais qu'il me le confirme... »

Au garde qui l'avait le premier rencontré, Laviolette posa la question de manière plus précise.

« Vous êtes assermenté, par conséquent votre témoignage a plus de poids que celui de quiconque. Vous avez déclaré que cet homme faisait le geste de soupeser du sel dans la main. Réfléchissez bien ! Est-ce que ça ne pouvait pas être, plutôt..., la gesticulation d'un homme qui parle seul ? »

Mais le forestier gardait un sourire supérieur et secouait la tête :

« Non non ! Si je dis qu'il faisait le geste de saler la

soupe, je sais ce que je dis ! Il ne gesticulait pas : il soupesait !

– Vous pourriez vous tromper, dit Laviolette, conciliant. Vous n'avez pas distingué sa tête – trop loin, dites-vous –, vous ne pouvez préciser s'il était mâchuré ou non. Vous avez bien décrit la limousine, mais sans pouvoir en distinguer la couleur...

– Comment ça, la couleur ?

– Ah ! C'est ce que vous avez déclaré...

– Mais non ! J'ai dû répondre distraitement... La couleur, je l'ai parfaitement distinguée. La couleur, c'est celle de Lure : celle de la crotte de chèvre ou de la mousse qui sèche l'été, au canon des fontaines. C'était quelque chose comme ça : intermédiaire entre le fumier et le salpêtre. Mais... »

Il fit le geste de balancer quelque chose par-dessus son épaule.

« Par ici, ajouta-t-il, toutes les limousines de berger ont cette couleur. Alors... »

Tout ceci était vague. Mais il fallait interroger l'individu. Ce pouvait être un certain Zelmir Tabucchi, un charbonnier de quarante ans. La variole qui l'avait rendu sourd lui avait fait ce terrible visage de carton bouilli dont elle stigmatise ceux qui en réchappent. Aussi faisait-il couramment peur. En outre, il parlait tout seul, d'une manière furibonde, et il soulignait par de grands gestes son monologue menaçant qu'il égrenait tout au long des sentiers de Lure.

C'était un violent. Il était bien connu des gendarmes. De plus, il semblait que dans les deux cas, il eût un mobile.

Depuis dix ans, il était brouillé avec les Bucca, à cause d'une *vente mal assise* à son préjudice ; une année où ils étaient voisins, dans la montagne Pelegrine. Il leur en gardait une rancune tenace qu'il exhalait en toute occasion.

Quant aux Mosca, ce Tabucchi, certain jour, lors d'une fête charbonnière, après boire, avait envoyé la main aux fesses de Carmonita qui s'était mise à piailler de surprise.

Entre le sourd et Attilio, la bataille avait duré une heure, indécise jusqu'au bout, interrompue par exténuation, à cause des quatre charbonniers qui s'étaient suspendus aux épaules des antagonistes et dont ceux-ci devaient traîner le poids à chaque coup qu'ils se portaient.

Ceci, Attilio l'avait avoué aux gendarmes avec répugnance, comme si, en cette occasion, Carmonita s'était honteusement conduite.

Chevauchant aux côtés de Chabrand dans la longue draille de Lure, Laviolette commentait ces griefs à son adjoint.

« Tout ceci n'est pas très sérieux..., soupirait-il. On ne tue pas un enfant, on n'essaye pas d'empoisonner toute une famille pour de telles futilités, au surplus, vieilles de plusieurs années.

– Mais, répondit Chabrand, puisque nous sommes seuls, permettez-moi de vous dire, chef, que nos autorités s'en contenteraient bien. »

Laviolette loucha vers son adjoint.

« Sans doute », répondit-il sans se compromettre.

Mais il se voyait encore devant le juge d'instruction inspiré qui lui décrivait sa conception de l'assassin.

« Ce que vous devez nous trouver, avait dit ce magistrat, c'est un vagabond bien hirsute, mal ficelé, notoirement illettré, porté sur la boisson et, si possible, étranger... Je le vois comme si j'y étais », avait-il ajouté.

Et puisque ce Zelmir Tabucchi correspondait en gros à cette esquisse du coupable, ceci justifiait cette chevauchée matinale des gendarmes munis du mandat d'amener.

La vente de ce Tabucchi était l'une des meilleures de Lure. Il y vivait seul avec sa mère et fabriquait une charbonnille qui ne s'effritait pas et ne tachait pas les doigts. Les ménagères soigneuses la reconnaissaient tout de suite et la préféraient. Son jas pointu se cachait au plus profond de la Grande Baucuse. La Grande Baucuse, c'était un parc, en pleine montagne. Le sol à peine vallonné disparaissait sous de profondes prairies d'absinthe. On s'attendait au rivage d'un lac, on ne rencontrait au bout du ponchon qu'une clairière truffée d'estocs, envahie d'asphodèles, où la cabane de lauzes se voyait de très loin.

Pourtant, ce matin, de larges écharpes de fumée la masquaient parfois et se déchiraient dans les frondaisons. Elles sourdaient du fond de la clairière, d'un tourbillon noir où parfois elles s'éventraient sur un cratère de braises rutilantes qui crépitaient.

Les gendarmes immobilisèrent leur monture.

« Chef ! s'exclama Chabrand, la charbonnière est en flammes !

– Comment est-ce possible ? demanda Laviolette.

– Il faut qu'elle soit à l'abandon ! cria Chabrand. Que personne ne la contrôle plus !

– A l'abandon... », grommela Laviolette.

Ils se rapprochaient lentement de la borie. Au pied du mur de pierres sèches, les outils charbonniers étaient jetés comme à la hâte, comme si on les avait abandonnés pour les reprendre à l'instant.

« Holà ! Quelqu'un ? » appela Chabrand.

Là-bas, au pied d'un charme, entravé sous un auvent d'écorce, un mulet lui répondit seul. Il hennissait discrètement et son haleine ronflait sèche à travers ses naseaux.

« Cette bête n'a pas bu depuis deux jours ! », dit Chabrand, alarmé.

Ils mirent pied à terre. Alors, ils entendirent vrombir les mouches. Ils se regardèrent sans parler.

Laviolette poussa la porte de roseaux. Une torche noire de mouches à viande lui sauta au visage. Elles n'étaient pas seules. Tout ce qui vole dans Lure : abeilles, guêpes et papillons s'activaient dans la pénombre, et les faux bourdons dorés y zonzonnaient en se cognant aux pierres.

Les deux hommes, en se courbant, pénétrèrent dans l'antre avec des gestes désordonnés pour chasser les insectes. La première chose qu'ils aperçurent, ce fut un chaudron de soupe renversé devant l'âtre. Il y avait deux écuelles sur une table faite de la longueur d'un tronc d'arbre scié en deux. Elles étaient encore à demi pleines. Les cuillers en étain étaient jetées à côté, sur le bois poli. Elles avaient été tordues en deux avec une force terrible.

Là-bas, sous la soupente, sur la resserre des sacs à charbon, le spectacle était insoutenable. Les gendarmes ne s'en approchèrent que la tête détournée et par le plus long ; de grands mouchoirs à carreaux déployés devant le nez.

Les cadavres étaient nus, encastrés l'un dans l'autre. Ils devaient être morts depuis plus de vingt-quatre heures. L'enfoncement des sacs sous leur poids les avait calés dans leur position lubrique : l'homme boursouflé de muscles et la vieillarde aux seins en pis de chèvre. Sur la face du sourd, cartonnée par la variole, et sur les rides mâchurées de l'aïeule, une formidale terreur ne s'était pas effacée.

Pour ne pas se rejoindre, ils avaient dû lutter jusqu'à la limite de leur lucidité contre le poison. Peut-être même avaient-ils tenté de se tuer avant, à coups de bouteilles, à coups de casseroles. La pièce était jonchée de tessons et d'ustensiles cabossés. Les corps étaient couverts d'ecchymoses. Les vêtements avaient été éparpillés aux quatre coins de l'espace. Un bas noir où pendait une jarretière était allé s'emmêler comme un brassard de deuil autour du calel accroché à la solive.

Mais, finalement, le poison avait été le plus fort. Ils l'avaient pris tous les deux. Ils avaient mangé la moitié de la soupe tous les deux. Tous les deux ensemble, ils avaient dû être saisis par la frénésie priapique. Ils avaient été emportés par elle jusqu'à sa conséquence extrême, jusqu'à la mort.

Reculant en bon ordre devant la puanteur ambiante, les gendarmes subjugués regardaient encore fixement le spectacle de ces deux corps surpris dans la plus obscène des positions.

Ils sortirent et tirèrent la porte sur eux. Laviolette ôta le mouchoir de devant son nez.

« Sa mère... », souffla-t-il.

Chabrand était allé discrètement vomir du côté du mulet.

Le récit de cette mort fit le tour des ventes en un éclair. Dès l'aube, le lendemain, on commença d'entendre dans Lure un charroi insolite. Il y avait des charbonniers qui pliaient bagage, qui remettaient les *gabis* des poules sur les cacolets des mules et qui repartaient vers Delmonte ou la Valle Stretta. Ils préféraient devenir les bêtes de somme des aînés plutôt que de rester ici, à la merci des soupes empoisonnées. Ils quittaient

Lure comme des fourmis une fourmilière. Il y en eut même pour laisser en plan des meules en construction, tant la panique s'était emparée des femmes.

Leurs charrettes traversaient Forcalquier de nuit, le fanal au timon, comme s'ils étaient honteux d'avoir peur, mais pressés par les mères qui serraient leur marmaille sur leurs vastes jupes.

Ceux qui ne partaient pas cherchèrent quelque remède :

« Les Mosca ont cadenassé leur soupe ! »

Cette nouvelle aussi se répandit très vite. Il ne se vendit jamais tant de cadenas et de chaînes de puits à Forcalquier. Le père Gordes, le forgeron, les tronçonnait aux dimensions convenables. Par les ornières des chemins couverts, les jours de marché, ces chaînes protectrices tressautaient sur le plancher des charrettes avec des bruits de revenants : elles gagnaient les ventes des charbonniers. Cette fièvre contamina ceux qui ne l'étaient pas et des fermes isolées en usèrent de même. Une extrême défiance se mit à poindre entre voisins, entre amis. On se mit à cadenasser les marmites jusque dans certaines maisons bourgeoises.

Et alors – naturellement – on se mit à rencontrer des saleurs de soupe par toute la montagne. Les gens arrivaient hors d'haleine aux plantons des gendarmeries pour désigner du doigt tel lieu précis où ils venaient de se heurter au mystérieux inconnu. Souvent, ils l'avaient vu de si près qu'ils parlaient même de son odeur (mélange repoussant d'oignon cru et de vinaigre). Quant à leur description, elle était, point par point, celle de la victime, celle de ce pauvre Tabucchi, mis en terre il n'y avait pas huit jours.

Les vieillards qui se chauffaient les os au soleil, autour des bancs de pierre, n'en tarissaient pas, péremptoires :

« Ils se sont trompés d'homme ! se racontaient-ils. La preuve c'est qu'ils n'ont pas retrouvé la limousine. Ah aïe ! Ils ont pas fini de se tromper d'homme ! Ah aïe ! Celui qui a fait ça, c'est pas demain qu'ils le prennent ! Il est d'accord avec la montagne ! Et quand on est d'accord avec la montagne ! »

Au bout des esplanades, ils lorgnaient les rotondités de Lure avec des clins d'œil de voyeurs. Toutes leurs rides se réjouissaient. Ça ne leur déplaisait pas, à eux, de voir courir ces gendarmes couverts de poussière, partout où quelqu'un avait eu une hallucination. Ça ne leur déplaisait pas de voir un peu *rebouillir* ces Piémontais qui leur vendaient si cher les débris de charbonnille pour les chaufferettes.

Quant à la limousine, ils avaient raison ; cette limousine qu'on avait vue se profiler dans Lure, au lointain, et que tout le monde avait décrite, quelque recherche qu'on en pût faire, on ne la retrouva pas. Il n'y en avait aucune trace dans l'antre où le crime avait été commis, ni dans la soupente aux outils, ni dans l'abri du mulet, ni sous les auvents autour des meules. Cette limousine qui, de son vivant, faisait partie du personnage, elle semblait s'être volatilisée après sa mort.

« C'est un mystère de luxe ! s'exclama le procureur. D'ordinaire, nos assassinats sont commis par des êtres frustes ! Ils sèment assez de jalons entre leurs victimes et eux pour qu'ils y conduisent tout droit ! Mais là... Mais là...

– La Sûreté..., commença le juge d'instruction.

– Je vous en prie, fit le sous-préfet, laissons la Sûreté où elle est ! Nous sommes fort capables de laver notre linge sale en famille. Et d'ailleurs..., brigadier Laviolette, êtes-vous prêt à vous dessaisir de l'enquête ?

– Non, répondit sombrement le brigadier. J'en fais une affaire personnelle.

– A votre aise !..., grommela le juge. Mais vous en prenez la responsabilité ! »

Il marcha jusqu'à la fenêtre.

« La moitié de nos charbonniers sont déjà partis, soupira-t-il. C'est une perte pour le commerce local... »

Ces messieurs allongeaient complaisamment devant eux leurs guêtres à sous-pied, couleur beurre frais. Par cet après-midi torride, affalés dans de profonds fauteuils, ils tenaient conseil de guerre, derrière les volets mi-clos de la sous-préfecture.

« Je sais bien, que diable, que ce sont de petites gens ! gémit le procureur, qui était un homme frileux. Mais nous avons besoin d'eux ! Songez, dit-il, en venant saisir Laviolette par le bouton de la vareuse, songez que si les gens de la montagne d'Archat apprennent que nos charbonniers quittent Lure, l'hiver prochain, ils vont nous faire payer quarante sous le sac ! Vous entendez ? Quarante sous ! Vous verrez ce que je vous dis ! »

Le juge se leva aussi.

« D'ici là, dit-il légèrement avec une pointe de sarcasme, le brigadier aura tout élucidé !

– Pas certain, grommela Laviolette. Surtout si... »

Son regard croisa celui du sous-préfet et il se tut brusquement.

« Avez-vous un commencement de piste ? demanda le procureur. Un indice ? Vos informateurs vont ontils donné quelque indication ?

– Tout est dans nos rapports ! s'exclama Laviolette. Et vous en savez autant que nous ! »

Il secoua la tête avec véhémence.

« Il ne s'agit pas, poursuivit-il, de crimes en vase clos. Ils se produisent dans un rayon de vingt kilomètres de côté. Autant chercher une aiguille dans une botte de foin ! L'assassin ne laisse aucun indice. Ah si ! Du crottin de cheval et une petite croix faite de deux badines de verne ! Selon toute probabilité, il a aussi emporté la limousine du sourd. Preuve qu'il a l'intention de récidiver.

– Sans doute, approuva le procureur. En effet, quoi de plus facile que de dissimuler n'importe quel corps sous ce manteau informe ? Quoi de plus facile que de se conformer à cet archétype qu'on rencontre partout dans Lure ?

– L'arme du crime..., intervint le juge.

– L'arme du crime, tout le monde peut la posséder. La preuve : ces messieurs de Forcalquier, au mois de mai, lorsqu'ils ont voulu faite fête, ils n'ont eu aucun mal à se la procurer. Et je n'ai jamais pu savoir de qui ils la tenaient. Ce n'est pourtant pas faute de l'avoir demandé... »

Il prononçait ces mots lentement en dévisageant le sous-préfet qui baissait la tête.

« Allons, allons ! gronda le procureur, qui désirait couper court. Il n'y a rien de commun entre ces crimes et ce... et ce... malheureux concours de circonstances.

– Si ! répliqua Laviolette. L'arme du crime, la poudre qui a tué les charbonniers est la même que celle qui a eu raison de Me Boutedieu, du président Serenne et du meunier Pellegrin. Et il y a autre chose : le clair de lune...

– Ah bah ! s'exclama le juge. Le clair de lune, vraiment ! C'est étonnant d'entendre un gendarme parler de clair de lune, non ?

– Le clair de lune, dit Laviolette, sans se démonter,

c'est une réalité bien précise. Le sourd et sa mère sont empoisonnés à la pleine lune de juillet ; l'attentat chez les Bucca et le meurtre du petit Ezzio ont eu lieu au milieu de la pleine lune de juin...

– Mais...

– Pardonnez-moi, je n'ai pas fini. Je veux souligner que c'est aussi par la pleine lune de mai que ces messieurs de Forcalquier ont organisé leur fête. Laquelle s'est terminée comme vous le savez ! Alors... Vous m'avez demandé ma conviction intime, la voici : les crimes de juin et de juillet prennent leur source dans le scandale du mois de mai. J'irai plus loin : si j'avais pu tirer au clair cette affaire-là, sans doute n'auraient-ils pas eu lieu !

– C'est une opinion, dit le juge. Je trouve pour ma part que vous vous opiniâtrez sur une seule piste. Enfin, bigre de bigre, et n'en déplaise à monsieur le procureur, cet homme à la limousine, ce vagabond que tout le monde a vu, c'est bien aussi une réalité, non ?

– Je l'ai cherché, répliqua Laviolette, et je l'ai trouvé mort !

– Sans doute ! Mais vous n'avez pas trouvé la limousine ! Voulez-vous que je vous donne la mienne, de conviction intime ? Vous vous êtes trompé d'homme ! Rien ne nous prouve qu'il n'existe pas.

– Rien, en effet, reconnut Laviolette. Et je vais continuer à le chercher. Mais souvenez-vous qu'à la prochaine pleine lune je vous mettrai en face de vos responsabilités ! Le diable m'emporte si je me laisse noyer dans Lure avec huit gendarmes pour tout potage !

– J'espère, dit le procureur, que vous nous livrerez l'assassin avant... »

Il enfilait ses gants beurre frais.

« Je l'espère pour vous ! » ajouta-t-il avec une dangereuse bienveillance.

Ces messieurs s'en allaient. Il était l'heure du courrier, et d'ailleurs les rues de Forcalquier étaient maintenant à l'ombre. Ils serrèrent la main de Laviolette comme si elle les brûlait.

Le brigadier, après leur départ, se tourna pour prendre congé du sous-préfet, qui n'avait pas desserré les dents.

« Restez ! » lui commanda Jean-Marie Colombe.

Il fit face à Laviolette et celui-ci s'aperçut qu'il avait les traits altérés.

« Vous avez raison, dit-il, c'est une réalité bien précise que cette pleine lune... »

Il poussa un soupir énorme. Il jeta un regard au plafond. Une sorte de regard suppliant, désespéré.

« J'ai décidé..., souffla-t-il... il faut que je vide l'abcès. L'image de cet enfant de dix ans me hante et me paralyse d'horreur... Il faut que je vous explique... Peut-être qu'après, ça ira mieux... Mon imagination, sans doute, travaille beaucoup trop sur cette histoire... Il faut que je vous parle de... ma femme... », murmura-t-il tout bas.

Laviolette eut l'impression qu'après ce mot prononcé, il se dégonflait de moitié et que son corps volumineux n'occupait plus que la moitié du fauteuil.

« Ma femme, poursuivit-il, passe dehors certaines nuits. J'ignore où elle va, ce qu'elle fait. Elle ne rentre que tard dans la matinée. Ne vous méprenez pas ! s'exclama-t-il. Elle est libre ! Et n'essayez pas de comprendre ce que cela veut dire dans ma bouche... Sachez seulement que je ne lui demande nul compte. Elle a été... déchirée dans sa chair. Je vais vous dire : j'ignore le nom de celui qui nous a fourni aux uns et aux autres l'aphrodisiaque en question. C'était un charbonnier. Il nous a proposé ça certain jour du printemps où il nous livrait de la charbonnille. Vous savez..., ces réceptions de province les uns chez les autres sont si ennuyeuses qu'on a parfois besoin d'y faire d'étranges voyages. C'est là tout le mal...

– Et c'est un enfant qui vous l'a livré, n'est-ce pas ? Le gitan qui l'avait rencontré avait donc raison...

– Oui, sans doute...

– Pouvez-vous me décrire celui qui vous l'a proposé ? »

Le sous-préfet haussa des épaules lasses :

« Comment voulez-vous, dit-il, ils sont tous pareils ! Tous des colosses avec des toisons noires raides comme du fer forgé et d'énormes moustaches pour faire rire...

– L'un des deux qui sont morts ?

– Non. Ceux-là, je suis certain que non. Il était beaucoup plus jeune.

– Et l'enfant ? Celui qui a été poussé dans le vide ?

– Je ne sais pas. Seul le président Serenne l'a vu. »

Laviolette s'abîma quelques secondes dans ses réflexions.

« Et pourquoi croyez-vous, dit-il, que je doive interroger votre épouse ?

– D'ordinaire, la nuit, je savais où elle allait. Elle ne me le laissait pas ignorer. Or, elle ne me dit plus rien... Elle se cache de moi...

– Je peux la voir maintenant ?

– Non, je préférerais auparavant...

– A votre aise, vous n'avez qu'à me prévenir. Mais... ne tardez pas trop. »

Le sous-préfet se mit debout et marcha lentement devant Laviolette pour le reconduire.

« Vous savez, brigadier, si le malheur voulait... Enfin vous me comprenez... Si vous arriviez à prouver quoi que ce soit... contre elle... Je ne vous laisserai pas l'emmener.

– Que feriez-vous ? »

Jean-Marie Colombe passait à cet instant devant le râtelier de ses armes de chasse. Il décrocha une carabine dont il fit distraitement jouer la culasse et qu'il remit en place doucement. Laviolette l'avait observé sans broncher.

« Vous n'oseriez pas, dit-il. Vous ne pourriez pas...

– Elle est la prunelle de mes yeux », murmura Colombe.

Il les avait brillants de larmes.

Le docteur Pardigon rentrait de tournée. Il venait de parcourir le canton de Saint-Etienne où flambaient quelques typhoïdes qui partaient mal. C'était le temps où croupissaient les eaux des citernes et où les charognes des rats, qui y tombaient mal à propos, s'y délayaient en une bouillie innommable.

Pardigon s'était arrêté par tradition à Fontienne, près du tilleul de l'église, sous prétexte de le compisser, mais, en réalité, pour permettre au cheval de souffler après cette dure côte.

Il entendit derrière lui comme le bruit d'un gros squelette cahotant par chemins. Il se retourna. C'était cette canaille de Brédannes qui descendait de son véhicule publicitaire, en défaisant déjà sa braguette dans le dessein d'arroser lui aussi le tronc de l'arbre.

Ils se décochèrent l'un à l'autre, à pleines dents, des rires muets d'augures pointilleux et se tendirent des pattes molles à dessein, eux qui d'ordinaire les avaient si énergiques pour rassurer les malades. Bien que depuis longtemps sans visages, de vieux moribonds qu'ils s'étaient disputés s'interposaient encore entre eux.

« Je ne vous aurais pas cherché, dit Pardigon avec nonchalance, mais puisque vous voilà...

– Nous chercher eût été trop insolite, acquiesça Brédannes. Les populations sont déjà assez alarmées comme ça... Mais puisque le hasard... »

Ils enrênèrent leurs bédoules côte à côte au pied du tilleul. La vinaigrette de Pardigon craquait de toutes ses mortaises éclatées comme un meuble hanté. Près d'elle, le corbillard de Brédannes lui donnait la réplique. Atteintes par les rhumatismes des vieilles planches, ces deux vénérables carrioles semblaient se conter d'étranges histoires. En tout cas, à chaque craquement, les chevaux alarmés pointaient les oreilles.

Pendant ce temps, l'un contre l'autre jetés, les deux hommes affrontaient leur longue maigreur. Ils étaient aussi vieux l'un que l'autre et aussi lourds de secrets que les besaces d'un notaire.

Ils marchaient à pas comptés vers ce tendre cimetière de Fontienne où chacun aurait voulu être enterré. Seuls, debout sur un environ de chênes tors, quatre immenses cyprès y éclataient de lumière, biffant les rondeurs de Lure sur le ciel. Des champs de lavande l'encadraient, montaient à l'assaut de sa clôture. Il était serti comme un joyau blanc par cette couronne bleue.

Les deux hommes aimaient ce séjour de la mort qui les faisait vivre. Les murailles y étaient hautes et compactes, élevées pour rassurer contre les prédateurs et les fouisseurs.

« Ici, dit Pardigon, nous serons tranquilles. Personne n'est décédé à Fontienne et ce n'est pas la Toussaint... »

Il grommela :

« Vous rendez-vous compte que si cette hémorragie de charbonniers dure dans la montagne, l'hiver prochain nous payerons la charbonnille à chaufferette quarante-cinq sous le sac ! Quarante-cinq sous !

– Ma foi ! dit Brédannes. Moi je n'ai jamais froid aux pieds.

– Oui. Oh vous, vous n'avez jamais froid à rien ! C'est vous, naturellement, qui avez vendu à nos messieurs cette poudre, soi-disant pour les faire bander ?

– Non, dit Brédannes posément. Je sais que votre vieille inimitié ne l'admettra jamais. Cependant non, ce n'est pas moi. Et je le regrette ! Nous n'en serions pas là !

– Tout part de là ! s'exclama Pardigon. Le contraire n'est pas possible ! Cette poudre, c'est la trame qui lie tout ! Vous savez quelque chose, vous ?

– Et vous ?

– Je soigne ces gens-là... »

Pardigon fit décrire à son corps et à son bras un cercle complet en prononçant « ces gens-là », pour marquer l'universalité de sa pratique.

« Depuis cinquante ans ! acheva-t-il.

– Et moi depuis cinquante-cinq ! » renchérit Brédannes.

Pardigon clappa impatiemment de la langue et observa un court silence.

« En tout cas, reprit-il, il faut avoir les sphincters noués par la crainte d'être muté pour prétendre, comme nos magistrats, que l'assassin peut venir d'ailleurs ! Il est bel et bien d'ici ! Ces trois crimes prouvent une connaissance du terrain que je dirai presque atavique, pour ne pas dire surnaturelle. Ce qui me terrifie, poursuit-il, c'est sa violence, son esprit de décision, son acharnement : pousser un enfant dans un gouffre, empoisonner la soupe de plusieurs familles... Et surtout, surtout : *sans discernement* ! »

Brédannes se moucha un grand coup dans son énorme mouchoir couleur bleu charrette et cura avec soin ses vastes narines. Après ce nettoyage, il dit :

« Il est peut-être habité par la colère de Dieu... L'agilité, la profonde connaissance, l'esprit de décision, le déplacement rapide, la dissimulation... L'absence ! ajouta-t-il, de tout discernement ! Rien ne coûte quand on est habité par la colère de Dieu ! »

Pardigon s'était arrêté net, tandis que Brédannes gesticulant continuait à déambuler dans l'allée.

« C'est curieux que vous employiez ce terme », dit-il rêveusement.

Brédannes se tourna vers lui, le sourcil levé.

« Oui, expliqua Pardigon, parce que... j'ai soigné un homme autrefois. Il se prétendait habité par la colère de Dieu.

– L'a-t-il prouvé ? demanda Brédannes.

– Ça, bougonna Pardigon, c'est une chose dont je ne veux pas parler. »

Brédannes le considéra avec insistance.

« La colère de Dieu, précisa-t-il, c'est comme la connaissance du terrain : ça doit pouvoir se transmettre et, en quelque sorte, c'est aussi surnaturel.

– Sans doute... Mais celui dont je vous parle, il est mort fou. Et la folie aussi, ça se transmet. Et c'est tout à fait naturel.

– Vous iriez faire part de vos réflexions aux enquêteurs ? »

Pardigon se redressa de toute sa hauteur.

« Pour qui me prenez-vous ? »

Il haussa les épaules.

« Qu'en feraient-ils d'ailleurs ? Ils attendent des mobiles bien logiques... Ils guettent un coupable bien épais, bien dessiné, conforme à ce que nos conventions en espèrent... Alors que... alors que si ça se trouve, il s'agit d'un être immatériel.

– Tsst. Tsst. Tsst...

– Oh je ne parle pas d'un fantôme ! Pour être immatériel, il n'est pas nécessaire d'être invisible ou impalpable. Il suffit de ne pas faire peur ou de ne pas passionner. Il suffit d'être falot... Quelqu'un de falot, ça ne fait pas peur, ça ne s'observe pas, ça ne se décrit pas... Tenez, voilà le mot ! Un être indescriptible, voilà ce que peut être notre assassin ! »

Ce fut au tour de l'herboriste de rester planté au milieu de l'allée.

« C'est curieux, dit-il, ce que vous venez de dire, parce que moi, dans Lure, j'ai rencontré quelqu'un... Quelqu'un d'indescriptible précisément. »

Il lui parla de sa rencontre avec le cavalier évanescent, parmi les myosotis, dans le bois des mélèzes, mais il passa sous silence ce qu'il était en train d'y faire.

« ... Il avançait, il reculait... Il demeurait à l'exacte distance qui m'interdisait de l'identifier... Vous savez comme j'ai mauvaise vue ? Tout ce que je puis préciser – encore avec hésitation – c'est qu'il m'a semblé coiffé d'un béret alpin et qu'il portait une sorte de... pantalon de gardian.

– Tout ceci est rien moins que clair ! s'écria Pardigon. D'après vos dires, à la fois il voulait vous voir et voulait vous éviter, en tout cas il craignait d'être reconnu. Je ne distingue pas de raison à cette attitude. Pourquoi ne pas passer son chemin ? Tout simplement !

– Ah, soupira Brédannes, je vois qu'il faut tout vous dire : il m'espionnait...

– Sans doute..., ricana Pardigon, cueilliez-vous quelques-unes de vos herbes miraculeuses ?

– Sans doute ! » souffla Brédannes sombrement.

Il loucha vers son compagnon, hésitant à lui dire

toute la vérité. L'examen ne fut pas concluant. Malgré sa cravate nouée à la diable, Pardigon représentait la science officielle.

« Etes-vous capable, lui demanda-t-il, de m'entendre à demi-mots ?

– S'il vous est trop pénible de les prononcer en entier !

– Il faudrait dire aux gendarmes qu'ils aillent un peu voir du côté de ce bois de mélèzes. On doit pouvoir y faire quelque chose...

– Pourquoi ne pas le leur dire vous-même ?

– Ah ! Vous aurez plus de poids... Vous êtes bien, vous, avec les gendarmes...

– Bien, bien... On n'est jamais bien avec les gendarmes...

– Enfin... Lorsqu'il y a un théâtre du crime, ils sont bien obligés de faire appel à vous. Vous êtes toujours parmi les premiers, vous, sur le théâtre d'un crime ?

– Où voulez-vous en venir ?

– *On* m'a dit... qu'à côté du gouffre d'où l'enfant fut retiré, une petite croix faite de baguettes de verne avait été fichée dans la mousse...

– C'est vrai, admit Pardigon.

– Et, dites-moi... cette croix, les deux baguettes n'étaient-elles pas liées ensemble par deux brins d'herbe ? Deux brins d'herbe noués... comme ça ? »

Il se baissa lestement pour faucher au bord d'une tombe oubliée deux longues tiges de dactyles. Il les ploya et les tordit en une ganse curieuse qu'il présenta à son compagnon.

« Si fait ! » s'exclama Pardigon, ébahi.

Le front de Brédannes se creusa de rides profondes.

« J'ai observé un enfant... naguère. qui parfois

s'amusait à bâtir ces sortes de croix et qui parfois les liait avec cette sorte de nœud.

– Vit-il toujours ?

– Ça, c'est une chose dont je ne veux pas parler...

– Vous encourez une lourde responsabilité...

– Je vous réponds du tac au tac : pour qui me prenez-vous ? Voyons ! s'exclama-t-il, serions-nous assez légers, vous et moi, pour risquer la tête de quelqu'un sur une simple présomption de folie héréditaire ou parce qu'il fait des nœuds en bec d'oiseau ? Voyons ! *Nous !*

– Nous avons notre conscience pour nous.

– Sans doute ! affirma Brédannes. Mais pour combien de temps encore ? »

Ils se laissèrent choir d'un commun accord sur la tombe plate d'une poitrinaire morte à vingt ans. Ils assurèrent sur leurs mains leur menton osseux dont ils frottaient la barbe. Et ils restèrent là, à branler du chef. Derrière la sévère maigreur de leurs sombres visages, les tragédies des uns et des autres s'entassaient comme les volumes d'une bibliothèque d'horreurs. Ils les compulsaient.

A la hauteur de leurs yeux, tout ce qui dépassait du mur de ce cimetière, c'étaient les sommets de Lure. Les paupières plissées, les deux vieillards scrutaient cette montagne comme le corps indéchiffrable d'un malade.

Il y avait un autre homme que l'annonce de ce nouveau crime poignait comme un aiguillon, et il arriva depuis ce drame que plus souvent qu'à son tour l'évêque de Digne parcourût comme un lion en cage les allées de ses jardins. Il observait anxieusement, sans le voir, le filet d'eau que cet été torride laissait au fond de la Bléone.

Parfois, impulsivement, il se précipitait vers la porte-fenêtre de son cabinet pour mander son grand vicaire. Puis il se ravisait, se rongeant les ongles.

Sous le poids de sa charge et de ses contradictions, Son Excellence sereine s'assombrissait un peu plus de jour en jour.

Les gendarmes, anxieux, suivaient l'effritement de la lune. Elle commençait à peine à décroître. On la voyait dans le ciel de jour et de nuit. Il s'en fallait de près d'une semaine pour que sa clarté s'atténuât par les nuits étouffantes.

Ils étaient sur un qui-vive permanent. L'hallucination collective atteignait son paroxysme, à cause de la canicule. Les hommes à limousine se multipliaient parmi les mirages des lointains qui tremblaient ; et les cavalières gagnaient dans l'esprit des témoins en beauté comme en imprécision.

De surcroît, les charbonniers qui résistaient dans Lure à la panique générale éprouvaient d'étranges sensations. Certains, après avoir mangé leur soupe, se croyaient pris de frénésie priapique et chassaient à coups de pied femmes et enfants vers la forêt où se cacher. Ils passaient ensuite de longues matinées à épier leur pénis bien tranquille. Mais rien ne les rassurait ni ne les faisait rire d'eux-mêmes. Pour eux, le silence de Lure était chargé de bruits insolites et sa solitude était peuplée de menaces.

Pour comble de misère, certaines nuits étaient troublées par la voix perçante de cet enfant qui hurlait à intervalles réguliers le nom de son frère :

« Ez-zio ! Ez-zio ! »

Tantôt ce cri retentissait au plus lointain des bois, tantôt, sans avertissement, au seuil même des jas, dressant les couples sur leur séant, les yeux grands ouverts par la terreur. Des femmes durent ceinturer leurs époux pour les empêcher de descendre de la soupente afin d'aller chasser à coups de pierre le pauvre Rosito.

A la gendarmerie elle-même, une tension anormale régnait parmi les ménages. Les enfants se faisaient gifler plus souvent qu'à leur tour et les récriminations des mères se faisaient plus âpres. C'est que, à la longue, à force de contempler, depuis deux mois, des spectacles où la fornication atteignait les sommets de l'horreur, la vie érotique des gendarmes était devenue fort languissante. Le soir, bien que fourbus par les fausses alertes et les fausses pistes, ils inventaient mille formalités pour regagner le plus tard possible les lits conjugaux.

Ce soir-là, ils étaient tous penchés les mains au dos derrière le brigadier Chabrand, lequel – lui au moins – avait de bonnes raisons de s'attarder. Accroupi sur le dallage, il mettait la dernière main au puzzle qu'il reconstituait depuis plusieurs semaines avec les débris d'albâtre recueillis au campanile du carillon dévasté. Cette innocente occupation le distrayait un peu de la tension ambiante. Il examinait d'un air dubitatif son œuvre achevée, à quelques fragments près. Les premières de ces plaques avaient été gravées voici plus de quarante ans et les dernières depuis moins de quinze.

« Quand j'aurai identifié, dit-il, les sept particulières dont le nom est écrit ici, je me propose de rechercher si l'une ou l'autre n'est pas d'ascendance protestante... »

Il n'en démordait pas. Dans son pays, les Hautes-

Alpes, il avait vu quantité de frontons d'église martelés par les protestants. Casser des œuvres pies à coups de marteau, pour lui, c'était travail de parpaillot.

– Si tout va bien, grommela Laviolette, la plupart de ces gamines sont au cimetière... »

Cette enquête lui paraissait bien futile au regard de leurs préoccupations et sa remarque le soulignait assez, mais Chabrand ne la releva pas. Il se lissait les moustaches d'un air inspiré.

« Excusez-moi, chef, dit-il, mais... vous ne distinguez rien de particulier en examinant ces sept plaques ?

– Ma foi non ! dit Laviolette après s'y être appliqué. Je vois des noms à moitié effacés, des petits oiseaux gravés et des notes de musique... Tout ça complètement dédoré... Non ! De particulier, ma foi non !

– Et vous ? » demanda Chabrand tourné vers ses collègues.

Les quatre gaillards s'accroupirent pour scruter le chef-d'œuvre plus en détail. Ils avaient des mines pensives qui les rendaient effrayants, mais ils secouaient la tête. Non. Rien ne les frappait. Et Chabrand secouait la tête aussi. Il soupira.

« Je suis sûr, dit-il, qu'il y a quelque chose... Et que si j'arrivais à le comprendre, je toucherais du doigt la vérité... Mais quoi ? Mais quoi ? »

Il répétait à satiété ces deux mots avec désespoir.

Pendant ce temps, l'Achille du moulin se hâtait vers la gendarmerie pour y faire sa dénonciation. Avait-on parlé d'une cavalière ? Sa maîtresse n'était-elle pas à cheval ? Et le jour du dernier crime, elle était dehors. Elle n'était rentrée qu'au crépuscule. La tête basse ! Fourbue ! Il pouvait en témoigner. Il l'avait assez observée par la lucarne. Au point de distinguer qu'elle avait les yeux cernés. D'abord, il avait imaginé une malpropre histoire de sexe. Mais, à la lumière du nouveau drame qu'il avait appris, il se rendait compte que ce pouvait être pire.

« La tête du crime ! grommelait-il tout seul. La tête du crime ! »

Une bouffée de joie aggravait sa laideur à l'idée qu'il tenait cette jolie femme entre ses pattes. Il était heureux aussi de se justifier : ce n'était donc pas sans raison qu'il la détestait tant.

Pendant ce temps, Modeste préparait son sac. Il était de service sur l'*Atlantic*, avec le patron Chiousse. La lune n'en finissait pas d'éclairer par ces nuits torrides. Le terrain glissait toujours au PK 14 où la sécheresse déstabilisait les couches profondes de l'argile.

« Tu t'en vas de plus en plus tôt, reprocha Césarie Laviolette à son fils.

– Je vais doucement ! » répliqua Modeste.

Il mentait. Il allait très vite, au contraire. Maintenant, toutes les nuits où il prenait le quart, il faisait un détour par le moulin de Praxèle. Souvent la demeure était obscure, mais parfois Modeste recevait l'aumône d'une silhouette qui s'interposait entre la lampe et l'embrasure d'une croisée ouverte, et ces visions, l'espace d'un éclair, suffisaient à entretenir son bonheur.

Il boucla son sac, embrassa sa mère et s'élança dans l'escalier. C'était un vieil escalier d'une vieille demeure de président à mortier qui avait eu la folie des grandeurs. Chaque marche, taillée dans la pierre d'un seul tenant, se prolongeait par un cercle pour former le tronçon d'un pilier. Une main courante s'enroulait autour de cette colonne. Depuis l'enfance, Modeste, grâce à cette corde où il se cramponnait, ne descendait jamais l'escalier qu'en planant au-dessus des marches. Ce qu'il fit une fois encore, mais au milieu de la volée il freina net son élan et s'immobilisa. Dans l'évasement de la voûte, sur le palier inférieur, il aperçut de dos quelqu'un qui frappait du poing à la porte du bureau.

Il reconnut tout de suite le valet du moulin, à sa tête aux os déformés et jetée sur le côté en une inclinaison de point virgule.

Quelqu'un cria d'entrer et le domestique disparut. Modeste ne fit qu'un saut jusqu'au palier. Il hésita quelques brèves secondes, s'assura qu'il était seul et colla son oreille au panneau. Cette précaution était inutile. A voix forte, Achille débitait comme une leçon l'accusation qu'il ruminait et embellissait depuis la mort de son maître et il lui paraissait naturel d'imputer ces nouveaux crimes à cette femme capable de tout.

« Madame sort la nuit. Madame était dehors la nuit du crime. Elle n'est revenue que le soir. Fourbue ! Et la jument aussi ! Elle avait les yeux cernés. Je l'ai bien vue de derrière la lucarne... Vous avez parlé qu'on cherchait une cavalière ? Madame peut monter un jour entier sans fatiguer. Je suis sûr que c'est une assassine ! Le monsieur – déjà – il est pas tombé par la trappe tout seul. »

Pour la première fois de sa vie, Modeste eut envie d'écraser quelqu'un. Mais il avait mieux à faire. Il dévala l'escalier et enfourcha sa bicyclette. Jamais il n'avait descendu la rue Mercière aussi vite. Il risqua sa vie plusieurs fois dans les virages de Mane.

Il arriva au moulin hors d'haleine, prêt à tout enfoncer. Le désir de sauver lui tenait lieu d'audace. Il se trouva arrêté dès le premier bief par deux viragos à tête de méduse qui surgirent, au bruit du coup de frein, d'un lavoir en contrebas, éclairé à l'acétylène. Elles baignaient dans la buée pourpre comme des créatures d'enfer. Sur la barre du lavoir qui ployait, cinquante kilos de draps mouillés, la lessive d'une saison, les attendaient pour occuper leur nuit. Elles étaient là, compactes, fleurant bon la cendre de bois trempée, le battoir bien en main, le caraco aux manches coupées pour donner de l'air aux bielles des muscles.

« Qu'est-ce que tu veux ? dirent-elles ensemble.

– Voir Mme Pellegrin ! répondit Modeste sur un ton qu'il ne se connaissait pas.

– C'est ça ! Voir Mme Pellegrin, à onze heures du soir ! Tu la connais, toi, la terre de pipe ! »

Elles se poussaient du coude avec de gros rires, barrant tout le chemin. Il n'était pas question de les contourner ou de les enfoncer, car elles devaient peser ensemble près de deux quintaux ; elles se balançaient redoutablement et les veines de leur cou se gonflaient comme chez deux oies prêtes à piquer.

Derrière elles, au flanc de la maison, une loupiote luisait au fond d'une écurie.

Modeste crispa les mains sur le cadre de sa machine. Il était prêt, quoiqu'il y tînt beaucoup, à la projeter dans les mollets des harpies. Pendant qu'elles crieraient en se tenant les tibias, il pourrait foncer vers la maison.

Mais alors, quelqu'un au loin demanda ce qui se passait. Les viragos dressèrent l'oreille. L'une répondit d'une voix perçante :

« Madame, c'est rien ! C'est un d'ici qu'on lui dit de s'en aller !

– Qu'est-ce qu'il veut ? insista la voix au loin.

– Vous parler. Vous pensez...

– Laissez-le venir.

– Madame ! C'est onze heures ! Et c'est un jeune ! Vous allez pas voir un homme à onze heures ? »

A cet instant, quelqu'un surgit devant la lumière falote de l'écurie.

« Je vous dis de le laisser passer ! »

La voix était nette, cassante, habituée à commander. Instantanément, les viragos plongèrent vers les buées du lavoir. Le premier coup de battoir qu'elles assenèrent était assez fort pour partager la tête de Modeste le cas échéant. Comme au valet, la vertu de leur maîtresse leur importait fort et elles la jugeaient menacée.

Il n'y avait plus personne entre Modeste et la dame du moulin. Le cœur lui en descendait dans les jambes. Il s'avança tout flageolant. Elle était retournée à l'intérieur de l'écurie. Il la distinguait de profil, serrant entre ses dents un bridon de cuir tandis qu'elle sanglait sa jument.

L'odeur forte du crottin frais tramait entre lui et elle une réalité triviale qu'ils ne pouvaient ignorer. Elle lui fit face et ôta de sa bouche la lanière de cuir. L'avare clarté du falot à grillage quadrillait ses traits en un arlequin noir et pourpre. Depuis qu'il l'avait surprise se coulant à l'abri des chênes sur la piste de Lure, elle s'ingéniait, semblait-il, à ne lui montrer son visage que par fragments. Il la voyait et ne la voyait pas. Réelle ou imaginaire, elle lui était indescriptible. Elle dévorait ses nuits et pourtant il était incapable de saisir son image, de la retenir dans sa mémoire. Malgré son regard intense qui le traversait, malgré la forme particulière de sa coiffure, la maigreur enfoncée de ses joues creuses et son immense bouche rouge que soulignait son menton lourd, son aspect se composait et se décomposait devant lui, comme s'il ne pouvait rien faire d'autre que de la voir nouvelle à chaque fois. Même en cet instant, où son odeur lui parvenait encore, en dépit du relent d'écurie, même en cet instant où il l'entendait respirer, il ne voulait pas croire. Il refusait le cauchemar de leur première rencontre. De quel masque faudrait-il la parer, pour oublier cette nuit de mai où elle était encastrée sur un autre homme, même s'il était méconnaissable, son visage d'alors, et recroquevillé de dégoût ?

Praxèle ouvrit la bouche pour poser une question. Modeste ne lui en laissa pas le temps.

« Madame, cria-t-il, n'allez pas dans Lure cette nuit !

– Mais..., dit-elle, je vous reconnais ! Vous êtes tombé de bicyclette l'autre jour... dans le chemin... devant moi...

– Oui. Je suis tombé devant vous. Madame, n'allez pas dans Lure cette nuit ! Je suis le fils du brigadier de gendarmerie. En ce moment, votre domestique est chez mon père. Il vous dénonce ! N'allez pas vous promener dans Lure. »

Il baissa la tête et balbutia :

« Je vous en supplie... »

Ce mot qui n'était pas de son monde le fit rougir de honte.

« Vous m'en suppliez ?

– Oui. Je sais ce que vous allez y faire. N'y allez pas ! N'y allez plus. Ils vont vous traquer ! »

Elle s'avança jusqu'à le toucher. Elle lui planta son regard entre les deux yeux, et il se dit que, cette fois, il ne l'oublierait plus.

Elle lui saisit entre ses deux mains aux doigts ouverts son visage étroit à boutons d'acné.

« Mais puisque tu sais, dit-elle lentement, pourquoi j'y vais... dis-moi, toi, dis-moi comment je pourrais m'en passer ? Comment je pourrais m'en empêcher ? »

Il se dégagea, honteux.

« N'allez pas dans Lure », souffla-t-il.

Il lui tourna le dos et s'enfuit en courant.

L'informateur bénévole triturait dans sa poche l'objet ramassé au bord de l'aven et dont il ne se séparait jamais. La réponse de Laviolette l'avait navré. Il ne fallait donc compter sur rien du côté de la gendarmerie, et pourtant cette trouvaille valait certainement de l'or, dans les circonstances présentes.

Il la tournait et la soupesait. Parfois, accoudé au comptoir de son bistrot favori, il la tirait à demi de sa poche pour loucher vers elle d'un coup d'œil discret. Il se reprenait à rêver. Celui qui toute la journée est appuyé contre un comptoir de café, devant une absinthe qu'il fait s'éterniser, celui-là a tout le temps de songer, de supputer, d'échafauder. Un beau matin, il suivait des yeux le bel étirement de la Rosemonde Jaume en train de laver les plus hautes vitres de sa devanture, lorsque l'illumination le visita. Il vida son absinthe d'un trait et rentra chez lui.

« Rose, cria-t-il, prépare ma *biasse* ! Pour plusieurs jours !

– Pour plusieurs jours ?

– Oui. Je vais dans Lure.

– Mais qu'est-ce que tu vas faire dans Lure, mon pauvre Sauveur, et plusieurs jours ?

– Traquer l'assassin ! »

Ce fut le jour où les vieillards sur les esplanades – lesquels ne pouvaient dormir à cause de la chaleur – se désignèrent du bout de la canne une aurore insolite qui poignait au nord, sous la Grande Ourse, et tout de suite après ils virent danser une couronne de flammes sur la crête de Lure, un peu à gauche du sommet.

« C'est vers la Baïsse de Malcort ! » s'exclamèrent-ils.

Ils ne se trompaient pas. C'était le bois de mélèzes morts qui brûlait. Le docteur Pardigon avait fait le nécessaire. Il était allé vérifier sur place les propos sibyllins de l'herboriste.

« Cette canaille de Brédannes ! » s'écria-t-il.

Mais, aussitôt, il alerta Laviolette. Les pompiers et les forestiers montèrent là-haut pour détruire le bois de mélèzes.

Depuis que Brédannes y avait fait sa récolte de téléphores, les myosotis grillés par l'été formaient un fourrage épais qui se consumait en dégageant une fumée noire. Les mélèzes dépenaillés flambaient debout comme des croix ardentes et s'abîmaient au sol parfois, en trébuchant comme des personnes qui tombent.

Les pompiers et les gendarmes qui gouvernaient l'incendie – et les charbonniers alertés qui vinrent prêter main-forte – dirent plus tard que, parmi les braises, on entendait un immonde grouillement d'insectes. « Parfois, précisèrent-ils, ils explosaient par myriades dans le ciel noir, avec des lueurs de fusée verte. »

« Il est bien temps ! grommelaient les vieillards sur les esplanades. Celui qui sale les soupes des charbonniers... Il doit en avoir fait une telle provision que, de tout sûr, il doit en avoir assez pour les faire tous crever ! »

Le serviteur bien stylé téléphona au fils de son patron décédé, lequel exploitait la lignite de Sigonce, afin de lui demander deux heures pour aller dénoncer sa femme.

Il arriva sur son vélo à la gendarmerie, encore vêtu de son gilet rayé jaune et noir. Maigre, petit, l'air méchant grâce à des rouflaquettes de théâtre, il se savait antipathique et ne se faisait pas grande illusion sur le poids de ses paroles. Il était de ceux qui font rire et ne l'ignorait pas. Néanmoins, il y mit toute sa conviction.

« Mon épouse sort presque toutes les nuits à bicyclette. Elle ne rentre qu'au matin. Fourbue ! ajouta-t-il. J'ai beau taper dessus, je n'en obtiens rien. A mon avis, il y a plus qu'un homme là-dessous... Depuis la mort de notre Maître, elle est inconsolable. Elle m'a demandé si je savais qui avait provoqué sa mort ! Elle voudrait se venger, j'en suis sûr ! Vous devriez l'arrêter !

– C'est ça ! dit Chabrand. Comme ça, vous, vous dormiriez tranquille. »

Le serviteur se retira, la mine longue. C'était toujours la même histoire : il était ridicule et il avait la voix blanche, une voix qui ne portait pas, qui n'était pas capable d'exprimer l'intensité de sa conviction et de sa haine. Pour qu'ils croient à la force de ses sentiments, il lui faudrait éventrer Julie. Là, ils seraient contents. Il se dit qu'il allait s'y résoudre.

Valérie Boutedieu ne se rendit pas sans lutte à sa passion. A plusieurs reprises, elle maîtrisa ses pensées. Mais il régnait la chaleur torride des moissons. Les journaliers et les journalières, qui consommaient de trop gros repas avant de retourner faucher, faisaient flotter depuis l'ombre des mûriers leurs rires équivoques et l'odeur âcre de leur saine sueur.

Valérie savait que d'ici à la tombée de la nuit, des filles seraient culbutées sur cet horrible campas d'herbes hérissées de fruits à piquants qui tient lieu de pelouse à la Provence de juillet. Elle guettait le moment où, tout le monde au labeur, le silence se refermerait sur la maison gorgée d'ombre ; volets mi-clos, fraîcheur des tommettes rouges, odeurs des horloges battantes dans les angles des escaliers. La perception lancinante du temps en train de se perdre serrait dans son étau l'âme de Valérie. Elle cessait de lire *L'Auberge de Peyrebelle*, pour lever la tête vers le plafond.

Là-haut, la Lance se reposait de la grosse vaisselle et de ses escapades nocturnes. Valérie avait appris récemment, par les clercs, qu'on devait la ménager. Ce n'était pas – comme elle l'avait cru – une pauvresse gardée par charité. En réalité, l'étude gérait la fortune que le père – clandestin – de la Lance lui avait laissée.

« Que pouvait faire là-haut cette petite pute ? »

Dévorée de convoitise, consumée de jalousie, énervée par l'aiguillon de la volupté qu'elle s'exagérait pour ne l'avoir jamais connue, l'altière notairesse ne voyait plus la Lance que comme une proie rêvée. Elle était là-haut, seule, abandonnée elle aussi à la torpeur envoûtante de l'après-midi.

« Si je n'ose pas, se dit Valérie, lorsque je serai vieille je m'en mordrai les doigts jusqu'au sang ! »

Comme on plonge dans l'eau glacée, les yeux fermés, elle se projeta d'une traite dans l'escalier et ne reprit son souffle que sur le palier du second étage. Elle était rose de sentiments mêlés jusqu'à la racine des cheveux, mais cela ne la retenait pas : elle avait décidé.

La porte d'une chambre était entrebâillée, les mystères se gonflaient à la fenêtre, sur les contrevents mi-clos. La fille, toujours en robe blanche, le pied mignon dans les bas de soie, était abandonnée sur le lit, apparemmen ensommeillée. Valérie, le souffle court, marcha vers elle et se pencha. Un parfum d'abricot flottait au-dessus du corps abandonné.

« Lance ! » souffla Valérie.

Jusque-là jetée en travers du lit, la Lance en un mouvement docile en libéra la moitié.

« Elle saura sans que je parle, se dit Valérie. Elle doit déjà savoir. »

Mais pour son malheur, la Lance avait encore dans la peau la nostalgie de caresses récentes. Elle ne put offrir à Valérie qu'une froideur polie.

« Madame, dit-elle, excusez-moi... J'aime !

– Ah vraiment ! Vous aimez ! »

Valérie émit un rire strident et s'enfuit dans le corridor. Elle dévala l'escalier et s'effondra, raide dans son fauteuil, poignardée par son désir inassouvi, crucifiée par l'humiliation.

Elle resta sans manger et sans boire, un jour et une nuit, prostrée. Ou bien elle parcourait à grandes enjambées ses salons et ses couloirs. Les journalières chatouillées sous les mûriers dans la nuit chaude, et qui poussaient des rires stridents, se firent vertement rabrouer depuis les hautes croisées.

La Lance, qui vint aux nouvelles – elle se demandait maintenant si en un autre moment elle n'eût pas accepté avec joie les transports de sa maîtresse –, la Lance reçut à travers la figure une tasse en Moustiers, vieille de deux cents ans, laquelle éclata sur le battant de la porte précipitamment refermée.

A quatre heures, le surlendemain, Valérie se parla à haute voix :

« Je ne peux pas, se dit-elle, laisser cette petite pute me narguer de la sorte ! »

Elle revoyait la longue ligne droite de la Baïsse de Berle où elle avait aperçu la Lance se faire enlacer docilement et disparaître sous bois. C'était la nuit de la pleine lune... c'était... c'était le lendemain qu'on avait découvert dans Lure ce crime à vous faire frissonner. Les gendarmes cherchaient tous ceux qui se seraient trouvés dans Lure cette nuit-là. Ils ne devaient pas être légion. Et, justement, la Lance n'était revenue que tard dans la matinée...

Subjuguée, Valérie se dressa et descendit à l'écurie. Le cheval à boghei était probablement le seul être au monde qui l'aimât. Son poil se moirait d'ondulations de plaisir quand elle s'approchait de lui. Valérie le sella et fonça vers Forcalquier, voir Laviolette.

Si tout allait bien, elle allait pouvoir empêcher la Lance de se blottir quelque nuit prochaine contre cette épaule charmante qui s'était offerte à elle, l'autre soir, dans la Baïsse de Berle.

Elle fut convenable, équitable, hésitante, juste ce qu'il fallait. Elle refréna sa passion. Elle ne faisait que son devoir. La veuve de Me Boutedieu se devait de... Elle ne parla pas de la Baïsse de Berle. Elle se contenta d'indiquer que la pupille de son mari – laquelle, comme chacun savait, souffrait d'une maladie nerveuse – s'était absentée la nuit de la pleine lune et n'était rentrée que tard dans la matinée.

Néanmoins, Laviolette resta debout devant elle et ne la pria pas de s'asseoir. Il observait son front rectiligne. Il essayait de conserver sous son regard les yeux de cette femme qui le fuyaient sans cesse. Elle était une énigme de plus. Depuis trois jours, les énigmes sortaient les unes des autres comme des poupées gigognes.

Elle dit que si elle se souvenait d'autre chose ou qu'elle surprenne quoi que ce soit, elle ne manquerait pas de revenir.

Dans le corridor, en attaquant l'escalier tournant,

elle faillit se heurter, avec un raidissement de répulsion, à la Rose Clu aux varices croulantes, qui se hissait péniblement, cramponnée à la main courante.

Valérie s'écarta ostensiblement. La pauvre femme lui jeta un regard d'humble envie. Elle reconnaissait l'altière notairesse à la beauté intacte, alors qu'elle devait être du même âge qu'elle. Elle interrompit sa marche pour souffler et pour suivre la descente de Valérie qui balançait son faux-cul.

Laviolette, sur le pas de la porte, la regardait monter avec étonnement.

« C'est rare de vous voir, Rose, dit-il.

– Oh, c'est pas rare ! gémit la pauvre femme. Je suis jamais venue. »

Elle toisait d'un regard dégoûté ce bureau de gendarme où si souvent son mari était venu gagner son absinthe.

A elle, Laviolette avait avancé une chaise où elle s'était laissée choir. Il se pencha vers elle. Elle lui agrippa la main.

« Je suis inquiète pour Sauveur, dit-elle.

– Qu'est-ce qui lui arrive ?

– Vous savez ce qu'il m'a dit, ce matin ?

– Qu'est-ce qu'il vous a dit ?

– Il m'a dit : "Prépare-moi ma biasse. Je pars à la recherche de l'assassin."

– Et c'est ce qui vous inquiète ?

– Oh oui ! soupira la pauvre femme. S'il sent qu'il y a trois sous à gagner sans rien faire, il se fera tuer plutôt que de les perdre !

– Mais... », commença Laviolette.

Il n'alla pas plus loin. Une cavalcade effrénée retentissait dans l'escalier et le planton de Saint-Etienne surgissait sans avoir frappé, ouvrant la porte en grand.

« Chef ! Chef ! Il y en a un autre !
– Un autre quoi ? dit Laviolette.
– Un autre crime, chef ! »
Et il ajouta :
« Mais cette fois, il y a un témoin ! »

Cette fois, c'était au tonnerre de Dieu, là-haut, au pied du Contras, cette montagne qui ne tient plus à Lure que par une combe de six cents mètres de fond qu'on appelle la combe de l'Hubac Nègre, tant l'hiver y est noir.

Là, vivait le plus solide charbonnier de toute la région. Il y en a toujours qui se croient plus forts que les autres, et celui-là, il le croyait. Sous prétexte qu'il mesurait un mètre quatre-vingt-dix de haut et quatre-vingt-cinq centimètres d'une épaule à l'autre, il s'imaginait qu'il dirigeait le destin.

Il régnait en maître sur ses deux fils aussi hauts que lui et à peine plus minces, lesquels, en sa présence, gardaient pourtant de larges yeux de lièvre apeuré. Ils avaient été conçus par une femme qui avait crié toute une nuit pour le premier. Au second, elle était morte, flasque, vidée, déchirée.

Maintenant, il y en avait une autre au jas, maigre et noire comme le charbon, que le maître appelait sa Chaberte. En se haussant sur la pointe des pieds, elle atteignait à peine la hauteur des seins du colosse et il pouvait la cacher dans son ombre. Pourtant, elle avait mis au monde sans difficulté un bambin qui courait maintenant sur ses trois ans.

Cet homme, taillé en Hercule, s'appelait Vasco Moscaallegra. Aux premières rumeurs de panique, il blâma ceux qui partaient et dit que lui, il ne craignait personne. Il promit même des coups de pied au cul à la ronde, si quelqu'un de sa' famille se permettait d'avoir peur. « Et à toi aussi », ajouta-t-il à l'adresse de sa maigre femme qui avait toujours les yeux levés sur lui comme vers un oracle.

Elle voulut néanmoins, comme tout le monde, cadenasser la soupe, lorsqu'il fut question de ça. Il lui retint le bras.

« Tu es folle ? Avec moi ? Qu'est-ce que tu crains ? »

Il l'avait soulevée de terre en la plaquant contre son ventre. Ça suffisait toujours pour qu'elle lui donne raison.

On se contenta de cette mâle assurance chez les Moscaallegra et on le fit largement savoir. Vasco, solidement planté sur ses grands pieds, se remontait la taillole :

« Qu'il y vienne ! » lançait-il à l'assassin.

Or, un matin à l'aube, la maigre Chaberte s'en revint de la vente. Elle avait oublié de saler la soupe avant de partir.

Elle mit la main dans la boîte de bois accrochée à la paroi noire de l'âtre. Elle soupesa dans sa paume une certaine quantité de gros sel dont elle laissa retomber le surplus dans la boîte. Bien arquée sur ses jambes, penchée en avant sous le manteau de la cheminée, elle souleva le couvercle de fonte, à l'aide du croc. La soupe clapotait doucement sur les braises d'une régalade.

A ce moment la voix perçante du bambin retentit aux oreilles de Chaberte.

« Lou moussu l'a ja assalado ! » (Le monsieur l'a déjà salée !)

La Chaberte retint ses deux gestes : celui qui soulevait le couvercle, celui qui s'apprêtait à jeter le sel. Son œil grand ouvert fouillait la pénombre. La tête du bambin dépassait le rempart de sacs élevé devant lui pour le dissuader de venir tourner autour de l'âtre. La Chaberte prononça d'une voix tragique :

« *Qué diés ?* (Que dis-tu ?)

– *Lou moussu l'a ja assalado !* »

La Chaberte garda le poing serré sur son sel et laissa retomber le couvercle. Elle s'approcha du réduit du bambin.

« *Qué barjaquès ?* » (Qu'est-ce que tu radotes ?)

Le bambin tapait du pied.

« *Lou moussu l'a ja assalado !* » répétait-il.

Il regardait sa mère bien en face, autant que faire se pouvait, car il louchait.

« *Qu'unte moussu ?* (Quel monsieur ?) », souffla la Chaberte.

Le bambin prit l'air le plus évasif possible pour répondre :

« *Aah ! Un moussu !* »

La Chaberte contourna le tas de sacs et vint s'agenouiller devant le bambin. Elle le saisit aux épaules. Elle essaya en vain d'attraper le regard de ses yeux bigleux.

« *Pierino ! Digo me ! Qu'unte moussu ?* » (Pierino ! dis-moi ! Quel monsieur ?)

L'affolement qui la gagnait la rendait brusque. Elle secouait l'enfant comme un prunier. Il ouvrit une grande bouche où quelques dents mal plantées pointaient çà et là. Un hurlement continu sortit de sa gorge. La Chaberte, crispée, le regardait toujours, ne sachant si elle devait le gifler ou le dorloter. La panique la paralysait. Son énorme chignon s'était déroulé et la masse de sa chevelure l'empêchait de bien distinguer son fils. Qu'avait-il vu ? Il avait trente-quatre mois, l'âge où, si l'on marche très bien, l'on parle encore sans discernement. L'âge où l'on peut dire n'importe quoi ; mentir sans le savoir ; proférer la vérité sans méfiance ; décrire parfaitement ce qu'on a vu ou l'inventer de toutes pièces. La Chaberte dévisageait fixement cette énigme qu'était son fils.

Si ce qu'il disait était vrai, quelqu'un – un *moussu* – était entré tout à l'heure dans le jas. Le bambin l'avait vu s'avancer vers l'âtre, soulever le couvercle de l'*Ouro*, et jeter dedans... La Chaberte se prit la tête à deux mains. L'enfant pleurait toujours.

Hypnotisée par le lourd couvercle de fonte qui clapotait doucement sous la poussée de la vapeur, la Chaberte s'en approcha et le souleva avec le crochet de fer. La buée lui montait au visage. La soupe bouillait sagement. Il ne restait plus qu'à l'écraser. Deux larmes sautèrent des yeux de la Chaberte et s'abîmèrent dans la marmite. Le bambin renifla une longue morve qui lui était descendue jusqu'à la lèvre, tandis qu'il pleurait. En un dernier sanglot, il répéta timidement :

« Lou moussu l'a ja assalado ... »

Soudain il avança le bras au-dessus du rempart des sacs. Il arrondit en creux sa minuscule paume et sa main fit le geste de soupeser. La Chaberte laissa retomber le couvercle.

Pendant deux heures, dans la masure étroite, elle tourna en rond, ne sachant à quoi se résoudre. Dix fois elle fut sur le point de décrocher la marmite de la crémaillère pour aller la vider dehors sur les feuilles mortes. Mais la peur de Vasco la paralysait. Rien ne se décidait hors de lui. Si elle lui renversait sa soupe et qu'il n'eût à manger que quelques œufs et du pain de méteil vieux de deux mois, il était capable de la tuer.

A la fin, elle se résigna à l'attendre, assise au coin du

potager et se rongeant les ongles. L'odeur de la soupe lui donnait faim.

A huit heures, elle entendit sonner les cognées et les serpettes qu'on jetait devant la maison. L'énorme silhouette de Vasco courbée en avant boucha le seuil de la porte. Les deux fils, respectueux, pénétrèrent à sa suite, les mains pendantes le long du corps.

La Chaberte se leva et resta figée sur place. Vasco fronça le sourcil. Les assiettes de fer battu n'étaient pas sur la table. Paralysée par l'angoisse, la peur de l'homme qui se dressait devant elle, la peur du mystère qui les étouffait ensemble, l'homme et elle, la Chaberte ouvrit la bouche sans parvenir à articuler un son. Vasco comprit qu'il se passait quelque chose et qu'elle était bouleversée. Il l'aimait. Alarmé, il se jeta en avant, la saisit aux épaules. Elle ferma les yeux.

« Vasco..., souffla-t-elle. La minestra... »

D'un signe de tête elle désignait derrière elle la marmite.

« Lou moussu l'a ja assalado ! » cria triomphalement le bambin qui suivait la scène de ses yeux bigleux.

Vasco marcha vers lui, le souleva de terre jusqu'à la hauteur de sa barbe.

« *Qué diès ?* (Que dis-tu ?)

– *La minestra !* répéta le bambin. *Lou moussu l'a ja assalado !* »

Vasco reposa brusquement son fils par terre. Il n'était pas besoin de longues explications. Un regard croisé avec la Chaberte lui suffit pour partager son angoisse. Il marcha vers l'âtre et souleva le couvercle de la marmite. Jamais sa soupe ne lui avait paru sentir ausi bon. Un grand carré de lard en crevait la surface comme le dos d'un cochon mort. De la couenne de sanglier fumé achevait d'y gonfler. La purée était couleur d'oseille moirée de carotte, épaisse à point pour être trempée de méteil. Par là-dessus, le parfum du basilic et celui des croûtes de Parmesan, dont elle était truffée, descendaient lui parler jusqu'au creux de l'estomac. Sans un mot, il reposa le couvercle.

Il fit deux ou trois aller et retour autour de la table vide. La Chaberte et les deux fils étaient au garde-à-vous. Le bambin, la bouche ouverte, prenait l'air taquin.

Sans un mot, Vasco ouvrit le placard du réduit, en tira une louche, une cuiller, un couteau et une assiette de fer battu. Il disposa le tout sur la table et s'installa lourdement au bas bout, là où il trônait d'ordinaire, dominant sa famille.

Il leva les yeux vers la Chaberte.

« *Serve me...* », dit-il calmement.

Sa femme brandit vers lui des mains suppliantes.

« Nanni ! Nanni ! » criait-elle.

Il assena un coup de poing à côté de son assiette, la faisant valser.

« Je te dis de me servir ! »

Quand il utilisait le français au lieu de son dialecte piémontais-provençal, c'était toujours sous l'emprise d'une forte émotion.

« Non ! » répondit fermement la Chaberte dans la même langue.

Les deux fils étaient toujours au garde-à-vous contre le mur. Vasco se leva, plié en deux, les bras pendants comme ceux d'un gorille.

« Tu me la sers cette soupe, ou je te trempe la tête dedans ? »

Le bambin battit des mains. Il adorait quand son père faisait plier tout le monde.

La Chaberte s'empara des ustensiles qui s'entrechoquaient entre ses doigts. Elle marcha vers l'âtre comme au supplice. Elle souleva le couvercle. Dans un silence de mort, on entendit la louche qui tintait interminablement contre l'assiette.

« La ventresque ! » commanda Vasco.

C'était le lard, dont il recommandait qu'on n'oubliât pas de le lui présenter. La Chaberte rapportait l'assiette en s'efforçant de ne pas la renverser. Vasco avait déjà la cuiller en main.

Alors, avalant leur salive, les deux frères quittèrent le mur et vinrent flanquer leur père à droite et à gauche.

« *Nanni padre, per favore !*

— *Nanni padre, per carita !* »

Ils étaient tombés à genoux de part et d'autre de Vasco sur la terre battue. Même ainsi, leur taille dominait encore celle de leur père assis. Ils avaient des bras énormes, des mains comme des battoirs. Mais jamais, même pour lui sauver la vie, ils n'auraient touché un seul cheveu de la tête du *padre*. La dévotion totale était leur lot ancestral. Ils n'y pouvaient pas déroger.

Tout ce qu'ils pouvaient faire c'était de se prosterner et de supplier.

« *Nanni padre, per carita !* »

La Chaberte aussi était à genoux et roulait sa chevelure sur les cuisses du colosse, qu'elle étreignait. Le bambin, tout excité, poussait des hallalis frénétiques pour encourager son père à la résistance.

Vasco, les bras arrondis autour de son assiette, plongea quand même la cuiller dans la *minestra* avec décision. Les cris redoublèrent autour de lui et il vit des mains qui s'avançaient pour l'empêcher de porter sa cuiller à la bouche. Alors, il tapa violemment du coude de droite et de gauche dans les flancs de ses fils. Il donna du genou dans la poitrine de la Chaberte qu'il envoya rouler sous la table. Ce ménage une fois fait, il se mit à manger posément, avec bruit, mâchant bien, savourant chaque bouchée.

La litanie d'horreur que chantaient les voix conjuguées de ses fils et de la Chaberte ne le gênait pas. Il avala jusqu'à la dernière bouchée. Il sécha son assiette avec du méteil et la tendit impérativement devant lui pour qu'on la remplît de nouveau.

Il crut la tendre. En réalité ses mains durent la lâcher pour se porter impérativement vers son ventre. Un désir fulgurant quoique encore imprécis le possédait comme une barre fixe, grandissait, se prolongeait dans son imagination par des visions colorées dont il n'avait même jamais entendu parler ; qui sortaient de sa tête pour se projeter à un mètre devant lui, à portée de ses doigts. Et ces images baignaient dans un parfum de jardin vénéneux qui lui emplissait les narines de senteurs interdites. C'était le plus beau moment de sa vie.

Il sentit que son sexe éclatait et qu'il fallait absolument lui donner de l'air. La Chaberte et les fils le virent de face. La Chaberte se plaqua la main devant la bouche avec un cri rauque.

Alors, les deux colosses se signèrent et, d'un seul élan, ils se ruèrent sur le *padre* pour le terrasser.

Lure scintillait de buée torride comme un pain au sortir du four. A travers vingt kilomètres d'arbres qui crépitaient et dont les feuillages déshydratés se tendaient en torche vers le ciel, deux gendarmes poussaient leurs chevaux vers la combe de l'Hubac Nègre.

Loin derrière, sous la capote vert-de-gris de sa vinaigrette, suivait le docteur Pardigon en col dur et cravate à ressort. La sueur se frayait passage dans les rigoles de ses fanons et se répandait sur le pourtour du col, entre la peau et le celluloïd.

Quand Laviolette et Chabrand parvinrent au pied

du Contras, le soleil venait de disparaître derrière le sommet ; cependant, on ne respirait pas mieux.

Des murs du jas qui rendaient la chaleur sourdait une curieuse plainte piémontaise qui coulait sans un repos, scandée parfois d'un hurlement d'agonie.

Ils entrèrent. Le spectacle les figea sur place. Un colosse était étroitement ligoté sur une chaise, à l'aide de draps de lit faisant office de camisole de force.

On n'avait pas pu dissimuler son sexe sanguinolent. On ne voyait que lui. Il s'érigeait démesuré, comme un champignon vénéneux, bleu de nuit, avec, sur les veines saillissantes qui palpitaient, des reflets pourpres, couleur de sang corrompu.

Il vivait à quatre pattes, à terre, la chaise attachée au-dessus de lui. Mais – jusqu'à l'arrivée de Pardigon qui commanda de le laisser dans cette position –, inlassablement et malgré ses hurlements, ses deux fils remettaient la chaise d'aplomb, afin qu'il fût à l'honneur du monde. Il écumait. Ce n'était pas de rage, mais de souffrance. Il psalmodiait des litanies de « *Christou diou faous* » comme s'il s'agissait d'une pieuse antienne.

Une grande bataille s'était livrée sous ce toit de lauses. Les deux gaillards qui avaient maîtrisé le troisième saignaient des oreilles déchiquetées comme si on les avait mordues. L'un avait l'œil gonflé par un œdème qui lui mangeait la moitié de la joue, une gelée rosâtre pendait sous le nez écrasé de l'autre. Tous deux pleuraient et suppliaient leur père – lequel ne les entendait pas – de leur pardonner.

La femme dépoitraillée et couverte d'ecchymoses était à genoux aussi parmi les restes de la soupe. Car la marmite était renversée dans l'âtre, le feu éteint, qui chuintait encore.

Pour faire une piqûre calmante au forcené, à quatre pattes et toujours attaché, Pardigon dut se glisser sous lui afin de lui épargner la souffrance d'une position intenable.

Il se releva avec peine, soutenant de la main son dos meurtri.

« Vous m'éreintez avec vos crimes ! » gémit-il, tourné vers Laviolette qui était en train de questionner le planton de Saint-Etienne.

— Vous m'aviez parlé d'un témoin ?

— Oui chef, il est là-bas ! »

Il désignait la pénombre de la soupente où la litanie des *Christou diou faous* du père trouvait un écho joyeux. Il s'approcha.

« Vous vous foutez de moi ? » dit-il au planton qui l'avait suivi.

Ils contemplaient devant eux un enfant de trois ans déjà mâchuré par le contact des sacs entassés autour de lui en guise de garde-fou. Les prunelles de ses yeux étaient effrontément tapies au bord extrême des ailes du nez, comme si elles avaient voulu s'y fondre. Il était en train d'arracher minutieusement les pattes d'un cancrelat captif. Ses pupilles décentrées convergeaient avec attention vers l'insecte. A la fin, il le croqua brusquement. Les deux gendarmes entendirent distinctement craquer le corselet.

Surmontant son dégoût le planton prononça sur un ton officiel :

« Chef..., cet enfant a vu quelqu'un jeter quelque chose dans la soupe.

— *Vo ! L'aï vis ! l'aï vis !* » glapit le bambin. (Oui ! Je l'ai vu ! Je l'ai vu !)

Laviolette s'accroupit jusqu'à la hauteur de cette figure sale. Il fallait voir ce grand gendarme caparaçonné de loi devant ce bambin de trois ans qui sentait le lait aigre et qui avait déjà l'air faux.

Il l'amusa pendant plus d'une heure. Tantôt il lui

présentait sa montre à tripoter au bout de la chaîne ; tantôt il imitait le rire strident du butor ; tantôt il se retroussait les moustaches à la verticale et se mettait à loucher comme le bambin, mais à l'opposé. Il alla jusqu'à allumer sa pipe en terre, ornée d'un long pompon. Il en tirait des ronds de fumée magnifiques qui flottaient longtemps l'un au-dessus de l'autre, dans l'air immobile de la pièce. Le bambin riait aux éclats, trépignait de joie. Alors, dans ce dialecte partie piémontais mâtiné d'italien, partie provençal – le seul que l'enfant comprenne –, Laviolette tournait inlassablement autour de cette question :

« *Qu'unte moussu ?* » (Quel monsieur ?)

Aussitôt le bambin prenait l'air réservé, baissait la tête et répondait :

« *Aah ! Un moussu !* »

Puis il explosait en chanson :

« *Lou moussu a sala la minestra ! Lou moussu a sala la minestra !* »

Il scandait cette phrase en cabossant sur le sol une casserole de fer battu qu'on lui avait abandonnée pour jouer. Puis il se taisait d'un coup, riait sous cape, bredouillait quelques mots inintelligibles, dans le gargouillis d'une salivation de crétin.

Dix fois Laviolette posa sa question, essaya de passer outre, d'aller plus loin dans cet interrogatoire burlesque. Il n'obtenait jamais que la répétition de la même affirmation : « Un monsieur avait salé la soupe. – Quel monsieur ? – Ah un monsieur ! »

Une seule fois, pris d'une inspiration subite, Laviolette varia sa question :

« *Un omé ?* » (Un homme ?), demanda-t-il.

Le bambin fronça le sourcil et tapa du pied.

« *Nanni ! Un moussu !* » (Non ! un monsieur !), criait-il de sa voix perçante.

Il tendit la main en avant, la paume creusée sur une pincée imaginaire qu'il soupesa à plusieurs reprises et qu'il renversa enfin dans le vide.

« *Sala la minestra* », prononça-t-il sur un ton définitif.

Il louchait éperdument. Les torpeurs de la première enfance l'enveloppaient encore, de sorte qu'il était impossible de deviner s'il était idiot ou normal. Le soulever par les pieds et le secouer comme une tirelire – ce dont Laviolette avait grande envie – ne tirerait pas de cette tête à gifles un éclaircissement de plus.

Le brigadier se releva douloureusement. Ses genoux craquaient après cette longue station accroupie. De toute sa hauteur, il contemplait, désolé, l'enfant trapu qui louchait vers lui avec la même expression gourmande que tout à l'heure devant l'insecte qu'il avait gobé. Il louchait avec envie, vers le képi, vers les boutons d'uniforme, vers le cuir astiqué du baudrier et vers la chaîne de fer de la montre. Il en bavait littéralement. Les bulles de salive suintaient au coin de ses lèvres. Il n'était qu'une muette convoitise.

Et soudain un mot fusa de cette bouche boudeuse, éclata parmi les lamentations de douleur de la mère, les cris de bête du père, les supplications des deux colosses toujours à genoux autour de Vasco :

« Charivari ! » cria le gamin.

Son doigt dessina dans l'air une sorte d'hélice comme s'il gravissait un escalier tournant. Et il répéta encore à trois reprises :

« Charivari ! Charivari ! Charivari ! »

Son doigt n'arrêtait pas de dessiner des hélices dans le vide.

« Il est momo ! » souffla le planton de Saint-Etienne.

Laviolette hocha la tête. Il n'y avait rien à tirer de ces divagations.

Eh bien si ! Il y avait quelque chose, mais qu'on ne découvrit que plus tard, bien plus tard : lorsque tout fut accompli.

Les vieillards sur les esplanades exultaient : « Je vous l'avais bien dit qu'ils s'étaient trompés d'homme ! – En tout cas, ce mauvais, il a pas fini ! Il paraît qu'il pourra plus pisser que de travers... Il paraît que son membre est écorché vif comme un lapin à la marinade ! – Vous l'avez vu ? – Non ! Je l'ai pas vu ! Mais ma fille l'a vu ! Elle est infirmière à l'hopital. – En tout cas, de la secousse il en est encore parti quatre de Combe-Brémond ! – Eh bé vaï ! L'hiver prochain, la charbonnille, on va la payer bonbon ! – Et puis, il paraît qu'il faut plus aller aux champignons dans Lure ! Les charbonniers ils commencent à voir des saleurs de soupe partout ! – Ah c'est brave, ça ! Alors, on avait juste un peu ce plaisir ici ! Qu'est-ce qu'y foutent les gendarmes ?

On leur avait apporté un suspect sur un plateau, aux gendarmes, ou plutôt, sur une civière...

Car des hommes à mine patibulaire, de jas en bergeries et de ponchons en sapées, il n'en manque pas dans Lure qui divaguent, au gré d'occupations secrètes. Et lorsque, par surcroît, ils se promènent vêtus de ce cache-misère qu'on appelle une limousine, alors que même les feuilles des houx se recroquevillent de soif et que l'on trébuche dans les ornières de la terre et que l'herbe pétille sous les pas comme si elle était avide de brûler, ils ne doivent pas s'étonner, ces hommes, s'il leur advient quelque malheur.

Le surlendemain du drame, frère Calixte, qui méditait sous son noyer, en vit dévaler un depuis la sapée Notre-Dame qui volait littéralement plutôt qu'il ne marchait. C'est qu'à ses trousses, armés de haches levées et poussant d'horribles jurons piémontais, trois bûcherons le serraient de près.

Il vint se glisser derrière le moine, qu'il faisait tourner devant lui en guise de bouclier. Ça ne faisait pas un gros rempart. Car frère Calixte, depuis tous ces événements, avait beaucoup maigri. La cordelière lui pendait sur les genoux, et le froc, lequel vingt ans durant avait ceinturé un ventre respectable, se plissait maintenant comme un ballon dégonflé.

Les charbonniers abattaient leurs mains n'importe où mais, Dieu merci, ils avaient posé leurs haches. Néanmoins, frère Calixte récolta plusieurs horions qui étaient destinés au fuyard. La miséricorde divine qu'invoqua l'ermite ni ses objurgations ni ses signes de croix ne suffirent à le protéger. Ces pauvres gens, qui n'avaient que leurs muscles, ils avaient depuis trop longtemps envie de taper sur n'importe qui.

Quand ils eurent enfin étendu pour le compte l'homme à la limousine et qu'ils eurent obtenu, casquette basse et la mine contrite, la bénédiction de Calixte contusionné, ils consentirent à ne pas achever leur proie et à la descendre chez les gendarmes. Ils dirent qu'ils avaient surpris cet homme sous un auvent, occupé à s'emparer d'un sac de charbonnille. Et cet auvent était bien près d'un jas où, précisément, bouillait une soupe.

Les gendarmes s'emparèrent de lui, encore tout chaud de sa tannée et qui ne savait trop où il en était. C'était, naturellement, un enfant de l'Assistance, qui gagnait son pain aux moissons et aux vendanges. Entre-temps, il chapardait : tantôt un melon dans une melonnière, tantôt un sac de charbonnille pour le revendre.

Ça ne faisait pas un gros alibi, d'autant qu'il ne put préciser son emploi du temps pour les jours où les crimes étaient perpétrés. On lui trouva aussi au fond des poches un infâme magma qui sentait terriblement la nicotine. Le docteur Pardigon haussa les épaules :

« Voyons ! C'est du tabac à chiquer !

– Et alors ? dirent les gendarmes et renchérirent les charbonniers, la nicotine, c'est pas du poison, non ?

– Si ! Mais ça ne fait pas bander ! Ça ne fait pas non plus mourir de cette façon !

– Et qui nous dit que n'ayant plus de poudre de téléphore, l'assassin ne se préparait pas à empoisonner les soupes à la nicotine ? »

Il n'y avait rien à répondre à cela. Le cas était pendable. Le suspect commençait à faire l'affaire. Il portait une limousine dont il fut incapable d'expliquer la provenance. – Ne l'avait-il pas prise chez Tabucchi, le jour où il était allé empoisonner la soupe chez ces malheureux ? – Non. Il eut le culot d'affirmer qu'il l'avait achetée en nonante-cinq, sur la foire de Forcalquier, chez un certain Simon David, de Manosque. On alla voir. Le marchand, naturellement, était mort depuis dix ans.

Enfin, enchaîné, afin de rassurer les populations, on le fit monter sur une bédoule et on le hissa jusqu'au pied du Contras, à l'Hubac Nègre, où se tapissait le jas de Moscaallegra. On lui fit traverser la pénombre à pas lents, depuis la porte jusqu'à l'âtre, où on lui fit soulever le couvercle et faire semblant de jeter quelque chose dedans.

Les cris perçants du bambin interrompirent son geste !

« *Vo ! Vo ! Lou moussu l'a assalado ! L'aï vis ! L'aï vis !* » (Oui ! Oui ! Le monsieur l'a salée ! je l'ai vu !)

Laviolette, pensivement, toisa le pauvre diable et vint s'accroupir devant le bambin.

« *Maï,* dit-il, *aco... ès pas un* moussu, *ès un* omé *? (Mais ceci n'est pas un monsieur, c'est un homme ?)*

— *Nanni ! Nanni ! Es un moussu ! es lou moussu qu'a assalado la minestra !* (Non ! Non ! C'est un monsieur ! C'est le monsieur qui a salé la soupe !)

Il n'en avait jamais tant dit. L'index de sa menotte était tendu à bout de bras vers le chapardeur, qui le regardait hébété. Et tout le temps qu'il fut en sa présence, ce doigt ne s'abaissa jamais.

Malgré huit gendarmes d'escorte, on redescendit à Saint-Etienne sous une pluie de malédictions et de jets de cailloux heureusement mal ajustés.

L'affaire était en bonne voie, mais pendant qu'on tenait le suspect au frais, deux événements se produisirent qui remirent tout en question.

D'abord, l'évêché, qui suivait l'affaire avec angoisse, comprit la mort dans l'âme que la justice avait besoin d'un coupable et que ce croquant en était le type rêvé. On avait déjà rumeur que, dans certaines fermes isolées, certains citoyens, la peur au ventre, priaient pour être jurés au procès de cet homme. Ils entendaient en songe claquer le couperet dans sa gâche, en un joyeux son de cloche.

Le premier événement eut lieu précisément un matin où Laviolette se sentait la conscience lourde. Pendant qu'il prenait son café tout à l'heure, sur la toile cirée de la cuisine, Césarie qui le servait lui avait dit :

« Cette nuit, tu as poussé trois soupirs à faire tourner les ailes d'un moulin. Tu as raison de te faire du souci : cet homme n'est pas le coupable... »

Il avait levé les yeux sur elle avec étonnement. Jamais, d'ordinaire, elle ne prononçait un mot concernant les affaires de la gendarmerie. Elle avait des échos parfois, par les autres femmes de gendarmes, chez lesquelles on discutait sur l'oreiller des problèmes du jour, mais jamais elle n'en soufflait mot.

Elle lui versa son café et ajouta encore :

« Pour quelle raison aurait-il fait tout ça ? Ça ne lui aurait pas procuré un quignon de pain... »

Il réfléchissait à ça devant son bureau en mangeant ses moustaches. Il était seul. Chabrand et les autres parcouraient inlassablement combes et ponchons, à la recherche de témoignages.

Il contemplait machinalement devant lui la liste calligraphiée que son adjoint lui avait placée sous les yeux tout à l'heure. C'était les noms et les identités reconstituées des sept plaques saccagées le printemps dernier, au carillon Notre-Dame. Il repoussa le papier ministre avec une certaine impatience. L'obstination de Chabrand sur cette babiole commençait à l'agacer.

Il leva les yeux. Un abbé de haute taille et ceinturé de parme se dressait devant lui comme par enchantement. Il avait trouvé le battant seulement repoussé, comme à l'ordinaire, et il était entré sans bruit sur ses chaussures ecclésiastiques.

« Je suis le grand vicaire de Monseigneur, annonça-t-il tout de go. J'attends dans l'ombre de l'Androne depuis ce matin cinq heures. Je guettais le départ de votre dernier homme. Vous êtes seul... Condamnez votre porte un instant, je vous prie, je ne serai pas long. »

Il n'était pas coutume de voir un grand vicaire dans une salle de garde. Laviolette contemplait celui-ci sans y croire. Sa soutane était si strictement usée qu'on l'entendait craquer comme un corselet d'insecte. En revanche, sa large ceinture moirée sentait le neuf. Sans répondre, le brigadier se leva, marcha vers la porte, souleva la cadole et donna deux tours de la grosse clé. Cela fit un bruit d'araignée écrasée. Depuis que l'ancienne demeure du président à mortier était devenue gendarmerie nationale, jamais ce pêne n'avait plus joué dans sa gâche. Toute une vie de ténèbres devait grouiller dans cette lourde serrure.

Pendant ce temps le grand vicaire s'était assis et il vérifiait avec soin la tenue de ses ongles roses.

Lorsque Laviolette se fut remis à sa place, attendant en silence, le religieux leva sur lui le reflet de son lorgnon étincelant et il lui lâcha tout à trac :

« Comprenez ce que parler veut dire, car il sera impossible de nous faire ajouter quoi que ce soit : vous faites fausse route et l'innocent est persécuté.

– Comment le savez-vous ? demanda Laviolette, qui lui aussi avait l'habitude d'aller droit au but.

– Vous pouvez être assuré que si j'ai fait cinquante kilomètres par ces mauvaises routes dans mon automobile personnelle et si j'ai attendu deux heures par le courant d'air d'une androne, c'est que nous le savons.

– Vous savez donc aussi qui est l'assassin.

– Absolument pas ! Sinon, peut-être ne serais-je pas ici. Contentez-vous de ce que je vous dis.

– Je pourrais néanmoins obtenir le moyen de vous en faire dire plus. »

Le grand vicaire secoua la tête.

« Vous êtes chrétien. Nous avons vérifié : votre union a été bénie et votre fils a reçu le baptême et fait sa Première Communion...

– Mon Dieu ! Si cela suffit... Mais la messe ne me voit pas souvent. Pas plus, ajouta-t-il après un silence, que le tribunal de la confession. »

L'abbé ne cilla pas.

« Vous êtes chrétien, trancha-t-il, péremptoire, cela suffira à vous retenir. »

Il se leva.

« Libérez ce pauvre homme, pria-t-il, et lavez-le de tout soupçon.

– Je vais parler au juge de votre visite.

– Bien sûr que vous allez lui en parler. A vous comme à lui, il suffit d'avoir une *intime conviction.* Eh bien ! Cette conviction je vous la garantis. Que voulez-vous de plus ? »

Il posait la main sur la grosse clé pour ouvrir la porte. Il se ravisa.

« Ah, j'oubliais ! dit-il. J'ai laissé mon automobile près le cloaque, à l'issue des égouts, pour éviter qu'on ne s'attroupe autour. Faites-moi sortir par les écuries. Depuis quelque temps on parle un peu trop de sabre et de goupillon... Inutile de prêter le flanc... »

Le bourdon sonnait neuf heures et il faisait déjà chaud lorsque Laviolette frappa chez le juge pour lui déverser tout à trac ce qu'il venait d'entendre. Celui-ci se cabra tout d'abord.

« Comment ! Et vous l'avez laissé partir ? Et vous n'avez pas insisté ? Mais vous avez agi avec une incroyable légèreté ! Ce personnage en sait dix fois plus qu'il ne dit ! »

Ce juge était un radical. Il avait applaudi récemment aux expulsions des congrégations. Il fixait sur Laviolette un regard courroucé. C'était bien d'un gendarme de ménager l'épiscopat...

« Pardonnez-moi, répliqua posément Laviolette, si j'ai tenu d'abord à vous consulter. Pour le reste, il m'est facile de le rattraper. Une simple commission rogatoire... »

Le juge se dressa, en proie à toute une gamme de sentiments contradictoires qui le forçaient à s'agiter beaucoup. Il se passa les deux mains ensemble sur la moustache et marcha jusqu'à la fenêtre. Il convenait de bien soupeser le poids de ses actes. Depuis quelque temps le vent tournait. Et Forcalquier ne pouvait guère constituer qu'une aire d'envol pour un jeune magistrat ambitieux. La prudence – autant que le jugement serein – commandait une analyse objective de la situation. C'est ce qu'il développa devant Laviolette, à mots couverts.

« Ouais... ouais..., dit-il en se promenant de long en large. Mais j'aimerais autant que tout se passe sans que nous ayons besoin de recourir à cette extrémité... »

Le brigadier, charitable, vint à son secours.

« D'autant, dit-il, que relâcher l'individu sans qu'il soit explicitement innocenté risquerait d'en faire une victime. Les charbonniers ont les poings faits et le jugement sommaire.

– Fort bien, fort bien ! Je vous entends. Maintenez-moi ce suspect au frais. Pour sa propre sécurité. Qui sait ? Peut-être qu'un fait nouveau... »

Ce fait nouveau ne se fit pas attendre.

Chez les Mosca, on commençait à se résigner et à travailler comme devant. C'était ça ou mourir. Du moment qu'on ne s'était pas tous précipités dans l'aven à la suite de Ezzio, c'est qu'on avait accepté la vie. Du moment que Carmonita palpait son ventre dix fois le jour avec inquiétude pour y déceler l'instant où il faudrait appeler la matrone, c'est qu'elle se préoccupait beaucoup plus de l'enfant à naître que de l'enfant mort.

Rosito, seul, s'obstinait, la nuit, à cette recherche mystérieuse de son frère parmi les champs du rêve, scandée d'appels stridents qu'il oubliait au matin et que tout le monde se gardait bien de lui rappeler.

De ces quêtes funèbres parmi les estocs, les ajoncs nains à ras de terre, les tranchants acérés des clapiers, il revenait les pieds nus intacts, comme si la Providence avait fait place nette sous ses pas ou comme s'il avait marché un peu au-dessus de la terre.

Cette nuit-là, pourtant, il y avait huit jours qu'il dormait paisiblement et qu'il s'éveillait plein de projets. Carmonita ne pleurait plus. Une cuisse jetée en travers des jambes de son mari et son gros ventre coincé contre la ceinture abdominale d'Attilio, tous deux ronflaient à qui mieux mieux, recrus de fatigue.

« Ez-zio ! Ez-zio ! »

Ce cri de nouveau les jeta tout debout. Ils en avaient vite perdu l'habitude. Ils s'étaient vite persuadés qu'ils ne l'entendraient jamais plus. Cette nouvelle alerte les prit au dépourvu comme la première fois et ils se précipitèrent au-dehors.

Rosito était loin déjà. Il avançait rapidement d'un élan qu'on eût dit aimanté par quelque pôle lointain.

Parfois il mettait ses mains en porte-voix pour crier le nom de son frère. Mais il ne criait plus de la même manière. Ce n'était plus l'appel d'une voix tordue par l'angoisse ou le rauque désespoir d'une voix exténuée par la peur.

Il l'appelait joyeusement, comme si, jouant à cache-cache avec lui, il n'allait pas tarder à le découvrir.

Rosito était en train de rêver qu'il était sur le point de le rejoindre. Son rêve était plein des fleurs du printemps. Lure rutilait d'herbes profondes et de gentianes. Dans le rêve de Rosito tintait la cloche lointaine d'une école où piaillaient des enfants. Une gibecière lui battait les épaules et il se hâtait, hors d'haleine, en criant à Ezzio de l'attendre, car il était en retard. Il était en retard pour avoir jeté un baiser au passage vers une fille en bleu qui brodait dans l'encadrement d'une fenêtre.

Au centre d'un pré à boutons-d'or, il aperçut Ezzio qui le regardait venir sans sourire. Lui aussi portait sur les épaules une gibecière en carton bouilli. « Viens vite, lui cria Rosito, la cloche sonne ! – Regarde ! Je peux pas », répondit Ezzio. Rosito le regarda mieux. Il était attaché au pieu comme une chèvre. Le licol qui l'y reliait s'achevait en un très joli nœud, quoique inextricable, et Rosito se creusait la tête pour se souvenir où il l'avait déjà vu. Mais le temps pressait. Il n'avait pas de couteau pour trancher la corde. Il ne lui restait qu'une solution : arracher le pieu. Il l'empoigna des deux mains et s'arc-bouta sur le sol.

Il comprit tout de suite que l'effort qu'il devrait faire serait au-dessus de ses forces, qu'il n'y parviendrait jamais. Entre ses doigts crispés, le froid d'un acier tranchant devenait de plus en plus insupportable, de plus en plus réel.

Ses yeux s'ouvrirent sur le ciel noir. La première chose qu'il vit, dans ce réveil, ce fut la Grande Ourse au-dessus des arbres comme s'il était couché à plat ventre sur sa paillasse. Elle tourna au-dessus de sa tête pendant plusieurs secondes comme une roue de feu d'artifice. Il était cramponné au pieu. Alors, il baissa les yeux.

Il tenait solidement, des deux mains, un objet effilé et noir. Traversé par ce pieu, entre ses jambes écartées, le corps d'un homme s'allongeait, interminable.

Rosito s'écroula sur lui comme un pantin sans os. Un long hurlement au secours s'échappa de sa bouche. Il hurlait de toute la puissance de ses douze ans bien réveillés. Il hurla pendant longtemps. De toutes les ventes, les charbonniers affolés convergeaient vers son cri.

Dieu merci, Carmonita dut laisser Attilio la distancer et s'asseoir au revers d'un talus, les jambes coupées.

Ainsi, elle ne vit pas son fils qui contemplait ses mains suintantes de sang, devant un homme cloué au sol par une lame d'acier.

« Une baïonnette depuis longtemps déclassée, dit Laviolette ; provenant des arsenaux de Limoges. Forgée voici cinquante ans, peut-être, pour les armées de Napoléon III.

– Et à laquelle on a fabriqué une garde, pour en faire un poignard de chasse.

– Toutefois, reprit Laviolette, le numéro matricule incrusté dans l'acier a été martelé il y a très longtemps. De sorte que cette lame est anonyme. »

Ils étaient six autour du corps de Sauveur Clu, non loin de cet aven où Ezzio Mosca avait disparu. Il était étendu, le bas du corps nu, sur un épais tapis de mousse.

« En tout cas, dit le procureur, votre belle théorie des pleines lunes s'effondre. Celui-ci est mort par lune nouvelle, sous un ciel obscur.

– C'était un homme méfiant, pourtant, ce Sauveur Clu, dit Chabrand pensivement.

– Ah ! soupira Laviolette, j'aurais dû me douter qu'il donnerait rendez-vous à l'assassin. Il voulait sûrement lui vendre quelque chose.

– Et si c'était un crime isolé ? dit Chabrand. Après tout... C'était un personnage assez trouble ce Clu. Il pouvait avoir maille à partir avec quelque autre braconnier. »

Laviolette secoua la tête.

« Un crime commis à trente mètres de l'aven ? Alors qu'il y a autour toute l'immensité de Lure ? Ce serait un peu gros comme coïncidence. Rappelez-vous : nous ne devions pas le perdre de vue. Mais comment faire ? Nous sommes trop voyants. Avec son vélo et sa connaissance de la montagne, il semait mes hommes comme il voulait. C'était un renard, ce Clu !

– En tout cas, dit le planton, il s'est fait épingler de belle façon !

– Ah pour ça ! s'exclama Pardigon. Le coup est tellement beau que je n'ai pas encore osé retirer l'arme... Regardez ! Il est cloué au sol comme un papillon. La lame a traversé le corps et s'est fichée dans l'humus.

– Il y a fallu une très grande force.

– Oh, une très grande force peut-être pas, l'homme était maigre comme un coucou, mais une très grande fureur, ça, sûrement !...

– Mais pourquoi diable est-il sans pantalon ? demanda le procureur.

– Il était peut-être sur le point de satisfaire un besoin naturel ?

– Nous n'avons trouvé aucune trace.

– J'ai dit : sur le point. »

Le grand planton de Saint-Etienne s'était immobilisé devant le cadavre et il le considérait avec attention.

« En tout cas, observa-t-il, il a l'air béat.

– Vous dites des bêtises ! gronda le procureur. Vous avez déjà vu, vous, un mort avoir l'air béat ?

– Celui-là, affirma le planton sans se démonter, il a vraiment l'air béat. »

Ils resserrèrent tous le cercle autour du long cadavre de l'informateur bénévole, afin de vérifier si le planton ne se fichait pas du monde.

Mais ce gendarme vermeil demeurait impassible. Il ne démordait pas de son fait. Il ne demandait l'approbation de personne. Le docteur Pardigon le toisait pensivement sans piper mot.

Par l'escalier malaisé de la gendarmerie, la pauvre Rose sans force s'agrippait à la main courante et se hissait en geignant de marche en marche.

Son mari était sous la terre depuis trois jours. Depuis trois jours, elle pleurait comme un petit enfant qui a perdu sa mère. Elle pleurait sans révolte, des larmes de misère et de résignation.

Elle pleurait encore dans cet escalier qui lui rappelait le temps où son pauvre mesquin s'y hissait souplement pour venir gagner son absinthe. Il n'y avait pas un mois de cela.

Laviolette, qui l'entendit geindre, vint à sa rencontre en haut du degré.

« J'ai tout perdu, gémissait cette pauvre femme. J'ai tout perdu ! ... »

Elle se traînait vers le brigadier sur ses jambes à varices.

« C'est pas juste, monsieur le gendarme ! J'avais juste ça moi dans ma vie... Et maintenant on m'a tout enlevé, tout ! »

Laviolette, ému de pitié, l'attira vers une chaise où il la fit asseoir.

« Mais, disait-il doucement, vous n'aviez pas besoin

de venir, ma pauvre Rose. Vous avez dit tout ce que sous saviez, l'autre jour, chez vous...

– Oh si ! souffla-t-elle. Oh si, j'avais besoin !... Je sais bien, moi, allez, ce qui bout dans ma marmite... »

Elle traînait à bout de bras un sac de toile cirée noire, sur lequel elle se pencha pour farfouiller dedans. En un dernier reniflement, elle tira quelque chose de ce cabas qu'elle déposa sur le bureau de Laviolette.

« Tenez, dit-elle, j'ai bien réfléchi. Si mon pauvre mesquin a pas pu se servir de ça, c'est pas moi qui pourrai... »

L'objet en tombant sur la table fit un bruit lourd comme une grosse pièce de monnaie ancienne. Laviolette se souleva à demi sur son siège pour mieux voir.

« Où avez-vous trouvé ça ? dit-il.

– C'est pas moi ! C'est Sauveur qui l'avait trouvé ! »

Elle s'enfouit le visage dans son mouchoir d'homme et se remit à sangloter.

Laviolette avait saisi l'objet et il le considérait avec étonnement. C'était un boîtier plus gros qu'une montre de gousset, mais épousant la même forme ronde et plate. Sur la face légèrement bombée de la partie supérieure était émaillé un sujet précieux. Une marquise en robe à paniers y passait sous le bras d'un marquis dressé sur la pointe des pieds. Un minuscule fermoir boursouflait la tranche à la dorure usée, comme si cette boîte avait longtemps servi. Laviolette appuya dessus. La boîte était vide mais une légère odeur de souris s'en dégageait.

« Où avez-vous trouvé ça ? » répéta Laviolette.

Rose ne put répondre tout de suite. Elle dut d'abord se remoucher et réprimer ses sanglots.

« Il l'a trouvé au bord de l'aven... Le jour où il a

découvert le panier du petit charbonnier... Ah, ce jour-là ! Il en connaissait tant de coins à champignons ! Pourquoi juste il est allé choisir celui-là ? »

Il fallut encore attendre plusieurs minutes de sanglots avant de connaître la suite. Laviolette se leva et vint lui poser la main sur l'épaule.

« Ma pauvre Rose, dit-il, est-ce que vous vous rendez compte que si vous nous aviez apporté ça avant nous l'aurions peut-être mis en prison, mais qu'au moins, il ne serait pas mort ? »

Rose secouait la tête dans son mouchoir.

« Il me l'avait défendu ! cria-t-elle. Il voulait s'en faire de l'argent. Il me disait : "Surtout ne le porte aux gendarmes que s'il m'arrive quelque chose ! Tu entends ? Ce machin-là, ça vaut peut-être de quoi m'acheter une bicyclette neuve !"

– Ça valait surtout de quoi lui faire passer une baïonnette à travers le corps... », dit-il pensivement.

Il accompagna jusqu'à l'escalier la pauvre Rose, avec des paroles de compassion.

Il faisait glisser le boîtier délicat entre ses doigts. Il était savonneux et poli comme un galet. Il parut à Laviolette qu'il avait été usé pendant très longtemps par le même mouvement machinal qu'il lui imprimait dans sa main.

A peine Rose avait-elle disparu qu'une estafette se présenta qui réclamait d'urgence le brigadier à la sous-préfecture.

Jean-Marie Colombe l'attendait à la porte de son cabinet. Il était encore en robe de chambre, mais rasé de frais. Un large sourire éclairait ses traits. Il parut à Laviolette qu'il avait rajeuni de dix ans.

« Ah ! s'exclama-t-il dès qu'il le vit, courez vite poser vos questions ! Elle vous attend ! Je pense que vous serez content ! »

A considérer l'angoisse passée du sous-préfet lors de leur dernière entrevue, Laviolette fut bien étonné de cette attitude. Il y songeait encore en montant à l'étage de la maison, qu'il n'avait jamais découvert.

En haut, le corridor était long et coupé d'un beau meuble. Il était vide. Deux ou trois portes étaient ouvertes.

Une voix claire s'éleva à la cantonade.

« Entrez dans mon boudoir, brigadier, je vous prie ! Je vous rejoins dans un instant ! »

Indécis et gêné, Laviolette s'avança sur le tapis. Un grand miroir lui renvoya l'image en pied d'un volumineux soudard que l'uniforme n'avantageait pas. « Un boudoir ! se dit-il. Il ne manquait plus que ça ! »

Il s'avisa que la première porte à sa droite s'ouvrait sur une profusion de rose. Au jugé, il comprit que c'était là le refuge de la sous-préfète. Dans ce boudoir de comédie, elle avait disposé beaucoup de choses fragiles pour meubler son ennui. Laviolette sentait très nettement que toutes ces préciosités se rétractaient à son approche comme si elles avaient eu une âme.

Il restait là, immense et encombrant, au garde-à-vous, comme si tout allait se casser de frayeur ou se mettre à voler dans tous les sens.

« Eh bien ! Remettez-vous, brigadier, voyons ! »

Entrée derrière lui par la même porte, elle le contournait et se dressait devant lui avec son visage clair et son sourire franc. Elle portait une robe d'ottomane couleur campanule, mais comme elle était vierge de tout excès d'appas, cette semi-nudité lui seyait à merveille. Elle se laissa aller sur un pouf et lui commanda doucement :

« Assoyez-vous... »

C'était facile à dire ; mais les barreaux noirs des chaises roses étaient épais comme des crayons.

« Asseyez-vous sans crainte, répéta-t-elle. Les galants de ma mère, qui était colonelle, n'étaient pas plus graciles que vous et ces sièges les supportaient fort bien. »

Il lui obéit, sans excès de confiance. Devant cette créature flexible, il se trouvait encombré de sa masse et de son poids. Toute la buffleterie réglementaire qui le bardait lui paraissait incongrue, triviale, de nature, en tout cas, à l'empêcher d'approcher la vérité. Mais il se trompait. Il apparut amusant, à cette femme fine comme l'ambre, de le renseigner à fond. Elle lui posa sa petite main sur la cuisse et lui pressa le genou.

« Je vais tout vous dire, commença-t-elle, et après cela vous serez un gendarme instruit. Tout d'abord, j'ai péché par excès de défiance. Si j'avais tout dit, comme d'habitude, à Jean-Marie, nous n'en serions pas là. Mais, qui sait pourquoi ? J'ai pensé que là, il aurait quelque mal à me suivre... »

Elle s'interrompit pour scruter avec beaucoup de gravité les traits de ce brave homme.

Elle se leva, fit une pirouette et saisit un étui sur une table gigogne.

« Excusez-moi, dit-elle, je fume. En voulez-vous une ? »

Laviolette fit signe que non.

« Connaissez-vous la Lance ? dit-elle.

– Qui ne la connaît pas ?

– Voilà tout le mystère, déclara Odile. Mais peut-être me faut-il partir un peu avant. Jean-Marie est un être adorable. Il a mis à préserver ma vie privée le même acharnement que vous à vouloir la connaître... »

Elle se planta devant lui debout, et lui souffla au-dessus de la tête la fumée de sa cigarette parfumée.

« C'était moi, dit-elle, qui me trouvais avec le président Serenne, cette funeste nuit de mai. C'est moi qui ai contribué à le pendre à l'espagnolette en me débattant. Voulez-vous que je vous décrive la scène ?

– Nous l'avons à peu près reconstituée, dit Laviolette sans s'émouvoir.

– Non, mais... que je vous la décrive de l'*intérieur* ? Depuis l'instant où nous avons bu ce vin dont j'ignorais qu'il était drogué ? Depuis cette minute où le plaisir est devenu intolérable, où j'ai compris d'un seul coup que j'allais y rester ? Voulez-vous que je vous dise *comment* je me suis dégagée ?

– Il vous a fallu le tuer, dit Laviolette, et je pense que vous en avez eu conscience.

– Pleinement conscience ! Et ne perdez pas de vue que j'aimais cet homme. Eh oui, quoi, je l'aimais ! Il avait soixante-huit ans, mais il m'avait fait prendre conscience de ma nature secrète... »

Elle leva vers le plafond son regard et ses petites mains :

« Avant lui, l'amour était d'un ennui ! »

Elle détourna brusquement son visage.

« Mais pas au point, ajouta-t-elle, de mourir avec lui et par lui. »

Il y eut un silence.

« Voyez-vous, reprit-elle, c'est ce genre de vérité qu'on aime à dire parfois... Et précisément à vous qui pourriez voir dans ces deux attitudes, aimer et aider à mourir, quelque... contradiction. »

Il lui sembla qu'elle le considérait narquoisement. Il s'abstint de tout commentaire.

« Bravo ! s'exclama-t-elle. Vous savez vous tenir devant les situations scabreuses. »

Elle reprit à voix basse.

« Le docteur Pardigon fut irréprochable. Il se tut et répara autant que possible, mais... »

Elle se mit à tourner autour des meubles fragiles en se tordant lentement les mains.

« Mais, voilà : autant que possible, c'était peu. Je ne vous dirai pas ce que me coûtèrent pendant un mois les plus simples commodités. Je...

– Je vous entends, l'interrompit Laviolette.

– M'entendez-vous bien ? Danser avec un homme est encore au-dessus de mes forces – moi qui aimais tant ça ! Et pourtant, en rêve, mes désirs s'accumulaient, en rêve je les assouvissais sans douleur... »

Elle se tourna vers lui et le regarda en face.

« Tous ! ajouta-t-elle avec violence. Mais, éveillée, la panique s'emparait de moi. Je ne pouvais envisager... Ah ! Vous ne pouvez comprendre ! »

Laviolette secoua la tête.

« Vous êtes trop simple, dit-il. Le monde ne se partage pas entre l'élite de ceux qui comprennent et la plèbe de ceux qui ne comprennent pas.

– Alors, vous allez comprendre la Lance... Vous connaissez le cimetière ? J'allais sur la tombe du président Serenne, furtivement, le soir... J'ai remarqué cette fille qui arrivait à bicyclette... Je pleurais sur ce tombeau, elle pleurait sur celui d'à côté. J'ai vu le nom : "Bridaine Forneyron." Une femme... Etait-ce une marraine ? Une sœur ? Une bienfaitrice ? Non. Son chagrin était trop violent et puis, trop semblable au mien. Un soir, nous sommes restées jusqu'à la tombée de la nuit. J'ai osé m'approcher d'elle, lui saisir l'épaule, lui parler de mon chagrin... apprendre le sien.

« Elle sentait l'abricot mûr, dit-elle rêveusement... Il y en avait tout un verger derrière le cimetière. Je n'appréhendais pas, je n'avais pas mal, je renouais – ho ! comme je pouvais... – avec ce plaisir léger... nécessaire.

– Fort bien ! dit Laviolette. C'est donc la Lance que vous allez rejoindre lorsque la nuit vous vous absentez... Mais la Lance, ... on l'a signalée dans Lure, précisément, et la nuit et pas seule. Et Lure, vous le savez, c'est là que tout se joue. Alors, pourquoi Lure ? Pourquoi tant de kilomètres ? Puisque vous ne craignez pas l'opinion ? Puisque vous ne vous cachez pas ? »

Elle détourna un peu son regard franc. Dix réponses lui vinrent aux lèvres. Aucune ne lui parut de nature à satisfaire la soif de logique d'un gendarme.

« Ah ! s'exclama-t-elle, comment vous expliquer cela, puisque je me l'explique à peine à moi-même et non sans rougir ? Non ça, vraiment, vous ne le comprendriez pas. C'est... de la poésie... Mais quoi ? les faits vous suffisent : oui, c'est exact, c'est moi qu'on a vue dans Lure avec la Lance, que j'appelle Luce, d'ailleurs... »

Elle se leva.

« Je crois vous avoir tout avoué. »

Mais Laviolette resta assis. Il fourrageait dans la poche de sa vareuse et finit par en tirer la boîte que Rose Clu lui avait apportée tout à l'heure. Il la déposa devant Odile, sur la table gigogne qui les séparait.

« Avez-vous déjà vu ceci ? »

Il la considérait attentivement, mais elle ne cilla pas. Il vit ses mains fines s'emparer du bibelot comme s'il lui eût été familier et le considérer sur toutes ses faces.

« Vous devriez me le donner, dit-elle sur un ton enjoué. Regardez comme ça ferait bien sur la tablette de cette psyché ! »

Elle posait la boîte à cet endroit où elle se reflétait dans la glace ovale. Elle la reprit en main.

« Vous savez donc ce que c'est ? demanda Laviolette.

– J'ignore quel piège cache votre question et je

pourrais tout simplement vous dire non... Mais je vais quand même vous renseigner car *vous*, vous ne savez pas ce que c'est ! »

Elle contemplait avec une certaine nostalgie ce sujet précieux : ce marquis et cette marquise, se frôlant sous la corbeille de leurs bras arrondis, s'observant d'un coup d'œil moqueur et qui jouaient, verts et roses, une scène de *L'Amour dérobé.*

« Ceci, dit-elle, en présentant l'objet devant elle, s'appelle une *boîte à mouches.* Elle est en *pomponne*, une sorte d'or pauvre. Il y a plus d'un siècle qu'on ne l'utilise plus. Mes aïeules y serraient ces confettis de taffetas noir qu'elles se collaient sur la joue afin d'afficher leur coquinerie. Ça s'appelait, précisa-t-elle rêveusement, une mouche *assassine.* »

Soudain, alors qu'elle la tenait presque sous son nez pour mieux la détailler, elle appuya par inadvertance sur le fermoir et la boîte s'ouvrit.

« Oh ! Cette odeur ! » gémit-elle.

Son visage se plissa tout entier comme une vieille pomme. Sa jolie bouche se transforma en une bourse fermée. Elle devint laide instantanément comme elle le serait dans trente ans.

« Emportez ça ! souffla-t-elle. Emportez cette horreur ! »

Elle lui remettait de force l'objet dans la main. Elle haletait.

« J'ai senti cette odeur une seule fois dans ma vie. J'ignorais ce qu'elle était. J'étais grise. Je n'aurais jamais cru la respirer de nouveau... »

Soudain, elle rencontra son image dans le reflet de la psyché et poussa un petit cri.

« Mon Dieu ! »

Le masque de vieille femme s'évanouit sur son visage aussi vite qu'il y était apparu.

« Pardonnez-moi, dit-elle, de vous avoir montré un si laid spectacle. Mais si vous saviez ce que cette odeur me rappelle... »

Cette fois, Laviolette s'était levé.

« Madame, dit-il, cette boîte vient de votre monde, du monde que vous fréquentez. Ne l'avez-vous jamais vue ? Elle a été perdue à côté de l'aven où le meurtrier a précipité le petit Ezzio.

– Je ne l'ai jamais vue, murmura Odile sombrement. J'ignore à qui elle appartient. Mais le saurais-je que je ne vous le dirais pas. Cet assassin fait ce que je n'aurais jamais osé faire. Si ces charbonniers ont distribué cette poudre, jamais ils ne seront assez punis !

– Un enfant de dix ans ! » reprocha Laviolette.

Elle balaya l'objection d'un revers de main.

« Ils ont fait plus que nous tuer. Ils nous ont amputé de la moitié de notre vie. Si le coupable éprouve mes états d'âme il ne faut pas s'étonner qu'il frappe à tort et à travers... car... si vous croyez que la Lance me suffit... »

Elle le regarda partir, les yeux fixes. La ceinture de son ottomane s'était dénouée et le galbe de sa jambe ouvrait doucement le tissu. Elle ne songeait pas à réparer ce désordre. Elle priait pour le meurtrier.

Laviolette, pensif, rentra à la gendarmerie, impressionné par le débordement de haine qu'il venait d'entendre.

Le bureau était vide. Le planton dans son cagibi du rez-de-chaussée ne l'avait pas entendu rentrer. Il s'installa lourdement devant la table noire avec le trou pour l'encrier, qui rappelait une salle de classe. Il soupira.

Dans cette affaire, on allait d'innocent en innocent. L'homme à la limousine avait été libéré et les craintes du sous-préfet concernant son épouse n'étaient pas fondées. Du même coup, d'ailleurs, était disculpée la Lance, dont la notairesse avait dénoncé les absences nocturnes. « Voire ! se dit Laviolette. Il a peut-être tort, le sous-préfet, d'être tant soulagé. On peut tout faire dans Lure. L'amour peut ne pas durer tellement que l'on n'ait tout de même le temps d'aller saler quelque soupe, soit seul, soit de compagnie. »

Machinalement, perdu dans ses réflexions, il ouvrit le dossier que Chabrand chaque matin, avant de partir dans Lure, laissait bien en vue devant lui.

C'était l'affaire du saccage des plaques au carillon de la citadelle.

Les noms des sept privilégiées, dont les parents

avaient payé chacun une clochette afin de les immortaliser, étaient là, soigneusement calligraphiés. Chabrand avait même pris la peine de noter sur chacune les renseignements qu'il avait pu obtenir.

« D'est en ouest, avait écrit Chabrand, les sept plaques se lisent dans cet ordre :

Blanche Philibert,
Rose Fouques,
Eléonore Bouffier,
Isabelle Poëlon,
Albertine Fabre,
Odile Comte,
Praxèle d'Ardantes,

« Renseignements obtenus :

« *Blanche Philibert :* (la plaque la plus ancienne) a épousé le nommé Robert Faraud, voiturier. A eu plusieurs enfants : Robert, Julie et Fernand. La famille a éprouvé des revers. Le père s'est ruiné avec des inventions. Il n'est demeuré à Forcalquier qu'une fille : Julie ; elle a épousé le nommé Sylvain Autreu et tous deux sont domestiques chez monsieur Jean-François Serenne.

« *Rose Fouques :* morte à quatorze ans de la typhoïde, deux ans après l'apposition de la plaque, sans postérité.

« *Eléonore Bouffier :* plus connue sous le sobriquet de *la Lance*. Fille-mère, quoique de bonne famille. Ses parents avaient une affaire de cuirs et crépins et de nombreux immeubles. Ils n'avaient que cette fille. Ils sont morts de chagrin ensemble (empoisonnés par des champignons). Leur fille est morte aussi (probablement de honte). L'enfant, la Lance actuelle, est la pupille de Me Boutedieu. Le maquignon Edgard, qui passait pour son père, lui aurait laissé sa fortune.

« *Isabelle Poëlon :* morte à dix-huit ans de tuberculose, sans postérité.

« *Albertine Fabre :* est devenue la seconde épouse du conseiller d'Ardantes. Lui a donné deux enfants : Sancie, âgée de dix-huit ans, et Paterne, légèrement demeuré, qui ne réside pas à Forcalquier. Cette Albertine est morte à vingt-sept ans.

« *Odile Comte :* jeune fille de la meilleure famille (les Comte, du château de Bel-Air, qui sont apparentés aux Serenne.) Elle est actuellement l'épouse de notre distingué sous-préfet.

« *Praxèle d'Ardantes :* fille unique de la première épouse du conseiller d'Ardantes. A épousé Pétrus Pellegrin, mort dans les circonstances que nous savons. »

Chabrand avait ajouté au bas de la page, d'une écriture qui parut à Laviolette moins assurée :

« Aucune de ces personnes ne paraît avoir été d'ascendance protestante, ou alors nous ne l'avons pas découvert.

« *N. B. :* Il s'est écoulé trente ans entre l'apposition de la première pierre et celle de la dernière. »

Laviolette se leva parce que son siège lui paraissait rembourré de noyaux de pêches. Sa moyenne intelligence souffrait de l'absurdité apparente des choses qu'on lui présentait. Cinq de ces noms concernaient, d'une manière quelconque, des personnes qu'on venait de leur dénoncer comme se rendant à Lure ; cinq d'entre elles étaient soupçonnées.

A voix basse, en déambulant d'un mur à l'autre, Laviolette récapitulait en comptant sur ses doigts :

« *Julie*, la fille de Blanche Philibert ; son mari, le serviteur bien stylé, est venu nous dire qu'elle découchait. *La Lance*, fille d'Eléonore Bouffier, s'en va se promener dans Lure, en compagnie d'*Odile Comte*, "la femme de notre distingué sous-préfet". *Praxèle d'Ardantes*, Mme Pellegrin, a été dénoncée par son palefrenier ; lequel déjà ne démordait pas qu'elle ait ouvert la trappe sous les pas de son mari. Et quant à la dernière, *Sancie d'Ardantes*, c'est la Rose Clu qui l'a vue s'en aller, certaine nuit, d'ailleurs suivie par sa tante. »

Chabrand le retrouva le menton sur la main, planté devant les sept plaques reconstituées.

« Chef, dit-il, si vous voulez voir les chassepots. Il y en a quatorze et ce n'est pas fini. Des vétérans de soixante-dix, il n'y en a plus beaucoup, mais ils ont eu des fils, et ceux-là, ils les ont gardés comme trophées...

– Ont-ils leurs baïonnettes ? demanda Laviolette distraitement.

– Quelques-uns, oui. D'autres, non. Si vous voulez les voir... nous les avons entreposés aux écuries.

– Plus tard. Dites-moi, Chabrand, l'autre jour... en observant votre travail..., vous m'avez bien dit que quelque chose vous intriguait dans ce puzzle ?

– Sans doute, mais du diable si je sais quoi !

– Vous êtes-vous avisé que, sur votre liste, cinq noms concernent des personnes qu'on est venu nous dénoncer ? Cinq femmes... et *toutes* touchent de près aux maisons où se sont déroulés les drames des saints de glace, au mois de mai...

– C'est vrai, s'exclama Chabrand. Ça fait des suspects possibles.

– Cinq de plus, soupira Laviolette. On nous en a

déjà désigné quinze, soit au grand jour soit en catimini. Nous avons entendu des dénonciateurs spontanés ostensiblement accompagnés de tambours et trompettes, afin que l'intéressé n'ignore rien de leur démarche. Il en est venu qui plongeaient chez nous en claquant des dents malgré la chaleur ambiante. Nous en avons vu surgir qui étaient passés par les caves, afin de n'être pas rencontrés. Des femmes se sont déguisées en hommes, des hommes en femmes. Les plus fourbes nous ont écrit sans signer... On nous a même déployé des limousines avantageusement, comme si on voulait nous les vendre, en nous faisant valoir qui les portait d'ordinaire. On nous a désigné dessus des taches suspectes... Bref ! Il y a quinze personnes dans l'arrondissement qui ont vu là une aubaine. Ça ne fait jamais que cinq de plus.

– Sans doute : mais celles-ci, nous les avons sur trois registres : on les a dénoncées ; elles sont liées, de près ou de loin, à l'esclandre du mois de mai ; et, de plus, les voici maintenant qui figurent sur cette reconstitution... Ça fait beaucoup, vous ne trouvez pas ?

– Ça ferait beaucoup, soupira Laviolette, s'il n'y avait pas ce bambin...

– Quel bambin ?

– Oui. Le petit Moscaallegra. Cet enfant qui a vu *un moussu.*

– Oh ! un enfant de trois ans ! »

Laviolette branla longuement du chef et tourna le dos à son adjoint pour aller se planter devant le calendrier des Postes. Il posa son gros doigt sur les lunaisons. Le premier quartier venait de s'achever. Les grosses lunes allaient monter.

« Ça va recommencer, dit-il, et je suis là, à tourner en rond... avec vingt dénonciations... et un suspect qu'il a fallu relâcher... une boîte à assassins et...

– Une boîte à quoi ? demanda Chabrand éberlué.

– Une "boîte à assassins"..., répéta Laviolette. Ça ! »

Il posa violemment le bijou sur la table.

« Une boîte à mouches ! expliqua-t-il. Ça s'appelait comme ça : des assassins. Vous pouvez rire.

– Oh, mais... Je m'en garderai bien, chef...

– Et charivari ! s'exclama Laviolette en levant les bras au ciel. Vous savez ce que ça peut bien vouloir dire, vous, dans la bouche d'un enfant de trois ans, ce mot : charivari ?

– Un charivari, dit Chabrand, c'est le bruit infernal que font les bons amis quand un veuf se remarie ou bien quand deux nouveaux époux ont déjà couché ensemble...

– C'est ça, approuva Laviolette. Vous voyez un rapport avec ce qui nous occupe, vous ? »

Il s'assit d'une fesse sur le rebord de la table et reprit en main la boîte à mouches. Il la triturait sans précautions, comme si, en la brutalisant, elle pouvait lui fournir une idée. Et ce fut effectivement le cas.

Le lendemain matin vers dix heures, Modeste, qui espionnait maintenant son père sans vergogne, entendit une cavalcade au bout de la rue.

C'était le planton de Saint-Etienne. Un mulet de charbonnier, chargé d'un homme noir et d'un enfant en croupe, le suivait de près. C'était Attilio Mosca et son fils Rosito.

De mauvais gré, Attilio, qui n'arrêtait pas de protester, prit Rosito dans ses bras pour le déposer à terre et ne le lâcha plus. Dès qu'il fut en présence de Laviolette, il trancha l'air de la main.

« Nanni, dit-il. Je ne veux pas ! J'ai déjà dit non ! »

Et cela, il le répétait, de toutes les manières, dans ce patois mélangé de piémontais et de provençal qui était devenu, au cours des âges, la langue des charbonniers de Lure.

« Mais moi, je veux ! » répétait Rosito de toutes ses forces.

Laviolette s'accroupit devant lui.

« Tu veux que ton frère soit vengé ?

– Oui ! Oh oui !

– Alors, voilà ce que tu vas faire... »

Il saisit sur le bureau cette fameuse boîte à mouches sur laquelle il chiffrait depuis que la Rose Clu la lui avait remise.

« Voilà ce que tu vas faire, répéta-t-il en levant l'objet devant l'enfant.

– Vous pouvez courir ! » s'exclama Attilio.

Rosito tapa du pied.

Attilio, médusé, regardait cet enfant de douze ans, le sien, la docilité même, qui lui tenait tête. A lui ! Avec sa force, son poids et son ascendant paternel. Il ouvrit la bouche. Laviolette s'interposa en fixant Attilio droit dans les yeux :

« C'est notre seule chance, dit-il. L'assassin, c'est une aiguille dans une botte de foin. Bientôt c'est la pleine lune. Il va recommencer et si on ne le prend pas, vous y passerez tous... »

Collé contre la cloison, Modeste n'en perdait pas une. Mais il dut battre en retraite car quelqu'un ouvrait la porte de la rue et montait l'escalier. Avant de s'esquiver vers l'étage, Modeste eut le temps d'apercevoir un homme maigre à la moustache triste et vêtu comme un bûcheron. Il le vit pousser la porte du bureau entrebâillée et redescendit en souplesse reprendre sa faction.

Attilio, le premier, aperçut son frère. Il se précipita vers lui.

« Roso ! Tu sais ce qu'ils veulent lui faire faire ? »

Il lui jeta au visage un flot de paroles piémontaises, puis il se tut. Generoso lui saisit le bras.

« Laisse ! répondit-il en français.

– Moi je veux ! lui lança Rosito.

– A une condition, dit Generoso. Je ne te quitterai pas. »

Ils discutèrent encore tous ensemble, pendant plus de dix minutes, mélangeant – aussi bien Laviolette que les frères Mosca – le patois du pays avec le piémontais. Le timbre élevé de leurs voix provoquait les échos des quatre étages de l'escalier. Rosito, médiocrement intéressé par leur conversation, faisait glisser dans sa main, comme un galet, cette jolie boîte qu'on venait de lui remettre et il observait amusé ce bureau de gendarme qui sentait le tabac, le salpêtre et le fumier de cheval. Avec ses tables noires et ses encriers d'encre violette, il lui rappelait aussi l'école où il allait de temps à autre.

Il s'était planté, interdit, devant les sept plaques d'albâtre reconstituées par Chabrand, contre le mur. C'était le genre d'assemblage inutile à la portée d'un enfant et Rosito admirait comme il convient ce jeu de patience. Il épelait un à un à haute voix, avec une sorte de respect, ces noms reconstitués, comme s'il comprenait que, étant gravés dans le marbre, ils ne pouvaient appartenir qu'à des morts.

Il avisa le planton de Saint-Etienne, lequel contemplait à côté de lui le chef-d'œuvre du sous-brigadier Chabrand.

« Dites, monsieur le gendarme, lui demanda Rosito, qu'est-ce que c'est, ça ?

– C'est un jeu, lui répondit le planton en riant et pour couper court.

– Y en a sept..., dit Rosito rêveusement.

– On s'amuse à ça quand il pleut ! » gouailla le planton.

Rosito n'attendait pas de réponse. Il examinait fixement les belles plaques d'albâtre, sillonnées par les cassures qu'on avait rapprochées.

« Dites, monsieur le gendarme, comment ça se fait qu'il y en a une qui a plus de morceaux que les autres ?

– Ma foi ! dit le planton. Laquelle ? »

Le doigt de Rosito se tendit vers le sol et ne bougea plus.

« Celle-là ! » dit-il.

La question de l'enfant tomba dans un silence de la conversation entre les charbonniers et Laviolette, qui l'entendit. Il écarta ses interlocuteurs et vint se planter devant Rosito.

« Qu'est-ce que tu dis ? Répète ! »

Rosito le considéra avec étonnement, mais il répéta docilement :

« Comment ça se fait que cette plaque, elle soit en plus de morceaux que les autres ?

– Laquelle ? dit Laviolette. Pose la main dessus pour bien montrer. »

Rosito se baissa et s'exécuta.

Laviolette le souleva de terre et l'embrassa sur les deux joues spontanément, sous l'œil mi-figue mi-raisin d'Attilio qui n'embrassait son fils que pour le jour de l'An.

« Bien sûr ! s'écria-t-il. C'était trop simple ! On cherchait midi à quatorze heures ! Voilà : ce que trois imbéciles de gendarmes cherchent depuis trois semaines, toi, tu l'as découvert d'un coup... »

Il reposa sur le sol l'enfant qui serrait toujours dans sa main la boîte à assassins. Il ne quittait pas des yeux la plaque désignée par Rosito.

« C'est ça, grommelait-il entre ses dents... en trois fois plus de morceaux, semble-t-il. Comme si, celle-là, on avait voulu la réduire littéralement en poudre... Ouais... mais ça veut dire, quoi, tout ça ? »

Le dimanche matin, à la sortie de la messe, parmi le flot des paroissiens, on vit un enfant de charbonnier qu'un homme long, maigre et triste, en foulard rouge, tenait solidement amarré à lui.

De sa main libre, cet enfant projetait en l'air un objet brillant qu'il rattrapait adroitement et qui semblait à tous être de beaucoup trop de prix pour lui appartenir.

On le revit le lendemain lundi, sur le champ de la grande foire d'été, parmi le monde fou qu'il y avait. Tout l'arrondissement était là, assoiffé de bonne heure sous le soleil qui dardait. Rosito, toujours suspendu à l'énorme main de son oncle, musait parmi les éventaires. Il tenait toujours cette boîte dont il jouait de toutes les façons afin de bien la montrer. A la lancer ainsi de plus en plus haut pour la rattraper ensuite, il avait acquis une dextérité de jongleur. Parfois il feignait de la perdre. Elle roulait dans la poussière et il ne se baissait pas tout de suite pour la ramasser.

M. Amphoux, l'amateur de belles choses, qui faisait un tour de foire sous son ombrelle à tranches blanches et roses, avisa cet objet aux mains de Rosito. Il n'hésita pas à se pencher vers lui.

« Mon Dieu, s'écria-t-il, mais c'est une boîte à assassins que tu tiens là ! Mais d'où diable te vient-elle ? Mon Dieu ! Mais je n'en ai plus vu depuis trente ans !

Depuis que la vieille marquise de Pescaïré m'en avait fait cadeau d'une... Je l'ai donnée moi aussi, d'ailleurs, un jour... Ah ! *Souvenir, souvenir que me veux-tu ?*

– A qui ? » demanda une voix derrière lui.

Il se retourna. C'était le sous-brigadier Chabrand, lequel, discrètement, lui faisait signe de le suivre.

Cet amateur de belles choses en eut pour deux heures à la gendarmerie, afin de raconter les tribulations de sa propre boîte à mouches. Mais la vieille marquise de Pescaïré était morte depuis plus de vingt ans, comme était mort aussi le souvenir qui semblait se dérober à la mémoire de M. Amphoux. On ne put lui arracher un nom et il réussit à maîtriser son trouble devant les plaques d'albâtre qu'on lui fit lire.

Jusqu'au crépuscule, sur la foire qui se débandait et laissait apercevoir parmi la foule qui se dispersait le crottin éparpillé des chevaux, Rosito exhiba sa boîte. Il défila devant les terrasses des cafés où des maquignons, bardés de chaînes qui tenaient les portefeuilles, débordaient de leurs chaises fragiles. Mais, instruits par la mésaventure de M. Amphoux, qui n'avait échappé à personne, chacun en le voyant détournait prudemment la tête.

Il ne restait plus sur le foirail, macabre et triomphant, que le corbillard bleu de Brédannes. Celui-ci avait vendu jusqu'à son dernier sachet de racines de gentiane, jusqu'à son dernier flacon d'orviétan. Il mettait toutefois un point d'honneur à empaumer sa dernière pratique. Il lui restait encore dans la branloire un onguent un peu rance pour faire repousser les cheveux. Il était allé le chercher. Il le faisait miroiter aux yeux de l'octogénaire édentée qui lui riait devant, sous une fanchon de dentelles jaunies propres à souligner sa calvitie.

Quand Brédannes – qui prétendait avoir mauvaise

vue – décrouvrit à côté de la badaude ce couple char·bonnier apparemment désœuvré, son regard d'aigle accrocha tout de suite l'objet que le gamin faisait sauter dans sa main. Il faillit descendre de son estrade funèbre pour venir lui demander d'où il tenait ça. Heureusement, la foule était maintenant assez clairsemée pour qu'on pût distinguer nettement, parmi ses remous, la stature nonchalante d'un gendarme, le nez au vent.

Bien que n'ayant pas bougé de son éventaire, Brédannes, comme tout le monde, connaissait la mésaventure survenue à l'amateur de belles choses. Il s'abstint de tout geste inutile. Mais son émotion était si forte qu'il remit la potion à la branloire, quoique la vieille lui tendît déjà la piécette pour l'acquérir.

Il sauta lestement à terre et ferma sa boîte à cadavres dont le double fond lui permettait à volonté de la transformer en douillet nid d'amour.

L'Auvergnat pionçait tête basse au pied d'un charme, le sac de civade attaché sous les naseaux. Brédannes le mena boire avant de l'atteler. Le niveau des eaux était si bas qu'il perdit un quart d'heure à remplir le seau au canon de la fontaine.

Quand enfin il put partir, seuls demeuraient trois ou quatre forains qui repliaient leurs toiles. Il regarda en l'air machinalement. La lune ovale se distinguait dans le ciel clair, à l'aplomb du campanile. Il restait peu de jour. Brédannes songeait aux heures bénies qui l'attendaient, mais cette perspective n'était pas seule à l'émoustiller. Le mystère et le danger l'alléchaient aussi très fort et, quitte à y gagner quelque tourment, il tenait absolument à vérifier quelque chose.

A plusieurs reprises, au cours de la journée, il avait suivi des yeux quelqu'un qui tantôt se mêlait à la foule, tantôt s'en isolait. Il venait de vérifier qu'au rempart des Carmes, le cheval de cette connaissance, identifiable à sa selle, y était toujours attaché.

Il se hâta de quitter Forcalquier pour devancer ce cavalier qui devait – si ses calculs étaient justes – emprunter la même route que lui.

« Il faut que j'en aie le cœur net », se disait-il.

Son estomac sonnait le creux, mais il n'avait ni faim ni soif. Il ricanait au passage devant les bistrots qui regorgeaient de buveurs tonitruants. Lui, il préférait, à ces apparences de bonheur, la riante réalité qui l'attendait.

C'était un rendez-vous d'amour. Mais la curiosité qui le dévorait était aussi pour moitié dans son exaltation.

Bien calé sur le siège, enveloppant l'Auvergnat de coups de fouet lancés en l'air qui claquaient haut au-dessus du cheval, il chantait à pleins poumons sa chanson préférée :

« *Salut, ô mon dernier matin !* »

Il croyait naïvement – et depuis très longtemps – avoir trouvé un exorcisme contre le destin dans cette provocante aubade à la mort.

La plaine du quadrilatère était embourbée sous la poussière de blé. Les aires, où sans relâche tournaient les meules de pierre, crachaient au ciel, dès le matin, la balle impalpable qui flottait dans l'air, au gré des courants chauds. Dès sept heures du soir, à travers ces myriades de particules qui tremblaient comme des vols d'insectes, le soleil lui-même pouvait se regarder en face.

L'été avait épongé l'humidité de la terre. Des tentacules de mousse se traînaient dans le lit de la Laye, sous le courant exsangue qui faisait de moins en moins de bruit. Le jour à peine se distinguait de la nuit et, lorsqu'elle venait enfin, la lune éclatante prenait le relais du soleil, et le jour, semblait-il, se perpétuait sur un autre registre.

On tricotait sur le pas des portes à onze heures du soir sans lumière. On se reconnaissait d'une maison à l'autre à pouvoir distinguer la couleur des yeux. La réverbération de la lune était si intense qu'elle donnait l'illusion de chauffer et que certains feignants, soucieux de s'en préserver, se réfugiaient sous les voûtes cochères où l'ombre était nettement tranchée.

En vingt minutes de trot, par un tel crépuscule, Brédannes atteignit le carrefour de Porchères, au croisement de la route d'Apt et du chemin de la Mort-d'Imbert. Une épaisse couverture de yeuses formait là une haute remise sombre où l'on pouvait engouffrer les attelages dans l'ombre. C'est ce que fit Brédannes, et il entrava sommairement l'Auvergnat au tronc d'un chêne vert.

C'était là qu'il espérait sa bonne fortune. De plus en plus souvent, trop souvent, même, depuis quelques semaines, eu égard à la prudence... Mais quoi ! Il fallait bien profiter de cette excitante canicule.

Pourtant, ce soir, avant l'amour, il devait d'abord satisfaire sa curiosité dévorante. Il devait d'abord vérifier s'il ne se trompait pas. La boîte de Rosito l'avait subjugué. Il savait où il l'avait vue. Une deuxième épreuve s'imposait pour acquérir une certitude, après quoi il pourrait s'enorgueillir d'avoir élucidé à lui tout seul l'énigme des soupes trop salées.

Par hasard, ce lieu serait propice aussi au piège qu'il voulait tendre.

Brédannes s'enfonça sous le bois de yeuses jusqu'au canal d'arrosage qui le limitait. Une roselière y murmurait ferme sous un vent léger d'elle seule connu. Brédannes ouvrit son tranchet, coupa deux roseaux et chercha au bord de la rigole un plant de dactyle où prélever quelques longues herbes. Muni de ces accessoires, il revint vers son attelage et s'installa sur une souche.

Il travailla un bon quart d'heure dans l'ombre qui venait. Un bout de langue serré entre les dents lui sortait de la bouche à force d'application. Les éclats de canne s'amoncelaient à ses pieds, sous les coups précis du tranchet. Enfin, il se releva, tendant son chef-d'œuvre à bout de bras pour l'admirer. C'était une croix rudimentaire, formée de deux tronçons de roseau et liée en son centre par un nœud d'herbe en bec d'oiseau. Elle était néanmoins assez grande et assez épaisse pour frapper l'attention. Brédannes la considéra une minute, puis il sortit du couvert des yeuses pour se rapprocher de la route.

Tandis qu'il travaillait, la nuit s'était installée, mais il y paraissait à peine tant la lune y prolongeait le jour. Des loupiotes fusaient un peu partout sur la campagne. Elles clignotaient un peu plus denses sur les remparts de Mane et de Forcalquier. Elles dansaient par les tournants de la route, en des bonds élastiques de feux follets.

On circulait beaucoup sur cette route. Le trafic des rouliers y reprenait après le repas du soir. Les gens de Reillanne, de Villemus, de Céreste rentraient chez eux sur leurs bogheis et leurs jardinières, après ce jour de foire qu'ils avaient transformé en ribote. Pour passer le temps sur les bancs des tapissières, on chantait *Les Blés d'or*. Il fusait aussi des rires bêtes et des grossièretés. La vie fugace des paroles traversait l'air du temps. Brédannes n'entendait jamais sans nostalgie cette musique que jouaient ses semblables en passant.

Entre deux attelages, il traversa la chaussée. A la croisée des chemins, le jubilé du Rosaire dressait son cube sur un tertre. L'hiver noir de quatre-vingt-sept avait fait péter net la base de l'énorme croix de fer ouvragée, forgée gratuitement, à l'époque, par le père Tempier. Personne, depuis, n'avait plus eu ni la foi ni l'argent pour la remonter. Elle gisait, couchée par le travers, contre son socle en pierre de Mane. La rouille et les orties la digéraient lentement.

Brédannes l'escalada pour atteindre le sommet du cube où le moignon de la croix était enchâssé. Il utilisa celui-ci pour fixer la sienne, au moyen d'un lien de rafia. Ensuite, il s'éloigna pour juger de l'effet. La croix pour rire était parfaitement visible à trente pas.

La lune accrochait les reflets lisses des roseaux et dorait le nœud de dactyle.

Brédannes se frotta les mains.

« Personne, se dit-il, ne prêtera attention à cette babiole, on croira à un jeu d'enfant. Mais celui à qui je le destine reconnaîtra parfaitement, lui, son propre jeu. Le nœud auquel il excellait et qui m'a donné tant de mal. Il devrait réagir. En tout cas, c'est un coup à tenter... »

Il tira son oignon du gousset. Il était vingt et une heures trente. Il fit le calcul mental des quelques obligations qui pouvaient retenir en ville le personnage qu'il guettait, après quoi, il s'enfonça sous le couvert pour retrouver son véhicule. Il sortit de la branloire une pierre ponce et se mit en devoir de s'astiquer vigoureusement les joues et le cou. Il s'assura d'un revers de main que sa peau était douce. Ensuite, il attendit.

Depuis plus de cinquante ans qu'il avait des rendez-vous d'amour, il n'avait pas encore épuisé le charme angoissant de l'attente. Toutes les attentes en amour lui étaient toujours nouvelles et délicieuses. C'était sans doute pour cela qu'il plaisait encore.

Soudain, un harmonieux bourdonnement lui fit dresser l'oreille. Elle était là, sa bonne fortune. Elle arrivait à bicyclette par le Chemin des Reines. Blanche comme une sylphide, elle mettait pied à terre et posait son vélo contre le tronc d'un arbre.

Elle arrivait à leur rendez-vous coquettement parée de manches à gigot et d'un bandeau de dentelle ceignant son front un peu trop haut. La poitrine émouvante, quoique sans opulence, sur la taille de guêpe, haut perchée sur des bottines à talons, stricte et bien sanglée, on eût dit qu'elle allait prendre son service chez feu le président Serenne, où elle était femme de chambre.

Elle était à souhait ainsi : efflanquée sans être maigre ; anguleuse quoique de chair ferme ; les attaches solides ; les fesses larges et peu cambrées. Fort de cinquante ans d'expérience, Brédannes préférait à tout autre ce type de femmes sans grâce. D'après lui, à cause de leur conformation particulière, il était plus aisé de suivre chez elle les progrès du désir que chez les autres, où , dans la plupart des cas, on restait dans l'incertitude. De plus, cette merveille de la nature était myope et portait lorgnon. Ce qui, sans qu'il pût l'expliquer congrûment, constituait encore, aux yeux de Brédannes, un atout érotique.

Il reçut avec délices le contact du linge frais repassé contre son vieux cuir aiguisé à l'âpreté des saisons. Il appréciait cet élan comme un jeune homme. Son visage en perdait sa ruse native et se retrouvait radieux. Néanmoins, il s'efforça de la tenir un peu à distance. Pourtant elle piaffait d'impatience et il lui était dur de lui résister, mais il voulait d'abord assouvir sa curiosité afin d'avoir ensuite l'esprit libre.

« Attendez belle Julie ! Attendez de grâce ! Nous avons tout notre temps ! »

Il ne l'appelait que *belle Julie*, et il la voussoyait en toutes circonstances. Et ce voussoiement, qui soulignait les pires audaces, comblait la belle Julie d'un trouble délicieux.

Il mit un doigt sur ses lèvres :

« Belle Julie, si vous êtes bien sage, je vais vous montrer un spectacle que vous n'avez jamais vu. »

Sa faconde de camelot l'obligea à se répéter avec emphase :

« Un spectacle que vous ne verrez jamais plus !

– Mon Dieu ! Vous m'effrayez ! ... »

Il la conduisit doucement vers la couverture de cheval qu'il avait déployée au pied d'un bouquet de yeuses, devant le talus d'un terrier à blaireaux qui boursouflait le sol et permettait de voir la route sans être vus.

Il la fit étendre. Il s'allongea contre elle. Il lui souffla dans l'oreille :

« Si tout va bien, vous allez voir passer un meurtrier...

– Mon Dieu ! »

Elle feignait d'avoir peur, mais elle tournait son visage vers lui pour l'embrasser. Elle avait une toute petite bouche aux lèvres serrées et une langue très pointue qu'elle lui livrait avec une réticence perverse. Pendant quelques minutes, elle mit toute sa coquetterie à lui faire oublier ce meurtrier qu'il lui promettait. Puisque qu'on était là... puisque de toute façon il fallait attendre... pourquoi ne pas le faire de la manière la plus...

« Y songez-vous ? dit-il. Sur cette couverture ? Oubliez-vous qu'il me faut mes aises ? »

Il lui dit qu'il avait tout de même des os à ménager ; qu'on ne se tient pas maigre jusqu'à cet âge sans que les articulations ne finissent par pointer durement sous la peau. Finalement, blottis l'un contre l'autre mais décents, ils se contentèrent d'une excitation latente qui les maintenait en état d'euphorie.

La route devant eux, brillante sous la lune, était devenue déserte. Elle baignait dans le silence des bois. Passa un cycliste sur une bicyclette à fanal. On entendit son souffle court dans la montée qui précédait le Rosaire. Depuis le fond de l'horizon, un haquet tonitruant chargé de barriques vides mit longtemps à paraître, précédé et suivi du tonnerre de son charroi. Puis le silence fut rendu au chant des courtilières.

Brédannes commençait à se dire que c'était bien cher attendre pour le salaire d'une curiosité malsaine, alors qu'il avait à sa portée de quoi les satisfaire toutes, lorsque le galop d'un cheval forteresse s'imposa à son oreille. Quelqu'un se dressa devant la lune et l'ombre mit longtemps à passer. C'était l'immense Chamfrau que montait Laviolette. Un beau couple, et qui ne risquait pas de s'envoler.

Mais Chamfrau était un cheval qui, pour être énorme, n'en était pas moins subtil. Lorsqu'il défila entre le regard des amants et le jubilé du Rosaire, il pointa les oreilles et se dévoya légèrement. Laviolette l'immobilisa. Chamfrau hennit longuement, tête basse, sans faire trop de bruit.

« Qué as ? lui dit Laviolette, agacé.

Lui, il ne devina pas le couple tapi sous les yeuses ; lui, il ne vit pas briller la petite croix de roseau. Il avait en tête quelque chose qui l'obsédait et vers quoi il allait. Il ne voulait pas se laisser distraire par une lubie d'animal. Il serra un peu Chamfrau entre ses genoux. La bête repartit. C'était un cheval de gendarme docile. Il n'était pas là pour se substituer au destin. On lui disait d'avancer, il avançait. Il passa.

Cependant, Brédannes était très étonné. Que pouvait bien faire sur cette route, à onze heures du soir, un gendarme en uniforme, et tout seul ? Il méditait sur cette anomalie toute caresse cessante lorsque tout près – comme s'il avait voulu les surprendre – le sifflet strident d'un train retentit qui les fit tressaillir. La belle Julie en resta toute tremblante. Elle murmura :

« Il a sifflé ainsi la nuit où le président est mort...

– Vous m'avez déjà dit cela, belle Julie, certain matin où vous vous êtes abattue sur mon épaule en pleurant. Vous étiez inconsolable alors...

– Mon Dieu !... Vous devez trouver que je me suis bien vite consolée !

– N'accusez que la nature, belle Julie ! La nature commande, pas vous...

– C'est bien vrai ça ! »

Absoute par ce truisme, elle le chercha avec fièvre, impatiemment. Il se recula un peu. Il tenait à vérifier le ressort du piège si soigneusement tendu. Pour cela, il convenait de rester sur le qui-vive.

« Modérez-vous ! gronda-t-il. Si vous tenez à voir un criminel – ce qui ne vous arrivera pas si souvent dans votre vie – nous ne devons pas penser à autre chose... Sans quoi, il va nous passer sous le nez... »

A cet instant naquit à l'horizon et s'amplifia le broiement d'un gros moulin à café qui aurait concassé des pierres. Deux yeux de hibou les éblouirent l'espace d'un instant. Ils virent se profiler, juché sur un trône, une sorte de dieu panique, engoncé dans une peau de bique qui rutilait sous la lune, le visage barbu barré par d'effrayantes lunettes noires. Il passa comme l'éclair et ils furent baignés dans un parfum de lampe à pétrole qui mettait du temps à s'évaporer.

Julie poussa un petit cri :

« Mon Dieu ! Monsieur ! »

Instinctivement, sa docilité ancillaire lui commandait de se dresser, de courir reprendre son service, du moment que Monsieur passait...

« Eh bien quoi, *Monsieur* ? dit Brédannes. C'est mercredi. Monsieur Jean-François Serenne va voir sa maîtresse à Nanse... »

Il grommela :

« Ça leur fera toujours une bonne nuit de repos à tous les deux... »

Julie pouffa d'un rire hennissant qui la secouait de la tête aux pieds. Il ne pouvait pas résister à son rire. Il allait la dévêtir sommairement – tant pis pour le confort – lorsqu'un bruit étouffé suspendit son geste.

C'était le trot discret d'un cheval léger et pas très chargé, qui s'efforçait de masquer son approche. Sans le voir encore, on devinait qu'une entente parfaite soudait la monture et son cavalier en un seul être aux sens conjugués, affinés ensemble par une longue fraternité et, peut-être, par un peu d'amour réciproque.

Il arrivait devant le Rosaire. Il allait passer. La tête et le torse du cavalier allaient se dévoiler d'un seul coup, sous le clair de lune, lorsque, serré au mors, le cheval fit l'éventail et se mit à piétiner un petit pas de danse très rapide. Il se cabra légèrement et s'immobilisa. Avant même cet arrêt, le cavalier avait sauté sur le sol du côté opposé où Brédannes était tapi. Le cheval maintenant immobile au milieu de la route lui masquait le personnage qui avait mis pied à terre. Il lui masquait aussi le Rosaire. Pour découvrir les deux, il eût fallu se dresser et s'avancer. Brédannes eut toutes les peines du monde à en empêcher Julie, qu'il dut plaquer au sol.

Ils distinguaient seulement, entre les jambes du cheval, le pantalon de cuir à franges du cavalier. Ils entendaient aussi le bruit de feuilles froissées qui leur parvint lorsque l'inconnu arracha au moignon du calvaire la croix de roseau. Ils l'entendirent lorsqu'il la brisa entre ses mains et ils la virent lorsqu'il la projeta au sol pour la piétiner. Le cheval n'avait pas bronché. Ce fut en un éclair que le cavalier se remit en selle ; en un éclair la lune tombant à plomb dévoila les méplats, les creux, les lignes de son visage et de son buste. Ce fut en un éclair qu'il disparut.

« Mon Dieu ! Mais c'est... », commença Julie.

Brédannes lui ferma la bouche d'un baiser et ne la lâcha plus tant qu'il n'eut pas entendu le galop du cheval s'estomper à l'horizon.

« Voilà, dit-il, un peu essoufflé : la colère, la brusque décision, le geste implacable. J'étais sûr de sa réaction. L'enfance est révélatrice : elle étale au grand jour ce que plus tard il importera le plus à l'adulte de dissimuler... »

Il releva Julie, qui était agenouillée en proie au plus grand étonnement.

« Mon Dieu ! s'exclama-t-elle. Ça a donc cette tête-là un gibier de potence ?

– Hé hé !... ricana Brédannes. Quelle autre tête vouliez-vous donc qu'il eût ? »

Il l'enlaçait, il l'entraînait doucement.

« Demain à la première heure, dit-il, j'irai à la gendarmerie et je parlerai... Demain à la première heure... mais pour l'instant, belle Julie... »

Il la conduisait vers le corbillard comme sur un pas de danse. Ils se mussèrent dans la longue logette oblongue à double fond qu'il avait douillettement capitonnée et qu'il transformait à volonté, tantôt en estrade à boniments, tantôt en nid d'amour, et qui embaumait les herbes de Lure.

Il faisait encore très chaud, coincé entre ces planches. L'herboriste ouvrit en grand et rabattit sur ses béquilles le volet plate-forme qui lui servait d'éventaire. Le ciel était si éclairé qu'on ne voyait pas d'étoiles.

« Demain à la première heure, répéta Brédannes, mais pour l'instant... »

Il s'abandonna sans vergogne au plaisir de détrousser sa bonne fortune de tous les oripeaux de sa charge : depuis le nœud savant du tablier jusqu'aux boutons des bottines. Ce n'était pas très pratique dans cet étroit logement conçu pour engloutir un cercueil.

« Vous êtes, lui chuchotait-il, aussi protégée de peaux qu'un oignon qui présage un hiver rigoureux... »

Elle riait aux éclats à ces paroles, le plus bêtement qu'elle pouvait, ainsi qu'il l'en avait priée souvent.

Si monstrueusement dépareillés qu'ils fussent aux yeux des gens normaux, ces deux êtres tenaient le pouvoir d'obtenir de leur chair des plaisirs que nul autre n'avait jamais pu leur procurer. Ce sont des choses inestimables. Ce sont des choses qui se paient.

Il y avait déjà deux heures qu'ils oubliaient tout ; qu'ils secouaient ce pauvre corbillard dont les ressorts grinçaient comme des cordes à violon.

Il y avait près d'une heure qu'au-dessus de leur aire, tapi comme un fauve sur l'auvent rabattu par Brédannes pour avoir de l'air, quelqu'un suivait leurs ébats la mort dans l'âme. Quelqu'un qui cahotait comme le corbillard sous les rythmes divers que les amants lui imprimaient. Les surplombant, il pouvait distinguer leurs yeux clos et leurs mines repues. Il avait le nez sur ces dessous de soubrette dont l'odeur amidonnée lui soulevait le cœur. Il tenait à bout de bras son arme qui pendait contre la roue du corbillard.

Quand à l'unisson le désir tira aux amants le même râle conjugué et qui n'en finissait plus, le voyeur enjamba l'habitacle et commença à frapper. Le couteau se soulevait et s'abaissait en cadence. Il s'enfonçait dans les chairs avec un bruit flasque.

Il frappa dix fois, comme s'il voulait imprimer les amants dans la terre. Il frappait pour anéantir. Les ressorts du corbillard imploraient grâce. Il n'y eut qu'un seul cri. Nul ne sut jamais qui l'avait poussé. L'assassin s'acharnait sur des morts et ne s'arrêta que le bras fatigué, laissant sa lame dans la dernière plaie.

Après quoi, exténué, il sauta de son perchoir et rabattit sur les cadavres le panneau de la trappe. Cela fit un bruit de sépulcre refermé.

Alors, l'assassin saisit la bicyclette blanche par la

potence et s'en alla lentement, lourdement, sous l'ombre des yeuses.

C'était le moment où Chamfrau, portant Laviolette, s'enfonçait sous le mystère d'une très vieille allée de buis autrefois taillés. Des érables hauts de vingt mètres la surplombaient et laissaient tomber sur elle la pluie des feuilles que la sécheresse arrachait aux branches. Sous ces frondaisons clairsemées, jouait la lune à travers bois.

Laviolette mit pied à terre pour précéder Chamfrau qui renâclait devant l'étroitesse de la piste. L'allée aboutissait là, par une clairière exiguë, enchâssée sous les grands arbres pressés.

Un monument austère en occupait le centre. C'était un tombeau fait d'une seule dalle longue de quatre mètres et large de trois, au centre de laquelle un gros anneau était scellé et dont l'inscription était totalement effacée par la lèpre du lichen noir. On avait incarcéré les morts qui reposaient là, derrière un carré de piques de fer où aucune porte n'était prévue.

Laviolette resta une ou deux minutes devant cette sépulture comme s'il se recueillait. Chamfrau lui soufflait dans le cou et lui donnait des coups de tête. Cet endroit ne lui disait rien qui vaille. Il avait hâte de regagner l'écurie.

« Qu'est-ce que tu en penses ? » dit Laviolette d'une voix étouffée.

Chamfrau hennit plaintivement, d'un hennissement de poulain qui étonnait chez cette énorme bête. Laviolette se roidit. Au loin, comme un écho, un autre hennissement répondait à celui de Chamfrau, puis il se répétait.

Qui pouvait rentrer chez soi à cette heure indue ?

Le brigadier tourna bride et se remit en selle. La longue allée de buis sinuait sous les grands arbres, ponctuée de clapiers énigmatiques en forme de pyramide. Le cheval emportait Laviolette plus vite qu'à l'aller, pressé, semblait-il, de quitter ces lieux. C'est seulement sur la route familière qu'il reprit le *trot Pompadour*. C'était le pas majestueux dont s'enorgueillissait ce haras d'où il était issu et à la cadence duquel, parfois, Laviolette s'assoupissait.

Il s'assoupit en effet, la tête ballante, à force de réfléchir, et quand Chamfrau s'immobilisa, il faillit vider les étriers.

Le cheval de nouveau marquait l'arrêt au croisement de la Mort-d'Imbert, devant le jubilé du Rosaire. Il tapait du sabot sur les débris de la frêle croix que quelqu'un avait piétinés tout à l'heure.

Laviolette, qui songeait à ce qui lui restait à faire cette nuit, n'était pas d'humeur à se plier aux fantaisies d'un cheval. Il lui lança un ordre ferme. Chamfrau, cette fois, voulut discuter en secouant la tête avec force à plusieurs reprises. Alors son maître lui donna du genou dans les côtes avec détermination, et cette fois Chamfrau, résigné, reprit, mais sans énergie, la route de Forcalquier.

Et voilà pourquoi cet autre crime ne fut pas connu. En effet, quand l'Auvergnat en eut assez du silence, de la solitude et de l'inaction – Brédannes d'ordinaire ne restait jamais plus d'une heure sans le flatter ou sans l'engueuler –, quand il en eut assez, donc, il se prit posément à mâcher le cuir usé de sa longe.

Cela fut bientôt fait. Brédannes avait noué les guides autour de la douille du fouet, et l'Auvergnat n'était donc gêné par rien. Lorsqu'il fut libre, il sortit du couvert et s'engagea sur la chaussée. Il connaissait parfaitement la piste qui menait à son écurie. Il l'avait sillonnée plus de mille fois en dix ans. Il savait où il fallait bifurquer pour s'enfoncer dans la montagne qu'il suffisait de franchir.

On était au milieu de la nuit, tous les hommes à l'abri, tous les attelages au repos. Il ne restait par chemins que ce corbillard maintenant rendu à sa destination première et que traînait un cheval sans maître. Il avançait avec nonchalance, sachant la route longue et qu'il convenait de la prendre à l'aise.

Il enfila les drailles de Lure et monta droit vers les oratoires. La nuit qui finissait ne fraîchissait pas. La terre de Lure se crevassait de fissures profondes. Toute l'humidité des vallons et des combes était pompée sans pitié. Faute d'eau, la couleur des arbres était déjà d'automne. La chaleur engrangée par les éteules et les clapiers tremblait en mirage devant la lune, montait à la rencontre du prochain soleil. Aucune fontaine ne chantait plus, aucune eau ne courait plus. Le pas du cheval et les roues du corbillard arrachaient au sol des volutes de poussière qui n'en finissaient pas d'y retomber.

Le dernier qui vit l'attelage fut frère Calixte, qui sortait de son église, après un office de nuit. Il en parla jusqu'à sa mort, tant ce prodige l'avait étonné.

« Je venais juste de contourner mon noyer pour éviter de prendre le froid de la mort. Je descendais à la fontaine, où j'avais mis mon *péchier* à remplir... Les eaux étaient si basses qu'il fallait sept heures ! Et c'est là que j'ai entendu ce bruit. Je me suis dit : "Qu'est-ce qu'il fait le Brédannes, par chemin, à trois heures de nuit ? Et pourquoi il s'arrête pas ?" J'étais sûr que c'était lui : y avait pas une carriole qui gémisse comme ça. Elle remplissait la nuit de terreur. Il y avait des femmes qui s'évanouissaient à la voir, après l'avoir entendue... Il est passé à cinq cents mètres de moi, là-bas... de l'autre côté de la combe et... »

A ce point de son récit frère Calixte s'interrompait. Son bras demeurait braqué vers cette ligne droite du chemin qu'il indiquait. Il déplaçait son doigt comme s'il visait encore la trajectoire de cet attelage fantôme.

« Il n'y avait personne sur le siège », achevait-il.

Il se recueillait une minute, et si on l'interrogeait, il répondait :

« Non ! J'ai été le dernier ! Après ça, après moi, personne... »

Il tranchait l'air de sa main.

« Personne ne les a plus revus : ni Brédannes ! Ni le corbillard ! J'ai été le dernier... »

Il avait été le dernier Quand le cheval déboucha de l'ombre des hêtres pour attaquer les clapiers de pierres plates qui forment les sommets de Lure, il se trouva devant l'aube.

Mais était-ce seulement l'aube ? Une masse de nuages immobiles stagnait entre le soleil et la forêt en contrebas. Ces nuages ressemblaient à de la poussière. Ils étaient exsangues d'eau comme des fruits trop secs et ne bavaient sur le ciel qu'une lise couleur de soufre.

Les fumées lentement aspirées des incendies qui ravageaient le Grand Plan de Canjuers s'y étaient encloses et les fortifiaient. Toutes leurs résilles desséchées étaient cependant gonflées de charges électriques antagonistes qui grommelaient dans leurs profondeurs, comme un troupeau mal contenu.

Cette masse, dont on voyait les confins – elle n'atteignait ni la vallée de la Durance ni, de l'autre côté, les falaises du Devoluy –, pesait uniquement sur Lure. Sur ses assises inconsistantes, elle s'érigeait jusqu'à cinq mille mètres d'altitude. Là-haut, dardant ses têtes vers le soleil, elle rayonnait comme un bouquet de fleurs blanches. Ici, sur les clapiers blafards de Lure, elle était hideuse. Le chemin passait sous son front bas qui formait une voûte couleur de plomb fondu.

Ce tunnel informe changeait de dimension à chaque seconde. Des coups de foudre roses y claquaient, étouffés comme dans du poussier. Le tonnerre y dépenaillait les lambeaux de nuages comme les plumes d'un édredon crevé.

Le cheval s'immobilisa devant cette sournoise curiosité de la nature. Ses œillères l'empêchaient de la mesurer précisément, mais il la sentait sur toute sa peau qui pétillait déjà. Il connaissait sa montagne. Lure est fertile en prodiges de la foudre. Ce n'est pas pour rien que sur ses sommets, nus à l'infini, les bergers ont édifié tous les cinq cents mètres ces abris de pierre couverts de lauzes. Plus souvent qu'à leur tour, ils s'y sont coulés de justesse, balançant au loin bâtons ferrés, quarts de soldats, souliers à clous..., tandis que le troupeau faisait la tortue.

Mais, pour ce cheval avide de confort, l'écurie était au prix de cette traversée. L'Auvergnat donna un coup de collier et l'attelage s'ébranla de nouveau. Il gémissait de plus belle. Ses roues ferrées dérapaient sur les dalles. Il avançait comme un crabe, sur le côté. On eût dit qu'il savait ce qui l'attendait et qu'il s'y faisait traîner.

La curiosité de la nature avala goulûment, patiemment, cette proie qui disparut au plus profond du brouillard rosé de coups de foudre passagers et qui paraissaient anodins.

Longtemps retentirent les sabots du cheval, la plainte des essieux et les craquements des tenons dans les mortaises disjointes.

Tout s'acheva en un broiement farouche qui fit un bruit de mâchoire refermée. Une lueur bleue teinta toute la barre des nuages et creva en un tonnerre foireux qui n'en finissait pas de rouler.

Instantanément un panache de fumée noire creva latéralement la paroi des nuages et se mit à ondoyer à la rencontre du soleil, svelte comme une plume et aérien comme elle.

Ce fut le seul éclair notable que ces nuages secs parvinrent à tirer d'eux cette aube-là. Et, dès cet instant, ils commencèrent à s'écrouler, à se répandre sur les forêts qui les absorbaient en brumes basses. Le soleil les dépeça enfin. La chaleur torride qui montait des plaines n'en laissa qu'une hallucinante buée.

Sur l'infinie étendue des monts de Lure, il ne restait plus debout qu'un cheval Auvergnat flanqué de deux moignons de brancards. Il était toujours coiffé de sa têtière rouge cardinal au plumet triomphal. Il était absolument immobile.

Derrière lui, ensevelissant les dalles, une cendre qui scintillait, commençait à se soulever sous la brise chaude.

C'était tout ce qu'il restait de la *bonne fortune*, des derniers flacons d'orviétan, de l'argent gagné à la foire, de l'arme de l'assassin et même de son crime. C'était tout ce qu'il restait du secret que Brédannes pensait révéler aux gendarmes, « *demain matin à la première heure* ». C'était tout ce qu'il restait du gai corbillard peint en bleu souligné de filets or. Les cercles de roues eux-mêmes achevaient de fumer, transformés en lingots de mâchefer.

Il ne restait plus rien de l'herboriste Brédannes. Sans doute, le pourvoyeur de son dernier matin avait-il voulu récupérer en bloc les témoins de cette existence, afin que se trouvassent rassemblées, lorsqu'il les soumettrait au jugement dernier, toutes les pièces de son procès.

Il faut plus de temps à un cheval qu'à un homme pour se rendre compte qu'il est encore vivant après un coup pareil. L'Auvergnat mit plus d'une heure à surmonter son ébahissement. Quand il s'aperçut enfin qu'il ne tenait plus à l'esclavage que par des lambeaux de harnais, il se remit tranquillement en marche vers son écurie.

Les arsins des brancards lui battaient bien un peu les flancs, mais, en allant doucement, cela ne le gênait pas trop.

Il était trois heures du matin, lorsque Laviolette, d'un poing sans faiblesse, s'en alla soulever le heurtoir phallique à la porte du procureur.

Il avait les moustaches embourbées comme celles d'un adjudant de carrière. Il était en train de se dire qu'il avait femme et enfant et que, s'il ne voulait pas les priver de soutien – ou leur faire respirer l'air des Ardennes, par exemple... – , il devait marcher dans cette affaire sur la pointe des pieds et, en tout cas, ne pas s'y aventurer sans bouclier.

C'est pourquoi il s'obstinait à laisser retomber du plus haut possible ce battant de fer qui sonnait comme un bourdon.

Apparemment ce tintamarre retentissait chez des gens à la conscience tranquille, car nul ne bronchait. Un caraco blanc était bien apparu à la lucarne sous les toits, mais ce fut en un éclair et il n'y eut pas de suite.

Laviolette n'hésita pas. Il cogna du heurtoir six fois de suite. Le procureur était éveillé depuis le début du vacarme, mais il comptait sur ses gens pour le faire cesser. Il se leva, en désespoir de cause, enfila ses babouches et descendit aux nouvelles.

Trouver devant lui un brigadier de gendarmerie en

tenue lui causa la plus grande surprise. Nul ne s'était jamais permis une chose pareille. Il allait le dire. Laviolette lui prit la parole :

« Pardonnez-moi, monsieur le procureur, dit-il, mais j'ai un plan...

– Ah, vraiment ! Vous avez un plan ! Et cela vous autorise à venir forcer ma porte à trois heures du matin ? »

Il lui tournait le dos, lui laissait le soin de repousser le vantail, pénétrait dans son cabinet où, de fort méchante humeur, il battait un briquet d'amadou qui prenait mal. Enfin, il réussissait à donner de la lumière. Laviolette l'avait suivi et se dressait sans broncher au centre de la pièce.

Le procureur se laissa choir dans un fauteuil et, d'un signe de tête, désigna un siège à l'intrus. Laviolette ne remua pas.

« Asseyez-vous ! ordonna le procureur. Vous me donnez le vertige ! »

Il fourragea dans son cheveu rare et vit passer devant lui, en cette occasion, les manchettes en dentelle de Malines de sa robe de chambre. C'était le cadeau trop voyant d'une maîtresse parisienne et il craignait toujours qu'on en devine la provenance.

« Ça ne pouvait vraiment pas attendre demain ? bougonna-t-il.

– Si vous acceptez, dit Laviolette, nous n'aurons pas trop de tout le temps qui nous sépare de la nuit prochaine pour tout organiser.

– Si j'accepte quoi ?

– Si vous acceptez mon plan. Monsieur le procureur, je voudrais que vous appeliez Monsieur le juge.

– Y songez-vous ? Il est marié de fraîche date...

– Nous gagnerions du temps », insista Laviolette.

Le procureur jeta un regard pensif sur la boîte carrée qu'on lui avait fichue juste au milieu de son bureau avec ses fils emmêlés et son espèce d'haltère reposant sur une béquille. Depuis un mois à peine cet objet sans grâce lui avait été alloué et il répugnait à y porter la main. Il existait pourtant une circulaire qui lui *enjoignait* de l'utiliser à toutes fins utiles.

Sans cesser de se demander pourquoi il obéissait à Laviolette, il se résigna enfin à empoigner l'haltère et à se livrer à cette occupation dérisoire qui consistait à tourner la manivelle d'appel.

La préposée de nuit devait venir d'un chambron qu'elle s'était aménagé entre les sacs postaux, car il se passa plus d'une minute avant qu'elle ne répondît. Forcalquier comptait douze abonnés et jamais encore aucune communication n'avait été demandée de nuit. Le juge étrennait lui aussi son haltère d'ébonite. En la cherchant à tâtons, il faillit assommer sa femme. Il ne fut pas non plus tout de suite au fait.

« Le brigadier Laviolette a *peut-être* une idée », lui annonça le procureur avec réticence.

L'appareil grésilla aigrement.

Le procureur gesticulait.

« Ah ! Que voulez-vous, mon cher ? Je le suis bien, moi, debout... Après tout, nous avons bien besoin d'une idée. Accourez donc, et au trot ! »

Il raccrocha l'haltère avec détermination. Le bruit qu'il en tira lui plut si fort qu'il se promit de téléphoner souvent.

Le juge, comme le procureur, logeait à moins de cinq cents mètres du vieux palais de justice. Son pas pressé qui retentit bientôt dans la rue déserte portait à n'en pas douter un homme furibond. Le procureur se leva vivement pour éviter une nouvelle volée de son heurtoir alarmant.

Ils revinrent ensemble. Ils s'étaient dit dans le corridor tous les : *c'est inimaginable* possibles. Ils en avaient encore les bras au ciel en entrant.

De nouveau, Laviolette était debout. Il n'y avait que deux sièges. Le juge se laissa choir sur celui que le brigadier lui abandonnait.

« Eh bien, dit-il, j'espère que vous avez de bonnes raisons pour réveiller Monsieur le procureur si cavalièrement... »

Il poussait la coquinerie courtisane jusqu'à tenir pour négligeable son propre réveil.

« Voilà..., dit Laviolette. Je pourrais vous parler d'une plaque d'albâtre pulvérisée et d'un tombeau protestant que j'ai découvert cette nuit. Mais, en vérité, je ne saurais vous faire partager mes doutes. La seule certitude, c'est que demain c'est la pleine lune...

– Je vous rappelle que Sauveur Clu n'a pas été tué par pleine lune.

– J'ai tout lieu de croire que celui-là, il a convoqué son meurtrier. On l'a tué par nécessité.

– Le mobile ! s'écria le juge. Tant que nous ne saurons pas les raisons de tous ces meurtres, nous ne saurons rien...

– Puisque nous ne l'avons pas, dit Laviolette, il ne nous reste que le flagrant délit. Voici ce que je vous propose... »

Il leur expliqua ce qu'il avait déjà fait et ce qu'il comptait faire.

« Il me faut douze brigades », conclut-il.

Le procureur poussa un cri.

« Où voulez-vous les prendre ? grommela le juge.

– Nous allons risquer la vie d'un enfant. Il sera comme une chèvre au piquet, sauf qu'il sera libre, qu'il couvrira beaucoup de chemin et que nous ignorons à quoi ressemble le loup...

– Auriez-vous trente-six brigades, dit le procureur,

qu'elles seraient perdues dans Lure. C'est un corps d'armée qu'il vous faudrait. Votre piège sera plein de trous...

– Je sais, soupira Laviolette. Mais les parents sont ignorants... Douze brigades, ça leur paraîtra peut-être rassurant. Je les ferai défiler autour de leur vente avec toute la buffleterie qu'il faudra.

– Si l'assassin s'attaque à l'enfant, dit le procureur avec gravité, et que vous ne puissiez le sauver, rien ne vous délivrera de vous-même.

– Je sais. J'ai prévu le cas. Vous verrez que j'ai mis tous mes œufs dans le même panier...

– Vous ne nous dites pas tout ! s'exclama le juge. Vous savez *qui* est l'assassin. Ou tout au moins vous *croyez* le savoir ! »

Son index accusateur pointait vers le ventre de Laviolette qui secouait négativement la tête.

« Je n'aurais pas besoin de douze brigades. Il me suffirait de le prendre au nid et de le suivre jusqu'à l'enfant... ou jusqu'à la prochaine soupe.

– Vous avez parlé de débris d'albâtre et de tombeau protestant... Il vous semble donc qu'il y ait un lien entre cette stupide affaire de carillon et le drame qui nous occupe ? »

L'index du juge était toujours accusateur.

« Ça..., soupira Laviolette avec contrition, c'est de la poésie... et ce n'est pas mon fort. C'est pourquoi je fais table rase. Vous n'attendez rien d'irrationnel de ma part, j'imagine ?

– J'attends que vous me livriez votre plus insignifiante pensée ! Je ne vous demande pas de me l'écrire, mais de me la dire, là, tout simplement ! Entre quatre z'yeux ! Vous avez peur ! Les douze brigades ne sont qu'un prétexte ! Si vous avez bravé notre repos, c'est que vous avez appréhendé la personnalité de l'assassin et qu'elle vous effraye assez pour que vous nous demandiez main-forte ! Mais en même temps, vous *n'osez pas* prononcer les paroles que vous aviez préparées.

– Monsieur le juge, voyons, dit Laviolette avec reproche, si je connaissais son nom je l'aurais prononcé en entrant...

– Que diable ! Vous ne prétendez tout de même pas m'avoir... enfin... nous avoir réveillés à trois heures du matin dans l'espoir de nous cacher quelque chose ? »

Le juge pressait le brigadier comme il l'eût fait d'un accusé. Petit, râblé, les mains au dos, montrant des dents qui grignaient un peu, il s'était levé pour tourner étroitement autour de Laviolette qu'il flairait comme un gibier.

« Vous ne me livrez pas le quart de vos pensées ! glapit-il. Il est bon d'être soucieux de ne pas se mouiller, mais il y a quelque indécence à ne pas me livrer votre intime conviction. »

Il se débrouilla pour englober dans son regard tant le brigadier que le procureur et il trancha :

« Après tout, je suis seul juge... »

Laviolette laissa retomber le silence avant de répondre.

« Ma conviction intime ? Une espèce de fantôme... Quelqu'un qui ne prend aucune précaution... Qui perd un objet peut-être exprès... Qui est vêtu d'une limousine fallacieuse et d'un chapeau cabossé... Mes gendarmes – lesquels ont partout des oreilles à la traîne – ont écouté les vieillards qui se reposent à l'ombre. Savez-vous ce qu'ils en pensent, les vieillards, du meurtrier ?

– Ils radotent, bougonna le juge. Moi aussi, je les écoute.

– Ils disent : c'est un homme qui est d'accord avec la montagne... Croyez-vous qu'on puisse mieux dire ? Même en radotant ?

– Il est de fait... », murmura le procureur.

Il paraissait absent. Il pesait la décision qu'il devait prendre.

« Il est invisible à cause de cette montagne, poursuivit Laviolette. Une aiguille dans une botte de foin. Et vingt suspects possibles. Sans compter ceux qu'on ne nous a pas dénoncés...

– Le bambin l'a vu, objecta le juge. *Lou moussu* ! Il a vu un monsieur. Il a identifié l'homme à la limousine du premier coup, sans hésiter, quand nous le lui avons présenté. Ah, je le vois tellement bien moi-même ce *moussu* à la limousine ! Quel dommage que nous ayons eu à rattacher aux autres le meurtre de Sauveur Clu ! Quel merveilleux coupable ça nous faisait ! Et là – notez bien – nous n'avions *presque pas besoin* de mobile. Songez : un errant simple d'esprit faisant ça par jeu... Ça aurait apaisé toutes les consciences... Quel dommage ! Ce bambin a été si catégorique, si spontané... La vérité sort de la bouche des enfants...

– Il a vu une apparence, dit Laviolette. Peut-être est-ce cela, peut-être est-ce autre chose... Moi, je ne sais pas.

– Témoin visuel, insista le juge le doigt levé. Imaginez un président usant de son pouvoir discrétionnaire pour introduire ce bambin dans le prétoire ; imaginez-le devant douze jurés, la gorge sèche de tenir quelqu'un qui a *vu* l'assassin ; imaginez-le, bien propre pour la circonstance, levant sa menotte vers un accusé... Je vous colle mon billet qu'avec ça, vous obtiendriez la condamnation de Monsieur le procureur en personne, le cas échéant !

– Eh bien, décidément non ! » s'écria le procureur avec force.

Il abattit ses mains sur les accoudoirs du fauteuil avec une telle énergie que le juge sursauta.

« Non, reprit-il plus doucement. Je ne puis vous autoriser à ça ! Je ne puis endosser une responsabilité pareille ! Y songez-vous ? Risquer *sciemment* la vie d'un enfant ?

– Je m'incline, dit Laviolette, et dans ce cas, pardonnez-moi de vous avoir fait perdre votre nuit... »

Il rectifia la position, salua et leur tourna le dos pour sortir. Le juge s'apprêtait lui aussi à prendre congé précipitamment pour tâcher d'aller rassembler les bribes de son sommeil autour de cette interruption. Il n'en eut pas le temps. Laviolette revenait vers lui.

« A propos d'*intime conviction*, dit-il, j'aurais besoin dès demain d'une commission rogatoire...

– Demain, demain..., dit le juge légèrement. Nous verrons cela. Que prétendez-vous en faire ? demanda-t-il, tout en enfilant ses gants.

– Aller interroger le grand vicaire plus à fond.

– Mon Dieu ! s'écria le procureur en se couvrant la bouche de la main. »

Le juge et lui échangèrent un rapide regard. Ils l'avaient oublié celui-là...

« C'est notre seule chance, insista Laviolette. Il faudra bien qu'il me dise *comment* il savait que notre suspect n'était pas coupable. Il faudra bien qu'il comprenne qu'une affirmation ne peut nous suffire. En tout état de cause, une commission rogatoire, ce sera plus discret qu'une convocation à votre cabinet. »

Il tourna de nouveau les talons.

« Ne vous sauvez pas tout le temps, brigadier, s'exclama le procureur. C'est agaçant à la fin ! Restez un peu en place et donnez-nous le temps de réfléchir, de grâce ! Nous ne sommes pas au théâtre ! »

Il se saisit le menton dans la main et regarda fixement le téléphone. Le juge le contemplait comme s'il eût été un oracle. Pas un muscle ne tressaillait sur le visage de Laviolette. Il avait les yeux tristes des chevaux mal traités.

« A tout prendre, énonça lentement le procureur, votre... plan, offre moins d'inconvénients sociaux que cette commission rogatoire dont vous pensez tant de bien... Soit, donc ! Vous les aurez, vos douze brigades ! Mais n'oubliez jamais que l'enfant en guise d'appât, c'est vous qui en avez eu l'idée. »

Il congédia le brigadier d'un signe de tête. Le silence s'établit dans son cabinet. Au-dessus d'eux, dans la pinède de la citadelle, les hommes entendaient souffler une houle de vent qui paraissait souligner leur inquiétude. Le juge ne songeait plus à partir.

« Si j'osais, Monsieur le procureur, dit-il, je vous demanderais si vous n'avez pas le sentiment que le brigadier nous a fait chanter ? »

Le procureur s'était emparé avec décision du téléphone et il tournait la manivelle avec une fureur vengeresse.

« Je vous garantis, dit-il entre les dents, que s'il se moque, il pourra dire adieu au soleil du Midi ! Et quant au grand vicaire, n'ayez crainte... Jamais une chose pareille ne se produira sous ma juridiction. A tout prendre, je préfère encore avoir la conscience lourde ! »

Laviolette était à son bureau quand Modeste entra pour lui dire bonjour. Il revenait de sa vacation de nuit. Il embrassa son père. Ce geste lui coûtait depuis qu'il avait l'impression de le trahir, depuis que – sans que Laviolette en sût rien – ils étaient devenus ennemis.

« Fils, dit le brigadier, assieds-toi et écoute-moi. La nuit prochaine, j'aurai besoin de toi.

– Mais, papa, je suis de service la nuit prochaine.

– Non. Tu ne seras pas de service. Je vais m'arranger avec tes patrons. Voilà ce que j'attends de toi. »

Il le lui expliqua et, lorsqu'il eut terminé, avant de le laisser partir il lui recommanda :

« Et surtout ne dis rien à ta mère. Elle serait capable de me tuer... »

L'après-midi, à l'heure torride de la sieste, Modeste s'enfuit de chez lui pour prévenir Praxèle. Il voulait lui révéler ce qu'elle risquait si elle s'obstinait à hanter la montagne.

Il trouva le moulin endormi, après les épuisantes semaines des moissons. Pleins à craquer, les hangars n'éveillaient plus d'échos. Les poules, ailes ouvertes, dormaient sur les poussiers. Les hommes s'étaient mis au frais des biefs et des profondes remises où ronronnaient les séparateurs.

Seul, un coq soufflant et menaçant dansait devant Modeste un pas de pavane, et une mule qu'il ne connaissait pas frappait le sol du sabot, sous le hangar à fascines.

Au seuil de la maison de maître à la porte béante, un rideau de jute parfaitement immobile masquait l'entrée. Sans hésiter, Modeste se glissa dessous comme un voleur. S'interdisant de réfléchir, il poursuivait son but qui était de sauver Praxèle d'elle-même et des autres.

Il ne risquait plus de rencontrer Achille au visage mal fini. Celui-ci se traînait de bistrot en bistrot pour accuser sa mauvaise fortune. On l'avait jeté dehors comme un malpropre après dix ans de bons et loyaux services. Il errait la nuit, autour du moulin, élevant vers les fenêtres ses mains dont il croisait les index l'un sur l'autre, ou gravant au couteau, dans l'écorce des trembles, des signes qui, depuis lors, désignent toujours la maison au destin.

Devant Modeste, le souffle coupé de son audace, mais poursuivant quand même, les portes dans le vestibule où s'amorçait le grand escalier étaient ouvertes à deux battants pour convier le courant d'air qui refusait de s'établir.

Celle de droite révélait, à l'intérieur d'une salle à manger, les reliefs d'un repas hâtivement écourté autour d'une table ronde. Les serviettes affrontées jonchaient la nappe blanche. Le café dans les deux tasses n'avait pas été touché. Quelques guêpes vrombissaient sur la coupe de fruits.

Celle de gauche s'ouvrait sur un salon où la cheminée était de marbre. Des profondeurs de fauteuils de grand-mères orientés vers l'âtre froid, sourdait une sorte de mélopée champêtre. Modeste les contourna sur la pointe des pieds. Les ventres des deux viragos qui l'avaient accueilli l'autre soir, le battoir en main, se soulevaient ici en cadence et c'était en se dégonflant qu'ils expiraient ce bruit de cornemuse. Modeste se retira en riant sous cape et c'est alors qu'il aperçut en un éclair quelqu'un qui traversait le vestibule, venant de l'étage.

C'était un homme maigre, au visage austère, qu'il croyait reconnaître. Mais où l'avait-il déjà rencontré ? Il ne parvenait pas à le replacer dans son souvenir. Il le revit par la fenêtre, à travers le rideau de dentelle, qui détachait la mule, l'enfourchait et s'en allait au galop par le chemin des biefs.

Modeste revint vers le vestibule et, sans hésiter, il s'engagea dans l'escalier. Une odeur d'arbre et de feuillage meurtri y traînait encore dans le sillage de l'homme. Là-haut, tous volets mi-clos, les murs à ramages rouges baignaient dans le clair-obscur. Plusieurs pièces donnaient dans le corridor, mais une seule porte était entrouverte. Modeste appuya sa main contre le vantail.

La pénombre était ici plus profonde que celle du couloir.

Praxèle était allongée sur un drap, toute la literie éparpillée sur le sol. Le premier sentiment de Modeste en l'apercevant ce fut la peur. Mais il repoussa à fond le battant et pénétra dans la pièce.

Praxèle dormait, la tête au creux du bras. Un sourire d'enfant éclairait ses traits anguleux. Le drap autour d'elle était froissé d'une manière que Modeste n'avait jamais vue : comme si on l'avait pétri, poignée après poignée. Une odeur de forêt et de ramée saccagée flottait encore autour d'elle.

Modeste ébaucha un geste pour la réveiller, mais alors il s'avisa qu'elle était nue et que s'il la touchait, elle risquait de crier. Tandis qu'il hésitait, son regard s'attardait sur ce corps avec une attention soutenue.

A l'abri de son innocence prolongée, le jugement de Modeste était sans passion. Il n'achoppait pas à la beauté repue de cette chair. Il n'était pas paralysé devant elle par la convoitise. – Il le serait plus tard, dans le souvenir, en des bouffées de regret cuisant qui le jetteraient en solitaire d'un bord à l'autre de son lit... – Pour l'instant, il n'était attentif qu'à la longueur des jambes, qu'à la puissance des muscles bombés sur les cuisses, qu'à la forme carrée des genoux, qu'à la taille des pieds, qu'à la toison remarquable qui barrait toute la largeur du ventre presque à la hauteur du nombril...

Il retint son souffle. Praxèle remuait. Allait-elle s'éveiller ? Non. Elle se retournait d'un bloc sur le côté. Elle lui montrait sa nuque, la chute de ses reins ; trois fossettes s'y creusaient de chaque côté comme si des doigts qui s'y seraient enfoncés eussent marqué leur empreinte pour toujours. Modeste enregistrait tous ces détails comme s'il ne les avait jamais vus. Pourtant...

Toutefois cette sensation fugitive ne le détourna pas de son but. Ce qu'il voulait, c'était la prévenir du danger et, en même temps, maintenant plus que jamais, il se refusait à la réveiller.

Il avisa un écritoire sur une table ronde à tapis vert. Il s'en approcha, ouvrit l'encrier et traça sur un papier à lettres ces quelques mots : « N'allez surtout pas dans Lure cette nuit. On vous a préparé un traquenard. »

Il s'approcha sur la pointe des pieds de la table de chevet. Sur le marbre trônait une tabatière d'un autre siècle, sans doute devenue bibelot. Modeste la souleva et glissa dessous le billet qu'il venait d'écrire.

Il se retira en retenant son souffle. Dehors, c'était tou jours la torpeur torride, le silence, sauf au loin, le bruit étouffé des machines. Modeste flottait entre le rêve et la réalité. Une sensation de mystère l'effleurait parfois, mais elle se confondait avec la souffrance imprécise qui bouleversait un peu sa sereine candeur.

Autour des meules odorantes chargées de tous les parfums de Lure, une agitation insolite régnait. Des hennissements étouffés ponctuaient le cliquetis des mors dans l'air des clairières. L'odeur de crottin se développait autour des relents de cuir astiqué. La buffleterie des gendarmes luisait parfois, lorsqu'ils passaient au large du clair de lune.

Lentement, l'escadron se déroulait et perdait peu à peu ses effectifs aux carrefours des pistes et des sentiers, au gré des promontoires qui dominent l'étendue du clair de lune, au gré des énormes ruines des jas belvédère. Mais, auparavant, chaque cavalier, faisant sonner bien fort ses armes, avait défilé devant le feu de camp des Mosca qui brûlait à petite braise devant la porte ouverte du jas.

La pièce était pleine de gendarmes et de charbonniers. Dès cet envahissement, la famille s'était entassée dans la pénombre, du côté des sacs à charbon. Elle épiait cette invasion avec inquiétude. Generoso était debout, appuyé contre le linteau de la cheminée. L'énorme Carmonita avait les yeux qui lui sortaient de la tête. On ne voyait plus que son ventre qui soulevait ses seins. Attilio trônait sur un escabeau, le plus loin possible au fond de l'antre. Il tenait Rosito debout devant lui et il lui emprisonnait toute la tête sous sa main. Sa barbe et ses cheveux à courtes boucles assombrissaient son visage et la lumière de ses yeux.

A la place du maître, devant la table de troncs équarris, Laviolette se penchait sur la carte d'état-major éclairée par une lanterne sourde. Les brigadiers, ses collègues, faisaient cercle, le col courbé, craignant de toucher le plafond.

« Voilà, disait Laviolette. Lure c'est ça... »

Sur la carte déroulée devant lui, la montagne dessinait une faucille sombre qui se rétrécissait vers le sommet, comme si un courant l'aspirait vers le ciel.

Laviolette, de sa main ouverte, semblait tordre une serpillière. Il parlait d'abondance, esquissait des gestes sûrs. Il désignait les lieux-dits qu'il connaissait par cœur. Il domestiquait la montagne. Il la pétrissait entre ses doigts comme s'il avait eu quelque prise sur elle, et notamment celle de la rapetisser à la mesure de ses effectifs squelettiques. Il en faisait une sorte de nasse à meurtrier d'où nul ne pouvait s'échapper.

« Et l'assassin c'est ça... »

Il saisit une épingle pour la planter au hasard sur la carte.

« Quelle que soit sa volonté, affirma-t-il, à voix haute, il doit passer là, là et là... »

Toute cette mâle assurance, comme le cliquetis des mors, les hennissements des chevaux, l'étalage des buffleteries, le défilé des gendarmes allant prendre leur poste, cette imposante réunion d'état-major, autour des calels du jas, tout ceci ne tendait qu'à une chose : arracher à l'homme à la toison bouclée, l'enfant qu'il tenait solidement serré dans l'étau de ses cuisses.

« Non, disait-il, ça non ! Même s'il veut ! Plutôt je l'attacherai. Vous pouvez pas me forcer... »

Il l'avait attiré là, depuis qu'il avait compris ce que Laviolette voulait en faire. Tous les gendarmes pères de familles l'approuvaient d'autant plus qu'ils connaissaient, eux, la fragilité du piège tendu.

« Une toile d'araignée devant un éléphant... », dit à voix basse le chef de Château-Arnoux à son voisin le chef de La Brillanne.

Quelqu'un se glissa entre eux, les ecarta pour se montrer à Laviolette.

« Chef, je peux vous dire un mot ? »

C'était Chabrand qui arrivait, le souffle court. Laviolette sortit devant le jas.

« Eh bien, dit-il, vous arrivez bien tard ? »

Chabrand l'entraîna à l'écart.

« Il y a eu un fait divers, dit-il. Le nommé Autreu, le serviteur du président Serenne, il a été trouvé à la Mivoye, noyé dans le bassin aux cygnes

– Noyé ? Volontairement ?

– Sans doute ! On l'a reconnu à son gilet rayé, parce que, pour tout vous dire, les cygnes lui avaient un peu picoré la figure. De sorte que...

– Il n'y avait pas de trace de violence ?

– Aucune ! Le docteur Pardigon a examiné le corps. Ah ! Sur lui, dans la poche du gilet, nous avons trouvé une lettre. Mais comme il l'avait écrite à l'encre violette, l'eau l'avait complètement délayée. Tout ce que je peux vous dire, c'est qu'elle devait être longue. J'ai voulu vous prévenir, parce que... Comme sa femme a disparu... »

Laviolette clappa impatiemment de la langue. Il scrutait le chemin derrière Chabrand. Un cycliste sous le clair de lune montait en danseuse la pente ardue.

« Nous nous occuperons de ça demain, dit Laviolette, pour l'instant... »

Il s'avança jusqu'au bord de la clairière. Le cycliste, essoufflé, mettait pied à terre. C'était Modeste. Laviolette le prit par l'épaule. Sous l'œil de Chabrand sidéré, il le fit entrer dans le jas et traverser le groupe compact des gendarmes. Il le planta devant Attilio.

« Voilà, dit-il, tu vois, c'est mon fils. Je n'en ai pas d'autre. Il suivra le tien comme son ombre. Il ne le quittera pas d'une semelle. Ça te convient ? »

Attilio, médusé, contemplait ce garçon maigre, dont le visage, à force d'être couvert d'acné, respirait la niaiserie.

« Mais, dit-il, qu'est-ce qu'il pourra faire contre un assassin ?

– Dressez-vous une minute », dit Laviolette à un brigadier assis devant la carte.

Il désigna le siège libéré à Modeste. C'était la fourche d'un chêne pubescent coupé par le travers d'un tronc et qui devait peser cinquante kilos.

« Montre-lui !... » dit Laviolette

Modeste se baissa, saisit le siège en poids, le ramena à la hauteur de ses épaules et le souleva au-dessus de sa tête. Après quoi, il le reposa doucement sur le sol.

« Depuis trois ans, expliqua Laviolette, il est chauffeur à la compagnie. Il ringarde le foyer à longueur de journée et il casse, à la masse, le charbon du Bois d'Asson. Ça fait les bras... »

« Et sa mère qui le croit au travail, se disait Chabrand. Si jamais il arrive quelque chose à son fils, la Césarie lui arrachera les yeux, au chef... »

Attilio, cependant, continuait à faire le mulet et secouait obstinément la tête.

« C'est pas tout, insista Laviolette. Je l'ai muni d'un sifflet à roulette. Ça s'entend à des kilomètres. Modeste ! Siffle ! »

Modeste siffla un bon coup. Ils en eurent tous le tympan déchiré. Rosito commençait à ruer dans les brancards entre les genoux de son père.

« Moi je veux ! cria-t-il. Moi je veux !

– Il sifflera, dit Laviolette, au moindre danger Et nous nous rallierons tous sur eux. »

« Je ne sifflerai pas, se disait Modeste, mais il ne faudra pas qu'elle tue le gamin. Je l'en empêcherai. »

Il ne quittait pas des yeux Generoso, cet homme maigre, à la figure triste. Un sentiment de détresse l'envahissait devant lui. Pauvre, le col de la chemise sale, les ongles en deuil, il apparaissait aux yeux de Modeste comme un dieu en pleine gloire et savourant son secret.

« Non, répéta Attilio. Mon fils, je le garde !

– C'est ça ou rien..., soupira Laviolette. L'assassin, c'est de l'eau, et je le cherche avec un crible. Si nous ne le coinçons pas aujourd'hui, jamais plus on ne me donnera douze brigades ! On fera faire l'enquête par des gens qui ne connaissent pas Lure. On ne l'attrapera jamais. Un beau jour... – oh, dans trois mois ou dans trois ans ! Il a le temps ! il est fou ! Et la folie ça conserve... –, un beau jour, Carmonita oubliera de passer le cadenas à la marmite. Un beau jour – tu ne pourras pas toujours l'en empêcher –, Rosito partira aux champignons tout seul.

– Laisse-le aller, dit Generoso qui ouvrait la bouche pour la première fois de la soirée.

– Non ! dit Attilio. Après tout c'est mon fils !

– C'est ton fils, mais moi je suis ton frère aîné et je te commande de le laisser aller.

– Bon ! » grogna Attilio.

Il repoussa brusquement Rosito vers Laviolette.

« Non..., pleurnicha Carmonita.

– Toi, tais-toi ! cria Attilio. Moi aussi, je vais les suivre...

– On va tous les deux, appuya Generoso.

– Non, dit Laviolette, il faut qu'ils soient seuls !

– On suivra de loin, dit Generoso. Ne craignez rien. J'attrape un lièvre au gîte sans fusil ni piège. On marchera pas, on flottera. »

Il se leva, saisit sa cognée d'abattage au coin de l'âtre et en examina le fil, un œil fermé.

« Et s'il me tombe sous la main, ajouta-t-il, gendarmes ou pas, je lui partage la tête... »

Modeste, qui s'était retiré dans l'ombre, se colla la main devant la bouche.

L'assassin retint son cheval sur les hauteurs de Fontienne, au pied du puits des Granons. Lure se déversait du ciel devant son regard, jusqu'au défilé d'Ongles, jusqu'à la frange de Mallefougasse. Le clair de lune y ensevelissait dans son mystère les ravages de la sécheresse et la rendait pimpante comme au printemps. On eût dit qu'elle regorgeait d'eau tant elle scintillait.

Parfois, une lumière furtive s'y embrasait comme une étincelle puis s'éteignait. Parfois, elle traçait le chemin de quelqu'un qui s'avançait sur quelque draille. Un seul lumignon fixe, humble et triste, balisait la clairière du sanctuaire où vivait frère Calixte.

L'assassin soupira. Il ne pouvait plus, comme lorsqu'il était encore pur, se précipiter vers cette église pour y déverser le trop-plein de sa véhémence. Depuis qu'il était fermé sur sa colère, qu'il parvenait à dissimuler à tous, sous le calme de ses gestes et le bon sens routinier de sa vie réglée, depuis ce jour, il n'y avait qu'une seule chose qu'il ne pouvait plus faire naturellement comme autrefois : c'était communiquer avec Dieu.

« Mon Dieu. Elle était pourtant tellement simple, l'existence qui m'attendait... »

Toute la partie de son être dont la soudaine irruption de l'horreur avait déchiré la quiétude, criait de souffrance devant cette nuit où régnait la paix.

L'assassin tâta au fond de sa poche la tabatière qui contenait la poudre de téléphore ; il la sortit et l'ouvrit. C'était la dernière fois qu'il pouvait l'utiliser. Il n'en restait presque plus. Et depuis qu'ils avaient brûlé la forêt de mélèzes morts, il ne savait plus où s'en procurer. Il passa sous son nez la tabatière. Il avait fini par aimer cette odeur de souris.

Il referma la boîte avec décision et poussa son cheval. Il dévala la pente à travers bois jusqu'au bas du vallon.

Des braconniers, qui pêchaient des buissons d'écrevisses au fond des derniers trous d'eau où elles s'asphyxiaient lentement, suspendirent leurs gestes et se jetèrent à plat ventre. Seul, le souffle du cheval sur le pont les avait avertis. Ils ne parlèrent jamais de cette rencontre.

L'assassin remonta vers Saint-Etienne par les pâtis de trembles qu'on avait plantés pour assécher le marais. Il se défila par les tranchées charretières encaissées sous des talus aux ronciers géants. C'était sa voie familière, toutes les pleines lunes, depuis trois mois. Il contourna le village par les chemins potagers, entre les hauts murs des jardins irrigués qui sentaient la soupe de légumes. Il traversa la route. Il frôla la clôture du cimetière.

Devant lui, une esplanade en pente couverte de sarriette se déroulait nue sous la lune jusqu'à la lisière de la forêt. C'était un peloux de pierres large d'un kilomètre. Il avait été, aux temps géologiques, dégorgé par la montagne comme un vomissement. Rien n'y avait jamais poussé que cette sarriette. Avancer là-dessus, si on ne savait pas, c'était réveiller tous les échos, tant les pierres pianotaient sous les pas. Mais le cheval savait être furtif et choisir les dalles qui ne branlaient pas. Ils gravirent sans encombre cette déjection de glacier disparu qui se rétrécissait en une combe obscure. Un bouquet de charmes y luisait à l'entrée ; il ornait une de ces murailles en pierres sèches qui semblaient avoir été érigées uniquement pour passer le temps.

Le cheval s'immobilisa de lui-même devant cette muraille. Ses naseaux étaient haut levés. Il flairait des odeurs de crottin frais qui flottaient dans l'air stagnant.

Son maître lui flatta le col. Il scruta la pénombre. Quelque chose luisait sur le mur, à cinquante mètres de là. Il mit pied à terre. Il s'approcha. Il ne faisait pas plus de bruit que sa monture. Il entendit deux ronflements discrets. Dans la perspective du sommet de la muraille, il aperçut des bottes rutilantes dressées vers le ciel. Ce qui brillait sur le mur, c'était une grosse bonbonne d'eau.

L'assassin sortit sa tabatière. Il se versa dans le creux de la main une pincée de poudre qu'il soupesa. Depuis trois mois, il était devenu expert dans l'art des doses suffisantes. Il retira avec précaution le bouchon de la bonbonne et, de sa paume fermée, sans en perdre une miette, il versa le poison par le goulot. Puis il remit le bouchon.

Ces gendarmes – qui venaient de Grambois –, on les avait postés, ainsi que plusieurs autres par toute la montagne, sur le passage des patrouilles qui devaient battre les bois en tous sens toute la nuit. Ils veillaient sur cette grosse bonbonne d'eau qui devait servir à désaltérer les hommes et les chevaux qui passeraient. Malheureusement, étant de Grambois, cette veille ne les passionnait pas beaucoup ; cette histoire de soupes empoisonnées, ils n'y croyaient pas outre mesure. Ils avaient eu le tort de s'installer commodément pour attendre. La fatigue de la chevauchée à travers le Lubéron pour arriver ici, l'air de la montagne, la torpeur de la nuit... Bref, ils s'étaient endormis.

Une patrouille qui se présenta à leur poste vers trois heures les trouva à demi dévêtus, à quatre pattes sur les chardons secs des campas. Parfois, ils se roulaient de côté et d'autre avec des hurlements lamentables. Avant de sombrer dans la frénésie priapique, ils avaient eu le temps de renverser la bonbonne et de la briser.

Par le chemin ocellé de clair de lune, le cavalier, après cette rencontre, s'engagea dans la combe. Il y fit à peine quelques centaines de mètres. Le cheval de nouveau tomba en arrêt. Quelqu'un s'avançait, à cheval aussi, sur cette draille trop étroite pour deux. Quelqu'un qui conduisait sa monture avec un nonchaloir tranquille. Le cavalier écarta sa limousine. L'inconnu n'était plus qu'à vingt mètres devant lui. Il apparut bientôt en plein clair de lune.

Le cavalier eut un haut-le-corps. Une sorte de double de lui-même – limousine et chapeau cabossé – se dressait devant lui. Il s'était tellement identifié à cette défroque qu'il tressaillit devant ce reflet.

« Rassurez-vous, dit l'inconnu, ce n'est pas votre spectre qui vient vous demander des comptes. Et cessez de me braquer sur le ventre ce ridicule pistolet de collection ! Il ferait un trop grand trou dans ma chère personne. Ce ne serait pas esthétique. Et tenez, si cela peut vous rassurer... »

Il se découvrit. Le visage d'une jolie femme apparut.

« Ainsi donc, dit-elle, je ne m'étais pas trompée, *c'était bien vous*... C'est effrayant !... »

Le cavalier fit un mouvement sur sa monture mais ne répondit rien.

L'inconnue chuchotait, sur le ton de la confidence.

« Vous vous demandez peut-être comment j'ai pu savoir ? C'est pourtant bien simple : en envisageant *tous* les mobiles et en retenant le plus atroce, je suis tombée sur vous. Je vous suis depuis le départ. Lorsque votre cheval s'est défilé par les jardins, j'ai coupé au plus court. Je savais que vous passeriez par ici. C'est le seul chemin pour gagner le sommet sans faire de rencontre. C'est une vraie tranchée. Nos grands-pères nous ont appris cela, n'est-ce pas ? »

Cette question n'obtint pas de réponse.

« Je suis bourrelée de remords, dit la cavalière. C'est moi qui aurais dû faire tout ça à votre place. Mais, ce soir, renoncez ! La montagne est bourrée de pièges contre vous... Ils sont trop nombreux. Ils vont vous forcer comme un cerf...

– Laissez-moi passer, souffla l'assassin.

– S'ils vous prennent, poursuivit la cavalière, votre tête roulera dans un panier de son, à Digne, devant cinq cents personnes. »

Elle imaginait, pleine d'espoir, que cette image était insoutenable aux yeux d'une âme sensible. Elle n'avait pas suffisamment sondé celle de l'assassin. Elle l'entendit répondre :

« Laissez-moi passer... »

Un claquement de mauvais augure accompagnait ces paroles.

« Oh, fort bien ! dit la cavalière. Soyez donc héroïque, puisque ça vous tente... »

Elle fit reculer son cheval et le poussa un peu plus haut contre le talus, où la draille était moins étroite. Au moment où l'assassin passait à sa hauteur, elle lui jeta :

« Etre héroïque ne vous permettra même pas d'oublier. »

Il n'y eut pas de réponse. La cavalière fit volter son cheval avec grâce et regarda s'estomper sous les feuillages cette limousine et ce chapeau fallacieux.

« Héroïque..., grinça-t-elle. Comme si on pouvait se le permettre dans son cas. Attends un peu, je vais faire sombrer tout cet héroïsme dans le ridicule, moi .. »

Elle s'enfonça résolument le chapeau sur la tête et s'engagea dans la draille à la suite de l'inconnu.

« Alors, c'est vrai, demanda Rosito, tu es au chemin de fer ?

– Oui, répondit Modeste, je suis sur les machines.

– Tu les conduis ?

– Pas encore.

– Mais tu les conduiras ?

– C'est sûr. Un jour je les conduirai. »

Parlant à voix basse, ils marchaient à travers bois et clapiers depuis un quart d'heure qu'ils avaient quitté le camp. Tous les arbres de Lure tremblaient de soif par toutes leurs feuilles. Bien qu'il n'y eût pas un souffle de vent, ce tremblement tirait de tous les fonds un gémissement plaintif. Le clair de lune, ce reflet, chauffait pourtant la tête des deux marcheurs comme l'eût fait un soleil malade. Le paroxysme de tout un été avide d'eau se lèverait avec le jour.

Ils étaient seuls dans la nuit. Ils n'avaient pas peur. Parfois, en contrebas des côtes ardues qu'ils gravissaient, ils entendaient ramer péniblement Attilio et Generoso qui leur avaient bien recommandé de ne pas les distancer. Mais Modeste, au contraire, s'efforçait de les essouffler. Il ne voulait pas courir le risque de rencontrer Praxèle avec eux. Il était sûr que devant elle Generoso resterait la hache haute, mais Attilio ne lui ferait aucun quartier. Rosito – pour une autre raison – tenait lui aussi à semer son oncle et son père.

« Réglons nos montres, Modeste, avait dit Laviolette. A dix heures et demie, tous les postes seront en place. A partir de là, Rosito pourra se mettre à crier. Vous vous déplacerez de jas en jas, mais en passant au large... Il y aura un piquet de gendarmes dans les parages de chaque jas... »

« Il m'a dit, racontait Rosito : "Tu feras semblant d'être somnambule..." Je suis pas somnambule...

– Non, affirma Modeste.

– Il m'a dit : "Tu crieras le nom de ton frère comme si tu l'appelais de très loin. A force, l'assassin *doit* l'entendre et se mettre à ta recherche. C'est pour ça que tu dois crier tout le temps..." »

« S'il vous poursuit, avait dit Laviolette, et il vous poursuivra, vous l'entraînerez vers les sommets. Il faut le débusquer hors des bois. C'est à ça que vous servez. Tu siffleras seulement lorsque vous serez bien en vue sur les ponchons sans arbres. Sauf si, auparavant, il vous serre de trop près. Sauf s'il est sur le point de vous rattraper. Dans ce cas tu siffleras où que tu sois Tu entends ? Très fort ! Le plus longtemps possible. »

« On n'a pas besoin d'eux, bougonna Rosito. J'ai mon tir élastique ! »

Il exhiba l'instrument fiché dans sa ceinture.

« Qu'est-ce que tu veux faire avec ton tir élastique, contre un assassin ? demanda Modeste.

– J'ai des billes en plomb, insista Rosito. Je lui crèverai un œil. Et, tu sais, quand on a un œil crevé... Tu me crois pas ? »

Il sortit son arme et la banda devant lui.

« Cette feuille de fayard qui tremble là-devant, dit-il, regarde-la bien : je vais lui couper la queue ! »

A peine avait-il fini de parler que Modeste, subjugué, vit la feuille tournoyer vers le sol sous le clair de lune.

« Je m'entraîne depuis la mort de Ezzio, dit Rosito sombrement. Quand je lui aurai crevé un œil, je lui crèverai l'autre. »

Modeste eut la vision de Praxèle les yeux crevés et les mains en avant.

« Non, dit-il, c'est pas ça, la justice...

– La justice, dit Rosito, c'était que Ezzio ne meure pas... C'est pas encore le moment que je me mette à crier ? »

Modeste consulta sa montre en fer.

« Mon père a dit dix heures et demie. Il n'est que dix heures vingt. »

Il mentait. La demie était dépassée. Mais il calculait qu'en donnant dix minutes de plus à Praxèle, elle pouvait échapper à tout le monde.

« Tu n'es pas fatigué ? demanda-t-il.

– Non, répondit Rosito. Pourquoi ?

– On aurait pu attendre assis sur le talus, là, dans la mousse...

– On risque de le rater, si on s'arrête... »

Modeste haussa les épaules.

« On risque aussi si on va trop vite. On sait même pas où il est en ce moment...

– Moi, je sais, dit Rosito ; il est là-devant... »

Il fit décrire un arc de cercle à son index.

« C'est vague là-devant.

– Pas pour moi », souffla Rosito entre ses dents.

Il se laissa choir sur la mousse où Modeste l'avait précédé.

A soixante mètres de là, les frères Mosca s'immobilisèrent, le souffle court. « Accidente ! grogna Generoso. Combien de temps ils vont tenir à cette allure ?

« Tu devrais, dit Modeste à Rosito, rentrer au chemin de fer, au lieu de t'amuser au tir élastique.

– J'ai pas le certificat, soupira Rosito.

– Ils te le feront passer. Tu as bonne vue, ils ont besoin d'hommes qui ont bonne vue... »

Il lui fit un cours de cinq minutes sur les avantages de la compagnie, sur ce que serait l'avenir. C'était toujours ça de gagné. Pendant ce temps, Praxèle peut-être passait au large, évitait tous les pièges, se perdait dans la nature. Modeste avait la conscience parfaitement sereine. Il aimait. Cet amour, d'après lui, l'absolvait de tout, le dispensait de toute solidarité avec ses semblables.

Une sorte de chuchotement incompréhensible mais qui contenait, en sourdine, toute une gamme d'ordres véhéments, lui fit tourner la tête. Rosito dormait. Son nez remuait comme celui d'un lapin et de sa bouche fermée s'échappaient ces commandements inintelligibles qu'il adressait à l'ombre.

La fourche de son tir élastique dépassait de sa culotte. Avec précaution, Modeste tira le jouet à lui et le jeta au loin dans les broussailles.

Il se pencha vers l'enfant endormi pour lui glisser dans l'oreille :

« Je vais te dire un secret : je l'aime. Je ne sifflerai pas... »

Alors il se passa une chose prodigieuse. Rosito d'un seul bloc se dressa comme si on l'avait soulevé de terre pour le planter debout. Il hurla :

« Ez-zio ! »

Longuement, comme si on était en train de lui

enfoncer un couteau dans le ventre. Et aussitôt, il se mit en marche.

Il avait l'allure saccadée d'un bambin encore mal assuré sur ses jambes et qui court vers sa mère les bras ouverts ; une démarche comme une trajectoire ; une démarche faisant penser qu'il était aimanté par quelque pôle de lui seul connu.

Jamais personne, cette nuit-là, n'aurait dû rencontrer l'assassin. Quand on monte un cheval de cette trempe, sensible à la moindre présence, qui s'arrange toujours pour passer au large des hommes, quand tous les jas sont balisés par la puissante odeur de crottin de bêtes bien nourries attendant au piquet et qui ne peuvent s'empêcher parfois de souffler des naseaux, quand on connaît Lure, au surplus, depuis son enfance, pierre à pierre, qu'on s'est enivré d'elle et vautré en elle à chaque occasion, rien ni personne ne devrait vous empêcher d'arriver au but.

L'assassin naviguait entre les factions de gendarmes avec l'élégance d'une goélette effaçant les écueils.

Il n'aurait jamais dû rencontrer âme qui vive. Surtout, après ce qui était arrivé à deux hommes de la brigade de Banon.

Ceux-là, on les avait postés à trois cents mètres du sanctuaire, dans le seul creux d'herbe verte de tout Lure : une sorte d'aven en formation où les eaux de pluie avaient stagné plus longtemps qu'ailleurs. Leurs chevaux y paissaient avec délices, en un broiement d'herbe grasse qui donnait soif.

A cent pas de là, à raison d'une goutte par seconde, un *péchier* aux panses rondes couleur de rainette s'emplissait au canon de la fontaine. Il y était depuis la veille au soir, depuis que frère Calixte l'y avait placé.

Les gendarmes louchaient vers cette aubaine verte où résonnait le son grave de chaque goutte qui y tombait. Parfois, l'âpre odeur du noyer tutélaire chatouillait leurs narines. Ces deux jeunes ambitieux pinçaient un peu les moustaches, se jugeant mal partagés. Ici, en ce lieu idyllique, devant cette large clairière sans secret, elles seraient minces, croyaient-ils, leurs chances de se signaler. Ils les supputaient à voix basse lorsque, sur le chemin là-bas, de l'autre côté de l'ermitage, ils discernèrent le trot tranquille d'un cheval.

Quelqu'un s'avançait sous le tunnel d'ombre d'un berceau de chênes. Bientôt, il surgit en pleine clarté. C'était un cavalier en limousine et chapeau de berger. Il parut aux deux gendarmes qu'il maniait sa monture avec une élégance suspecte. D'abord, il se dirigea droit vers le chauffoir de frère Calixte et puis, soudain, il s'immobilisa. La tête du cheval – un Ariégeois à frange noire – se balança à la quête d'un vent qu'il était seul à sentir. Le cavalier le fit volter et parut alors découvrir la fontaine. Longuement, il considéra cette muette invite du récipient en terre cuite qui rutilait, transpirant sa fraîcheur. Enfin, il mit pied à terre. Il descendit entre les gendarmes et la fontaine, sur la pelouse pelée où celle-ci se dressait, et il l'atteignit.

Les gendarmes ne distinguaient pas son profil sous le rebord incliné du chapeau pointu, mais ils étaient subjugués par la limousine. Eux qui mijotaient doucement dans le jus de leur uniforme et de leur cravate réglementaire, ils étaient à même d'apprécier sainement tout ce qu'avait d'absurde le port d'un tel manteau par une telle nuit.

On leur avait pourtant fait des cours sur les apparences. Ce soir encore on leur avait répété que l'habit ne fait pas le moine. Pourtant, d'un seul mouvement, ils se portèrent vers cet appât. L'avancement y était trop lié. En silence, et se défilant, ils convergèrent vers lui par le plus long.

Sous le noyer où il était à l'arrêt, l'Ariégeois hennit pour avertir. L'inconnu ne broncha pas. Il fouillait manifestement le fond de ses poches. Il en extirpa enfin un objet qui s'alluma d'un furtif éclat. Les gendarmes qui, à cet instant, n'étaient pas à plus de vingt mètres, perçurent distinctement un déclic.

Ils purent témoigner qu'ils avaient vu le particulier tendre sa paume et y laisser tomber de fort haut, depuis une boîte qu'il avait ouverte, une pincée de poudre suspecte. Qu'ils l'avaient vu, de leurs yeux vu, avancer la main au-dessus du *péchier* de frère Calixte et y jeter cette poudre.

C'est à cet instant qu'ils l'appréhendèrent. L'un d'eux ceintura l'individu, l'autre, d'un revers de main brutal qui atteignit la joue, fit sauter le chapeau et lui tordit le poignet pour s'emparer de la boîte incriminée.

L'un se trouva capot, les bras chargés d'un corps capiteux ; l'autre découvrit la tête charmante, quoique décoiffée, d'une jeune femme.

« Gendarme, dit-elle doucement je vous ferai regretter ce geste... »

Mais elle était tombée sur deux Corréziens échappés d'une ferme boueuse où un père inflexible les gavait de coups de pied au cul. Pour eux, la gendarmerie était la mère patrie. Ils ne connaissaient que le mot à mot de la consigne et ils l'appliquaient en conséquence. Ils la chargèrent de chaînes et de menottes de bagnard forgées à la main. Ainsi meurtrie, ils la hissèrent sur son cheval qui renâclait. La vérité oblige à dire qu'elle ne fit qu'en rire tout au long du chemin.

« Je ne vous demande qu'une seule chose, dit-elle, emportez, je vous prie, la pièce à conviction et tâchez de ne pas la renverser. »

Elle leur désignait le *péchier* de frère Calixte. Ils rougirent, car ils allaient l'oublier.

En ce roulis macabre que soulevaient les chaînes, les deux gendarmes se mirent en route vers le camp de Laviolette, encadrant cette chose fragile dont ils tenaient, chacun par un bout, la chaîne qui l'alourdissait.

« Ez-zio ! Ez-zio ! »

Ce cri déchira l'air immobile et fut porté sur les forêts comme par des ailes d'aigle. Il retentissait en modulations infinies, sur tous les tons de la tristesse, de l'élégie et du regret, comme si celui qui le proférait savait maintenant que son frère ne l'entendrait plus. Comme s'il le criait seulement encore pour que les échos des bois ne l'oublient jamais.

Il fut perçu de tous les postes de gendarmes, lesquels se figèrent dans l'ombre. Il dérangea les grands nocturnes qui guettaient les loirs au jugé et qui battirent l'air de leurs ailes, sans bruit. Il atteignit les veilles des charbonniers autour des feux de camps étouffés, lesquels attendaient sans dormir les ordres des gendarmes, à l'affût loin de leurs marmites dont, volontairement, ils avaient retiré les chaînes.

Rosito criait « Ezzio » comme un chien hurle à la mort. Mais, en même temps, il déboulait droit devant lui, courbé en avant, effaçant les ponchons et les combes, coupant droit à travers buissons et gaulis. On l'eût dit aspiré vers quelque gouffre ; il semblait dévaler une pente, et pourtant c'était en direction du sommet qu'un aimant invisible paraissait l'aiguiller.

Modeste fonçait à sa suite, n'ayant pas trop de sa souplesse d'adolescent, de son entraînement, de sa connaissance de Lure pour garder le contact. Néanmoins, Rosito le devançait déjà de plus de dix mètres.

Modeste offrait à son amour pour Praxèle toutes les déchirures de ronces qui lui lacéraient les mains, le visage, les oreilles et même les cuisses, à travers la culotte.

Depuis longtemps déjà, Generoso et Attilio avaient été largués. Eux aussi, au début, s'étaient mis à crier. Ils criaient : « Rosito ! » Ils criaient : « Modeste ! » Mais ces puissantes voix d'hommes, pourtant rompues à se héler au loin à travers bois, se noyaient aussitôt parmi les vagues du silence. Seul, le cri surnaturel de Rosito, qui exigeait justice, parvenait à planer sur la montagne.

Dix minutes après l'exploit des gendarmes de Banon, sous la sûre sauvegarde de son cheval qui répugnait aux rencontres, l'assassin traversa la clairière du sanctuaire. Il fit halte une minute devant cette église dont le crépi croulait en salpêtre autour d'elle. Peut-être eût-il voulu s'arrêter. Le cheval l'emporta.

Il l'emporta, passant au large des jas éclairés et gardés. Il le hissa sans encombre, rênes rendues, jusqu'à celui qu'on avait oublié.

C'était le jas des Pousterle, près de Fontaine Sèche au revers de la Grande Sapée ; le dernier avant la lisière supérieure des bois, sous les ponchons nus qui se ramifient pour se souder au sommet.

On avait posté des factions de gendarmes autour de tous les jas habités. Or, celui-ci ne l'était pas lorsqu'on l'avait recensé.

Personne ne pouvait savoir que là-bas, à Domfront, en Italie, derrière le col de Larche, un vieil homme venait de mourir en laissant à son neveu une vente dans la montagne de Lure et le jas qu'il avait à bail. Celui-ci, que la misère seule retenait d'épouser la fille de ses rêves, aussi pauvre que lui, celui-ci n'y était pas allé à deux fois : il s'était marié là-bas, il avait attelé aussitôt après, et le couple avait débarqué ici, l'avant-veille, en pleine nuit.

A peine avaient-ils pris le temps de dételer, de tirer les outils de la jardinière et de quoi bouillir une première soupe, ce dont la famille, au départ, les avait abondamment pourvus. Depuis, ils faisaient l'amour.

Ce jas se mussait sous les rames d'un bosquet de cèdres. On marchait sur les saisons entassées des aiguilles comme sur un édredon.

C'était un jas pimpant, agrémenté d'un fenestron et d'une grosse carline clouée au linteau de l'entrée.

Inhabité depuis deux ans, il était froid, vierge d'odeurs de gendarmes et de charbonniers. Les deux tourtereaux qui le hantaient n'étaient pas encore imprégnés par la forte sève des ventes qui marque tous ceux qui travaillent aux meules. La mule d'Italie elle-même avait produit un crottin qui ne sentait pas l'odeur habituelle. C'est pourquoi, sans défiance, le cheval en rapprocha l'assassin.

La jardinière avait les bras dressés devant les arbres, la mule était au piquet sous un auvent. Dans la nuit étouffante s'ouvrait toute grande la porte de roseaux.

L'assassin mit pied à terre et enrêna sa monture à la rame d'un cèdre. Il s'avança, épia le silence et franchit le seuil du jas. Le clair de lune suintait entre les pierres disjointes. Il entrait en bloc par le fenestron et la porte. Un fort parfum de légumes un peu passés et de lard fumé régnait dans le clair-obscur. La table était jonchée de choux, de poireaux, de carottes et d'un assortiment de charcuteries de famille.

Dans le froissement d'air de sa limousine, l'assassin marcha rapidement vers l'âtre. Agitée par un imperceptible mouvement de pendule, la marmite en fonte de l'oncle se balançait doucement à la crémaillère.

Sans le moindre bruit – il avait l'habitude – l'assassin souleva le couvercle. Il flaira l'ustensile. Le pot était propre comme un sou neuf. Demain matin, quand les tourtereaux y feraient leur première soupe, ils n'auraient même pas la tentation de le laver. L'eau est rare à Lure.

L'assassin fit sauter la tape de sa tabatière et sans prendre la peine, cette fois, de soupeser la poudre dans sa main, il la renversa au-dessus de la marmite et, sans plus de bruit, reposa le couvercle.

Il recula. Un escalier de pierre brute montait vers la soupente. Là-haut, deux respirations accordées, aussi longues l'une que l'autre, se répondaient et tissaient le silence. L'assassin gravit quelques marches. Deux corps éclairaient la pénombre par l'éclat de leur peau. Jetés l'un sur l'autre, ils dormaient les bras en croix.

Ils étaient amoureux morts comme on dit ivres morts...

L'assassin se détourna d'eux et marcha rapidement vers la porte. Le clair de lune était un lingot compact qui forçait l'ouverture et pesait littéralement sur le sol.

L'assassin frissonna à cette vision. Une image insoutenable s'imposa à son esprit, dans son étonnante fraîcheur. Il marcha lourdement sur les dalles, y fit tourner les semelles de ses lourdes chaussures, comme s'il voulait écraser le clair de lune comme on le fait pour un insecte repoussant.

Il leva les yeux. Son cheval était à trente pas devant lui. Il lui suffirait de le détacher et il l'emporterait à travers les écueils des gendarmes.

Non... Personne n'aurait dû le rencontrer cette nuit-là. Il franchit le seuil.

Non. Personne n'aurait jamais dû le rencontrer. Surtout après l'exploit des gendarmes de Banon, qui croyaient avoir gagné le gros lot. Les chaînes et les menottes dont ils avaient chargé la jeune femme tintinnabulaient autour de sa grâce comme les sonnailles d'un bélier. Ce charroi insolite alerta au passage les postes de gendarmes disséminés un peu partout. Du profond des taillis, ils vinrent s'enquérir.

« En flagrant délit ! » dirent les deux de Banon.

Ce beau mot de *flagrant délit* levait toutes les hypothèques. Il n'y avait pas lieu de mettre leur parole en doute. Le fastidieux affût était donc terminé. Il ne restait plus qu'à rallier, derrière les triomphateurs. Et ils se remettaient en selle, et ils emboîtaient le pas aux collègues.

Le plus grave ce fut que cette calvacade coupa la route de Generoso et d'Attilio, à bout de souffle. Ceux-là, ils avaient été largués par Rosito, mais grâce aux cris lamentables de l'enfant, ils s'efforçaient tant bien que mal de garder le contact. Eux aussi entendirent le mot *flagrant délit*, colporté de l'un à l'autre. Ils virent cette femme blonde aux cheveux dénoués qui passait dans le clair de lune, tête basse, écrasée sous le poids des chaînes. Un soulagement instinctif les priva de toute garde. Ils emboîtèrent le pas.

Quand l'imposant équipage parvint devant Laviolette, celui-ci reconnut tout de suite la prisonnière et le pressentiment d'un grand malheur l'envahit.

Il écouta comme dans un brouillard le rapport de ses hommes. Il récolta dans sa main l'objet qu'on lui tendait.

« Nous avons trouvé ça sur elle... »

C'était une boîte à mouches semblable à l'autre, mais dont le sujet émaillé était différent. Il l'ouvrit. Il y trouva quelques traces de poudre qui n'avait pas d'odeur. Quelqu'un lui présentait le *péchier* de frère Calixte et le mot de *flagrant délit* fusait de partout de nouveau.

Lui, il n'avait d'yeux que pour les deux Mosca qui dominaient tous ses gendarmes. Ils étaient là aussi... Donc Modeste et Rosito étaient maintenant sans aucune protection. A travers les postes de gendarmes mis en place, la nouvelle de la capture devait se répandre comme traînée de poudre par les estafettes qui croisaient à travers bois.

« Il devrait déjà avoir sifflé », se dit Laviolette en un éclair.

Machinalement, en proie à vingt idées contradictoires, il humait le *péchier* de frère Calixte. Sur son cheval, un peu courbée en avant par ses chaînes, la jeune femme lui souriait narquoisement.

« Vous pouvez en boire sans crainte, dit-elle doucement, c'est de l'eau distillée par la montagne, à raison d'une goutte par seconde... J'y ai ajouté un peu de sucre en poudre tiré de cette boîte... »

Laviolette projeta le *péchier* à terre où il éclata avec un bruit de reproche.

« Bande de Zéros en chiffre ! hurla le brigadier. Vous vous êtes fait avoir comme des bleus ! Pendant qu'elle vous amusait, l'assassin est passé ! Maintenant on peut courir après !

– Mon fils ! » gronda Attilio.

Il s'avança sur Laviolette les poings faits. Generoso s'interposa.

« Le sien y est aussi, dit-il. Et on a été aussi couillons qu'eux. Il faut le pousser vers le sommet.

– Comment ? demanda Laviolette. Maintenant il y a un grand trou dans notre dispositif.

– Crier, dit Generoso. Faire beaucoup de bruit. Faire comme pour les grosses bêtes. Beaucoup de bruit en battant les buissons. »

Laviolette rassembla les cinq estafettes qui lui restaient, plus ceux de Banon et ceux qu'ils avaient débauchés et qui étaient soucieux de réparer leur bévue.

« Courez ! leur dit-il. Il a raison. Maintenant il faut nous démasquer. Faites monter tout le monde vers les sommets ! Allumez des torches, des lanternes : Faites le plus de bruit possible ! Tirez en l'air ! Oui, c'est ça, tirez en l'air ! Peut-être croira-t-il que nous l'avons débusqué ? Peut-être s'affolera-t-il ? Pas sûr si c'est un fou ! En tout cas, c'est notre seule chance... »

Il leur recommanda des choses raisonnables et des choses folles. Il leur parlait encore qu'ils avaient déjà disparu pour répercuter ses ordres. Les yeux lui sortaient de la tête. Chabrand put admirer sur les traits de son chef quelque chose qu'il n'y avait jamais vu : la peur.

Nul ne s'occupait plus de la femme chargée de fers.

« Et si quand même c'était elle ? demanda Attilio, qui n'avait pas desserré les poings.

– Non, dit Laviolette.

– Viens ! dit Generoso. Nous on monte droit au sommet par le plus court. Si le Bon Dieu veut bien, il nous aidera... »

Laviolette et la prisonnière restèrent seuls. Il s'approcha du cheval, tira une clé de sa ceinture et fit tomber les chaînes et les menottes. Elle se frotta longuement les poignets.

« Descendez !... » commanda-t-il.

Il l'attira au plus profond du bois, loin du feu de camp étouffé où se lamentait, au milieu des voisines, l'énorme Carmonita amputée de tous ses hommes. Il l'attira jusqu'au plus sombre des pins où ils ne se voyaient plus l'un l'autre.

« Bravo ! gronda-t-il. C'est très bien joué ! Vous l'aimez décidément, ce meurtrier !

– Non... Je le comprends, c'est tout !

– En tout cas, Madame la sous-préfète, je vous le promets ici solennellement : si jamais il arrive quelque chose à mon fils ou à Rosito, je vous fais sauter la cervelle et la mienne ensuite. Ça, je vous le promets ! »

Elle haussa les épaules.

« Je n'aime pas vivre amputée, dit-elle. Je suis amputée de l'amour. La seule chose dont j'étais gourmande ! Aussi n'en doutez pas : pour ce qui est de me casser la tête, le cas échéant, je serai votre homme... »

Le premier coup de feu retentit au loin. D'autres suivirent...

Puis tout un chapelet... Ça pétaradait jusqu'au plus lointain des bois. Une rumeur faite de cris, d'appels, d'ordres, se propageait à travers la montagne.

« Voici comment, dit Odile, les enfants amusent leur peur... »

Ils surgirent du couvert, l'un précédant l'autre de cent pas, le visage ensanglanté, les vêtements déchirés. Des épines lardaient leur chair, d'autres s'étaient glissées dans leurs chaussures. Ils y étaient insensibles. Rosito parce qu'il naviguait avec son frère mort ; Modeste, parce que l'anxiété de savoir Praxèle en danger d'être prise le dispensait de toute autre sensation.

Devant eux s'étendait cette clairière, ce ballet de quelques cèdres qui se tenaient par les rames et ce jas coquet sous leur protection.

Quelqu'un apparaissait devant la porte, quelqu'un se dressait à contre-jour qui s'avançait vers les arbres. A cent pas de distance, même par ce clair de lune, qui tombait à plomb, on distinguait seulement le chapeau et la limousine. Le visage était un trou noir.

Pour la première fois depuis qu'il s'était endormi, Rosito s'immobilisa. Brusquement, il arrondit ses mains en porte-voix.

« Ez-zio ! Ez-zio ! Attends-moi ! Attends-moi ! »

Il criait cette fois comme s'il voyait vraiment son frère à portée de sa voix. Comme s'il suffisait de forcer un peu l'allure pour le rattraper et le ramener à la maison.

Modeste, qui arrivait sur lui à bout de souffle, tenta

vainement de le ceinturer. Il ne rencontra que le vide. Rosito fusait littéralement en direction de la forme noire immobile devant le jas, au sommet de la clairière. A travers la pente qui l'en séparait et qu'il gravissait, il tirait un trait droit fulgurant.

On eût dit que ce cri en forme d'ordre avait cloué sur place l'assassin sur ce carré de clair de lune qu'il venait de piétiner. Par cet appel véhément, qui rendait si vraisemblable la probable présence d'Ezzio encore tout près de la vie, c'était comme si son crime le plus inexpiable lui était craché à la figure, avec son odeur de charogne ; comme si on lui projetait au visage le corps déterré du petit charbonnier.

Il recula de deux pas devant cette vision précise et, pour la première fois, il cilla devant elle. Et pour la première fois, sa fureur lui manqua. Elle explosa en poussière. Son illusoire légitimité se déchira et l'abandonna sans armes à la peur.

Dépouillé de sa haine, ses yeux s'ouvrirent sur la férocité de ses actes. Ils étaient exposés devant lui comme s'il examinait ceux d'un autre : avec la même terreur.

Le cheval attaché hennit comme on jette un appel, avec force, avec chagrin. Sans doute était-il anxieux devant le désarroi de son maître.

« Ez-zio ! Ez-zio ! Attends-moi ! Attends-moi ! »

L'enfant qui hurlait ces mots était déjà assez proche maintenant pour qu'on pût voir ses yeux fixés sur une réalité interne. Il fondait sur sa proie comme un rapace. La vitesse de sa marche était hallucinante et il n'arrêtait pas de vociférer son appel.

« Il va me toucher ! » se dit l'assassin.

Il regarda l'enfant. Il regarda le cheval. Il était trop tard pour l'atteindre. Trop tard pour le détacher et le monter, afin qu'il l'emporte à travers bois.

A cet instant, des coups de feu très éloignés éclatèrent, qui gagnaient de proche en proche. Sous les bois sombres en contrebas, des lumières mobiles échelaient les ponchons à perte de vue.

L'assassin tourna la tête. A travers les grands hêtres clairsemés, le tapis des genévriers sans tige moutonnait au ras du sol vers l'énorme tumulus de pierres blanches qui était le sommet.

Il fonça de ce côté.

« Mon Dieu, s'exclama Modeste à voix haute, il va la toucher ! »

Depuis qu'il l'accompagnait, la certitude ne le quittait plus que le plus terrible projectile capable d'atteindre celle qu'il aimait, c'était cet enfant, là, devant lui. Il lui paraissait brûler d'une telle haine qu'il lui suffirait de poser la main sur la limousine pour que s'écroule en cendres l'être qu'elle dissimulait

Il se remit péniblement en marche, très loin derrière les deux silhouettes qui n'étaient plus que des nains, sous les derniers hêtres de la forêt

L'assassin, aiguillonné par la peur, gardait la distance devant Rosito qui fonçait. Sa main tenait la crosse du pistolet qu'il portait à la ceinture. Mais il n'aurait plus jamais la colère nécessaire pour attendre qu'apparaissent à bonne distance les yeux de l'enfant retournés sur le passé. Il ne ressemblait pas encore assez à un homme pour qu'on puisse l'abattre sans trembler. Et s'il tremblait, il le manquerait. Alors, l'enfant pourrait le toucher. Et s'il le touchait, comme lui-même avait touché son frère –, oh, à peine touché !... il surplombait trop imprudemment l'orifice de l'aven... – Mais ses mains conservaient encore le souvenir de ce contact avec ce tricot de pauvre, avec ces omoplates saillantes. Non, il ne fallait surtout pas risquer de supporter sur soi le contact de ces mains.

Il n'y avait plus un seul arbre. Il n'y avait plus que ces sentiers de pierres blanches dont les résilles serpentaient parmi les genévriers rampants. Bientôt, il n'y eut plus rien que ces pierres à l'infini. La cime de cette montagne ronde se fait interminablement atteindre. Elle est pourtant toujours à portée de la main, mais c'est dans la perspective de la rondeur de la terre.

L'assassin, exténué, y gravissait son calvaire, accompagné des lointains coups de fusil et de ce cri infatigable de l'enfant jeté à sa poursuite.

« Ez-zio ! Attends-moi ! »

Les rochers des Cavalets, à sa gauche, lui interdisaient l'accès de la forêt, sur le versant nord. Le passage ne s'ouvrait qu'au-delà du sommet.

Les pierres plates se soulevaient et se rabattaient sous ses pas dans un bruit de vaisselle brisée. Il marchait toujours. Il foula aux pieds la nappe de cendre qui recouvrait l'emplacement où Brédannes et son corbillard avaient été foudroyés. Il lui sembla, sur ces quelques mètres, qu'il traversait une odeur d'enfer. Il buta sur les déjections molles d'un cheval qui avait eu peur. Alors, il pensa au sien, avec un regret indicible Non, il ne pouvait pas abandonner Gamin... Il tira son pistolet. Il fit face. Il fit même quelques pas sur la pente, les dents serrées sur sa peur.

C'était le moment où Rosito traversait à son tour cette cendre scintillante, entre les quatre pierres de mâchefer trouées qui avaient été des roues. Et c'est là qu'il ralentit, qu'il cessa de crier. Il devint inconsistant, insignifiant. Il avait toujours l'aspect d'un petit garçon mais on eût dit qu'il allait s'effacer d'un seul coup au bout de sa provision de haine, comme si son subconscient l'avertissait que, maintenant, le but était atteint. Il se coucha sur les pierres comme un animal au gîte, les genoux contre le menton, la tête inclinée sur la poitrine.

L'assassin contemplait de loin, avec plus de crainte encore que lorsqu'il vociférait et qu'il était sur le point de le rattraper, ce corps au repos et qui s'était tu. Il ruisselait de sueur sous sa défroque fallacieuse.

En bas, le vacarme des coups de feu se rapprochait lentement. Aux étincelles qui constellaient les bois, on devinait qu'ils étaient des centaines lâchés aux trousses de leur proie dans l'espoir de l'écharper. Quelqu'un déjà – une sorte de bossu – s'accrochait aux flancs du pierrier en titubant.

L'homme traqué est semblable à l'animal : il ne réfléchit plus. L'assassin fit de nouveau volte-face vers le sommet.

Il n'avait plus d'espoir qu'en la sombre forêt du nord. Mais en débouchant sur la dernière arête, il vit qu'en bas aussi, des lumières falotes se défilaient sous le couvert des arbres.

Quand Modeste, qui avançait courbé en deux comme un vieillard, traversa à son tour les cendres du corbillard, il vit Rosito devant lui roulé en boule sur le sol. Il serrait dans sa main la boîte à mouches qu'il n'avait pas lâchée ; il dormait et il sanglotait en dormant.

Il n'y avait plus personne sur l'arête de la montagne. De derrière le sommet, à portée de la main, montait la froideur sereine des grandes cimes qui tremblaient sous la lune, à deux cents kilomètres de là. Le ciel, autour de leur dentelle, commençait à bleuir.

Modeste eut envie de s'écrouler à côté de Rosito pour s'y laisser mourir. Son cœur n'était plus qu'un balancier de pendule qui cognait comme un perdu aux parois de ses côtes. Il cognait jusque dans ses jambes, jusque dans sa tête. Il ne lui paraissait pas possible de pouvoir vivre encore bien longtemps dans un tel tintamarre. Mais il voulait pouvoir dire à Praxèle quelque chose d'extrêmement important, et pour cela il fallait l'atteindre. Il se remit en marche. Ses bras, comme ceux d'un singe, traînaient presque jusqu'à terre. Il résistait au désir d'avancer à quatre pattes.

Il se trouva sans l'avoir prévu devant la déclivité abrupte d'une doline qui frisait le sommet. Ce premier pli de la montagne s'amorçait là, tout près de sa cime. Il était profond et bien souligné. Une assise de roc s'y était brisée, mais à une époque si récente qu'on aurait pu encore en emboîter les extrémités en les rapprochant. Cette doline s'évasait en forme de cor de chasse. Elle serpentait amplement en entrelacs, entre les ponchons, comme le lit vide d'un fleuve.

Quand la tête de Modeste mâchurée de sang séché apparut sur le clair de lune au bord de cette faille, l'assassin était tapi au fond, entre les mâchoires des deux tronçons de rocher qu'on aurait pu encore emboîter.

« Descendez ! » commanda-t-il.

Modeste roula dans l'entonnoir, plus qu'il n'y dévala. Il atteignait son but secret. Son corps exténué ne tendait plus qu'à cette rencontre : avoir encore la force de prononcer trois mots devant cet être.

Le clair de lune, qui fouillait la montagne depuis le zénith du ciel, éventrait le fond de cet antre, extirpait de l'ombre les mains et les visages. L'assasin avait jeté loin de lui son chapeau et sa limousine. Il examinait Modeste de tous ses yeux, avec une expression hagarde. Sa bouche murmura :

« Mon Dieu !... Je vous ai déjà vu...

– Praxèle !... » prononça Modeste.

La course surhumaine que Rosito leur avait imposée les avait anéantis tous les deux. Ils haletaient si fort que le souffle de leur respiration s'écrasait sur le visage de l'autre. Ils étaient si jeunes et si neufs que chacun pouvait entendre le formidable battement du cœur dans la poitrine de l'autre. Ils se regardaient à travers un brouillard qui se dissipait peu à peu.

Modeste se trouvait enfin confronté avec une femme qu'il n'avait jamais fait qu'imaginer.

« Je sais, dit-elle lentement. Praxèle dans l'ombre ou dans la nuit ou sous les feuillages, ou quand elle se dresse sur ses étriers ou lorsqu'elle est amoureuse d'elle-même, elle me ressemble étrangement. Mais cesse de l'aimer et regarde-moi bien : elle a quinze ans de plus que moi. Praxèle, c'est ma sœur. Moi, je suis Sancie... »

Sa respiration s'était calmée. Dans sa main luisait un pistolet de duel qui devait avoir cent ans d'âge mais qui était en parfait état. Elle le tenait fermement. Modeste considérait en souriant ce petit trou noir qu'il voyait bien en face.

« Sancie, prononça-t-il avec délices.

– Restez devant moi, ne bougez pas. Quand je vous tuerai, vous souffrirez moins.

– Je peux même me mettre à genoux sur les pierres, dit Modeste. Et tenez ! On m'avait donné un sifflet pour appeler... Je n'appellerai pas ! »

Il tira l'objet de sa poche et le lui lança aux pieds. Une incroyable allégresse le soulevait. Ce n'était donc pas celle dont il rêvait qui dormait, cet après-midi même, sur son lit pillé. Comment avait-il pu confondre ? Comment avait-il pu se croire attiré par une femme aussi simple et claire que Praxèle ? Alors qu'il aspirait à embrasser le malheur, à se heurter au tumulte d'une âme, à partager son mystère... C'était Sancie qu'il aimait, Sancie qui n'aurait jamais d'âge, Sancie qui avait commencé et fini sa vie par cette nuit de mai, Sancie, à qui il ne pouvait servir à rien.

« C'est ça, commanda Sancie, mettez-vous à genoux sur les pierres. Je pourrai mieux vous viser...

– Tuez-moi tout de suite, dit-il doucement. Je vous aime.

– Vous m'aimez, pauvre imbécile ! Il y a deux minutes, c'est Praxèle que vous aimiez !

– Non ! C'est vous ! C'est vous que j'ai vue... je vous ai jetée dans le bassin. Vous étiez... vous étiez avec... un autre homme.

– Mon père, dit Sancie. Puisque tu m'as vue, tu l'as vu aussi. C'était mon père. Il est entré dans ma chambre. Il a traversé le clair de lune. Il était affreux à voir. J'ai crié. Personne n'était en état de m'entendre. Il y avait un train qui sifflait. Le clair de lune m'empêchait de me tapir dans l'ombre. Il me voyait partout. Il me cajolait avec une voix de crapaud. Il me parlait – interminablement – de ce qu'il voulait faire avec moi. J'ai sauté sur la porte. Il m'a rattrapée devant l'entrée. Il m'a empalée sur lui... Tu m'écoutes ! Il m'a empalée sur lui !

– Je sais, souffla Modeste. J'étais sur le train. Je vous ai vue. Je vous ai jetée dans le lavoir.

– Je suis, poursuivit-elle à voix basse, éclatée de l'intérieur comme une grenade trop mûre. Et depuis, chaque fois que je vois un homme, loin de l'avoir en horreur... il m'attire ! Tu m'écoutes ! Il m'attire ! Je serais insatiable si je ne tuais pas... Et tu ne veux pas que j'en tue le plus possible ? A la moindre occasion ?

« J'ai haï ma mère que j'aimais. Je ne savais pas à qui m'en prendre. La belle vengeance que tuer mon père... Il valait mieux le laisser vivre. Comme il était devenu... Ma mère ? Elle était morte. Mais comment avait-elle pu aimer ce monstre ? Mais comment avait-elle pu me faire avec lui ? *Me faire !* Il y en a que le cauchemar quitte au réveil, moi, c'était au réveil qu'il me rattrapait. Le première nuit où le train a sifflé.. ensuite,... je suis allée briser la plaque du carillon dont ma mère était si fière. Elle m'y avait menée voir son nom lorsque j'étais enfant. Je ne lui pardonnais pas de m'avoir faite avec lui... Je voulais la punir aussi. Je la haïssais à l'égal de mon père. J'aurais forcé son ventre pour y entrer à nouveau. Et j'étais là, tous les soirs, avec ma grenade éclatée. Je rêvais du sexe de mon père. Certaines nuits, je m'enfermais et je jetais la clé par la fenêtre. Au matin je hélais quelqu'un ou ma tante, prétendant que je l'avais laissée tomber dans la cour. Sinon je serais allée coucher avec tous les palefreniers. Je n'avais pas d'arme. J'ai dix-huit ans. Je ne savais pas d'où le coup me venait. Je ne savais pas à qui je devais ça ! J'ai écouté les domestiques discuter avec ma tante. Ils ont parlé de charbonniers. Alors je me suis souvenue d'un enfant dans la cour, la veille de mon malheur, qui tendait à mon père un cornet de papier. L'enfant était trop mâchuré. Je ne pouvais pas le reconnaître. Mais : les charbonniers. Je savais enfin à qui m'en prendre. Sans eux, mon père ne serait pas devenu un monstre...

« J'ai commencé à errer dans Lure. Je parcourais a fond de train les drailles et les combes. Un jour, j'ai cinglé d'un coup de cravache le chapeau d'un homme qui portait une limousine. Il y en avait une dans les greniers...

« Je me suis maîtrisée, j'ai laissé l'eau se refermer. Un jour, je passais devant le sanctuaire et il m'est venu le besoin irrésistible de charger quelqu'un de mon malheur. Je voulais que quelqu'un vacille avec moi. En allant chercher frère Calixte, j'ai entendu la voix forte de l'herboriste – une belle crapule. Il prononçait le mot *téléphore.* Il expliquait tout ce qu'on pouvait faire avec ça. C'est lui que j'aurais dû tuer le premier. Il expliquait qu'il allait en chercher. Je n'avais plus besoin d'arme. Avec ça, j'allais pouvoir faire danser tout le monde. Je l'ai suivi. Mais avant, je suis entrée au confessionnal. J'ai tout avoué à la grille du parloir. Je suis partie avant que le frère se remette. Je ne pouvais pas affronter un seul homme – même un frère – seule avec lui.

« Je suis montée derrière Brédannes. Je l'ai vu s'en aller. J'ai fait provision de ces horribles insectes. J'en frissonnais de dégoût en les recueillant. Mais, j'avais dansé, eh bien, ils allaient danser. Je n'avais pas besoin de me forcer. La fureur me prenait les jours où le train sifflait, les jours de lune. Je voyais ma fenêtre écrasée sous ce lingot de clarté. Je la voyais traversée par le sexe violet de mon père. Je me dressais. Je cinglais vers Lure... »

Elle se mordit les lèvres. Quelques larmes perlèrent au bord de ses yeux.

« Oh, Gamin !... gémit-elle. Mon pauvre Gamin !... Mon bon petit cheval ! Ne bougez pas !

– Je ne bouge pas..., dit Modeste.

– Le lendemain, reprit-elle, j'apprenais les ravages... Il me venait chaque fois un long soupir de soulagement aux lèvres. Je me prenais pour Dieu le Père.

– Ezzio..., souffla Modeste.

– Il serait devenu un homme. Je l'ai à peine poussé. Il se penchait trop dangereusement. Mais, il y avait un malin parmi vous, qui a trouvé la boîte que j'avais stupidement perdue. Un soir, je revenais de Forcalquier, il m'attendait au bout de l'allée. Il avait travaillé une saison aux magnans chez nous. Je lui avais remis cette boîte qui contenait la graine en lui recommandant de me la rendre et d'en avoir soin. Il s'en est souvenu. Pour insister lourdement, il m'a donné rendez-vous au bord de l'aven. Il voulait tout. Il n'avait même pas la boîte. Il était alléché. Il ne savait rien, mais il me flairait comme un gibier de choix. S'offrir une criminelle lui paraissait le comble du bonheur. J'avais décroché à la panoplie des armes, une vieille baïonnette. J'ai fait disposer le plus doucement possible l'olibrius dans la position favorable. Il était heureux. Il en roucoulait. Pendant ce temps, moi, avec ma grenade trop mûre, il m'attirait, le fumier. J'ai pu lui passer la baïonnette à travers le corps sans rien lui donner... Mais quelle lutte contre moi-même ! »

Elle s'épongea le front d'un revers de main.

Modeste, à genoux, la contemplait sans que son amour faiblît.

« Donnez-moi, dit-il, votre manteau et votre chapeau. Je vais sortir d'ici, je vais me montrer. C'est moi qu'ils poursuivront. Je les amènerai à ma suite jusqu'au Jabron par Pèlegrine et Valbelle. Donnez moi votre défroque. Je ne veux pas qu'ils vous guillotinent... »

Elle secoua lentement la tête. On sentait dans tout son maintien qu'elle se contraignait, qu'elle se mordait les lèvres.

« Il fait si grand clair de lune, dit-elle. Et tes habits sentent le chemin de fer. Tout est réuni. Je vois passer le sexe de mon père dans le lingot du clair de lune. Ma grenade crie de faim. Tu ne comprends pas que je ne peux que te tuer ? Que si tu m'approches, que si tu ne m'approches pas, c'est moi qui t'enlacerai, c'est moi qui te demanderai... c'est moi qui mendierai. Et, lorsque tu seras là, tu prendras la tête de mon père. Tu ne veux pas, dis, prendre la tête de mon père ? »

Il entendit un bruit singulier. Elle tenait toujours cette arme qui le regardait de son œil rond. Quelque chose souffla comme un coup de vent à ses oreilles. Le miaulement d'une déflagration lui fit courber humblement la tête. Quand il la releva, il vit le front de Sancie orné d'une cerise rouge. Elle avait les yeux ouverts, mais elle ne le regardait pas. Le rocher qui sentait les grands fonds la maintenait en équilibre.

Modeste se retourna, affolé. Une grande femme à goitre se tenait debout au bord du trou à côté d'un grand cheval noir.

« Il n'y avait que deux pistolets dans le cabinet de son père, dit Bertrande sombrement. Elle aurait dû les emporter tous les deux... »

Elle regarda avec dégoût son arme qui fumait encore.

Elle soupira.

« Si cet enfant n'avait pas tant crié, jamais je n'aurais retrouvé vos traces.

– Vous l'avez tuée... souffla Modeste atterré.

– Oui... je l'ai tuée... C'est une d'Ardantes... Regardez-la. Regardez-la bien ! Vous la voyez sur la planche à bascule ? Ou avec une camisole de force ? »

Elle hocha la tête.

« La moitié des Ardantes sont fous, dit-elle. Son arrière-grand-père s'est jeté à cheval contre un train en marche pour l'arrêter. Elle, elle s'est jetée contre les hommes pour les punir. Ce n'est pas plus sensé !

– Non, elle n'était pas folle ! cria Modeste. Non, elle n'était pas folle !

– Taisez-vous ! On va venir ! Tenez, ôtez-lui plutôt son charivari, ça vaudra mieux.

– Son... quoi ?

– Son charivari ! Cette espèce d'horrible pantalon de cuir qu'elle enfilait sur son amazone lorsqu'elle montait. Retirez-le-lui. Je déteste qu'une Ardantes soit ridicule... »

Modeste crut qu'il pourrait lui obéir. Mais dès qu'il toucha Sancie encore tiède, il se jeta sur elle pour la couvrir de son corps et il frotta sa joue contre la sienne. Il était étroitement collé contre elle, comme s'il espérait empêcher sa chaleur de s'éteindre.

Bertrande se détourna. Elle fit les quelques pas qui la séparaient du sommet. Elle médita quelques secondes, la tête basse devant les pics qui sortaient de la nuit. Puis, d'un mouvement brusque, elle arracha de son goitre la chaîne et la croix d'or et, du même geste, elle les projeta avec colère dans le vide, du côté du Jabron.

Alors, elle se retourna. Une nuée de gendarmes et de charbonniers armés de serpes s'égaillaient hors des bois dans le jour levant.

« La vérité, grommela Bertrande, la vérité ?... Est-ce que c'est un plat à leur servir, à ceux-là, la vérité ? »

Elle les regardait monter vers elle avec le plus grand calme.

« Il fallut arracher Modeste au corps de Sancie morte... »

Dans la pièce où nous étions tous réunis, on n'entendait, après ces paroles, que le froissement du papier Riz-la-Croix sous les doigts du commissaire Laviolette. Il roulait sa cigarette. Son regard errait sur Lure à travers la croisée.

Quelqu'un posa une question.

« Ah, Bertrande ? dit Laviolette. Ce fut bien la plus grande énigme de cette tragédie. Elle est morte à quatre-vingt-quinze ans. Je l'ai encore connue. Parfois, quand elle me regardait, il me semblait toujours qu'elle allait me confier quelque chose... »

Il ne quittait pas des yeux le sommet de Lure, comme si, à son tour, il en attendait une réponse.

Depuis longtemps, cette montagne s'était refermée sur les ombres tragiques qui s'étaient tant affrontées parmi ses replis. Elle était nimbée de cette couleur parme qui lui sied si bien par les soirs d'automne.

« Quand mon père, Modeste, racontait cette histoire, acheva Laviolette, c'était toujours hors de la présence de ma mère... Et il finissait toujours par pleurer. »

DU MÊME AUTEUR

Aux Éditions Denoël

UN GRISON D'ARCADIE.
LA MAISON ASSASSINÉE.
LES COURRIERS DE LA MORT.
LA NAINE.
L'AMANT DU POIVRE D'ÂNE.
LE MYSTÈRE DE SÉRAPHIN MONGE.
POUR SALUER GIONO.
LES SECRETS DE LAVIOLETTE.
PÉRIPLE D'UN CACHALOT.
LA FOLIE FORCALQUIER.
LES ROMANS DE MA PROVENCE (*album*).
L'AUBE INSOLITE.
L'OCCITANE, UNE HISTOIRE VRAIE.

Aux Éditions Gallimard

Dans la collection Folio

LE SANG DES ATRIDES, n° 2119.
LE SECRET DES ANDRÔNES, n° 1829.
LE TOMBEAU D'HÉLIOS, n° 2210.
LA MAISON ASSASSINÉE, n° 1659.
LES COURRIERS DE LA MORT, n° 1986.
LE MYSTÈRE DE SÉRAPHIN MONGE n° 2352.
L'AMANT DU POIVRE D'ÂNE, n° 2317.
POUR SALUER GIONO, n° 2448.
LES SECRETS DE LAVIOLETTE, n° 2521.

LA NAINE, n° 2585).

PÉRIPLE D'UN CACHALOT, n° 2722.

Dans la collection Folio policier

LE COMMISSAIRE DANS LA TRUFFIÈRE, n° 22.

Aux Éditions Fayard

LES ENQUÊTES DU COMMISSAIRE LAVIOLETTE.

Aux Éditions du Chêne

LES PROMENADES DE JEAN GIONO (*album*).

Aux Éditions Alpes de lumière

LA BIASSE DE MON PÈRE.

COLLECTION FOLIO POLICIER

Dernières parutions

1. Maurice G. Dantec	*La sirène rouge*
2. Thierry Jonquet	*Les orpailleurs*
3. Tonino Benacquista	*La maldonne des sleepings*
4. Jean-Patrick Manchette	*La position du tireur couché*
5. Jean-Bernard Pouy	*RN 86*
6. Alix de Saint-André	*L'ange et le réservoir de liquide à freins*
7. Stephen Humphrey Bogart	*Play it again*
8. William Coughlin	*Vices de forme*
9. Björn Larsson	*Le Cercle celtique*
10. John Sandford	*Froid dans le dos*
11. Marc Behm	*Mortelle randonnée*
12. Tonino Benacquista	*La commedia des ratés*
13. Raymond Chandler	*Le grand sommeil*
14. Jerome Charyn	*Marilyn la Dingue*
15. Didier Daeninckx	*Meurtres pour mémoire*
16. David Goodis	*La pêche aux avaros*
17. Dashiell Hammett	*La clé de verre*
18. Tony Hillerman	*Le peuple de l'ombre*
19. Chester Himes	*Imbroglio negro*
20. Sébastien Japrisot	*L'été meurtrier*
21. Sébastien Japrisot	*Le passager de la pluie*
22. Pierre Magnan	*Le commissaire dans la truffière*
23. Jean-Patrick Manchette	*Le petit bleu de la côte Ouest*
24. Horace McCoy	*Un linceul n'a pas de poches*
25. Jean-Bernard Pouy	*L'homme à l'oreille croquée*
26. Jim Thompson	*1275 âmes*
27. Don Tracy	*La bête qui sommeille*
28. Jean Vautrin	*Billy-ze-Kick*
29. Donald E. Westlake	*L'assassin de papa*
30. Charles Williams	*Vivement dimanche !*
31. Stephen Dobyns	*Un chien dans la soupe*

32.	Donald Goines	*Ne mourez jamais seul*
33.	Frédéric H. Fajardie	*Sous le regard des élégantes*
34.	Didier Daeninckx	*Mort au premier tour*
35.	Raymond Chandler	*Fais pas ta rosière !*
36.	Harry Crews	*Body*
37.	David Goodis	*Sans espoir de retour*
38.	Dashiell Hammett	*La moisson rouge*
39.	Chester Himes	*Ne nous énervons pas !*
40.	William Irish	*L'heure blafarde*
41.	Boileau-Narcejac	*Maléfices*
42.	Didier Daeninckx	*Le bourreau et son double*
43.	Sébastien Japrisot	*La dame dans l'auto avec des lunettes et un fusil*
44.	Jean-Patrick Manchette	*Fatale*
45.	Georges Simenon	*Le locataire*
46.	Georges Simenon	*Les demoiselles de Concarneau*
47.	Jean Amila	*Noces de soufre*
48.	Walter Kempley	*L'ordinateur des pompes funèbres*
49.	Tonino Benacquista	*Trois carrés rouges sur fond noir*
50.	Dashiell Hammett	*Le faucon de Malte*
51.	Hervé Jaouen	*Connemara Queen*
52.	Thierry Jonquet	*Mygale*
53.	Auguste Le Breton	*Du rififi chez les hommes*
54.	Georges Simenon	*Le suspect*
55.	Emmanuel Errer	*Descente en torche*
56.	Francisco González Ledesma	*La dame de Cachemire*
57.	Raymond Chandler	*Charades pour écroulés*
58.	Robin Cook	*Le soleil qui s'éteint*
59.	Didier Daeninckx	*Le der des ders*
60.	Didier Daeninckx	*La mort n'oublie personne*
61.	Georges Simenon	*L'assassin*
62.	Howard Fast (E.V. Cunningham)	*Tu peux crever !*
63.	Maurice G. Dantec	*Les racines du mal*
64.	René Barjavel	*La peau de César*
65.	Didier Daeninckx	*Lumière noire*
66.	Chester Himes	*La reine des pommes*

67.	Sébastien Japrisot	*Compartiment tueurs*
68.	James Crumley	*La danse de l'ours*
69.	Marc Villard	*La porte de derrière*
70.	Boileau-Narcejac	*Sueurs froides*
71.	Didier Daeninckx	*Le géant inachevé*
72.	Chester Himes	*Tout pour plaire*
73.	Sébastien Japrisot	*Piège pour Cendrillon*
74.	Pierre Magnan	*Les charbonniers de la mort*
75.	Jean-Patrick Manchette	*L'affaire N'Gustro*
76.	Jean-Bernard Pouy	*La Belle de Fontenay*
77.	A.C. Weisbecker	*Cosmix Banditos*
78.	Raymond Chandler	*La grande fenêtre*
79.	Pierre Magnan	*Les courriers de la mort*
80.	Harry Crews	*La malédiction du gitan*
81.	Michael Guinzburg	*Envoie-moi au ciel, Scotty*
82.	Boileau-Narcejac	*Le bonsaï*
83.	W.R. Burnett	*Quand la ville dort*
84.	Didier Daeninckx	*Un château en Bohême*
85.	Didier Daeninckx	*Le facteur fatal*
86.	Didier Daeninckx	*Métropolice*
87.	Pierre Magnan	*La maison assassinée*
88.	Pierre Magnan	*Le mystère de Séraphin Monge*
89.	Jean-Patrick Manchette	*Morgue pleine*
90.	Georges Simenon	*Les inconnus dans la maison*
91.	Stephen Humphrey Bogart	*Le remake*
92.	Mark McShane	*Les écorchés*
93.	Boileau-Narcejac	*Terminus*
94.	Jerome Charyn	*Les filles de Maria*
95.	Robin Cook	*Il est mort les yeux ouverts*
96.	Georges Simenon	*L'homme qui regardait passer les trains*
97.	Georges Simenon	*Touriste de bananes*
98.	Georges Simenon	*Vérité sur Bébé Donge*
99.	Georges Simenon	*Le cercle des Mahé*
100.	Georges Simenon	*Ceux de la soif*
101.	Georges Simenon	*Coup de vague*
102.	Boileau-Narcejac	*Carte vermeil*
103.	Boileau-Narcejac	*Celle qui n'était plus*
104.	Boileau-Narcejac	*J'ai été un fantôme*
105.	Chester Himes	*L'aveugle au pistolet*
106.	Thierry Jonquet	*La Bête et la Belle*

107.	Pierre Magnan	*Le secret des Andrônes*
108.	Pierre Magnan	*La folie Forcalquier*
109.	Pierre Magnan	*Le sang des Atrides*
110.	Georges Simenon	*Le bourgmestre de Furnes*
111.	Georges Simenon	*Le voyageur de la Toussaint*
112.	Jean-Patrick Manchette	*Nada*
113.	James Ross	*Une poire pour la soif*
114.	Joseph Bialot	*Le salon du prêt-à-saigner*
115.	William Irish	*J'ai épousé une ombre*
116.	John Le Carré	*L'appel du mort*
117.	Horace McCoy	*On achève bien les chevaux*
118.	Helen Simpson	*Heures fatales*
119.	Thierry Jonquet	*Mémoire en cage*
120.	John Sandford	*Froid aux yeux*
121.	Jean-Patrick Manchette	*Que d'os !*
122.	James M. Cain	*Le facteur sonne toujours deux fois*
123.	Raymond Chandler	*Adieu, ma jolie*
124.	Pascale Fonteneau	*La puissance du désordre*
125.	Sylvie Granotier	*Courier posthume*
126.	Yasmina Khadra	*Morituri*
127.	Jean-Bernard Pouy	*Spinoza encule Hegel*
128.	Patrick Raynal	*Nice 42ᵉ rue*
129.	Jean-Jacques Reboux	*Le massacre des innocents*
130.	Robin Cook	*Les mois d'avril sont meurtriers*
131.	Didier Daeninckx	*Play-back*
132.	John Le Carré	*L'espion qui venait du froid*
133.	Pierre Magnan	*Les secrets de Laviolette*
134.	Georges Simenon	*La Marie du port*
135.	Bernhard Schlink/Walter Popp	*Brouillard sur Mannheim*
136.	Donald Westlake	*Château en esbrouffe*
137.	Hervé Jaouen	*Hôpital souterrain*
138.	Raymond Chandler	*La dame du lac*
139.	David Goodis	*L'allumette facile*
140.	Georges Simenon	*Le testament Donadieu*
141.	Charles Williams	*La mare aux diams*
142.	Boileau-Narcejac	*La main passe*
143.	Robert Littell	*Ombres rouges*
144.	Ray Ring	*Arizona Kiss*

145. Gérard Delteil — *Balles de charité*
146. Robert L. Pike — *Tout le monde au bain*
147. Rolo Diez — *L'effet tequila*
148. Yasmina Khadra — *Double blanc*
149. Jean-Bernard Pouy — *À sec*
150. Jean-Jacques Reboux — *Poste mortem*
151. Pascale Fonteneau — *Confidences sur l'escalier*
152. Patrick Raynal — *La clef de seize*
153. A.D.G. — *Pour venger pépère*
154. James Crumley — *Les serpents de la frontière*
155. Ian Rankin — *Le carnet noir*
156. Louis C. Thomas — *Une femme de trop*
157. Robert Littell — *Les enfants d'Abraham*
158. Georges Simenon — *Faubourg*
159. Georges Simenon — *Les trois crimes de mes amis*
160. Georges Simenon — *Le rapport du gendarme*
161. Stéphanie Benson — *Une chauve-souris dans le grenier*
162. Pierre Siniac — *Reflets changeant sur mare de sang*
163. Nick Tosches — *La religion des ratés*
164. Fréderic H. Fajardie — *Après la pluie*
165. Matti Yrjana Joensuu — *Harjunpää et le fils du policier*
166. Yasmina Khadra — *L'automne des chimères*
167. Georges Simenon — *La Marie du Port*
168. Jean-Jacques Reboux — *Fondu au noir*
169. Daschiell Hammett — *Le sac de Couffignal*
170. Sébastien Japrisot — *Adieu l'ami*
171. A.D.G. — *Notre frère qui êtes odieux...*
172. William Hjortsberg — *Nevermore*
173. Gérard Delteil — *Riot Gun*
174. Craig Holden — *Route pour l'enfer*
175. Nick Tosches — *Trinités*
176. Féderic H. Fajardie — *Clause de style*
177. Alain Page — *Tchao Pantin*
178. Harry Crews — *La foire aux serpents*
179. Sréphanie Benson — *Un singe sue le dos*
180. Lawrence Block — *Un danse aux abattoirs*
181. Georges Simenon — *Les soeurs Lacroix*
182. Georges Simenon — *Le cheval blanc*
183. Albert Simonin — *Touchez pas au grisbi*

184. Jean-Bernard Pouy	*Suzanne et les ringards*
185. Pierre Siniac	*Les monte-en-l'air sont là !*
186. Robert Stone	*Les guerriers de l'enfer*
187. Sylvie Granotier	*Sueurs chaudes*
188. Boileau-Narcejac	*Et mon tout est un homme..*
189. A.D.G.	*On n'est pas des chiens*
190. Jean Amila	*Le boucher des hurlus*
191. Robert Sims Reid	*Cupide*
192. Max Allan Collins	*La mort est sans remède*
193. Jean-Bernard Pouy	*Larchmütz 5632*
194. Jean-Claude Izzo	*Total Khéops*
195. Jean-Claude Izzo	*Chourmo*
196. Jean-Claude Izzo	*Solea*
197. Tom Topor	*L'orchestre des ombres*
198. Pierre Magnan	*Le tombeau d'Hélios*
199. Thierry Jonquet	*Le secret du rabbin*
200. Robert Littell	*Le fil rouge*
201. Georges Simenon	*L'aîné des Ferchaux*
202. Patrick Raynal	*Le marionnetiste*
203. Didier Daeninckx	*La repentie*
204. Thierry Jonquet	*Moloch*
205. Charles Williams	*Le pigeon*
206. Francisco Gonzalez Ledesma	*Les rues de Barcelone*
207. Boileau-Narcejac	*Les louves*

COLLECTION FOLIO

Dernières parutions

3386.	Hector Bianciotti	*Ce que la nuit raconte au jour.*
3387.	Chrystine Brouillet	*Les neuf vies d'Edward.*
3388.	Louis Calaferte	*Requiem des innocents.*
3389.	Jonathan Coe	*La Maison du sommeil.*
3390.	Camille Laurens	*Les travaux d'Hercule.*
3391.	Naguib Mahfouz	*Akhénaton le renégat.*
3392.	Cees Nooteboom	*L'histoire suivante.*
3393.	Arto Paasilinna	*La cavale du géomètre.*
3394.	Jean-Christophe Rufin	*Sauver Ispahan.*
3395.	Marie de France	*Lais.*
3396.	Chrétien de Troyes	*Yvain ou le Chevalier au Lion.*
3397.	Jules Vallès	*L'Enfant.*
3398.	Marivaux	*L'Île des Esclaves.*
3399.	R.L. Stevenson	*L'Île au trésor.*
3400.	Philippe Carles et Jean-Louis Comolli	*Free jazz, Black power.*
3401.	Frédéric Beigbeder	*Nouvelles sous ecstasy.*
3402.	Mehdi Charef	*La maison d'Alexina.*
3403.	Laurence Cossé	*La femme du premier ministre.*
3404.	Jeanne Cressanges	*Le luthier de Mirecourt.*
3405.	Pierrette Fleutiaux	*L'expédition.*
3406.	Gilles Leroy	*Machines à sous.*
3407.	Pierre Magnan	*Un grison d'Arcadie.*
3408.	Patrick Modiano	*Des inconnues.*
3409.	Cees Nooteboom	*Le chant de l'être et du paraître.*
3410.	Cees Nooteboom	*Mokusei !*
3411.	Jean-Marie Rouart	*Bernis le cardinal des plaisirs.*
3412.	Julie Wolkenstein	*Juliette ou la paresseuse.*
3413.	Geoffrey Chaucer	*Les Contes de Canterbury.*
3414.	Collectif	*La Querelle des Anciens et des Modernes.*
3415.	Marie Nimier	*Sirène.*
3416.	Corneille	*L'Illusion Comique.*
3417.	Laure Adler	*Marguerite Duras.*

3418.	Clélie Aster	*O.D.C.*
3419.	Jacques Bellefroid	*Le réel est un crime parfait, Monsieur Black.*
3420.	Elvire de Brissac	*Au diable.*
3421.	Chantal Delsol	*Quatre.*
3422.	Tristan Egolf	*Le seigneur des porcheries.*
3423.	Witold Gombrowicz	*Théâtre.*
3424.	Roger Grenier	*Les larmes d'Ulysse.*
3425.	Pierre Hebey	*Une seule femme.*
3426.	Gérard Oberlé	*Nil rouge.*
3427.	Kenzaburô Ôé	*Le jeu du siècle.*
3428.	Orhan Pamuk	*La vie nouvelle.*
3429.	Marc Petit	*Architecte des glaces.*
3430.	George Steiner	*Errata.*
3431.	Michel Tournier	*Célébrations.*
3432.	Abélard et Héloïse	*Correspondances.*
3433.	Charles Baudelaire	*Correspondance.*
3434.	Daniel Pennac	*Aux fruits de la passion.*
3435.	Béroul	*Tristan et Yseut.*
3436.	Christian Bobin	*Geai.*
3437.	Alphone Boudard	*Chère visiteuse.*
3438.	Jerome Charyn	*Mort d'un roi du tango.*
3439.	Pietro Citati	*La lumière de la nuit.*
3440.	Shûsaku Endô	*Une femme nommée Shizu.*
3441.	Frédéric. H. Fajardie	*Quadrige.*
3442.	Alain Finkielkraut	*L'ingratitude.* Conversation sur notre temps
3443.	Régis Jauffret	*Clémence Picot.*
3444.	Pascale Kramer	*Onze ans plus tard.*
3445.	Camille Laurens	*L'Avenir.*
3446.	Alina Reyes	*Moha m'aime.*
3447.	Jacques Tournier	*Des persiennes vert perroquet.*
3448.	Anonyme	*Pyrame et Thisbé, Narcisse, Philomena.*
3449.	Marcel Aymé	*Enjambées*
3450.	Patrick Lapeyre	*Sissy, c'est moi*
3451.	Emmanuel Moses	*Papernik*
3452.	Jacques Sternberg	*Le cœur froid*
3453.	Gérard Corbiau	*Le Roi danse*
3455.	Pierre Assouline	*Cartier-Bresson (L'œil du siècle)*

3456.	Marie Darrieussecq	*Le mal de mer*
3457.	Jean-Paul Enthoven	*Les enfants de Saturne*
3458.	Bossuet	*Sermons. Le Carême du Louvre.*
3459.	Philippe Labro	*Manuella*
3460.	J.M.G. Le Clézio	*Hasard* suivi de *Angoli Mala*
3461.	Joëlle Miquel	*Mal-aimés*
3462.	Pierre Pelot	*Debout dans le ventre blanc du silence*
3463.	J.-B. Pontalis	*L'enfant des limbes*
3464.	Jean-Noël Schifano	*La danse des ardents*
3465.	Bruno Tessarech	*La machine à écrire*
3466.	Sophie de Vilmorin	*Aimer encore*
3467.	Hésiode	*Théogonie* et autres poèmes
3468.	Jacques Bellefroid	*Les étoiles filantes*
3469.	Tonino Benacquista	*Tout à l'ego*
3470.	Philippe Delerm	*Mister Mouse*
3471.	Gérard Delteil	*Bugs*
3472.	Benoît Duteurtre	*Drôle de temps*
3473.	Philippe Le Guillou	*Les sept noms du peintre*
3474.	Alice Massat	*Le Ministère de l'intérieur*
3475.	Jean d'Ormesson	*Le rapport Gabriel*
3476.	Postel & Duchâtel	*Pandore et l'ouvre-boîte*
3477.	Gilbert Sinoué	*L'enfant de Bruges*
3478.	Driss Chraïbi	*Vu, lu, entendu*
3479.	Hitonari Tsuji	*Le Bouddha blanc*
3480.	Denis Diderot	*Les Deux amis de Bourbonne* (à paraître)
3481.	Daniel Boulanger	*Le miroitier*
3482.	Nicolas Bréhal	*Le sens de la nuit*
3483.	Michel del Castillo	*Colette, une certaine France*
3484.	Michèle Desbordes	*La demande*
3485.	Joël Egloff	*«Edmond Ganglion & fils»*
3486.	Françoise Giroud	*Portraits sans retouches (1945-1955)*
3487.	Jean-Marie Laclavetine	*Première ligne*
3488.	Patrick O'Brian	*Pablo Ruiz Picasso*
3489.	Ludmila Oulitskaïa	*De joyeuses funérailles*
3490.	Pierre Pelot	*La piste du Dakota*
3491.	Nathalie Rheims	*L'un pour l'autre*
3492	Jean-Christophe Rufin	*Asmara et les causes perdues*

Impression Bussière Camedan Imprimeries
à Saint-Amand (Cher),
le 20 juin 2003.
Dépôt légal : juin 2003.
1er dépôt légal dans la collection : avril 1999.
Numéro d'imprimeur : 032859/1.

ISBN 2-07-040817-5./Imprimé en France.
Précédemment publié par la Librairie Arthème Fayard.
ISBN 2-213-014-94.

125010